さすらひ人綺譚

神山奉子

下野新聞社

―― 目次 ――

蛇《じゃ》姫《ひ》

サラサラ、スッスッ。耳がかすかな音を捉えた。次いで青い瓜のような匂いが鼻孔に達した。沙《さ》良《ら》の心臓がドクンと鳴った。咬みはしない。たとえ咬まれてもわれは決して死ぬことはない。分かってはいても、「あれ」の存在を捉えると、沙良の心臓は激しく反応する。里人には見分け難い、山の民が行き来する裏道の傍らの朴の葉陰にまどろんでいた沙良の足元に「あれ」がスルスルと近づいて来る。「あれ」は一瞬動きを止めて、小さな舌をチロチロと出した。

「行け。しばらくの間、おまえに用はない」と沙良が胸の内で言うと「あれ」はスルスルと斜面を下って行った。

そう、あと一年半は沙良は「あれ」と触れ合わなくていい。十九歳になった今は、「あれ」と触れ合っても数日安静にしていれば、沙良の身体は回復する。毒消しの薬、心臓を守る薬草を飲みながら、沙良は一月《ひとつき》の間は薬屋敷に逗留することを許される。

十七歳の年に一人立ちして屋敷を出て以来、沙良は二年に一度は屋敷に戻って御供《ごくう》の施術を受けるよう、申し渡されていた。薬屋敷は八年ごとに移動する習わしだった。八年とは季節を八巡りする年月だった。一、二日で屋敷まで戻れる範囲の「薬場《くすりば》」の薬草を採り尽くすと、古い屋敷はそのまま打ち捨てて、次の「薬場」を求めて移動していく。各地に散らばる屋敷育ちの薬子《くすりこ》たちは、八年ごとの卯月朔日、古い屋敷に戻って来て、「移り」と「造り」を手伝う決まりだった。薬屋敷で生まれ育った沙良は既に二回の「移り」を見てきた。膨大な量の薬草の束、薬草を源に作った丸薬、水薬、軟膏、瓶に入った酒に浸した蛇や蜂、木臼と杵、石臼、大鍋、薬研、瓶、鎌、鉈、鋸、小刀等の薬を作る道具、さらに暮らしのための炊事道具、衣服の入った柳行李等が薬子たちの手で運ばれる。八年ごとの「移り」の時だけ互いに顔を合わせられる薬子もいて、「移り」は薬子たちにとっては、一種の祭りのようなものだった。

　屋敷に常住して薬師集団の仕切りをしている者は根方衆《ねかたしゅう》と呼ばれている。「長《おさ》」と呼ばれる頭と、「介《すけ》」と呼ばれる補佐役、それに「姥《うば》」と言われる女が二人いた。沙良は物心ついた頃から姥の依良《いら》の傍にぴったりと身を寄せていた。赤子の時は依良の背に負われ、歩くようになると、依良は腰紐の先に沙良の腰紐を結んで仕事をした。沙良が薬屋敷で養われるようになった頃、依良はおそらく三十路半ばぐらいだったろうと、沙良は推し測っている。もう一人の姥は、依良よりさらに年長の米良《めら》だった。

　沙良は四人の根方衆と、沙良のような養い子、及び時折薬を取りに戻って来る薬子たちと周囲の山々だけしか見知ることなく育った。

「沙良はの、山羊の乳で育ったのじゃ」と米良が皺深い手で沙良の髪を麻紐で縛りながら言う。「痛いよ、米良」と沙良は口をとがらせた。「依良がいい」と言いかかった言葉を沙良は飲み込んだ。食事の用意も衣服の世話もみな依良がしてくれ、夜も懐に抱くようにして寝かせてくれるのに、髪を結わえるのだけは、なぜか米良が受け持っていた。「はい、よろし」と米良が沙良の背をポンと叩くと、沙良は「いらー」と呼びながら囲炉裏の傍に飛んでいく。囲炉裏の北側に、膳が六つ並んでいた。北を背にして皆を見渡せる位置に長が座し、西側に介と早男《はやお》、東側に米良と依良が座し、沙良の膳は米良と依良の間に置かれていた。囲炉裏に近い依良は、火に掛けたままの鍋の様子を見たり、お代わりの求めに応じたりしている。「火の傍には置けん」と、沙良が動き回らぬよう依良と米良が見張っていた。今朝は蕎麦団子と茸や大根、芋が入った、干魚出汁の醤油汁だった。蕎麦団子は蕎麦粉を練って丸めたものを、囲炉裏の火を片寄せた上に置いた網で焼いて食べる。手で持てないほど熱い団子の中には味噌が入っていて、ほどよい味加減だった。醤油も味噌も依良の手作りである。団子の中にたまに蜂蜜が入っていることとがあり、沙良は夢のように幸せな気持ちになった。「たまに」が新月の翌朝であることを知ったのは、沙良が七つになって、読み書きの手解きを受け始めた頃だった。読み書きの師匠は「介」である。介は、介として薬屋敷に定住する前は「万蔵」という名で、遠く北の果てまで薬を売り歩く薬子の一人だった。

「万蔵」「千蔵」「百蔵」「十蔵」というように数字に「蔵」の字を付したのが男《おのこ》の薬子の名であり、米良、依良、沙良と「良」の字を付したのが、女《おみな》の薬子の名だった。男の薬子も女の薬子も、ほぼ半年の間各地を売り歩いて、薬が残り少なくなると、新たな薬を仕入れに薬屋敷に戻ってくる。

「移り」の前に、新たな屋敷を造る場所を選び、新しい建物を造らねばならない。里人の通る道からは見えず、水場が近く、何よりも薬になる植物が豊かな地でなければならない。各地に散っている薬子たちからも適地に関わる知らせは折々に届く。介と長が検分に赴き、最後は長が決定した。角材や板は里で買わねばならないので、建物は丸太と土壁で造る。平たい土台石に丸太を立て、さらに梁や屋根組みを藤蔓や麻縄で縛りつける。屋根は茅葺き、周囲は芝草を練り込んで土壁を塗った。壁にする粘土の在り処を、薬師たちはよく知っていた。建物の内部は半分は土間、半分は三尺ばかりの高さの床が設えられる。床は細い丸太を隙き間なく渡した上に、分厚い葛織りの敷物が敷かれた。建物の南側は庭に面し、縁が設けられている。雨戸と窓の明かり障子だけは、前の屋敷のものを運んで用いていた。あまりに古びた時は、下の里から買いつけた。建物の内部は囲炉裏が切られた部屋と、男部屋、女部屋、長の部屋に分かれている。部屋はみすず織りの簾で仕切られるだけだったから、視覚は遮られても、音は届いてしまう。「泣いてはならぬ」と沙良は依良からたびたび叱られた。「皆の眠りを妨げてはならぬ」

「んじゃ、米良のイビキはよいのか?」沙良は不服だった。米良の鼾は男部屋を隔てた長の寝床まで届きそうな大音声だった。

打ち捨てられた古い屋敷は、薬子たちの一夜の宿となることもあったが、木と土の建物は年ごとの雨に打たれ風に吹かれ、いつか崩れ落ちて野に紛れた。


沙良の遠い記憶の中に「由良《ゆら》」がいた。沙良よりずっと年上の娘で、もう大人の中に立ち混って、薬草集めや薬作りの手伝いをしていた。すらりと背が高く細面の由良は、沙良の目には姉さま人形のように美しく映った。だが由良は、ほとんど表情というものが無かった。笑いもせず、泣きもしない。沙良にも話しかけたことはなかった。

由良はある夏、突然沙良の前から消えた。消える少し前、夕食に赤の飯《まんま》が供された。粘り気のある飯はうっすらと紅に染まり、小豆を炊き込んである。塩漬けの岩魚も一人に一尾ずつ皿に乗っていた。小豆飯は何とも言えず美味しかった。脚付きの杯に酒まで汲まれている。「お祝いだよ」と米良が言った。「ほんにのう」と依良も応じたが、二人の顔に笑みは無かった。男たちはいつものように寡黙だった。由良はいつも青白い顔をいっそう青白くして、袖の長い美しい着物を着せられて座っていた。――その祝いから数日して、由良はいなくなった。依良も米良も眉を寄せて、岩の間から湧き出す清水で薬を煎じ、長の部屋に運んだ。沙良はどことない気配で、由良は長の部屋にいる、と感じ取っていた。沙良は長の居室に入ることは固く禁じられていた。

――ある日、介と早男と由良は薬草採りに出掛け、長は里で難しいお産があると呼ばれ、依良を伴って里へ降りて行って、米良と沙良だけが留守番をしていた。米良が大口を開けて昼寝をしている隙に、沙良は吸い寄せられるように長の部屋に入り込んだ。男部屋と仕切られた簾を除けて入ると、西側の角に壁で塗り込められた小部屋があるのに気付いた。人一人がくぐれる戸があった。取手に手を掛けて押してみたが戸は動かなかった。引いてみても動かない。その時、沙良の耳にパラパラと木の葉を打つ雨音が入ってきた。ハッとして、沙良は長の部屋を飛び出して庭へ走った。「米良ァ、あめー」雨は薬草干しの大敵で、急な雨には、依良も大慌てで薬草を取り込むのを沙良は見ていた。米良も転げるように庭に降り立ち、筵《むしろ》を二つ折りにして土間へ運んでいく。とにかく、まず筵を二つ折りにして雨の直撃を避けねばならない。土間に筵を運ぶのは無理だったが、二つ折りにすることはできる。「ほれ、はれ、ほれ、はれ」と掛け声をかけながら何とか薬草の筵を土間に運び入れて、米良は腰が抜けたように囲炉裏の傍にへたり込んだ。

「よう、知らせたの、沙良。助かったぞ」と米良は沙良の頭を撫で、水屋から小皿を持って来た。「ほうび」と言って差し出された皿には蜂蜜が入っていた。人指し指の先にちょっと付けて舐める。信じられないほど甘い。「ナイショじゃぞ」と米良はニッと笑った。もちろん米良も、直に皿に舌を当てて蜜を舐めている。

——あの時のあの部屋。あそこに由良はいる。沙良の胸は激しく騒いだ。あの、開かない土の部屋で由良は……由良は苦しんでいる、と沙良は思った。由良はヤマイなんじゃろか。「今夜がヤマか」と介が呟いたのを沙良は聞いた。ヤマ？　ヤマって——。沙良は屋敷を囲む森林や、谷川の向こうに聳える山を思い浮かべた。山は暗く陰っていた。

翌朝早く、沙良は依良に揺り起こされた。「沙良、由良の送りじゃ。おまえもお別れをしいや」

長の部屋に細長い大きな箱が置かれていた。長と介、米良が箱の周囲に座っていた。どの顔も凍りついたように表情が無かった。介と、昨日まではいなかった千蔵が箱の蓋の両端を持ち上げて床に下ろした。箱の中に白い着物を着た人が横たわっていた。両手を胸の上で組んでいる。顔には白い布が被せられていた。米良が白い布を外すと、固く目を閉じた由良の白い顔があった。

「この娘が選んだことだ」と長が低い声で言った。

「選ぶと言うても……運命《さだめ》じゃ。決まっとることじゃ」と米良が逆らうような口振りで言った。

「沙良、花をな、花を由良の柩《ひつぎ》に入れてやれ」と依良が縁の方を指さした。縁には夏の花を入れた手桶が置かれていた。沙良は柩の中の由良の顔の周りに卯木《うつぎ》や百合、桔梗や擬宝珠《ぎぼうし》の花を置いた。

　四半刻ほど山道を歩くと、少し開けた草地に出た。鋤を持った長の後に、介と千蔵が柩を吊った麻縄に通した棒を担いで歩む。米良と沙良の手を引いた依良が、由良のものだった茶椀と箸を持って従った。殿《しんがり》は、水を入れた瓢箪を持った早男だった。周囲を木々に囲まれた草地には既に穴が掘られていた。穴に柩を下ろし、長が鋤で柩の上に土を掛けた。介たちも代わる代わる土を掛けた。米良と依良は手で土を掛けた。沙良も二人の真似をして小さな手で土を摑んだ。柩が土で覆われ、塚が出来上がると、長が平たい丸石を三つ塚の上に重ねた。あたりを見回すと、同じように平たい丸石を三つ重ねた塚が草地の外縁に沿って並んでいた。

「由良、お父《とう》とお母《かあ》のもとへ帰れや、なあ」と米良が丸石を撫でながら言った。「お父、お母」沙良は胸の内で呟いた。由良はその人たちのところへ帰って行くのか。

「長」依良が長に呼び掛けた。

「沙良の母の……」

「沙良はいくつになった?」

「あの日から三年が経ち申した」

「うむ。三年経ったか――ならば母の祀りができる年かな。よかろう」と長が頷くと、依良は沙良の手を引いて、多くの塚の群れとは少し離れたところにある一つの塚の前に連れて行った。丸石はなぜか二つだけ重なっていた。

「おまえの母《かか》さまの墓じゃ。手を合わせてな、母さまの後世《ごせ》を祈るのじゃよ」と言って、依良は膝を折って手を合わせた。沙良はびっくりして依良の顔を見上げた。

「沙良の母さま――？」

「おお、そうじゃ。沙良の母さまはの……」と言いかけた依良を長は制して、「いや、今はまだ言わぬ方がよい。もう少し大きゅうなったら話してやるがよい」

「ほんに、そうでありますのう」

依良は深く息を吐いた。薬屋敷の大人しか知らずに育った沙良は、母さまと呼ばれる者がいることを知り、混乱した。混乱しつつ、その呼び名はひどく懐かしく慕わしく、胸の内で響いていた。

それからほぼ十年の間、春の彼岸か秋の彼岸に、沙良はこの草地の墓所を訪ねる年月を送った。移りをして、四半時では行けなくなったが、半日も山路を辿って、薬屋敷の者たちは縁のある者の眠る墓所を訪ねる習わしを続けていた。薬屋敷では、なぜか盆の行いはしなかった。

十年の間に、米良が命を終え、由良の塚の隣にもう一つ塚が出来た。十年の間に、沙良は薬に関わるあらゆる知識と医術の技法を教えられた。「沙良は飲み込みが早いのう。手も器用じゃ」亡くなった米良は、よくこう言って沙良を褒めてくれた。依良は言葉よりも手と目で沙良を叱り、褒めた。沙良が薬草の取り合わせを間違えそうになると、容赦なく手を叩かれた。痛みを感じるくらいに睨みつけられた。「人の命が懸かっとる。気を逸らしてはならぬ。ゆっくり、柔らかく。擂《す》る時は気長に、無心に。一晩でも同じ調子での。素早くせねばならぬ時は息を止めて一気に」

薬の名と取り合わせ方、その効能。何々の病にはどの薬をどれほどの分量で用いるか。依良はまるで自分の命を注ぎ込むかのような気迫で沙良に教え込んだ。

「沙良はこれまで文字を教えた薬子たちの中で、一番飲み込みが早い」と、介は褒めた。仮名はたちまち覚え、読むだけでなく、すぐ書けるようになった。仮名で記された書物は『万草万木』という名の冊子しかなかった。『万草万木』には、その名とともに薬効を持つ草木の全体図と、蕾、花、実、根までの細密な絵が描かれ、よく生育する場所や採集時期、処理と加工の方法、用い方が記されていた。冊子の絵と実物を引き合わせるのは、沙良にはたとえようもなく楽しい業《わざ》だった。小さな棘《とげ》の生え具合、枝分かれの仕方、葉のつき方、実の形。採って来た草木を冊子の中に見つけ、その名を知ると、その草木と自分との間に見えない糸のようなものが張られるのを感じた。草木の名は依良や介、蔵たちも折に触れて教えてくれたが、冊子で見ると、草木の存在がひどく確かなものに感じられたのである。冊子で見知っていて、後で実物に出会うこともある。

「依良、これはサイシンか」と訊くと、依良は「ようう分かったな。沙良がこれを見るのは初めてじゃろうが」と沙良の顔を覗き込んだ。「『万草万木』で見た」と言うと、「そうか、そうか、沙良はほんにかしこい」と笑った。

一年で『万草万木』を覚え切ってしまった沙良に、介は真名を教え始めた。仮名と異なり、真名は数限りなくあることを知って沙良は驚くと同時にわくわくした。限りなく知らない文字に出会え、知る文字に変えていける。薬屋敷には真名と仮名の混じった三冊の書物があった。『本道上』と『本道下』そして『外科』の三冊である。いずれも人体内部の臓器の絵が描かれ、病の症状と治療法が記されていた。こんなものがわれの胸や腹に入ってるのかあ？　沙良は自分の胸や腹を押しては臓器の名と位置を確かめていった。外科の書物を見て、沙良は仰天した。そこには薬の服用だけでなく、刃物で切ったり、縫い合わせたりする図が載っていた。

「人の体を切る？　縫う？」

「うむ。そうせねばならぬ病にはな。怪我の時もな。ことに膿んでしもうた時は切開して膿を出さねば、体中に毒が回って命を失う」

「どのような刃物で」沙良は唾をゴクリと飲み込んだ。「切るのか？」

「外国《とつくに》より伝来の施術の道具を長は持っておられる。じゃが、特別の刃物は無くとも手術はできる。とっさの時は小刀でも剃刀でもよい。よくよく水で清めて焼酎を振り掛けるのじゃ。傷も焼酎で洗うてやれば毒消しになる」

「切る」ことは沙良にも納得できた。だが、縫うって？と沙良は思った。人の体も獣たちの体も、生き物の体を縫うなどは、目にしたことも耳にしたこともなかった。

「小さな傷なら、しっかり傷口を合わせて包帯を巻いておけばよいが、大きな傷だとそれだけでは塞がらぬ。そんな時は針と糸で縫い合わせるのだ」

「針――布を縫う針かあ？」

「うむ、手術用の針が無い時は代替で縫い針を使わねばならぬ場合もあるが……手術用の針は曲がっておる。これも長が幾本か揃えておられる」

「それは……われにも使えるものか？」介と沙良のやり取りを傍で聞いていた依良は、思わず口を挟んだ。

「沙良がか？　そんなことを言うたのは沙良が初めてじゃ。女子《おなご》は薬のこと、お産のことは教えられるが、外科は男のなす技と決まっておるに。じゃが、もし沙良が何としてもと望むならば……」依良は中空に目を据えて、しばらく思案していたが、

「今はの、長と介しか手術の技は知らぬ。そのうちに蔵たちの中から一人が選ばれて手術の技を習うのじゃが、沙良も蔵とともに習うことを許してもらえるかどうか……じゃ。沙良は特別の生まれの子ゆえ、長も特別に蔵同様に技を授けてくださるやも知れぬ。いや……」

沙良が自分の「特別の生まれ」の意味を知ったのは、十三歳、沙良が初めて「大人のしるし」の血をこぼした時だった。己が身からこぼれた「紅」に戦《おのの》いている沙良に、依良は喜怒哀楽すべての思いがこもったような深い息を吐いて沙良に手当の仕方を教え、赤の飯《まんま》を炊いてくれた。「赤の飯」は沙良を恐怖におとしいれた。その恐怖が由良の運命に由来していることに気付き、沙良はなお、身を戦かせた。由良のようにわれも長の部屋の壁の中で死ぬのか。

だが、由良の辿った運命は、すぐには沙良にはもたらされなかった。依良が沙良の体を己が身で隠すようにして長に申し入れたのである。

「長、この娘は未だ身が幼のうございます。月の訪れはみたが、まだ熟するには時が要りまする。由良のごときことにならば、薬屋敷はこの先立ち行かなくなりまする。もう少し時を待ってくだされや。その代わり——という訳ではありませぬが、沙良に、母のことを教えてはいかがかと……」

「そうよのう。告げる時が参ったようじゃ。墓参りの折々、沙良はいつも、もの問いたげであったのう」

「はい。では沙良の身が浄くなり申したならば」

「いや。血は汚れではない。身を巡りて身を生かしむる働きをしておることは、皆知っておろう。沙良の身が生命を守るしるしを見た日に、沙良に命を与えた母のことを語ってやろうぞ」

「われが……？」

「いや、わしが話す。介や、蔵も居る者は呼べ。むろん依良もともに」

介と、薬の仕入れに戻っていた千蔵と百蔵、さらに十蔵となった早男が長の部屋に集まった。沙良を伴った依良が入ってくると、介や蔵たちは息を飲んだ。沙良が「紅《くれない》の日」を迎えたことは知らされていて、どの顔も強張っていた。「では、いよいよ」と、沙良の運命への思いが皆の胸を冷たくしていた。

「いや。沙良の施術は未だやらぬ」目を伏せている一同に長が告げると、一同フーッと肩の力を抜いた。

「今日は、知る者もおろうが……沙良の母御のことを話そうと思う。敢えて知らせぬ方がよいという思いもあるが、ここに居る者だけでも知っておれば、薬売りの道々で沙良の母の素姓につながる何かを見聞きするやも知れぬ。何よりも、あの尼御前《あまごぜ》の御最期のことを沙良に伝えるは、尼御前への供養となろう」

「あまごぜのございご……」沙良は意味が飲み込めず、長の言葉を繰り返した。

「夏の初めの頃じゃった。介が駆け込んで来た」長は低い声で語り始めた。

「花咲く橡《とち》の木の根元で尼僧が苦しんでおる、と介が息を弾ませて告げた。その頃の薬屋敷から半里も離れたところじゃった。わしと依良が山道を駆けて尼御前の元に行くまで四半時近くもかかってしもうた。しばらく人の行き来が無うなった道は草が茂り、おまけに登り道じゃったゆえ。藪を払うようにして介の後についていくと、突然藪が切れ、円形の草地が目の前に現れた。草地の真ん中に橡の木が聳え、その根元に寄りかかって尼僧が喘いでいた。一目見て、わしは仰天した。尼僧は子を産まんとしていた」

蔵たちがヒュッと息を飲んだ。沙良も漸くに「あまごぜ」が尼僧のことであるのを悟っていた。尼さまが子を産む⁉　山の薬屋敷の暮らしの中でも仏を祀ることは教えられていた。由良の死、米良の死には長が経を唱え、春秋の彼岸には水と花を持って墓参りにも行った。さらに、坊さまも尼さまも、生涯独り身で仏に仕えることは、沙良でも何とはなしに耳にしていた。

「薬屋敷まで運ぶ余裕はなかった。尼僧は墨染めの衣の袖をくわえて、悲鳴を押し殺していた。衣の裾は既にしとどに濡れておった。尼僧は何か肌着のようなるものを腰の下に敷き、産まれる子を受け止める褥《しとね》にせんとしておった。わしたちは尼僧を励まし、子を産み出す手助けをしようとしたが……難産でな。子はなかなか外へ出て来ず、いきむ力も弱まって、尼僧は半ば気を失うておる。わしと依良は思い切って衣を開き、腹を押した。それでも子は生まれぬ。と、その時――」長はそこで言葉を切って息を整えた。言い難いことを口に出す時のくぐもった声で長は続けた。

「小さき蛇、マムシの子が椽の枝から降って来た。思わず飛びのくと、小蛇は尼僧の乳を咬んだ。その痛みにウッと醒めて、尼僧は渾身の力を込めていきみ、沙良、おまえはこの世に生まれたのじゃよ。尼僧の耳にも赤子の産声が聞こえたのじゃと思う。尼僧は笑みを浮かべて、ホーッと息を吐いて事切れた。蛇の毒が回るほどの間も無かったゆえ、お産で力尽きたのであろう。名を聞くいとまもなく、尼僧は赤子を残して身罷《みまか》られてしもうた。わしと介で、あたりの木々を伐って担架を作り、尼僧を今の墓所に運んで葬り申した。赤子は尼僧の肌着にくるんで、依良が薬屋敷に抱いて行った。それから今日の日まで、依良が母代わりとなっておまえを育ててきた」

「なにゆえ、尼さまが子を?」千蔵が恐る恐る訊いた。

「分からぬ。尼僧の素姓も、父であるはずの人の名も。あるいは在家の女人が許されぬ子を宿して尼僧の姿になっていたのやも知れぬ。いかにして、ここらの山に迷い込んで来たかも分からぬ。――このことは、介と依良とわしのみが知っておったことで、誰にも、米良にも蔵たちにも告げなんだ。余りにも謎が多くて、聞けば誰でも惑うであろうゆえ。薬屋敷では幼い子を預かりて育てるは常のことゆえ、沙良もとくに不審とも思われず育てられた。沙良は健やかに利発な娘に育った。誰とても父と母があって生を享けるが、沙良の母は尼御前、父は分からぬ」

長は立って行って戸棚から木箱を取り出し、沙良の前に置いた。促されて沙良が木箱の蓋を取ると、畳まれた白い肌着の上に一連の数珠が置かれていた。

「おまえを生んでくだされた尼御前の形見じゃ。今よりはお前が所蔵するがよい。数珠はの、白珠と翡翠じゃ。尼御前は身分のあるお方ではないかと思う。肌着も糸の細い木綿じゃ」

子をこの世に送り出してくれる者を母と呼ぶことは沙良も知っている。山の生き物たちの営みを見れば、子には必ず親があった。由良の死の時、「母さまの墓」を教えられ、彼岸には山路を辿って花と水を供える習わしを繰り返してきた。だが、沙良にとって「母」の存在は遠くおぼろだった。沙良のすべては依良によって支えられていた。依良が作ってくれるものを食べ、依良の作ってくれる着物を身に付け、依良の傍で眠る。「沙良の笑顔は花が咲くようじゃ」と沙良の頬を撫で、「沙良は賢いのう」と沙良の頭を撫でてくれる依良。母さまって何だろう。依良は母さまではないのか……。子を産むと言っても、人間の女が子を産むのを見たことはなかった。父さま……。父さまという人がわれとどう関わるのか。父の存在は、沙良にとっては母よりもなおおぼろだった。親鳥が巣で雛を守っていると、もう一方の親鳥が餌を運んでくる。あの一方が母鳥で、もう一方が父鳥なんだろうか。自分の父と母がどういう人たちであったか知りたいと考えるには、父と母は沙良にとって実体が無さすぎた。茫然としている沙良に、長が言った。

「沙良、おまえはこの薬屋敷で育った。ここで育つ者は病に関わり、病の者を治す仕事につくことを定めとしておる。おまえは聡く、薬のこともよう飲み込む。さらに学び、技を習い、己の運命《さだめ》を全うせよ。それが命を懸けておまえを世に送り出してくれた尼御前への供養になることであろうよ。——依良、向後は里に呼ばれた時は、沙良を連れて参ろう。世を見せてやろう」

依良をはじめ、介や蔵たちも、驚ろきかつ訝しげに長を見た。

「うむ、世を見せるのは十五からが決まりじゃが、沙良はなぜか、運命《さだめ》が重いような気がしてならぬ」

「さだめが重い」依良が長の言葉を繰り返した。

「沙良には二つの道のいずれかを選ばせることはさせとうない。遊びの道は、沙良には似合わぬ」

「では……」依良が苦痛のにじんだ声で言った。

「沙良は必ずや、類稀なる『血のいやし手』になる。案ずることはない。沙良には尼御前の加護がある。あれに咬まれて、尼御前は沙良を生み落としたのじゃ。『血のいやし手』は、三十を越えて生きる者は稀じゃと伝えられておるが、依良、おまえが何よりの証しじゃ。おまえは沙良がここへ来た時、三十路に入っていたはず。生みの母と育ての母と、双方の母から沙良は力を授けられておる。うむ。沙良の運命《さだめ》が確かなものとなるよう、施術は、いま少し先に延ばす。この娘の力が満ちるのを待とう」


さだめが重い、血のいやし手……耳慣れぬ言葉が沙良の頭の中で響いていた。いったい何のことなのだろう。


「大人のしるし」を見た日からほぼ二年の間、沙良はいっそう厳しく、薬と医術に関わる知識と技を教え込まれた。介が外科の基本となる技を教え、時に長自らが里から呼ばれる病人や怪我人の治療に沙良を伴うこともあった。

「いいか、目を開けて確《しか》と見ておれ」

鎌で切った太腿の傷が膿んで膿が流れ出している傷口を小刀で切り開いて傷んだ肉を抉るように掻き出し、湯ざましの水を注ぎ掛けて洗い、さらに焼酎をかける。皮膚を引っ張り合わせるようにして鉤形の針で縫い合わせていく。患者は麻酔薬で知覚を麻痺させておくが、完全には効かず、患者は時折身をよじって呻く。患者の息子二人が必死で父親の体を押さえつけている。十針縫って固く包帯を巻き、長はホッと息を吐いた。

「あとは怪我人の体力次第じゃ。一両日が山になる。今夜は熱が出るじゃろう。あまりに熱が高きようならば、この薬を飲ませるがよい。湯冷ましか番茶を飲ませ、汗が出たらよく拭ってやりなされ。明後日にまた来よう。常に誰か傍におって、様子を見ておるとよい。されど泣き顔を見せてはならぬぞ。手を取って名を呼んでやるのじゃ」

翌々日、患者の元を訪れると、患者は昏昏と眠っていた。苦し気な眠りではなく、激しい戦いを乗り越えた者の、静かな深い眠りだった。長は包帯を取って傷口を改め、再び焼酎を浸した綿で浸み出た液を浄めて、軟膏を塗った布を張り付け、新しい包帯を巻いた。

「今、わしがしたように手当てをするのじゃ。十日もすれば皮膚が合わさるであろうゆえ、糸を抜きに参ろう。向後は物も食せるであろうゆえ、消化の良き物を食べさせるようにな。酒はしばらく控えてな」

「長さま、まことにまことに有り難うござりました……」

患者の女房は畳に額を擦りつけて礼をいった。

「これはほんの薬礼代わりでございます」

女房は息子を呼び、用意してあったらしい品を持って来させた。息子は袋に入った豆と麦に一反の布を添えて差し出した。布は絣織りの木綿だったが、藍と白に紅が織り込まれて、沙良の目にはひどく美しく見えた。

「うむ。有り難くお受け申す。美しき布じゃ。この娘のその日の衣裳になろうか」と長が言うと、女房は「なれば、この娘御も……」と目を伏せた。

数日後、三つになろうかと思われる男の子が、父親の背に負われて薬屋敷に運ばれて来た。右下肢が紫色に腫れ上がり、太腿のつけ根にきつく布が巻きつけられていた。男の子の意識は無かった。やっと明け六つの鐘が鳴る頃合いだった。

「マムシに咬まれた」と父親が嗄れた声で言った。

長は男の子の瞳孔を見て、ゆっくりと首を振った。

「気の毒じゃが……もう毒が全身に回ってしもうた。咬まれてすぐ、傷を切り拡げて毒を洗い、毒消し薬を注ぎ込めば助かったやも知れぬが……」

「夕方、姿が見えんもんであちこち探したらな、藪陰に倒れとって。もう気を失うていてな。家へ運び入れて体を調べて、やっとあやつの咬み跡に気付いた。脚は見る間に紫色に腫れていったで。ここさ行けば毒消しがあると祖母《ばあ》やんが言うで、山道が見えるようになってすぐ、負うて駆けて来たに」

父親は子供の体を掻き抱いて嘆いた。

「母やんもなくってな、ようく見ていてやれなんだ。一人で遊びに行かせて――」

沙良は胸の内に遠い記憶がうごめくのを覚えた。あの紫色、どこかで見た――由良の足。由良の柩を閉じる時、裾の陰からちらりと見えた由良の足も、この男の子の足とそっくりの色をしていた。では由良は――まさか。由良は亡くなる前は長の部屋にいたのゆえ。

骸《むくろ》となった男の子の顔を、依良が出して来た亜麻布でくるみ、山菅で編んだ籠の中にしゃがませて背負い、男はしおしおと山を下りて行った。

毒消し、と長は言った。薬の効用は毒を消すことだと沙良は飲み込んでいた。体の外から入る、あるいは体の内で作られてしまう、体に害をなすものを無毒化するのが「薬」。だが、あの「マムシ」の毒を消せる薬などあるのだろうか。毒消しのほかにも薬のもたらす効用がある、と沙良は教えられた。熱を下げる。尿を出す。痛みを和らげるのも薬の大きな役割だ。だが、薬だけでは回復が望めぬ場合もある。傷が膿んでしまって薬では毒を押さえられぬ時は、長は小刀で患部を切って膿を出して洗う。骨を折った者には、手で骨の様子を探り、ずれている骨を引っ張って元の位地に直し固定する。そうした医術の分野を「外科」と呼んだ。外科の術を施す時は、患者は耐え難い痛みに襲われることが多い。長は痛みを抑制する薬を与える。沙良は薬の持つ力に心底驚き、かつ限りない畏敬の念を覚えていた。

それにしても、なにゆえ長はあれほど沙良に目をかける、と折々に薬屋敷に戻る蔵たちは不審を抱いた。これまで自分の治療に依良以外の女を伴ったことはなく、自分たち蔵も長の治療の実際を傍で見聞きさせてはもらえなかったに。

一方、介は長が沙良を特別に待遇するのは、沙良の、薬に対する鋭い感覚、医術に対する才能を見抜いているからだと察していた。もしかしたら、長は将来、沙良を薬屋敷初の女介にする気やもしれぬと。同時に、沙良の出生が長の胸を揺すっているのではあるまいか、という思いが横切ることもあった。尼僧の腹から生まれたという、世に受け入れられぬ沙良の出生への痛ましさ、さらに長自身が沙良の出生に立ち会うたことで、長は沙良に特別な絆のようなものを感じてしまわれたのではあるまいか、とも思っていた。それは、同じく沙良の母である尼僧を見つけ、沙良の出生に立ち会うた己の胸の内にもある、と介は思った。あの、薬屋敷の掟の権化のようなる長、冷徹に娘たちに血の施術をなし、娘たちが施術に耐えられず命を落としても淡々と草地に赴くのみの長が……。

介は、蔵たちの収まらぬ胸の内を測り、重苦しい不安を覚えていた。介自身も沙良の才能は認めていた。教えたことはほとんど過たず理解し、記憶する。何よりも沙良は己自身でものを考える力を持っていた。不審に思うことはどこまでも問い続ける。

「附子《ぶし》は子供には決して用いてはならぬ」と言うと、「なんでじゃ」と問い返してくる。

「他の薬は、大抵は子供は大人の半量というに、附子は、わずかでも使うてはならぬのか」

「うむ。子供の身体は、大人を小さくしたものという訳ではない。どんなに図体が大きゅうても、血のしるしを見ぬうちは子は産めぬ。外側からは見えずとも、大人にならねば内側の臓器が整わぬこともある。薬が効くというは、薬が体内にその薬に応じた作用をなしたということじゃ。その作用は、体に仇《あだ》をなし、体を損なうこともある。薬はよき作用と悪しき作用のせめぎ合いというてもよいのじゃ。薬が、どんなからくりでどんな効き目を生み出すかは、詳《つまび》らかに分かってはおらぬのじゃ。多くの『試し』を重ね重ねて、何に効くか効かぬか、逆に体を損ねることは無きか、探っていくのじゃよ、薬師はのう」

「試し――とは。では、仕損ねたことも……」

「ある。無論、治そうとして薬を処方するのじゃが、命を縮める結果になったこともある。薬を与えぬ方が永らえたであろうかと悔やんだことも。――そうして、幾つもの命を損いながら、多くの命を救う薬が見出されていくのじゃ」

沙良はそれから数日間、誰とも口を利かず、長が所蔵する書物を読みふけっていた。

依良にとって、沙良はいつしか、この世を生きる喜びになっていた。沙良と出会う前にも四人の親なし娘と暮らしたが、そのすべてを失っていた。一人は「遊び」となって依良の視野から消え、二人は蛇姫として旅立った後、命を亡くした。そして由良も。

「遊び」になるか「蛇姫」になるかは、薬屋敷に流れて来た娘たちの宿命だった。依良自身「蛇姫」だった。しかも依良は三十歳までの流浪《さすらい》を生き延びて、薬屋敷で生きていくことを許された。許されたというても――と、依良は己の運命を呪った。自身の子は持つことができず、薬屋敷で苛酷な運命《さだめ》に向かって育っていく娘たちの世話をする日々は、依良の心を少しずつ蝕んでいった。

米良は「遊び」から戻った女だった。ほとんどの「遊び」は、その辛いなりわいの中で、病んだり、狂ったり、自ら命を絶つ者もいた。中でわずかに、身の上を隠し、遠い地で伴侶に巡り会った者もいた。米良はそのどれでもなく、三十歳までという期限を陽気に生き延びて依良より数年前に薬屋敷に戻って来たのである。「ここがいちばんええ。ここに置いてくだされ」と。米良の、己の境遇をさして辛いとも思わぬ無縫さを先代の長が受け入れ、米良が屋敷で暮らすことを黙認した。米良は依良が戻るまでは年長の娘と食事の世話をしていたが、依良が戻ると、「はれー、助かった」と、さっさと厨仕事から手を引いた。思慮深く、時に厳しく沙良をしつける依良に対して、底抜けに楽天的な米良には、沙良をしっかり育てねばといった意識はまるで無く、沙良が喜べば己も笑い、沙良が泣けば己も涙をこぼして、沙良を膝に乗せていつまでも揺すって慰めた。米良は、その類稀な共感性によって、苛酷な「遊び」の十五年を生き抜いたと言ってよい。米良を「買う」男たちは皆、米良の無事を願う心持ちになる。といって、嫁にして家に入れるといった対象にはなし得なかった。世間体ということもあったが、逆に世の掟などで米良を縛ることはできないと、分かるからだった。風のように気まぐれで、陽光のように温かく、水のように捉えどころのない米良から受けた底抜けの優しさを、沙良は、人が人として生きる根源を支えるものとして、心と体の隅々まで沁み渡らせていた。

なぜわれらは薬屋敷を拠りどころとして暮らしているのか、なぜ里人とは異なる暮らしなのか。長や依良に連れられて里に行くようになって以来、沙良の胸に疑問が湧き起こってきた。沙良は依良に訊いた。

「われらはなぜ山の薬屋敷におるのか？　なぜ里で暮らさぬのか？」

依良は沙良の顔を見ず、色づいて落ちる紅葉に目をやりながら言った。

「われらは人外の人なのじゃ」

「じんがいのひと？」

「里人はな、御領主様に束ねられて、税を納めておる。米を作っている百姓は米を納め、職人やら商人《あきんど》やらは銭で納める。賦役《ふやく》を課せられ、お触れに従い、細かな掟に縛られて暮らしておる。――我ら山に住む者は、税を納めぬ。里人の掟には縛られぬ。御領主様のもとで世のしくみに沿うて暮らす者から見れば、われらは世のしくみから外れた人外の人なのじゃ」

「里の者になるか山の者になるかは誰が決めるのか？」

「さあて、われにも分からぬ。人も獣も山も川も、すべてを見そなわす神さんがお決めなさるのであろうか。この薬屋敷に関わる者は、ほとんどが親を知らぬ。里の者は、まず大よそ親と子のつながりは分かっている。生みの親に育ててもらえぬ者でも、生みの親の名や在所は伝え聞いておる者が多い。――この屋敷では、長もな、親を知らぬ。われらは、この天地の間に、霧が凝ったように生まれ出た者じゃ。さような者がこの世で暮らしを立ててゆくには、何やらの手技《てわざ》を持たねばならぬ。この屋敷では、それが薬作りと医術なのじゃよ」

「薬作りや医術でない手技もあるのか？」

「ある。傀儡《くぐつ》を携え、舞を舞いて里を廻る者もおる。木の器を作る木地師らもおる。木地師らは仲間で移り住むゆえ、親と子のつながりは確かじゃがの。手技を伝える者は、多くは移り住むさすらい人じゃ」

「さすらい人？」

「そうよ。里人は田畑を耕して田畑につながれて暮らしておる。だが薬師、傀儡師、木地師、鉱山《やま》師、橋造り、彫刻《ほりもの》師らは、仕事のある間はその地に留るが、仕事が終わればまたさすらって行く。果てなきさすらいを繰り返して、また天地の間より消えてゆく……」

介は、沙良に説き聞かせている依良の話を物陰で聞いていて驚いた。依良は賢い女とは思うていたが、これほど己らの境涯について、その核心を悟っておろうとは。「親も知らぬさすらい人」介は胸の内で呟いた。にわかに激しい胸の痛みを覚え、介は己の左手に見入った。介の左手は、薬指と小指の先が無かった。「刃物で切り落とされ、薬屋敷の入り口に置かれておった」と、長は話をしてくれた。赤子の指先を切ったのは何者だったのだろう。「親」とは思いたくなかった。一体いかなる凶事が親とわれを襲ったのであろう。沙良を生んだ者は、姿形は分かっているが、名も素姓も分からない、と介は思った。肌は陽に焼けて、首筋までの髪は乱れていたが、臈長けた美しい相貌だった。日々大きくなる腹を僧衣で隠して、どんな惨い日を過ごしたことだろう。淵に身を投げることもせず、産み月まで生き長らえたのは、子を産みたいと願ったからであろうか。あの尼さまは、子の産声を聞いたであろうか。まるで蛇に促されるかのように、最期の力を振り絞って沙良を産み落とした……。蛇の力。介はゾクリと背筋が震えた。長はいつ、沙良に血の施術をなすのであろう。

依良は時折、里からお産の介添えを頼まれることがあった。里には産婆を生業にする者はなく、幾人もの出産に立ち合った経験を持つ年増女が出産を差配するのが常だった。だが逆子と分かったり、手足のむくみがひどく、伏せりがちの産婦には依良が呼ばれた。沙良が月の訪れを迎えて以来、依良は里人のお産に沙良を伴うことが多くなった。依良は、いざとなれば産婦の体に手を差し入れて赤子を引き出すこともやってのけたが、その本領は産婦の心の誘導にあった。落着いた優しい口調で産婦に話しかけ、褒めて力づける。

「よーし、よくここまで赤子を育てなさった。ほら、赤子が外へ出たがっておるぞ。赤子と呼吸を合わせていきむのじゃ。うん、叫んでもいいぞ。じゃが叫んでおる時はいきめぬゆえ、口を閉じていきむのじゃぞ」

沙良には産婦の手を握り、腰や背を擦るように命じた。沙良は赤子が女体のどこから産まれるか、図版を見て知ってはいたし、月の訪れの後は自分の体でも「そこ」という認識はあった。だが、現実の出産に立ち合って、子を産むという行為の壮絶さに心が震えた。

　七つぐらいの男の子が汗びっしょりになって薬屋敷に駆け込んで来た。

「何だ、おまえ一人か。ここがどこだか知って参ったか？　早う立ち去れ」

と介に追い払われたが、子供は縁に手を掛けて叫んだ。

「お母《かあ》を助けてくれ。赤ん坊がなかなか産まれんでよー」

「お父《とう》はどうした。大人はおらんのか」

「お父はいねえ。この春、死んじまった。祖母《ばあ》やんと隣のおババが、薬屋敷の依良さまを呼んで来い。わしらの手には負えんと」

　介と男の子のやり取りを聞きつけた依良が「分かったぞ。すぐ参るで案内せよ。歩けるか」と男の子に話しかけ、素早く身仕度をして、幾つかの施術の用具を背負い籠に入れて出て来た。「さ、急ぐぞ。家へ案内しておくれ」

「依良、助からんかったら、施術のせいにされる。行かん方がいい」と介が止めたが、「助けられるかどうかは行ってみんと分からん。沙良、おまえも来い。檀香梅《だんこうばい》とメハジキを持っていこう。この子の家に着いたらすぐ薬湯を煎じるのじゃ」

　沙良は急いで戸棚から依良の命じた薬草を取り出し、風呂敷に包んだ。草鞋の紐をきつく結んで、沙良は依良とともに山道を走った。男の子は気が急《せ》いてならぬらしく、転がるように道を下って行く。

　山裾に男の子の家はあった。村では中ぐらいの家の構えだったが、働き手を失って、母親も子を孕《はら》んで働けぬせいであろうか、庭も、庭に続く畑も雑草が伸びていた。薄暗い土間では中年の女が半泣きで大釜に湯を沸かしていた。囲炉裏の切ってある板の間の北側の部屋から、おババの魂《たまげ》消るような声が聞こえた。

「おタカ、あと一踏《ひと》ん張りじゃ。眠ってはいかん。目をさませや」

依良は草鞋を脱ぐのももどかしく、奥の部屋へ駆け込んだ。布団は泌みるほどの血だった。産婦は、ほとんど気を失って、浅い息をしている。「毒消し水」と依良が沙良に命じた。毒消し水はいつでも施術の際は持参していくので、沙良は陶製の瓶に入った毒消し水を手洗い桶の水に注いだ。バシャバシャと音を立てて手と腕を毒消し水で洗って、依良は産婦の正面に屈み、産婦の膝を押し広げた。

「ああ、逆子じゃな。足が出ておる。よし、引っ張るぞ。沙良、気つけ薬」

沙良は小さな茶色の瓶の栓を抜き、産婦の鼻の下に近付けた。産婦は首を振って目を開けた。

「さ、いきむのじゃ。いいか、一二三、そう、うまいぞ。もう一度、一二三」

産婦が渾身の力を込めていきむ。顔中を真っ赤にしていきむのと、依良が赤子を引き出す呼吸が合った時、赤ん坊はスルリと母の胎内を脱け出した。だが、赤子を見て依良の顔は緊張を増した。首に臍の緒が巻きついている。依良は手早く臍の緒を外して赤子の足を持って逆さにすると、その小さな背を平手で叩いた。幾度か叩くと、赤ん坊は口から粘液を吐き出し「ウギャア」と泣いた。「よしよし、いい子じゃ。強い子じゃ。タカさん、女の子じゃよ」依良は素早く臍の緒を縛り、少し先を小刀で切った。

「産湯をな」

おババは赤子を抱きかかえて板の間に運んだ。かまどの前でオロオロしていた女は盥《たらい》にお湯と水を合わせて湯加減を見ていた。

「沙良、母親の手当てじゃ」間もなく後産があって一息ついたものの、おタカは血の気の無い顔で震えていた。

「止血！」と依良は命じ、沙良は白い晒しを手渡した。依良は赤子が出てきた部分に晒しを押し当て、さらに赤子の襁褓《むつき》のようにおタカの腰を覆った。「薬湯を」と依良はまた沙良に命じた。メハジキを土瓶に入れて熱湯を注いでおいた薬湯は、すっと飲めるほどに冷めていた。

「多くの血が出てしもうたゆえ、血を止める働きのある薬湯を飲ませるのじゃよ」

薬湯には気持ちを落ちつかせる成分も入っていて、おタカはうとうとと眠りに入っていった。体を浄められた赤子が産着にくるまれて戻ってきた。依良は産着を開き、ざっと赤子の体を診た。

「大丈夫。いい子じゃ。母さんの傍で眠らせるがよい。母さんは赤子に、赤子は母さんに力づけられるものじゃ。おお、勘太《かんた》はどうした。勘太あ、入ってもよいぞ」

お産の間は部屋に入ることを許されなかった男の子、勘太が部屋に飛び込んで来た。

「お母、お母はーっ」

「おお、無事じゃよ。おまえが呼びに来るのがあと少し遅かったら、危ないところじゃった。よかったな、勘太。お手柄じゃ」

勘太は顔をくしゃくしゃにして、涙を拭きながら笑った。

「勘太、女《おみな》の赤子じゃ。名を付けてやれ。おまえのお蔭で生まれ出た子じゃからの」

「薬屋敷のおババさまの名を付ける」と勘太は言った。

「ほう。われはイラと言うが、何やら赤子に似合わぬのう。ウラというのはどうじゃ?」

「ウラかあ。うららかのウラ」

「良い言葉を知っておるのう。春の陽のようにうららかなウラ。良い名じゃのう」

依良は笑って勘太の頭を撫でた。

「お母とウラの傍にいて、様子を見てやれや。赤子の顔に布団など掛からぬようにな。お母が目を覚ましたら土瓶の薬湯を飲ませてやってくだされ。ものが食べられるようなら、粥を食べさせてやるとよい」

依良は半分は勘太のおババに向かって言った。「かゆと言うても……」とおババが困惑して言った。「秋に新米がとれるまで、わしらの食える米は尽きておるが――」

依良が沙良に目配せした。沙良は持って来た荷の中から三合ばかり白米が入った袋を取り出した。それは産婦の家を訪ねる時に、依良が密かに荷の中に入れて行く袋だった。無論、裕福な家の場合は、出すことなく持ち帰る。

「二分粥ほどからだんだんに濃くしてゆくとよい。二、三日の間は、これで間に合うであろう。命を落としても不思議はなきほどの難産じゃったゆえ、しばらくは寝《やす》ませてあげなされ。お母がようなって働かんと、この家は立ちゆくまいて。大事になされや。そうさのう、明日また来てみよう。出血が止まらぬとまだまだ危ないでな」

帰路、沙良は黙りがちだった。「ホーッ」と深く息を吐いて立ち止まった沙良を、依良は深々とした目で見つめた。

「お母ってものは」と言って、沙良は勘太の村の上に広がる夕焼け雲を眺めた。

「ん？」

「あんなにも命懸けで子を生《な》すものなのか」

「今日の赤子は逆子だったゆえ、大変じゃった。もっと何でものう生まれる子もおる。もっともそういうお産にはわれらは呼ばれぬがな」

「われの母さまも、われを生んで命を落とした――われが母さまの命を縮めてしもうたのか……」

「いや。おまえは母さまのお命を受け継いだのよ。沙良、おまえの母さまはおまえの誕生を心から望んでおられた。はじめに介が尼さまを見つけた時、尼さまはまだ話ができてな、介の手を握り締めて、この子は我がいのち、愛しき愛しきわがいのち、と申されたそうじゃ。おまえは母さまの命じゃった。おまえが生きておれば母さまも生きておいでじゃ」

「なぜ、尼さまが……」

「よほど深い訳があったのじゃろう。人の世は思い通りにゆかぬ。――どんな訳があったにしても、尼さまはおまえを何にも増して大切に思うておられたのじゃ」

母が己の誕生を望んでいてくれたということは、沙良にとって何よりの祝福となった。己が生きていることに芯が据わった気がした。薬屋敷の一員となって、人の命を救う手助け――己ができることはほんの僅かだけれども――をさせてもらえることは、母さまの願いに応える道と言えるやもしれぬ。沙良は、力を込めて山道を踏みしめた。

翌日、薬屋敷での日々果すべき仕事をなし終えて、依良と沙良は再び勘太の家を訪ねた。あれほどの出血にもかかわらず、タカは上半身を起こしてウラに乳を含ませていた。タカのウラを見る目は、限りなく優しげに沙良には見えた。

「薬湯は飲んでおるか」と依良が訊くと、「うん」と勘太が答えた。

「あれ！　おまえが飲んだのか？」

「飲まねえよ、あんな苦いもん」

「あれ、よう苦いと知っとるなあ」と、依良はいかにも不思議そうな面持ちで勘太の顔を覗き込んだ。

「これはな、もっと苦い薬じゃ。粥に入れてお母に食べさせてやれ。薬湯より苦いゆえ舐めるでないぞ」

依良は厳し気な顔で蜂蜜の入った小壷を渡した。沙良は思わずクスリと笑った。産婦も赤子も予想以上に元気な様子に、依良は心が浮き立っているのだと、沙良は思った。

沙良が十五になった日、長は再び依良と沙良、介と旅から戻っていた千蔵と十蔵を自室に呼び入れた。万蔵は遠く上方まで、南蛮の薬を仕入れに赴いていて、留守だった。百蔵も旅から戻っていなかった。用事をしていて部屋に入るのが最後になった依良は、皆が顔を揃えているのを見て、青ざめた。やは長は沙良に運命《さだめ》を選ばせるつもりなのだ。

「沙良、本来なら薬屋敷で育った女子《おなご》は月の訪れを見た年、運命を選ぶきまりになっておる。おまえは依良のたっての望みで、その日を猶予しておった。この二年、おまえはよう学んだ。わしもできることなら蔵たちのごとく薬を売り歩くのみの仕事に就かせたかった。だが、おまえだけ女子の宿命を外させる訳にはゆかぬ。沙良、遊びになるか蛇姫になるか、選ぶ時が来た」

「蛇姫とは……由良の選んだ道でしょうか」

「うむ。だが、由良と同じとは限らぬ。依良も蛇姫であったことは存じておろう。依良は血の施術を乗り越え、己《おの》が血で多くの人を救って今ここにおる。わしはおまえの運命《さだめ》を信じておる。おまえは尼御前から生まれた。あのマムシの力を借りての。きっとおまえはマムシの毒に勝ち、マムシに咬まれた者を救う力を得るだろう」

沙良は体が震えるほど恐ろしかった。目に、由良の紫色に腫れた足が浮かんだ。だが、遊びはもっと嫌だと思った。もし命を惜しんで遊びとなる方を選んでも、われはその時から生きながらにして死ぬであろう。

「蛇姫に」と沙良は答えた。

「沙良」と依良が悲鳴のような声をあげた。男たちは皆、目を伏せた。

翌日、湯あみをして白衣に着替えた沙良は長の部屋の塗り込めに入って行った。依良が薬湯を捧げて続いた。長が見守る中で、沙良は薬湯を飲んだ。三口ほど薬湯を飲むと、沙良の意識が消えた。――気がついた時は、ほのぼのとした夜明けだった。塗り込めの北側には窓が切られていて障子が嵌まっている。その障子がほんのり明るかった。足が痛い。思わず「ウッ」と声が出た。弾かれたように依良は飛び上がり、沙良の顔を見て「おおっ」と叫び、沙良の名を呼んだ。そして長を呼んだ。長は慌だしく入って来て、沙良を見ると、

「気がついたか」と、ホオーッと長い息を吐いた。

「咬み跡はどうじゃ」長の声に応じて依良が着物の裾を開いた。

「おおっ、ここまでで止まっておるぞ」

沙良の足の変色は五寸四方ほどで止まっていた。

「依良の血が効いたのじゃ」

「今もなお、効き目があった……」依良は泣いていた。

「うむ。それと、沙良の体質であろう。いかなる病であっても、罹患する者とそうでない者がおる。罹患しても症状が軽く治る者と死に至る者がおる。その者の持って生まれた体質の違いが、深く関わるのじゃとわしは思うておる。また、わしが思うた通り、いや願うた通り、尼御前の守護によるものでもあろう。無論、依良の血が、マムシの毒を消すのに役立ったのじゃよ。少しずつ、注意深く、沙良を蛇姫にしていこうぞ、のう依良」

「依良の血……」沙良は呟いた。

「さようじゃ。依良は薬屋敷が育てた蛇姫の中でも、最もすぐれた蛇姫じゃ。蛇姫とはな、己の血がマムシの毒を消す働きを持つようになった女のことじゃ。このあたりの山や谷にはマムシが多く棲息しておる。毎年のように咬まれて命を落とす者がおる。マムシの毒は激しゅうて、咬まれてすぐ毒を絞り出すほか、手立てはない。薬草も効き目は薄くてな。——が、幾代もの長がマムシに咬まれた者と接しているうちに奇妙なことに気付いた。それは の、一度マムシに咬まれて命を取り留めた者が、二度目に咬まれた時は、一、二日は伏せっていても、死に至ることはほとんど無いということじゃった。咬まれて助かった者の体の中には毒を消す力が宿るのではないかと、ある長が思いつかれた。疱瘡や麻疹も、一度罹れば二度と罹らぬことは、よう知られておる。長は、ならば人の手で、人の体の中に毒を消す力を作り出せぬかと思いつかれた。幾年もの年月、幾人もの犠牲となりし者を経て、血の施術が編み出された。だが、人の体は一様ではない。毒に強い者も弱い者も、さまざまじゃ。痛ましいことじゃが、由良の体はマムシの毒に耐えられなかった。依良や沙良は生まれながらにマムシの毒を退ける力を持っておるのじゃと思われる。沙良、己の体を嘉《よみ》するがよいぞ」

初めての施術から二年の間、時を置いて、沙良に施術が繰り返された。マムシの牙から絞り取った毒を薄めて、鋭い小刀で切った沙良の傷に注いでいく。沙良の体の反応を見ながら、徐々に毒を強くしていく。二年の後には、蛇毒を注いでも、沙良の体は傷つかなくなっていた。


十七歳になった時、長は沙良を呼び、「旅に出る時が来た」と告げた。蔵たちと同じく、薬草や丸薬の荷を背負って、村里や時に城下に売りに行くのである。

「蛇に咬まれた者があれば、蛇の種類を見極めて、薬を与えるのじゃ。マムシであれば、躊躇なく己が身を以って助けよ」と長は言った。「まず、咬まれた傷口を切り開いて毒を絞り、真水で洗って、おまえの血を注ぐのじゃ」

施術に要する用具は一揃い晒にくるんで荷に入れた。施術の手順は繰り返し習い、とりわけ、動脈を傷付けたら蛇毒より先に出血で死ぬ、と動脈の位置は、くどいほど叩き込まれた。

「薬を売り切ったら戻るのじゃ。もし売り切らずとも、一年が経ったれば戻れよ。おまえの体が蛇毒を消す力を保っておるかどうか調べねばならぬゆえ」

さらに長は、少し目を外らして続けた。

「蛇姫は男と交わってはならぬ。交わった男はその精気を奪われる、と言い伝えられている。のう依良」

「まことか否か、われは知らぬ。われもそう教えられた。旅の途次、心惹かれる男に出会うこともある。父も母も同胞《はらから》も無き身、せめて我が子が欲しいとどんなに思うたことか。男と契らねば子は生めぬ。愛しく思う男の子が欲しい。だが、愛しければ愛しいほど、契れなんだ。長、これは酷い掟じゃ。どうか、沙良をそのような掟で縛らんでやってくだされ。どうか沙良に普通の里の娘のように子を持つことを許してやってくだされ。沙良は、子を持たぬわれに天が授けた、命の糧のような娘ゆえ」

依良は、己の口から出る言葉に怖じつつも、必死の思いを込めて、床に頭を擦りつけて長に嘆願した。長は黙って依良の願いを聞いていたが、しばし思案し、低い声で言った。

「掟はわれ一人で定めたものではない。長い薬屋敷の営みの中で伝えられて来たもの。旅に出た蛇姫のおおよそは、旅の途中で行方知れずとなる。と申して、すべてが命を無くしたとも思われぬ。『蛇姫』の身の上を隠して里人と夫婦になる者もあるやも知れぬ。蛇姫と交わる男は死す、と申すは、遊びとなる道を拒んで蛇姫となりし者の志を支える戒めなのでもあろうよ。また、若き娘を狙う世の男の欲を挫く助けにもなる。——ここ薬屋敷の者は、血のつながる親子、同胞ではのうて、医術と薬の技を伝えることでつながるのじゃ……」

沙良には長の言うことが十分には飲み込めなかった。男と交わることも、子を生むことも、まだまだ自身にとっては遠いことだった。依良が自分を「天から授かった命の糧のような娘」と言ってくれたことがしみじみとうれしかった。底抜けに明るかった米良と違って、依良が胸の内に大きな陰りを抱いていることは、沙良も感じていた。その陰りの一つは、子を持てぬことだったのだろうか。愛おしく思う男がいたのに。

青葉が茂る季節、沙良は薬屋敷を出立した。二貫目ほどの薬と施術用具の入った荷は、沙良の藍染めの蛇姫装束の肩に食い込み、沙良は前途の険しさにたじろいだ。

「早う売り切れば荷は軽ろうなる。薬代は半分はおまえの路銀になる。あと半分は薬屋敷に納めるのじゃ」と介が話して聞かせた。さらに介は一枚の裏打ちされた紙を取り出した。地図だった。

「八つ峰山の下に広がる十七か村の地図じゃ。この村には薬売りの蛇姫のことは知られておる。薬を待っている家も多い。泊めてくれる家もあるであろう。どこかに逗留して施療所を開くもよい。が、決して一月を越してはならぬ。人と深き縁を結んではならぬ。医術師、薬師としてのみ、人と接するのじゃ。――もし、マムシに咬まれた者がいたら……分かっておろう。おまえだけができる毒消しを施してやるのじゃぞ」介は、傷を切り開く、切っ先の鋭い小さな刀と、もう少し大振りの短刀を渡した。

「短刀は護身用じゃ。薬売りが持つ銭と、薬売りの女の身を狙う賊がおる。夜は何があっても歩いてはならぬ。宿が見つからぬ時は、社でも寺でも、洞穴でもよい。身を隠して朝を待つのじゃ」

依良が涙声で言った。

「十三年、生き延びておくれ。必ず薬屋敷に戻って来るのじゃぞ。十三年後もわれがこの世におるかどうかは……だが、生きておる限り、いや霊となりても、沙良とともに暮らせる日を待っておるよ」

樹々の間を朝霧が流れていた。長は座敷に籠って薬師如来の絵姿に祈り、依良は門口にたたずんで沙良を見送った。介は三丁ほどの間隔をあけて、密かに沙良の後を追った。介が旅立つ蛇姫を見送るのは沙良が三人目だった。葉良《はら》と輝良《きら》。いずれも沙良が薬屋敷に来る前のことだった。依良に続いて二人もの娘が蛇姫になったのは奇跡と言えた。二人がマムシの毒を制することができたのは、依良の血があったからだった。――だが、葉良も輝良も三十まで生き延びることはできなかった。葉良はならず者に追われ、崖から飛び降りて命を落とした。輝良はマムシに咬まれた子供を救おうとして果たせず、邪術をなす者として捕えられ、処刑を待つ間に自害した。依良が生き延びられたのは、依良が施術に長けて、幾人もの病者を救い、マムシの毒を制する強き血を持っていたためだと介は得心していた。依良は介より数年、年長だった。薬屋敷に育つ者は生まれ年を知らぬ者がほとんどだったから正確には分からなかった。依良は月の訪れが遅く、血の施術を受けたのは十五の年だった。介はその頃初めて蔵の旅に出ることになっていた。介は依良を想っていた。依良が施術を受ける日は、長を殺そうとさえ思った。依良が遊びを選んでくれればよいと思った。依良が遊びとして出立すれば、自分はすぐ後を追って依良を連れて逃げようものを。だが依良は決然として蛇姫を選び、男とは契れぬ身になってしまった。

依良がどれほど沙良を愛しんでいるか、介はよく知っていた。もし沙良が命を落とすようなことになったら、依良も生きていないかもしれぬ。介自身、沙良を慈しんできた。厳しい掟に縛られた薬屋敷での暮らしの中で、己の力の及ぶ限り、沙良が安らいで暮らせるよう心やりをしてきた、という自覚があった。沙良は、依良ともまた異なる不思議な雰囲気があった。依良は容貌は地味で、少しのことには動じぬ芯の強い女だった。沙良は、愁いと苦悶の中にも見紛うことのない気品と、﨟長けた美わしさを漂わせていた尼君の顔立ちを受け継ぎ、美しい娘に成長した。気性は活達で人怖じせず、いつも笑っていた。その笑いの奥に、物事の本質を見抜く鋭さが潜んでいた。

分岐までは一本道だったから、介は沙良の姿が見えなくとも懸念はなかった。東と西へ道が分岐する地点に来ると、介は迷うことなく東への道を曲がった。沙良が薬屋敷の大人たちに連れられていったのは東への道だ。行く手にはなじみの村があり、沙良が見知っている者も少なくなかった。だが、沙良の気配はなかった。少し足を早めても沙良の姿は見えなかった。もしや西へ、と介は駆け足で分岐に戻り、西へ歩を進めた。西への道は半里ほどで十丈ほどもある崖の縁で途切れる。崖の下には草を分けて細い道が通っているのが見て取れ、崖には足場が刻まれ、鎖も掛かっているが、人の姿はなかった。もしや足を滑らせたりしてはおらぬかと、介は崖の下を覗き込んだ。と、ピーッと木の葉笛の音がした。沙良の木の葉笛だ。背後を振り返ると、沙良が隠れん坊をしているところを見つかったような表情で、木の葉を指に挟んで立っていた。

「沙良、どうした、大丈夫か」

「はい。じゃが、この崖をどうやって降りればよいか……戸惑ってしもうて……」

「なにゆえ西へ？　崖下の村は小さく、これまで薬屋敷に医術を求めて来ることもなかったに」

沙良は少しためらって、小さな声で答えた。

「西の道の少し先に尼さまが立っておられた」

「尼さまとな？」

「はい。後ろ姿の尼さまが、われを待つように立っておられた。思わず後を追うと、この崖に行きついた。この崖を降りねばならぬと思うたが、荷を負うてどうやって降りればよいか分からなくなって思案に暮れており申した」

「どうしても崖下へ行くと言うのであれば、わしが荷を負うてやろう。よく見ておれよ。崖を降りる時は、登る時と同様、後ろ向きに、つまり顔を崖に向けて降りるのじゃ」

介に倣って崖を降り立つと、沙良は涙声で礼を言った。

「いつまでも頼ってしもうて、情のうござります。尼さま、母さまがこちらへと示しているように思われて。こちらに、われを待っている人たちがおられると」

「そうかもしれぬ。母さまがおまえを守ってくださるであろう」

「はい。崖を降りる間に覚悟が決まり申した。もう、一人で行けまする。ありがとうございました。どうぞ依良と長を頼みまする」

「おまえに案じられておると知ったら、二人とも苦笑いじゃなあ」

　荷を負い直して、沙良は振り返らずに草原を分ける小径に入って行った。介は崖を登り、沙良の姿を探したが、沙良の姿はどこにも見えず、ただ丈高い草が揺らいでいた。

　草原は次第に雑木林へと移っていった。道は一間の幅を保ち、片側に細い流れが続いていた。水は清らかで、ところどころ水草がなびき白い花が咲いていた。魚の影は見えない。荷が肩に食い込み、体中が汗ばんでいる。沙良は草の上に荷を下ろし、流れの傍に跪《ひざまず》いて水を掬って顔を洗った。冷たくて生き返る心地がした。崖を下りて五里も行くと小さな村があると聞いたことがある、と別れる時、介が言った。薬屋敷の者は誰も訪ねたことはないという。

「木地師の村ゆえ永住することはない。そうよ、われら薬師と同じように住まいを変えるのじゃ。木地作りの材料がある限り同じ場所に住まって仕事を続け、周りの木を伐り尽くすと、また木材を求めてさすらって行く」と蔵の一人が話していたのを沙良は思い返していた。

　では、この道の先にあるという木地師村も、変わらず在るかどうか分からぬのじゃな、と沙良は気付いた。もしその村が他所へ移ってしもうていたら、今夜はどこに宿ろう。沙良の胸に不安が押し寄せてきた。二里ほどの間、人っ子一人出会っていない。沙良の耳に入ってくるのは鳥の羽音と水の流れ、風の音だけだった。沙良の目は覚えず、草の間に薬草を探していた。白い可憐な二輪草の群れの中に紛れて、トリカブトの若芽があるのを見つけて、沙良はドキリとした。若芽は二輪草とよく似ているが、美しい暗紫色の花をつける猛毒の草だった。無毒で、お浸しや和え物にして食する二輪草と間違えて食べ、命を落とす者もある、と介に教えられていた。

　道はなだらかに下り続け、流れは次第に広さを増していった。流れに木の橋が架かっている。橋の向こうは傾斜の急な土手になっていて、丸太を横たえた階段が刻まれていた。何だろう、階段の上に何があるのだろうと好奇心を刺激されて、沙良は丸太を踏みしめて登って行った。階段の先には、家三軒が建つほどの平坦な地が広がっていた。大小さまざまの木屑が散乱し、中には木の皿や割れた鉢も混じっていた。随分前に打ち捨てられた木地師の仕事場だったらしいと沙良は思った。平地はもちろん、平地を取り巻く山の木も伐採されたものが多く、そこここに切り株があった。平地の最も奥に、道具や製品の置き場にしたらしい小屋が建っているのを見て、沙良はホーッと溜息をついた。日々木を挽いて暮らしを立てていた人々の名残りは、まるで人の骨のように白々と乾いていた。沙良は小屋の板敷きに腰を下ろし、依良が作ってくれた焼きむすびを食べた。梅干しを入れ、固く握って味噌をまぶして火で炙ったおむすびは、「今日一日は保《も》つだろう」と依良は言っていた。竹筒に入れてきた水を飲む。考えてみれば、生まれてこの方、一人で食事をとるのは初めてだった。しみじみと依良が恋しかった。いつも「ないしょじゃ」と言って蜂蜜を舐めさせてくれた米良が恋しかった。

ふと気付くと、自分の方を見つめているものの気配がする。草群から四つの小さな眼がこちらを見ている。小蛇に寄り添う大きなマムシだ。恐ろしくはない。このものたちに咬まれてもわれは傷つかない。立ち上がると、マムシの方が、恐ろしいものに出会ったかのような怯えを見せて、スルスルと消えていった。ここらでは、われの血を必要とする者がいるかもしれぬ。沙良は血を採る時の痛みを左腕に感じたような錯覚に襲われ、かすかに身震いした。

食物を体に入れたことで沙良は心身の疲労から回復し、通ったことのない道に歩を進めた。道は草に埋もれるほどには荒れておらず、川と交差しながら続いている。流れと交差する所には丸太を並べた橋が架けられ、急な登り下りには丸太で土止めをした段々が刻まれていた。昼食をとってから四、五里も歩いたかと思われる頃、沙良は、よく馴染んだ匂いに気付いた。煮炊きの匂いが漂ってくる。暮れなずむ春の夕暮れではあっても、山間《やまあい》は日が陰り、空気もひんやりとしてきた。行く手に、低い家並みが影のようにうずくまっているのが見えた。ここで泊めてもらえるじゃろうか。沙良は期待と不安が半ばする思いで家へ近付いて行った。

「ごめんなされ」と声を掛けたが返事はなかった。次の家も次の家も無人だった。訝りながらあたりを見回すと、家からは少し離れた杉の木立の向こうに、ちらちらと明かりが見えた。何だろう。足を向けると、十歳ほどにもなろうかと思われる男の子が木立の間から飛び出して来た。いかにも慌てた様子で一軒の家に走り込み、何かを手にして戻って来た。

「どうかしたか？　家の者はどこに？」と沙良が問いかけると、男の子は「祭りじゃもの、みんな山神《さんじん》さまのお庭じゃ。あねさんも行こう」と沙良の手を引っ張った。人なつこい子らしい。

「われは、踊りの鈴、忘れてきてしもうて取りに戻った。さ、あねさんも唄おう、踊ろう」

沙良が男の子の後に従《つ》いていくと、杉の木立の向こうに狭い平地があって、社らしき建物が見えてきた。十数人の子供を囲んで三十人ほどの大人が社の前の広場に集まっていた。男の子が息を弾ませて子供の中に加わると、年嵩の男が沙良を見留めて言った。

「あんさんはどなたじゃ？」

「薬屋敷から参りし者」

「もしや、新しき蛇姫さまか？」

「そう呼ばれておりまする」

「おお、よくおいでなされた。風の便りに新しい蛇姫さまが誕生されたと聞いておったが。我らの村は小さき村で、薬屋敷の方々が廻る道には入っておらず、薬が手に入るのは稀で困《こう》じておったところじゃ。山神さまの祭りの日に蛇姫さまがおいでくだされたのも山神さまのお恵みじゃろうて。さ、われらとともに祭りに入ってくだされや」

　そこまで言って、年嵩の男は手にした笛を口に当ててピーッと鳴らした。男たちはそれぞれ笛や小鼓、さらに胡弓のような鳴り物を手にしていた。女たちは畳んだ扇を手に二列に並んでいた。年嵩の男の笛の音で、男も女も子供も、構えの姿勢をとった。

　一瞬の間ののち、沙良が聞いたことのない楽の音が庭を満たした。笛と胡弓が物悲しい旋律を奏で、小鼓が拍子を刻む。子供等は鈴を打ち振りながら跳びはね、旋回して軽やかに踊った。女たちの唄は、はじめはよく聞き取れなかったが、繰り返されるうちに耳に馴染んできた。

山神さまの　お恵みで
木は育ち　葉は茂る
木は何の木　トチ　ホウ　ヒノキ
女は紐引き　ロクロを回す
男は木を刳り　器を作る
エンヤラ　サッサ
エンヤラ　サッサ

　ああ、やはり木地師の村なのだと沙良は得心した。掛け声のところになると、子供たちは足元に鈴を置き、女の子たちが紐を引く所作をすると、男の子たちは木を刳る仕草をする。繰り返される歌と踊りを、沙良は我を忘れて見入っていた。一声高く笛の音が響いて、子供は跪いて頭を下げ、大人たちは立ったままで深々と頭を垂れた。

「さあ、宴《うたげ》じゃ、宴じゃ」と笛の男が言うと、子供たちはわあっと歓声をあげて広場の隅に並べられた筵《むしろ》に駆け寄った。

「蛇姫さまもこちらへ」と一人の媼が沙良を招いた。沙良は会釈をして筵に近付いた。筵には板が敷いてあり、大皿や鉢が置かれていた。皿や鉢は、無論、木地物だった。焼き魚、肉と野菜がたっぷり入った汁、山菜の和え物などの皿や鉢が、所狭しと並んでいる。主食は赤飯のようだった。子供も大人も木皿と椀を持って皿や鉢から取り分けている。二輪草のお浸しに目をやった沙良は、ドキリとした。違和感があった。沙良は思わずお浸しの鉢を両手で覆った。

「何しなさる」媼が驚きと批難の目で沙良を見た。

「何か混じっておる。もしやトリカブト」笛の男がサッと近付いて来てお浸しの鉢を取り上げ、明かりに近付けて目を凝らした。笛の男の顔色が変わった。笛の男は沙良を見つめて大きく頷いた。板の上にはほかにも三つのお浸しの鉢が置いてあった。

「お浸しを食うてはならん。すぐ集めて捨てよ」男は大声で命じた。「トリカブトが混じっておる」

女たちは「ヒェッ」と声をあげ、自分の子供の傍に走り寄った。

「イチ、食うておらぬな。クニ、口を開けてみろ」

子供たちは怯えて大人たちに縋った。と、沙良と最初に出会った男の子が、ウッと口を押さえてうずくまった。

「どうした、加一」母親らしい女が走り寄った。加一は激しく背を波打たせて吐いた。

「おまえ、お浸しを食うたのか」

沙良は加一の傍にしゃがんで、加一の喉に指を差し入れて、さらに吐かせた。明かりを持って来てもらって吐いた物を調べると、粘液の中に緑色の破片が見えた。よかった。トリカブトは胃までしか達していない。

沙良は、「すみませぬが、薬の荷をこれへ」と頼んだ。薬の荷からまず吐き薬を取り出して飲ませると、加一はさらに胃液に混じった植物片を吐き出した。何も出なくなったのを見届け、沙良は毒消しの薬草を取り出した。媼が運んできた熱い湯に薬草を浸し、湯が色付くと椀に移して飲ませた。

「家に運んで、寝かせて、体を温めてくだされ。

湯でも水でも飲めるだけ飲ませて、毒を薄めるのじゃ」

男たちが加一を筵に乗せて家の方へ急いだ。加一の母と祖母らしい女が泣きながら傍らを走って行く。広場に残った者たちは、凍りついたように動かなかった。誰も食べ物に手を出そうとしない。祭りの夜は修羅の夜になっていた。笛の男は、残った男たちに林の奥に穴を掘るよう命じた。

「今日の食べ物はすべて穴に捨てねばなるまい。今夜は家にある食べ物でしのごう。それぞれの家でな」

「おそらく、誰かが二輪草と間違えてトリカブトの若芽を採ってきてしもうたのであろう。……だが、炊事方でも気付かなかったものか。誰かがわざと……まさか、のう」

嫗が顔を曇らせて呟いた。

「よく似ておるゆえ、混ざったままで茹でてしまうと、気付かれぬままになってしもうたのじゃろう。おそらく他の料理は何事もないと思うが、誰も喉を通らんじゃろうて」

灯を掲げながら全員が家へ向かった。だが全員ではなかった。誰も気付かぬうちに、一人の女が山の闇の中へ歩み入っていた。

子供たちに夕食を食べさせると、大人たちは最も大きな作業小屋に集まった。そこではじめて、人々はツヤの姿が見えないことに気付いた。

「ツヤはどうした?」と嫗が問うた。

「昨日は珍らしゅう落ちついておって、われらに従いて山菜採りに」と言って中年の女が息を飲んだ。

「ツヤと申すは?」と沙良が訊くと、中年の女が笛の男の方を見た。笛の男は承諾する目で頷いた。

「亭主がな、里へ器を卸しに行っているうちに、里の女と懇ろになって家へ戻らぬようになってなあ。ツヤは亭主の帰りを待ちつつ赤子を生んだが……赤子は六日生きて、名を付ける前に死んでしもうたのじゃ。ツヤは気が触れてしもうた。酷《むご》いことよのう。一日中ロクロの前に座って紐を引く手つきをしては、居もせぬ亭主に話しかけていた。夜になると幻の赤子を抱いて子守唄を歌うておった。——それでも近頃は大分正気に返って、筋の通る話もするようになっていたものを。己が採った二輪草を食うた加一が苦しむのを見て、己の誤りに気付いたのやも知れぬ」

その夜は月もなく、ツヤの行方を追うのは無理だった。沙良もその夜は加一の枕元に座して終夜、加一の様子を見守った。飲み込んだすべてを吐き尽くし、大量の薬湯を飲んだ加一は、明け方になると顔色も暖かみを取り戻し、落ちついた眠りに入っていた。

「蛇姫さまも少しお寝みなされ」と、加一の祖母が、加一の床の隣に布団を敷いてくれた。自分で思っているよりも疲れていたらしく、沙良は横になったとたん、気を失うように眠ってしまった。

ふと、あたりの慌ただしさに気付いて目覚めると、加一の母が口ごもりながら言った。

「目が覚めてしまわれたかね。……ツヤが見つかりましての」

「あ、無事で?」

「いや。山神さまの奥の崖の下で見つかり申した。もう息はなくてな」

「ああ……」

「闇の中に走り込んで、足を踏み外したようでなあ。酷いことよのう。見つかった時は、仰向けの姿で、手をな、こう紐を引く形にしとったと。今夜は村で通夜をして、明日葬《はふ》りますで」

沙良は半身を起こして、ツヤの痛ましい最期の様に聞き入っていた。

笛の男が入って来た。

「昨夜は慌ただしゅうて、ご挨拶もできなんだ。わしはこの村の元締めをいたしておる庄平《しょうへい》と申す者。昨夜はこの村の子供の命を救うてくだされ、お礼の申しようもござりませぬ。さすが、薬屋敷の蛇姫さまじゃ。ツヤの騒ぎで薬を分けていただくこともなりませんかった。どうか、もう少しの間、逗留してくださらんか」

「ツヤさんは……ほんに痛ましいことじゃった……」

「おお。少しずつようなっておりましたのにのう。じゃがツヤはこの世におるのが辛《つら》かったやもしれぬ。死んだ赤子の傍に行けて、安らいでおることじゃろう。明日は葬斂《そうれん》じゃ。ツヤは身寄りのない女での、村で葬ってやらんと。蛇姫さまもツヤを送ってやってもらえんかのう」

先を急ぐ旅でもなし、と沙良は思い、

「では、われも後世を祈り申しまする」と答えた。

腹が減ったと訴える加一を、「今はまだだめじゃ。少しずつな」と制して、荷から水飴を出して湯に溶いて飲ませた。

「甘い。うんめえ」と加一は喉を鳴らして飲んだ。

「ほんに、死ぬとこだったんじゃぞ。この食いしん坊が。じゃが、加一がつまみ食いしてくれたおかげで、皆助かったともいえるかの。おそらく他の料理は何ともなかったじゃろうが」と祖母が言うと、

「あーあ、魚と肉汁、食いたかったじゃあ」と、加一がこんな悲しいことはないといった声で歎いた。

通夜はツヤの家でしめやかに取り行われた。腕のいい木地師だったツヤの父の稼ぎで、ツヤの家はしっかりした造りだった。ツヤの母はとうに亡く、父の存命中は小さくなっていたツヤの夫は、舅が亡くなると、それまで縮こまっていたのを取り戻すかのように威張り出したという。ツヤの家には仏壇の設えられた座敷もあり、ツヤの亡骸は仏壇の前に横たえられていた。仏壇には「蒼天花笑童女」と記された、新しい小さな位牌があった。

「お坊さまは呼べぬのじゃ。八里ほど先には里人の村があり、寺もあるのじゃが、われら木地者は頼れぬ。われら木地者は遠く近江の地小椋《おぐら》村を根元地として おりまする。根元地を離れて、どのような地で

木地師の村を作りましょうとも八幡宮を建て、山神をお祀りしており申す。寺は小椋村には金龍寺と申す寺がありますするが、ここは余りに遠きゆえ、縁は切れてしもうております。葬りには村の者すべてが加わり、長を務めておるわしが、短い御経を上げまする」と、長はやや改まった口調で言った。

一基の行灯と貴重な蝋燭と、二つだけの明かりに照らされて、ツヤの亡骸は静かだった。ツヤが苦しみも悲しみもないところへ行ったことが沙良の胸にもストンと落ち入った。一家族ずつといった様子で村人はツヤの亡骸に手を合わせて帰って行った。誰もが、ツヤがトリカブトを誤って採ったことを許していた。

「気をつけろって、ツヤが教えてくれたんだべな」加一の祖母がしみじみと言った。通夜の灯守りは、長と加一の祖母と沙良が当たることになった。「皆、疲れておるで、一刻ずつ代わる代わる眠ることにせんか」と長が言い、「おハツばあ、先に寝ろや」と勧めた。

翌日の葬りも簡素だった。棺は男たちの手造りで、何の飾りもない白木の箱だった。ツヤが持っていたわずかな着物の中から最も美しい秋草模様の着物を選び、年嵩の女たちが着せてやった。男たちが棺を担ぎ、山神さまの裏手の墓地に葬った。そこに葬られている者は、ツヤを入れて五人だという。十年から二十年で全戸が移住する木地師の墓所は、次の場所に移ってしまえば墓参りもままならない。いずれ五人の墓も、草に埋もれてしまうだろう。

「もう少しすると、九輪草《くりんそう》の花が咲く。紅や紫や、きれいな花じゃぞ」

ハツが花を思い浮かべるような目をして言った。九輪草は沙良もよく知っていた。寺の塔の頂に設えられる九輪のような形に、長い茎を段々に彩って咲く美しい花だ。

「次の山に移ってしまうと墓参りに来られぬゆえ、九輪草を植えて手向けの花とするのじゃよ。ここらの谷筋には元々九輪草がたんと生えておってな、毎年、谷を埋めて咲く。蛇姫さまもどこぞで九輪草を見かけたら、ツヤのことを思い出してやってくださされ」

沙良は言葉もなく頷いた。この世を離れていった者への思いを、あの美しい花に託す木地師の村人の心が、沙良の胸に沁み入って来た。

午後は精進落としの酒が振る舞われ、沙良は村人の求めに応じて薬の荷を開いた。腹痛の薬、頭痛薬、切り傷、腫れ物の軟膏、目薬、癇の虫、村人たちは大事そうに薬を押しいただき、薬代を払ってくれた。木地師たちは、製品の数がまとまると里へ荷を下ろし、荷はさらに大きな街へ送られていく。代金は米、味噌、衣類等の必需品と銭で支払われ、年に一度の米の収穫に頼る農民より、ずっと銭を持っていた。村人は、加一の命を救い、自分たちとともにツヤを送ってくれた沙良への感謝を込めて、出し惜しむことなく銭を渡してくれた。

「今から出ても、今日中に宿がとれるところまでは行けんじゃろ。もう一晩泊まって、明日の朝早くに出なされ。さすれば、ぜんまい小屋に着けるじゃろ」

「ぜんまい小屋?」

「里の者の中には、あまり田地を持っておらんで山菜採りで暮らしを立てておる者もおる。山菜の時期には山泊りして背負い籠に何杯も採る。山中で干して目方を減らして里へ負い下るのよ。そんな者が山泊りする小屋が十里先ぐれえにある。ぜんまい小屋と言うとるがの。日が傾きかける頃、この川が滝になって流れ落ちる所に行き着くじゃろ。大橡が三本立っとるところから細い道を三町入ったところに茅造りの小屋がある。山菜の時期ゆえ、誰かはおるじゃろが、誰もおらんでも入って泊まるとよい。水は竹の樋で引いてあるし、かまども築いてある。ただ……、マムシの多いところでな、気をつけなされ。あ、いや蛇姫さまじゃったら、懸念はなかったのう。里は、ぜんまい小屋からさらに十里先じゃ。朝は早う出なさるがよい」

ハツは丁寧に沙良に説き聞かせ、目を細めて笑って、沙良の手を取った。

「御無事で〝明け〟を迎えなされや」

沙良はもう一晩、加一の傍らに寝み、翌朝早く木地師の村を発った。加一はまだ眠っていた。加一の祖母と母はそろって起き出し、沙良に粥を食べさせると、米麦半々のおむすびに、干したイノシシ肉を添えて渡してくれた。山暮らしの者には大へんなご馳走である。

午前中、沙良は誰にも会わなかった。今にも雨に凝りそうな霧が沙良の視界を閉ざした。道は悪くはない。山の獣たちも白い霧の中で息を潜めているらしかった。立ち止まると自分も白い霧に溶け入ってしまいそうな気がして、沙良はひたすら先を急いだ。空腹を覚えた頃、霧は頭上を流れるようになり、徐々に視界が開けてきた。それだけ下ってきたのだと沙良は気付いた。開けた視界の彼方から人の姿が見えてきた。何者、沙良は身構えた。姿を隠そうかと思ったが、もう間に合わない。懐の短刀を探った時、「おう、沙良か。沙良」と人影が声を発した。十蔵だった。十蔵は半年前に薬売りの旅に出て、以来、沙良は十蔵に会っていなかった。

「沙良よ、蛇姫の旅に出たか、そうか、そうか」十蔵は沙良を頭の天辺から足の先まで視線を動かして見つめ、人なつこい笑顔を浮かべた。

「わしは今朝、ぜんまい小屋を発ったが、沙良は木地師の村を発ったのか。うむ、今までこっちの道を行く薬子は無かったで、わしが薬を担いで行けば、きっとよう売れると思うたに、沙良が先に行ってしもうたか」と情無さそうに言った。霧はすっかり晴れて、雲の間から光の筋が降ってきた。

「昼飯にするか」と、十蔵は道の山側の斜面に刻まれた擦り減った石段を登って行った。石段は十段ほどの短いもので、段が尽きたところは狭い平地になっており、二つの石像が安置されていた。一つは馬頭観音、もう一つは翁と媼の像だった。

「山神さま？」と沙良が問うと、十蔵は、「いや、これは道祖神じゃ。平らかな旅を守ってくださる神。――この道は、昔は今よりずっと多くの人馬が通ったそうな」

二人は石段に腰を下ろして昼食を分け合って食べた。十蔵は岩魚の焼き干しと蕎麦団子を持っていた。食べながら沙良は、木地師村での出来事を語った。

「トリカブトはほんに、二輪草と間違えやすき草よ。それにしても沙良が居合わせて、ほんによかったのう」

「トリカブトは、附子《ぶし》や烏頭《うず》になるに――。毒と薬は紙一重……」

「うむ。いつも長がそう言うておられたなあ。――沙良は今夜はぜんまい小屋泊りか。あのあたりはマムシが多い。いかな蛇姫じゃとて、あまりに多くのマムシに咬まれたら毒消しが間に合わんこともあろう。気をつけてな、沙良」

「はい。大抵はマムシの方で逃げて行くが……。なして、さようにマムシが多いところに小屋を造るのじゃろう」

「そりゃあ、呆れるほどぜんまいやわらびが生えとるからよ。街に持って行けば、大した銭になるからの。それにしても、なぜ西へ来た？　東の方がよう知っとる道じゃのに」

「……母さまが呼んだような……」と答えて沙良は空を振り仰いだ。十蔵は途惑った表情を見せたが、少しして「そうか」と頷いた。

「尼さまが呼ばれたか……。ここより先の村での、もう随分の年のお婆が、尼さまがひどく難渋しながら山の方へ入って行くのを見た、と言っとるのを聞いたことがある。この先は寺もないにどこへ行きなさるかと気懸りじゃったと。まるで、死に処《どころ》を探しているように見えた――と。あ、すまん。つまらぬことを言うた」

「なぜ……」今まで黙っていたのかと問いかけて、沙良は言葉を飲み込んだ。子供のわれには聞かせられんと思うたのじゃな。こうして蛇姫として世を廻る身となった今じゃからこそ話してくれたのであろう。「母さまがいかなるお人なのか、知りたい」と沙良は呟いた。

「わしら薬屋敷の者は、大方は父も母も知らぬ。沙良はのう、尼さまが生んでくだされたことは確かじゃ。沙良が尼さまの身の上を知る方がよいか、知らぬままがよいか、わしには分からぬ。が、きっと尼さまご自身が沙良を導いてくださるじゃろう。薬屋敷の掟はわしらを支え、また縛っておる。生きていくためには、縛られることを受け入れねばならぬ。沙良、わしらは薬師じゃ。人の命を救うことに関われるのは、うれしきことじゃ。幼い子供の命を救うた時、わしは己がこの世に生きておるには訳があるのじゃと得心した。まして沙良、おまえは蛇姫じゃ。おまえの身そのものが人を救う。己を大事にして……何よりも生き延びよ。——愛しい男にも出会えるとよいのう」

「えっ。さようなことは考えてもおらぬ。蛇姫は男と契れぬ身と聞いておるに」

沙良は我知らず心にわだかまっていることを口にして、相手が十蔵だったことに気付き顔を赤らめた。十蔵は気付かぬ風で、

「うむ。それはわしも知らぬこと。蛇姫と契ったる者があるとは聞いたことがない。たとえあったとしても口には出さぬであろうよ。蛇姫の身を守るための禁忌の掟なのやもしれぬ。だが、何事にも絶対ということはないのだと、わしは思う。己の命を賭けても禁忌を破らねばならぬこともあろうかと思う。沙良の母さまもおそらく……」

これまでは、最も歳が近いながらほとんど話したこともなかった十蔵の深みのある言葉に、沙良は圧倒されていた。依良や介や、長にでさえも甘えて過ごしてきたことが悔やまれた。

「さあて、沙良が夜にならぬうちにぜんまい小屋に着けぬと大変じゃ。沙良、達者でな。おまえが薬を売り尽くして戻るのを皆待っておる。だが、もしおまえが戻らぬと決めたのなら、それでもよいのだぞ。また会う時にはもっと臈長けた娘になっておろうなあ」

十蔵は思い切りよく立ち上がって、沙良の手を引いて立たせてくれた。

十蔵と会って話したことで、沙良の胸には動かし難いと信じていた運命《さだめ》に対する疑念のようなものが湧き起こっていた。薬屋敷で育ち、蛇姫となる道を選び、こうして旅に出たこと、これは動かし得ぬ運命ではなかったのか。だが、それならわれはどう生きてゆけばよいのだろう。われはいったい「だれ」なのだろう。十蔵は人の命を救うことで己の生きる意味を得心したという。われも長や依良について行って里人の病を癒す手助けをしたことはある。難産の末無事に生まれし赤子や、長の施術で命を救われし者を見れば、涙の出るほどうれしく、長や依良たちを敬う思いは募った。なれどわれ一人で長や依良たちのような医術がなせるであろうか。運よく加一の命は救えたが、ツヤは助けられなかった。沙良は口を引き結び、疑念を振り払うかのように歩みを進めた。十蔵と別れてからは、再び誰とも出会っていなかった。いつか日が傾きかけていた。沙良の耳にゴウゴウとした響きが聞こえてきた。滝だ。川は、崖下から始まった細い流れが、今や幅三間ほどの川になっていた。

目を上げると、大きな橡の木が三本、三角形をなして聳えているのが見えた。この近くにぜんまい小屋があるはず。今夜はそこに泊めてもらおう。川から離れて林の中へ延びる小径を辿って行くと、茅葺きの小屋があった。全体は茅葺きであるが、地面から三尺ほどの高さまでは板が巡らしてあった。広さは二間四方ほどであろうか。煮炊きは屋外でするらしく、石のかまどが築いてあって、鍋が掛けてある。ちろちろと細い火が見えた。ああ、人がいる。沙良はほっとして小屋に近付いて行った。と、魂消るような叫びが耳に飛び込んできた。

「ギャーッ」沙良は小径を駆けて小屋の戸を開けた。

「幸太《こうた》あ、幸太あ」

女が三、四歳の男の子を抱えて、男の子の脚から何かを振り払おうとしている。マムシ。沙良は杖の先を引き抜いて蛇取り棒を蛇に向け、蛇の首の辺りを挟んで蛇を子供の脚から引き離した。蛇取り棒に挟まれてのたうち回っているマムシはそのままにして、沙良は幸太の脚を調べた。「明かりを」と、沙良は母親と思われる女に言いながら、幸太のふくらはぎを思い切り押した。まず、毒を外に出さねばならぬ。荷から絹紐を取り出して膝上をきつく縛った。毒を回らせてはならぬ。母親が持って来た油に灯心を浸した明かりで、咬まれた傷を見ると、かなりの深手であることが分かった。外に出てマムシの口を調べてみると、牙が無かった。マムシは牙を深々と幸太の脚に打ち込んでいた。このままではいずれ毒が回ってしまう。沙良は母親に言った。

「われは蛇姫。毒封じの施術をしてよいか。せねばこの子の命は消えよう」

「蛇姫さま。施術とは？　それをしてもらえれば幸太は助かるのか？」

「……必ず助かるとは請け合えぬ。だが、何もせねば、まず助かりませぬ」

「ああ。ではどうぞよろしゅうに」

「この蝋燭に灯を点して」と、沙良は荷から二本の蝋燭を取り出した。高価な蝋燭は薬屋敷でも滅多に使うことはない。夜、外科の施術をせねばならぬ時のみ、長は蝋燭を点すことを許していた。薬売りの旅に出る時、蔵たちには一本ずつ、蛇姫には二本の蝋燭が介から渡される習わしだった。

「この薬草を煮出して薬湯を作ってくだされ」と、

沙良はスベリヒユを乾燥させたものを取り出し母親に渡した。スベリヒユの薬湯はヘビ毒の解毒剤で、幸太の施術が成功した後、数日飲ませる必要があった。母親がかまどの方へ去って行くのを見送って、沙良は素早くマムシ毒施術の包みを開いた。これから行う施術を母親が目にしたら肝を潰すに違いない。沙良は、暫くの間幸太の意識を薄くする薬を嗅がせた。沙良は包みから最も小さな小刀を選び、刃先を蝋燭の炎で炙って消毒し、咬み傷を切り裂いた。ピクンと幸太が動く。力を込めて蛇毒を絞り出し、トゲ抜きでマムシの牙をつまみ出す。幸太が身をよじった。

「おっ母《か》さま。幸太の体を押さえて」と沙良は母親を呼んだ。もう一人では無理だ。幸太の血塗れの脚を見て、母親は「これは何としたことじゃ」と叫んで沙良の手を押し除けようとした。

「だめじゃ。今が正念場ぞ。幸太を助けたければ、しっかり押さえよ」母親は夢中で幸太の上半身を押さえ込んだ。毒混じりの血を絞り出した後は真水で洗った。これでまず毒は抜いた、と思ったが、幸太の体は熱を発してきた。このままでは駄目じゃ。沙良は両端に太い針のついた、南蛮渡来というゴム製の管を出した。己の左腕の静脈を探って針を刺し、もう一方の針を幸太の傷口に刺し入れた。針には細い空洞が通っていて、沙良の血が幸太の体内に入っていく仕組みになっている。また、幸太が身をよじった。もう少し麻酔薬を足さねばならぬであろうか。

本当なら、と沙良は歯を食い縛った。われの血を器に採ってそっと静止させておくと、紅きものは底に沈み、透明な上澄みとに分離する。この上澄みを解毒に用いるのがよいのじゃが、大抵は上澄み液が分離するまで待つ余裕がない。上澄み液は保存することは難しく、腐ってしまう。

「どうやら血には型があるらしゅうてな、異なる血を混ぜると激しい反応を起こして注入されし者の命を奪うこともある。沙良、おまえの血は、依良と同じく、他の者の血と混ぜても反応を起こしにくい型の血ではないかと思うのじゃ」

沙良は長の教えを思い起こして、己の血を恃《たの》むほか無かった。少しずつ少しずつ、沙良の血は幸太の傷口に入っていった。このくらいか、と見極めたところで沙良は針を抜き、幸太の傷口を三針縫った。母親はもう驚くことも忘れて、沙良のなすことを呆然と見ていた。ネル布に練り薬を塗って傷に当て、晒で巻いた。幸太は目覚めかけている。

「薬湯を冷まして飲ませてくだされ。われはマムシの仕末をしてくる……ところで幸太の父《とと》さんは？」

「干し上がったぜんまいを里に下ろしに。一晩で戻るゆえ、われと幸太で待っておれと」

「ここはあまりにも危ういところじゃ。子供は連れて来ぬ方がよいと思うが」

「なれど、幾日も一人で家に置いてくるわけにもいかんで。預かってもらう縁者もなくて」

沙良は溜息をついて立ち上がった。首を挟まれたマムシは息絶えていた。「人に関わらず生きていければよかったものを」マムシの死骸を穴に埋めて、沙良は手を合わせた。

幸太は昏々と眠った。明け方には熱も下がり、息も落ちついてきた。われの血が効いたか、と沙良は安堵した。幸太はマムシが入り込んでいるのに気付かず、薄い布団に寝ころんだところを咬まれたのだという。「外を歩く時は、鹿革の深沓《ふかぐつ》を履かせていたに」と母親は歎いた。名をクニという母親は、大振りの椀に、蕎麦団子を入れた味噌汁を差し出した。シドキの若芽の香りがして、沙良は鼻の奥がツンとするのを覚えた。依良もよくシドキの芽の味噌汁をこしらえてくれた。沙良は、やり方を教えながら塗り薬を貼り換え、晒を巻き直した。

「スベリヒユの薬湯を、薬草が尽きるまで飲ませてやりなされ。毒消しと強壮になる」と言い添えてぜんまい小屋を出た沙良は、昨夜暗がりでマムシの死骸を埋めた方角を見やった。黒く湿った土の上に動くものがあった。小さなマムシの子だった。あれは、もしや母蛇じゃったかと、沙良は胸が痛んだ。母蛇は子蛇を守らんとして幸太の脚に咬みついたのやもしれぬ。生きていくとは哀しきこと。熊じゃとて、猪じゃとて、蛇じゃとて、山の恵みを享けて生きておるものを。もともとは獣たちが生息しておった地に人が入り込むことで、獣たちの営みを脅かしておるのじゃもの。「山にお帰り。人に近付いてはならぬ」と沙良が子蛇に命ずると、子蛇はスルスルと草の向こうに消えて行った。

ぜんまい小屋を後にして本道に戻ると、道はひたすら下りとなり、沙良の足は捗《はかど》った。三刻も歩いたかと思われた時、大きな籠を背に登って来る男と出会った。もしや、と思い、沙良は声を掛けた。

「もし、幸太の父さんでは?」

「へい」男は怪訝そうに沙良を見た。沙良は手短かに昨夜の出来事を告げ、

「もう毒は消えたと思うが、もし幸太の様子が変わったら、すぐ里に下ろしてくだされ。われも数日はこの先の里に逗留するつもりゆえ」と言った。男は青ざめ、

「マムシのことはいつも気に懸かっておったが、とうとう……」と、手を固く握り締めた。軽く頭を下げて去ろうとした沙良を、男は「待ってくだされ」と言って引き止めた。

「薬代を受け取ってくだされ。おクニは銭を持っておらぬゆえ、差し上げることもできんじゃったはず。ぜんまいを売ってきたばかりじゃて、薬代は持っとりますで」

沙良は少し思案して、薬代と晒の代金をもらうことにした。晒は里で買い足さねばならぬ。

「蛇姫さま、ほんにありがとうござんした。息災でのう」

幸太の父は深く腰を折って、沙良を見送った。

いつの間にか道は山を出て、畑地へと入ってい

た。そここに畑仕事をしている者がいる。もうそろそろ午すぎの「こじはん」時だろうか。昼は歩きながら、薬子の携帯食の揚げ餅を食しただけで、さすがに沙良は疲れていた。畦に座って一休みしている家族らしい者に近付き、「水をいただけませぬか」と声を掛けると、白髪のおババが、陽に焼けた顔を向けてニカッと笑った。

「おお、薬屋の姉《あね》さんか。ここへ座りなされ。山の方から来なさったか。さぞ咽が乾いたことじゃろう」と、木製の湯飲みに土瓶から湯を注いで差し出した。

「お昼は食べなされたか?」

「はい。揚げ餅を少々」

「さあて、そんじゃあ、これはどうかの?」

おババは、沢庵の鉢を回してよこした。二切れ指で摘まんで齧ると、冬を越して酸味の出た沢庵は、驚くほど美味《うま》かった。土瓶の湯は薄荷のようなスッとした刺激があった。おババのほかには、おババによく似た顔立ちの娘と、連れ合いらしい男が黙って湯を飲み、沢庵を噛んでいた。

「のう、茂吉、タネ、今晩、この薬屋の姉さん、うちさ泊めていいだかね」

茂吉とタネは、顔を見合わせて吹き出した。

「ほうら、うちのバアやんの泊まってけ病が始まった」とタネが言うと、茂吉も「ほんにおバアの泊めたがりは誰も止められんね」とふざけた。

「荒《あば》ら家だども、泊まる当てがねえなら、うちへ来なしゃんせ。村にゃあ、一軒だけ、飯《めし》屋の二階に人を泊める家があるけんど、流れ者なんかがトグロを巻いてる時もあるで、若え姉さん一人じゃあぶねえでな。それにしても薬売りの姉さんが来るのは久しぶりじゃあ。男の薬売りは、たまあに廻って来てくれるがの。一昨日《おととい》だか一人来てたようじゃが、一晩泊まって行ってしもうたゆえ、薬、切らしとる家も多いでよ、きっとたんと売れるだよ」

沙良の胸はホウッと温かくなった。初めての旅に出て五日、いい人ばかりに出会うて、と思った。

茂吉とタネの夫婦は、日暮れまで麦刈りを続けるという。イネおバアが一足先に帰るのに従《つ》いて、沙良は里へ入って行った。里の入り口には道祖神と塞《さえ》の棒が祀られていた。道祖神は双体で、女神は瓢箪を、男神は盃を手にしていた。竹に麻やら幣束やら柊の枝やらが結びつけられている塞の棒は、どこか禍々しい雰囲気を発して立っていた。盗賊や戦も災厄をもたらすものであるが、目に見えぬ悪疫と天候不順による飢饉は、村の存亡にかかわる大災厄であった。災厄を撥ね除ける手立てを持たぬ村人たちは、昔からの習わしに縋り、村の入り口の辻に道祖神や塞の神の棒を立て、忌まわしきものを防ぐ結界としていた。塞のしるしの前で足を止めた沙良に、

「案ずることはねえよ。姉さんは……蛇姫さまよの？　有り難がられることはあっても、拒まれるものではないでな」とおイネおバアは笑って沙良を促した。


イネと茂吉とタネの住む家は、街道沿いの樫の生け垣を巡らした茅葺きの家だった。生け垣の切れ目が門口で、広い庭の奥に、古びた家が西陽を浴びて静まっていた。「さあ、中へ」と促されて、幅広い敷居を跨ぐと、広い土間から見上げる木組みは太く、土間から上がる板の間には大きな炉が切ってある。板の間の先には板戸や襖で仕切られた座敷が続いているようだった。白壁の土蔵と藁葺きの納屋もあり、門口近くには板造りの小屋があった。

「なあ、われの父さんが生きとるうちは、この家も、村じゃ分限者の方だったに、われが婿を取ってすぐ、お父もお母も流行り病で亡うなっての。亭主にゃ、この家を切り回す才覚が無《の》うての、大儲けをたくらんで当てが外れたり、騙されて金を持ち逃げされたりで、土地を手放すより無うなった。もう、こりゃ小作に落ちるしかないと覚悟を決めた時、何と亭主が急死してのう。塞の棒の下に倒れとったのを、朝になって見つけたけんど、もう息はなかった。

家に帰らんのは珍らしゅうもなかったで、われも探しにも行かなんだのよ。塞の棒から外へ出ようとしたんか、里へ戻ろうとしたんか、どっちだったたべかのう。本家の当主が、われを気の毒がって借銭の肩代わりをしてくれての、土地はどうにか残った。無論、銭は返す約束じゃ。結《ゆい》を頼りに畑を守って、残された娘を育て上げ、三年前に婿の茂吉を迎えたのよ。茂吉は口下手じゃが実直な男での。本家の手伝いもようして、借金を返してくれとる。なんでこげな家に茂吉が婿に来てくれたかと不思議じゃったが……そうよの、この辺りの二男三男は、土地を分けてもらえねば、町場へ出て職人になるか商人になるか、婿に入ってその家を継ぐかしか術がないでの。われの娘のタネは、われに似てベッピンじゃての、茂吉は惚れてくれたんじゃな」

かまどを焚きつけ、白湯を汲んでくれながら、イネは問わず語りにそんな話をして、ホッホッホと笑った。

「土蔵の中はほとんど空《から》じゃ。掛け軸や置き物は無論、人寄せの時のお膳やらまで借銭の形に取られてしもうた。そんでも雨露しのげる家は残ったし、何とか食うていける。麦やら芋やらは穫れるし……これで、タネが赤子を産んでくれさえすりゃ、我が家は末広がりじゃがのう」

「まだ、子宝に恵まれませぬのか」

「ほうよ。婿取りして三年になるに。タネっちゅう名、付けとるにのう」

イネは情無さげに嘆いた。

「ところで、蛇姫さまよォ、うちの門口の板小屋で、店開かんかね？」

「店？」

「板小屋で薬売りならさんか？　百姓の家にゃ似合わぬ変な建物じゃろ。あれはな、われの亭主が思いつきで始めた店での。こんな村里じゃ買う者もない小間物商う店開いたんだで。櫛やら簪《かんざし》やら、紅、白粉やら、真っ黒な顔して畑仕事する娘やらおっ母やらがどんだけ買うか、誰だって分かるべ。それが分かんねえのが、われのご亭主よ。そんでも開いた当座は、一つ二つ、買うてくれる者はいて、亭主はニヤついとった。忌ま忌ましいことに、われのご亭主は男前での、娘っこらもボーッと見惚れるほどじゃった。じゃが、一渡り欲しいもん手に入れると、潮の引くごと、お客は無うなって、売れ残りの山よ。せめて行商にでも出りゃいいものを、体が辛《つれ》えことは何もせん人でな、ただ日がな一日、店でポカンと座っとるだけじゃ。店なんぞ閉めて野良へ出てくれと言うても、客が来ると困ると店を離れん。そうこうしとるうち、仕入れ先からは、品物代を払えと取り立てが何度も来て、蔵の物持ち出したり、麦まで持ち出しての。そんでも払い切れんと、脅しに来たごろつきどもに追われて山へ逃げこんだらしい。どこをどう逃げ回っとったか、見つかったのは三日後のことじゃった。ゴロツキどもは山にマムシが出る頃になっとったで、恐れて山までは追わんかったらしいが。娘が育ったら連れに来る、と捨てぜりふを残して引き上げた。本気じゃとは思わなんだが、しばらくは恐ろしゅうて、タネは片時も傍を離さず育てたがの、こんな山奥まで来るんは引き合わぬと思うたか、姿を見せることはなかったで。身上を食い潰して、あとに残したのはタネだけじゃがのう、うん、タネを残してくれたことで、わしは亭主を許しとる……」

生きていくことの大変さ、人の心の動きの不思議さに、沙良は胸を衝かれた。

「村のお人は薬、買うてくださるかのう？」

と問うと、イネは、

「暫く薬売りは廻って来ておらぬゆえ、皆欲しがっとるよ」と請け合った。

「若い男の薬売りは来なんだか？」と十蔵を思いながら訊くと、

「来たには来たが、先を急ぐと通り抜けてしもうた。そのうち蛇姫が来るゆえ、その者から買うてくれと言うてな」

　では、十蔵はわれがこの里に来ると知っておったのか、と沙良はハッとした。知っていて、われのために客を残してくれたのか。十蔵の心やりが胸に沁みた。

「あ、板小屋の借り賃はいらんよ。夜は母屋で寝むといい。ヨバイが来ると大変じゃて」と、イネはカラカラと笑った。沙良は首を振って、「大丈夫じゃ。夜分に薬を求める人が来ると、皆さんを起こしてしまうゆえ、小屋で寝ませてくだされ」と答えた。

　日が暮れる頃、連れ立って戻って来た茂吉とタネは、井戸端で手足を洗い釣瓶桶《つるべおけ》から柄杓で水を汲んでコクコクと咽を鳴らして飲んだ。

「さあて、夕餉じゃ、夕餉じゃ」

　囲炉裏に掛けた鉄鍋がうまそうな匂いを発していた。「今日は大ごちそうじゃ」とイネがよそってくれた大振りの椀には、大根、人参、芋茎、菜っ葉に干し鱈を切って煮こんだ汁が湯気を立てていた。

「花びら汁」とタネがうれしげに言った。汁の中に、白い花びらのようなものが、たくさん入っていた。

「タネの好物でな。麦の粉を水で練って、団子のごと丸めてからのし棒で平たくするんじゃ。汁に入れると花びらのごと見えるじゃろ？　耳たぶ汁って呼ぶ者もおるが、花びら汁の方がきれいだべ」とイネが自慢げに講釈した。「さあ、お代わり」とイネに勧められて、沙良は思わず椀を差し出した。

「うまかろう、母さんの花びら汁」とタネが微笑む。

　なんと綺麗な女《ひと》じゃと、沙良はタネの顔に見入った。もしかしたら、美男じゃったという父さんに似とるのじゃろか、と沙良は思った。茂吉は黙々と汁を口に運んでいる。

「タネさん、われに脈をとらせていただけませぬか」と沙良は声をかけた。タネは少し頬を赤らめて手を差し出した。沙良は脈を取りながらタネの手を握った。野良仕事をしているにもかかわらず、タネの指は細くしなやかだった。冷たい、と沙良は驚いた。

「手足が冷えませぬか」

「はい。夏でも冷とうて……」

「月のものはきちんとありまするか」

「いえ、二月《ふたつき》もなかったり、半月もせぬうちに来たり……困じております」

沙良は荷からオカトラノオを干して粉末にしたものと、干したナツメの実を取り出した。

「朝晩、この粉を飲んでみてくだされ。ナツメの実はおやつ代わりに食してみなされ。甘くて食べやすいと思いまする。どちらも体の冷えを直す効き目がござりまする」

「ほう、ナツメなら家《うち》の裏手にも大きい木があるでよ。近所の子供等《ら》が取りに来るに任せとったが、今年からは、取られんうちに取らにゃいけんの。ほうか、ほうか、ナツメが効くか」

「いや、直ぐ効くか否かは分かりませぬが、まず体を整えることが肝腎ゆえ」

イネは目を細めて笑い、

「今夜は風呂も立てような。茂吉、すまんが水を汲んでくれぬか」

焚き物は菜種の殻で、火をつけるとパチパチはぜて、良い匂いがした。

「われはしばらく風呂に入っておらぬゆえ……」と遠慮する沙良に、「そんじゃ、すまぬが今夜は、われらの後でな」と、イネはさらりと言った。

木地師村では風呂どころではなく、ぜんまい小屋には風呂などなかった。沙良は五日ぶりになる風呂が夢のようにうれしかった。狭くとも洗い場のついた風呂場は、この家が旧家であることを思わせた。

沙良は洗い場で丁寧に身の汚れを落とした。幸太に血を与えた傷口はまだ塞がっておらず、包帯が湯に浸からぬよう気をつけながら風呂桶に身を沈めると、「ああー」と吐息が洩れるほどの心地よさだった。

その夜は、イネと床を並べて寝んだ。眠りに就く前、イネは小声で子守唄を口ずさんだ。

ねーろや　わらし　ねーろや　わらし
ねむの葉っぱもとうに閉じ
栗の木も　柿の木も　もうねたぞ

ねーろや　わらし　ねーろや　わらし
雀も鳩もねぐらに帰り
馬の目も　牛の目も　もう閉じた

「これあ、タネの好きな唄での」

イネは眠そうな声で言い、つと手を伸ばして沙良の手を取った。月のものを見てからは手をつなぐこともなくなった依良の手触りがよみがえって、沙良は思わずイネの手を握り締めた。

ぐっすり眠って目覚めた時は、隣の床は片付けられていて、板の間の方から食べ物の匂いがしてきた。あ、しまった、寝過ごしたかと、慌てて起き上がって身仕度をし、板戸を開けると、イネが湯を沸かして蕎麦粉を練っていた。

「ほうれ、よう寝なさったか。じき朝飯じゃ。じき茂吉も草刈から戻ってくるでな。草はの、本家に運んで牛と馬に食わせる。それも借金の形よ。うちには鶏と山羊がおる。タネが世話しとるでな。早う、顔洗うて来なされ。今日は板小屋の掃除をするでな」

この辺りの朝食は、蕎麦団子が普通らしく、イネは丸めた団子を囲炉裏の灰に埋《い》けた。香ばしい匂いがしてくると出来上がりで、灰から取り出してプッと灰を吹くと、灰はきれいに払われる。蕎麦の中には、味噌が入っていた。

「今日はわしは昼前は蛇姫さまと板小屋の掃除するでな」と、イネは茂吉とタネを畑に送り出した。板小屋は三坪ほどの大きさで、屋根も板葺きだった。板切り妻屋根の妻入りの側に窓が設えられていて、品物が並べられる棚が外に張り出している。なるほど店じゃ、と沙良は得心した。平入り面に引き戸があり、開けると一畳分の広さの土間から低い板敷きに上がる造りだった。片付けといっても、小屋の中には細長い縁台のようなものが二つあるだけで、ほかには何もない。箒で掃き清め、床や棚を水拭きすると、居心地の良さそうな小屋になった。入り口の反対側には窓は切ってなく、その代わりのように、屋根窓が切られていた。障子が嵌まっていて、明かり取りと、風入れの役目を果しているらしかった。障子の外側は板戸で、板戸も障子も突《つ》っ支《か》い棒で開けておける仕組みだった。

「筵《むしろ》、運んでくるべ」というイネについて納屋に行く。納屋には、さまざまな農作業の道具が並んでいた。重ねられていた筵を三枚ほど運んで部屋の北側に敷きつめると、小屋は急に住み処らしくなった。「莫蓙《ござ》も運んでくるかのう」とイネが呟く。

「えっ?」と訝し気に問うと、

「ほらよ、もしかして病人が診てもらいに来るかもしれんで。ちょこっと横になることもあろう? 筵じゃ粗末すぎるでの」

「えっ、われは医師ではありませぬ。病人を診るなどと……」

「いいや。薬屋敷の蛇姫さまなら医師と同じよ。この村にゃ医師はおらんでよ、皆、なんぼか喜ぶじゃろ。うちのタネも夕《ゆん》べもろうた薬とナツメで、冷え症が治るかもしんね。体が温ったまりゃ、子もできやすくなるべさ」

大変なことになったと沙良は慌てたが、イネは「気づかいない。大丈夫じゃ」の一点張りで、くるくると動き回った。縁台のようなものは、一つは窓の内へ、一つは窓の外へ置いた。

「ずーっと立っておったらくたびれるで、この台に掛けとりゃいい。外のは薬を買いに来た人が待っとる間の腰掛けよ。――うん、まあこれは、小間物屋をしとった時と同じだがね。それと、蛇姫さまは名はなんと? 何とまあ、聞くのを忘れとったに」

「沙良《さら》と申しまする」

「さら。きれいな名じゃのう。んでは『くすり　医術　さら堂』ちゅう看板出すべ」

「かんばん⁉」沙良は心底驚いた。そんなことが蛇姫のわれに許されるものだろうか。長に叱られはすまいか。

「厠はよ、母屋のを使いなされ。縁側から上がればすぐじゃて。ああもう、昼飯じゃな」湯を沸かし始めたイネを見て、沙良は荷の中から茶葉を取り出した。ほんの少し土瓶に入れて湯を注ぐと、いい香りが広がって、イネは鼻をぴくつかせた。

「いい匂いじゃ。茶は家でも作るが、一年分は無うてな、今時分はさ湯になる。もうじき茶摘みで、新茶もできる。楽しみじゃなあ」

昼は、麦粉を練ったものを平たく伸ばして、焙烙《ほうろく》で焼いた煎餅のようなものを、軽く炙り直して味噌をつけて食べた。

「ここらは田はほとんど無うてのう、畑作の麦と蕎麦ばっかりじゃ。米の飯は死ぬる時しか口に入らんとよ」

ああ、米を食べさせてやりたいと、沙良は思った。薬屋敷から東に道を取った村は水田が多くて、百姓も、多くはないが米を口にすることができた。だから、薬屋敷でも東の村と交わることが多かったのだと、沙良にも分かってきた。

「茂吉さんとタネさんは？」

「うん、この麦煎餅を持たせてやった。今日は昼餉は持って行けぬからの。わしは昼過ぎは、ちょいとそこらを回って、『さら堂開店』ちゅうて、触れ回ってくるでな。お客が来たらすぐ出せるよう、荷を開けときなされや」

イネの「触れ回り」は、その日の夕刻から効き目を表した。野良帰りの数組が、血の止まらない切り傷や皮膚のかぶれを診てもらいに訪れた。麦刈り鎌でザックリと親指の根元を切ってしまった女は、「血が止まらん」と手拭いで指を押さえながら、青い顔をして沙良をすがるように見た。血管を切ってしもうたか、あるいは血の止まりにくい体質なのやもしれぬ、と沙良は、一人で診なければならぬ不安を押し隠して、傷口を診た。

「傷口を縫うてもよいか」と、沙良は女とその連れ合いらしい男に訊いた。

「縫わねば血は止まらねえか？」と、男はおろおろと訊いた。

「これだけ深いとのう」

「お願いしますだ。まあだ子供が当歳だで、死ぬわけにはいかねえ」と、女はきっぱり言った。沙良はイネに頼んで鉤《はり》と糸を熱湯で清毒してもらい、女の傷口を井戸水で洗って痛みを抑える粉を振りかけ、傷口を縫い合わせた。血止めの薬効を持つ塗り薬をたっぷり塗った布を押し当て、きつく包帯を巻いた。

「これで血は止まるはず。明日は野良に出ず、また来てくだされ。血が止まったなら、さらに消毒いたすゆえ」

「野良には出られんかのう」と男が眉根を寄せた。

「無理をするとまた血が吹き出て、しまいには命に関わる。手を下げてはなりませぬ」と、沙良は肩から左手を布で吊った。

「外してはなりませぬぞ」

「あのう、お代は……？」女は急に不安になったらしく、男を横目で見た。

「治った時に、頂戴いたしまする」

「しばらく、ここにいなさるかね」

「はい。もう少し」沙良は微笑んだ。己が人の役に立ち得たことに、沙良の心は温もっていた。

次には笠をかぶった若い男が人目を憚るように訪れた。笠を取り、頬被りを外した顔を見て、沙良は目を見張った。顔は目も塞がりそうに腫れ上がっていた。皮膚は赤く膨れ、じくじくと黄色い汁が滲み出ている。漆《うるし》だろうか。見当を付けながら、沙良は若者に尋ねた。

「痒《かゆ》みや痛みは？」

「死ぬほど痒い。掻くと痛くて、ああ」

「山へ行かなんだか？　藪を歩かなんだか？」

「昨日、マダケを採りに行った」

「漆を見なんだか？」

「気がつかなんだが……」

「どこへ採りに行った？」とイネが口を出す。

「布引滝の上」

「バカタレが。あそこには美味《うめ》えマダケがたんと生えとるが、漆の藪を漕いで行かねば採れん。んだで、誰も行かんのに」

「まず、水でよう洗いなされ。この薬を水で練って布に伸ばして貼るとよい。漆の毒を抑える薬湯を三日ほど飲んでおれば、今よりはずっと楽になりまする。漆は体の外側だけでなく、内臓もかぶれるゆえ。痒みが耐え難き時は、冷たい水で冷やしてみるとよい。案ずることはない。一日ごとに楽になりまする」

それから腹痛の薬、打ち身の貼り薬、子供の虫下しと、薬を求める村人が引き続いた。

「ほうれ、大繁盛だ。わしの見込んだ通りじゃ。バカタレ亭主の残した小屋も役に立つもんだで。――夜は閉めて母屋で寝みなされ。きれいな姉《あね》さん一人と知れたら、バカな男どもがどんな不心得起こすか知れんで」

「いえ。夜も薬を求めて来る人がおるかもしれん。――イネさんは、もしや蛇姫の噂は知っとられまするか？」

「蛇姫の噂。ああそうじゃった。沙良さんは蛇姫さまじゃったのう。噂が身を守ってくれるっちゅうことかのう。明日は湯を沸かすへっついと、鍋を持って来よう。いま茂吉に布団運ばせるでの。――そんでよ」とイネが口ごもった。

「タネさんのことじゃね。しばらく体を温める薬湯とナツメの実を食べてもろうて、また身体を診せてもらいまする」

「ありがたいことじゃ。どうぞよろしゅうに」

暗くなった頃、鎌で手を切った女の夫が、「医術料は、これでいいかのう」と麦粉を一袋持って来た。「すまんが、銭は無うて」沙良は「すみませぬ。頂戴いたしまする」と受け取り、イネに渡した。「小屋の借り賃、われの食事代……には足りませぬが……」

「おお、これは有難い。明日の朝はスイトンにして、昼は黒砂糖を入れて、まんじゅう作るぞよ。黒砂糖は甕に入れて隠してあるに」

フフフとイネは笑った。何と気のいい人たちじゃろ、と沙良の胸は弾んだ。依良も介も蔵たちも世の厳しさばかりを言ってわれを戒めていたが、イネさん一家のような優しき人もいる。一方、依良たちの危惧が偽りではないだろうことも、沙良は感じ取っていた。イネに続いて村の塞を踏み越えるわれを、離れたところから険しい目で見ていた女たち、木の陰から様子をうかがっていた、流れ者らしい男。

板小屋はじめての夜、沙良は窓辺に並べておいた薬類を中に収め、窓と板戸を閉めて心張り棒を掛けた。窓と板戸の外側には、鈴を取りつけた。鈴に気付かずに開けようとすると、鈴は揺れて高い音を立てた。この鈴は山中を行く際の熊除けにもなるものだった。泥棒やならず者が小屋を襲えば、沙良は必ず気付く。鈴の音で逃げて行けばよいが、沙良を侮って踏み込んでくる者には目つぶしを投げよ、と依良は教えた。唐辛子《とうがらし》と梍《さいかち》の刺を詰めた目潰し袋は、当たれば激しい痛みを引き起こす。「たいていの者はそれで逃げて行く」と、依良は忌ま忌ましげに言っていた。「命には関わらぬがの」と。急な病を発した者は夜中でも戸を叩くであろう。窓と板戸を閉ざすと暗闇になってしまうが、明かりを点けておくことはできぬしと、少し戸惑いながら戸を閉ざした。かすかに明るい。振り仰ぐと天窓から月明りが差していた。障子の上の板戸を閉めるのを忘れていた。イネが運び入れた台に乗って手を伸べると、窓が動く手応えがあった。畳み込まれている棒を立てると、窓は一尺ほどの高さの空間を作る蔀《しとみ》戸になった。スーッと夜風が入ってきて、沙良は生き返ったような気持ちになった。雨でなければ開けておこう、ああ、じゃがここにも鈴をつけねばと思いつつ、沙良は眠りに就いた。

翌日から、「さら堂」は薬屋というより施療院の様相を呈していった。といっても、患者がやって来るのは夕刻が主だった。昼は、村中の者が忙しく働いている。子供は、幼い者は大人とともに野良ですごし、七歳をすぎた者は寺子屋に手習いに行く。学び舎は村の集会所だった。寄り合いは大抵夜に催されたから、昼は空いている。昔は越後の国の某藩に仕えていたという武士が、わずかな束脩《そくしゅう》で子供らに読み書きを教えていた。赤子を背負いながら手習いをしている者もいた。寺子屋は昼までで、子供らは昼飯を食べると、親に言いつけられた仕事をしたり、野良に飽きた幼い子供の守りをしたりしながら夕方になるまで群れていた。子供らにとって「さら堂」は、何より新鮮な遊び場だった。興味津々で「さら堂」の前に集い、窓辺の薬に手を伸ばすので、沙良はやむなく、薬は屋内に収め、症状を聞き取って、大人に渡すことにした。

「薬に手を触れると効き目が薄れることがある。うっかり舐めたりすると毒になることもある。決して触ってはならぬ」

沙良は厳かな声を作って、子供たちに言い聞かせた。

「咳が止まりませんで」と激しく咳き込みながら戸を叩いた働き盛りの男は、喘息が疑われた。薬屋敷で丹精して作った、桃の種を煮て粉にしたものを処方した。「蜂蜜と混ぜて、匙一杯ずつ、毎食前に飲み続けてくだされ。一月もすれば良くなりましょう。カリンの実の焼酎漬けも喉にいいのじゃが。松の実や葉も効きまする。発作の兆しを見逃さず、部屋を湿らせて安静になされませ」

「じいちゃんが血を吐いた」と駆け込んで来た子供

に従《っ》いて、どっしりとした長屋門をくぐると、子供の親と思われる者が強張った顔で庭先に立っていた。「こちらへ」と言って先に立つ背を追うと、床の間を備えた座敷の次の間に、何枚もの手拭いを血に染めて老人が横たわっていた。顔は般若のように凹凸が激しく、目は落ち窪んでいた。長とともに東の村里でこのような顔を見たのを思い起こし、おそらくは腹部の癌、と沙良は判断した。

「癌の顔だ。よく覚えておくとよい」と長は言った。

「命は取り止められん。せめて苦しまず逝けるよう、眠り薬を使う以外ないのじゃよ」

「それは……？」

「うむ。人の知覚を麻痺させる麻薬じゃ。死期を早めることになる場合があるが、痛みにのたうちまわる時間を少なくしてやれる……」

「癌とは？」

「うむ。身体のあちこちに生ずるできものじゃ。胃や腸、肝臓などの内臓にも、乳房にも生ずる」

「施術で取ることはできぬのか？」

「癌をか。沙良は凄いことを考えるのう。遠き先のことは分からぬが、今は無理じゃ。乳や手足の癌であれば、施術で取り去ることもできるやもしれんが、内臓はできぬ。麻酔の術も縫合の術も不確かじゃし、術後の感染防止も十分ではない。ひたすら、苦痛を減らす処置を施すほか、手だてはないのじゃ」

沙良は老人の息子であるその家の主に、命は取り止め難いことを告げた。

「痛み止めの薬は強く、命を縮めることになるやもしれませぬ。——なれど、使わねば病人の苦痛は耐え難きはず」

主は青ざめて、しばらく俯いていたが、顔を上げて言った。

「薬をお頼みします。父は七十になり申した。天寿と思いまする」

「初めは痛みを抑えるだけの量を処方いたしますが、次第に効かなくなり、量を増やさねばなりませぬ。さすれば……」

「……承知いたしました。もし、いよいよの時が来ましたなら教えてくだされませ」

沙良は「さら堂」に取って返し、荷から出さないでおいた麻酔薬を取り出して、老人の家へ急いだ。痛みに身をよじらせて苦しむ老人に麻酔薬を飲ませると、老人はスーッと身をほぐして眠りについた。半日ほども眠って目を覚ました老人は、「よく眠った。こんなによう寝たのは久しぶりじゃ」と、ほのぼのと笑みを浮かべた。

それから数日、痛みが兆すと薬を飲ませ、薬で眠る合い間には、水も喉を通らなかった病人が、粥に魚の擂り身を混ぜたものを口にすることができた。

「うまいのう。極楽におるようじゃ」

だが間もなく、病人は食べた物を吐き戻し、「うーん、うーん」と唸り声を上げ始めた。沙良は主を物陰に呼び、

「その時が近づいておりまする。薬を差し上げてもようございますか」と訊いた。主は一瞬うろたえたが、「はい」とはっきり返事をした。

「もう父は十分に、生きることも死することもわれらに見せてくれ申しました。安らかに逝けますよう、お願い申します」

二刻ほど後の深更、家族が見守る中、老人は眠りの続きのように旅立っていった。沙良は深く頭を下げ、手を合わせた。

「皆は朝まで眠らせて、われは父とともにこの部屋にこもりまする」と主は言い、下男を呼んで沙良を送るよう言いつけた。

「少々、剣呑な動きを見せる者がおりますようで、矢助《やすけ》、しっかりと蛇姫さまをお守りせよ」

さら堂までの道筋には何の変事もなく、矢助は提灯で沙良の足元を照らし続けた。変事は、留守にしていたさら堂で起きていた。さら堂まで一丁ほどの

角を曲がった時、矢助がピタリと足を止め、提灯の明かりを吹き消した。沙良の袖を引いて木の下の闇に引き入れ、「蛇姫さま、あれを」と囁いた。さら堂の屋根に黒い影が動いているのが見えた。天窓を引き開けようとしているらしい。「あと二人、下におる」と矢助が言った。目を凝らすと、一人は入り口の戸に取りつき、もう一人は窓下にいた。鈴、と沙良は唇を噛んだ。さら堂で眠る時は鈴をつけるが、留守にする時は鈴の用はないと思ってつけることはしなかった。

「どうやら、蛇姫さまを襲わんとしておるようじゃ」

「人を呼びまするか」

「呼び声を聞いたら、母屋の方を襲うかもしれん。茂吉さん一人では、女子《おなご》二人は守り切れまい。女たちを人質に取られるとやっかいじゃ」

矢助はしばし思案していたが、ふと気付いたように、曲がり角のところに建つ小さな家の木戸を叩いた。

「師匠、起きてくれや。音を立てぬようお願い申しますで」

「ほう、音を立てておるのはそちらの方だろうが——うん、矢助か？」

物音を立てず戸を繰って顔を見せたのは寺子屋の師匠だった。矢助は、手短かに男三人がさら堂を襲っていることを告げた。

「ふむ。行って切り捨てるはたやすいが……」と、師匠は沙良の方を見た。

「いえ、われは人の傷を癒すを生業としておりまする。傷つけるのは……」

「そうさの。何か、痺《しび》れ薬のようなものをお持ちでないか」

沙良は夜更けに身罷った病人に処方した麻酔薬の残りを取り出した。

「これはすぐ効くか」

「はい。体内に入ればすぐ」

師匠は家に入って、細い篠弓と竹ひごを持って来た。竹ひごの先に麻酔薬を塗り、

「案ずるな。命にはかかわらぬ。かすり傷をつけるだけじゃ」

「蛇姫さまはここでお待ちくだせえ」

「うむ。むさ苦しいところですまんが、中へ入って戸を立てておくのじゃ。行くぞ、矢助」

沙良は中には入らず、さら堂の方を見透かしていると、まず、地にいた二人が声も立てずに倒れた。異変に気付いた屋根の一人が慌てて綱を伝って降りると、これもまた声もなく倒れた。沙良はさら堂に駆けつけ、母屋の人たちを起こした。師匠と矢助は、屋根に上るのに男たちが用いた綱を切って男たちの手足を縛った。仰天する茂吉に荷車を出させて、気を失っている三人の男たちを乗せ、師匠と矢助は塞の神のしるしの前に引いて行った。しるしの傍らに立つ杉の木を囲むように座らせて縛りつけると、師匠は家へ取って返し、習字の紙に黒々と「この者ども薬盗人なり」と墨書して板に貼りつけたものを杉の枝に結びつけた。

翌日、村は大騒ぎになった。男たち三人は、かねてからの村の嫌われ者だった。三人で徒党を組んで、弱い者から金銭を奪ったり、収穫間近の畑を荒らしたり、はては、若い娘を襲って乱暴を働いたりしていた。汚された娘は身をはかなんで一人山中に分け入り、行方知れずになってしまったという。村人たちが結束して男たちに向き合えば追い払うことができたかもしれなかったが、一種の「金縛り」に合ってしまったかのように、村人たちはただ闇雲に男たちを恐れ、男たちの標的にされぬよう身を竦《すく》めて暮らしていたのだった。

朝日に照らされて、ようやく眠り薬から覚めた男たちは、自分たちの陥った状況に気付くと、慌てふためき、怒り狂った。が、どんなに暴れても綱は緩みもせず、逆に男たちの体を締めつけた。朝飯が済む頃には、村中に男たちが捕えられていることが伝

わり、村人は畑へ行くこともそっちのけで、村境の塞の神のしるしに集まった。村人の輪の中から一人の男が男たちの方へ近づいて行った。草刈り鎌を手にしている。「伍平《ごへい》」と誰かが呼んだ。男は、行方知れずになった娘ヨウの父親だった。伍平を止める者はなく、皆固唾を飲んで伍平を見ていた。伍平は男たちに近付くと、「娘を、ヨウを返せ！」と怒鳴った。草刈り鎌を振り上げ、片手で男たちの髷《まげ》を摑むとザクザクと切り取った。ワァッと歓声が上がる。誰かが土塊を摑んで男たちに投げつけた。我も我もと土くれや石が投げつけられた。

「皆、落ち着きなされ」と、師匠が土くれを除けながら男たちの前に立った。

「この者たちがいかに非道なことをしてきたかはわしもよう知っておる。じゃが、こうして大勢でなぶるのはまた非道なことじゃ。昨晩は、せっかく村でわれらを治療してくだされる蛇姫さまのさら堂に入り込んで薬を盗もうとしたところを、どこの天狗さまか知らねど、こうして捕えてくだされた。さあて、この者どもをどういたすかのう」

そこへ、庄屋が紋付き袴の正装で駆けつけて来た。矢助が供に付いている。庄屋は村人を見回して言った。

「皆が、この者どもを許せぬ思いでいるのはわしもよう分かる。ことにヨウのことを思えば打ち殺しても飽き足りぬほど憎い。――だがのう、この者たちを大勢で殺せば、この村は人殺しの村になってしまう。孫子の代まで暗き影が差すことになろう。ここは塞の神のしるしの立つところ。どうであろう、金輪際この村には足を踏み入れぬことを約定として、永久追放としては」

「んでも、こいつらは約定を守るか」

「そうだ、そうだ、また悪さをするに決まっとる」

「髷切っただけじゃあ、気持ちは収まらんで」

村人は口々に不安と怒りを口にした。

「おまえらは、向後もこの村で悪さをするか」と庄屋が三人を睨みつけた。「この村から出て行かぬなら、この場でわしが縊《くび》り殺す。さすれば、わし一人が人殺しの責めを負えばよい。どうじゃ」と、庄屋が綱を手にして男たちに迫ると、三人は激しく震えながら首を振った。

「決してこの村に立ち入らぬか」

「へい」三人は一斉に頷いた。

「皆、どうじゃろう。――実はなあ、昨晩、親父さまが身罷った。そんな折、殺生をするのはのう。親父さまに免じて、追放の処置を飲んでもらえぬか。――我らは、この者どもの狼藉に竦《すく》んで、この者どもをつけ上がらせてしもうた。向後は何があっても、理の通らぬことがあれば皆で対向しようぞ。さすれば親父さまも心安らかに旅立ってくだされよう」

村人たちはしんとして庄屋の話に耳を傾けていた。

「それでいい」と、先刻鎌を振ったヨウの父親が言った。「ヨウは優しい娘じゃった。お父つぁん。人を殺めるのはやめてくだされと言うであろ」

村人たちの後方で成り行きを見守っていた沙良が、「庄屋さま」と声をかけ、男たちに近付いた。

「この者たちが二度と村に姿を現さぬかどうか、皆不安を払い切れぬのではありませぬか？　一旦はどこぞへ去んでも、逆恨みをするやもしれませぬ」

村人は一斉にざわめいた。

「では、どのように」

「やはり、奉行所へ差し出すのが筋と思いまするが……」

「うむ。それはその通りじゃ。だが、いかにして送るかじゃ」

「奉行所はいずこに？」

「会津にあり申す。この村より船で大川を下り、田島の宿を経て会津まで二日はかかろう。二晩は船の中じゃ」

「船は仕立てられまするか」

「船は木地師が荷を運ぶ船がある。使わせてもらえるであろう。船頭は、矢助、引き受けてくれるか？」

「へい。船ならわれに任せてくだされ。なれど警護の者がいねば、船を操ることに心を任せられんで。お師匠さま、いかがじゃろう」

「引き受けた。なれど、それでも少し手勢が足らぬのう」

「俺も行く」伍平が言った。「縛ったまま、鎌を突きつけておる」

「われも参りまする。薬を持って」と沙良は言い、庄屋を見て頷いた。

「おお、薬をな」と庄屋も頷き返した。眠らせて行くのだ、と悟ったのである。

「では、奉行所に書状を書くゆえ、しばし待ってくれ。矢助も伍平もお師匠さまも、蛇姫さまも、少し旅の仕度をな。問屋さん、船の便はいかがかな？」

　村には木地物を扱う問屋があり、川の流れのよい季節には会津まで船で木地物を運んでいた。渇水期でもなく洪水も起きない春は、船に積んで川を下るのが最も安全で安価な運搬法だった。

「木地物は運んだばかりで次の荷はまだじゃが、この男どもを追い払えるならどうぞお使いくだされ。今日中には戻り船が着くはず。こいつらには何度も木地物を盗まれましてな、腹が煮えておったが、これで少し鎮まりますで。川筋をよう知っとる船頭を一人付けましょう」と、木地問屋の差配の佐平《さへい》が請け合った。


　翌朝、しらじらと川面が見え初める頃、矢助と師匠と伍平はそれぞれに三人の男を縛った縄尻を取って船に乗り込んだ。沙良も薬の荷を負って舟べりを跨いだ。庄屋をはじめ、十人ほどの村人が船の見送りに来ていた。庄屋は父親の葬りを控えていたが、

「これこそ親父さまの望まれたこと」と言って、船の舫《もや》い綱を解いた。船頭が棹で岸を力をこめて押すと、船は一瞬揺れて、流れに乗った。ならず者三人

は手足を縛り、帆柱にくくりつけてある。船は棹で操りつつ、水流と帆に受ける風の力で進んでいく仕組みになっている。食事の時は手の戒めだけ解き、用便の際は二人の男が付き添って、一人が腰縄を取り、一人が鎌や弓を構えて見張った。

船は風がある時には帆を上げ、流れが速いところは流れにまかせて、下流へ下流へと走った。交替で昼食をとり終わった時、船頭が船を船着き場に停めた。

「さあて、ここが一番の難所」と船頭が言った。「一丁ほど先に大滝があっての、ここは船を陸へ上げて滝の下まで運ぶ」

ふと気付くと、ゴウゴウと水音が聞こえた。船着き場には鐘の合図で呼ばれた何人かの人足が集まって来て、船を陸へ運び上げる手助けをし、丸太を敷き並べた「船道」を滑らせて、滝の下まで運んでくれた。

「ほう、罪人か。罪人なら船に乗せたまま、滝に落としてもえがったかの」と人足の一人がうそぶいた。三人の男たちは、そんな「からかい」に反発する気力もなく、もつれる足取りで滝の下への道を歩いた。船は舳先《へさき》を下に向けて滑るように下っていく。丸太が終わるところは藁を厚く重ねた壁になっていて、舳先を藁に突き刺して止まった。沙良はその仕掛けにほとほと感心した。再び水に浮かんだ船に男たちを乗せると、皆ほっとして、眠そうな顔になった。沙良は、移り変わる川岸の景色に目をやることも忘れ、棹を操る船頭の技に目を奪われていた。風を読んでこまやかに帆の向きを変え、深い淵には力を込めて水を掻き、流れの速いところでは岩を掠めるように棹を操る。船はまるで意志を持つもののの如く流れを下った。

暮れなずむ春の日も次第に暮れて、船頭は艫《とも》に、小さな提灯のような明かりを灯した。

「しばらくは穏やかな流れが続く。われは夜川にも慣れておりますで、安心してお寝みなされ」と船頭が一同に言ったが、全員が眠ってよいはずもなく、師匠と矢助と伍平は一刻ごとに一人が眠る配分で仮眠を取ることに決めた。必ず二人は見張り番となる仕組みだったが、沙良は用心して、罪人三人に眠り薬入りの蕎麦団子を与えた。粉状の眠り薬は、黒砂糖で甘い味をつけた味噌に練り込んで団子の中心に入れてある。沙良も警護の三人も船頭も交わる交わる団子のおやつを頬張った。無論、眠り薬は入れていない。沙良たちが美味そうに団子を飲み込むのを上目遣いで見ていた罪人たちは、掌に団子を乗せてやると、手首を縛られたまま口を寄せてむさぼった。水を飲ませて少しすると、罪人たちは相次いで眠りに入っていった。

月は三日月だった。三日月は宵のうちに西の空へ沈んでしまう。辺りは青味を帯びた闇だ。ものが見えなくなると、音が沙良をとり巻いた。瀬に来れば瀬音が高く、風に揺れる木の葉の音、田で鳴く蛙の声。夜陰を切り裂く鳥の声。世はこんなにも音に満ちていたのか、と沙良は驚きに打たれていた。と、夜の音の中にザリッ、ザリッと奇妙な音が混じるのに気付いた沙良は罪人たちのつながれている方に目を凝らした。矢助と師匠が見張りの番だったが、二人は三晩に渡ってほとんど眠っておらず、うつらうつら「船を漕いで」いた。三人のうち二人は身じろぎもしなかったが、三人の中の頭目と目される、屋根に上っていた男の身体が揺れ動いていた。沙良は提灯に灯を点して近付いた。男は動きを止めて深く俯いていた。男の足元に蕎麦団子が吐き出されている。沙良は狼狽した。薬が効かなかったか？　いや、飲み下すふりをして口の中に留《とど》めていたのやもしれぬ。

「もし、矢助さん、お師匠さま、起きてくだされ」

沙良は二人を揺り起こし、屋根の男の異変を告げた。二人が飛び起きて男の身体を改めると、男は木材の角に手首の縄を擦りつけ、縄を切ろうとしていたことが分かった。船板に縄の破砕片がこぼれ落ち、縄の半分ほどの深さに切れ目が入っていた。

「むむむ。太えヤツ」矢助は怒り狂って男の足を蹴りつけ、新しい縄で縛り直した。

「沙良さん、もう一服飲ませるか？」と師匠が訊くと、沙良は少し思案して、

「薬もよいが、マムシの方がよいかもしれぬ」と、すました顔で言った。

「マムシとな？」

「この川辺にはマムシがたんと棲んでおる。いっそ縄付きのまま川へ放り入れましょうや？　すぐマムシが寄って来て、咬みつくであろう」

男は「ギャッ」と叫んで、「それだけは勘弁してくれ」と頭を船板に擦りつけて頼んだ。

「もう逃げようなんて思わねえ。マムシの川になんぞ入れないでくれ。船においてくれー」

「では、おとなしくしておいで。奉行所でどんな お裁きを受けるかは知らぬが、マムシよりは命が助かる道があろうよ」

それから夜明けまで、男は小さく縮こまって震えていた。

夜が明けると、船に乗る者たちは、一様にホッと安堵の息をついた。

「昼はしっかり見張れる。危ういのは夜じゃのう。今夜はいかがしようぞ」

夜の恐怖は一同の心を押し潰していた。

「今夜は芦ノ牧で陸に上がって、温泉場の役人方に預かってもらう手もありますがの、伝手《つて》がのうてはなあ」と船頭が言うと、

「おう、さようか。それで庄屋が、もしもの時と言うて書状を添えてくれたのか。どこであれ、手助けが要《い》るようになったらこれを差し出して頼めと言うてな。これを芦ノ牧の役人に見せてみようぞ。もし預かってもらえんでも手数を貸してもらえれば、船頭もわれらも休める……」と師匠が応じた。

二日目の昼は何事もなく船は流れに乗って大川を下った。

「もうすぐ芦ノ牧の湯じゃ。ほら、船着き場が見えるで」と船頭が指さした。

「船を着けてくれ。わしと矢助とで役人に助力を求めて来よう。皆は少し待っていてくれ」

師匠は船端を飛び越して桟橋に立った。矢助が後に続く。船着き場周辺には人家もまばらで、役人が常駐するとは思われぬさびれた佇《たたずま》いだった。番屋風の小屋を見つけて、師匠は「頼もう」と声を掛けた。「おう」と返答したのは女の声だった。「芦ノ牧番屋」と記してある油紙貼りの戸を開けると、五十見当の老女が背筋をピンと伸ばして荒畳の上に座っていた。師匠が書状を取り出して渡すと、老女はさっと目を通して思案気に首を傾げた。

「ここ芦ノ牧には役人はおりませぬのじゃ。湖を渡った先の湯治場の揉め事の取り締りや、罪人の探索など、われら大内組が役人の代わりを務めておりまする。お役人に使いを出すには時が足りませぬなあ。もし、われら大内組でよろしければ、人足は多少、お貸しすることができますするが……」と、慌てぬ様子で答えた。

「大内組ちゅうは、あの大内宿の……」

「はい。大内宿で人足集めやら口入れ、鳶職まで扱っております。大内宿では亭主、いや息子が組を率いておりまするが少々揉め事がありましてな、この番屋に詰める者が間に合わず、われが出張っておりましたところで。近在の船頭が二名ほど戻っておりますゆえ、今、呼びに行かせまする。これ、卯吉《うきち》、父つぁんと、宗太《そうた》を呼んで参れ。すぐに来るように」

「合点《がってん》」と声がした方を見ると、土間の隅に十二、三歳ほどに見える男の子が控えているのに気付いた。四半刻もたたぬうちに、卯吉と二人の男が番屋に駆け込んで来た。

「姉《あね》さん、お呼びで」

老女は手短かに師匠の頼みを伝え、警護の手助けを命じた。

「合点。なれどこの番屋には牢もねえで、俺らが船へ出向くことでよかんべか。罪人っちゅう者《もん》は、いつでも逃げる隙をねらっとるもんじゃ。番屋へ引き連れてくる間にも逃げられるかもしれんで」

「おお、宗太ものが分かるようになったものよ。ではこれより船に赴いて、しかと警護の打ち合わせをしようぞ。卯吉、半刻ほどで戻るゆえ、しかと留守をせいよ」

「合点」と卯吉が頷いた。

師匠と矢助、宗太と徳治《とくじ》を引き連れるように、大内組の姉さんは船着き場へ歩を進めた。姉さんは、いかなる時も人の後については歩まぬような、堂々とした風姿だった。船に着くと、まず宗太と徳治は「あんれ、弥平《やへい》さんでねえか」と船頭に呼びかけた。大川沿いの船頭は親しく付き合うことはなくとも、大方は互いに顔を見知っているらしい、と沙良は船頭同士の挨拶を頼もしく見つめていた。

「こちらがこの番所を預かっておられる大内組の刀《と》自《じ》さまでござる。刀自さま、われらと同道しておる沙良さんじゃ。薬屋敷から来られて村で病人を治療してくださっておる」

沙良は刀自を一目見て、不思議な懐かしさを覚えた。何だろう、まるで依良の傍にいるようなこの心地よさは……。

「蛇姫さまか」と刀自は言った。

「はい」

「われの名は久良《くら》と申す。遠き昔の名じゃが」

沙良の頭の中でひらめくものがあった。久良。もしや刀自さまも蛇姫であったか。久良の差配で、船頭の弥平と宗太と伍平の組が夜の前半を、船頭の徳治と師匠と矢助が夜の後半の見張りに当たることとなり、当番でない間は「番屋でお寝みなされ」と刀自は勧めた。卯吉は番屋泊りを命じられ、沙良は刀自に伴われて徳治、卯吉の家に宿を借りることになった。徳治の妻は夕餉の用意をして刀自と沙良を迎えてくれた。卯吉は雑炊がたっぷり入った鉄鍋を提げて番屋に戻って行った。卯吉の家の神棚を調えた部屋に通され、刀自と沙良は布団を並べて寝むことになった。たった一晩船の中で寝ただけだったのに、体のそこここが痛くて、沙良は布団に体を伸ばせるのがうれしかった。

「蛇姫さま」「刀自さま」二人は同時に呼び掛け合った。

「何であろう」と刀自が言った。

「くらさまとはいかなる文字を書きまするか？」

「久良。久しく良きように、との意であろうか。長らく大内組の姉さんと呼ばれておりましたなれど、さすがに今は刀自と呼ばれるようになりましての」

「……もしや依良や米良をご存知ではありませぬか？」

「――米良はわれより年上の、依良は二つばかり年下の、薬屋敷育ち。――われは蛇姫のなり損ね」

「蛇姫を選ばれた――？」

「そう。じゃが、不甲斐なきことに、われは一度も蛇姫の施術をなすことができなんだ。あの蛇姫の身になる施術には耐えて旅に出たも、どうしても己の血を注ぐことができず、マムシに咬まれた者を見捨てて逃げ申した。薬屋敷に帰ることはできぬと思い定めて、薬を売った銭を持って大内宿に流れつき申した。宿の仲居をしておるうちに大内組の若頭雄太《ゆうた》郎《ろう》と知り合い、嫁に迎えられ申したは、われのこの上なき幸せ。大内組は駕や船頭を束ね、お役人の下働きもさせてもろうて、頼りにされております。われは薬の心得があるゆえ、宿場や温泉場で身過ぎをする者の病に関わって、礼を言われることも多けれど――われは、われが見捨てて逃げた旅人のことが忘れられぬ。われは何のために蛇姫の修業をいたしたのか――。蛇姫さま、沙良さんは、施術をなされましたるか？」

「はい。一度。子供じゃったゆえ、助けたき一心で。無我夢中で」

「それは――本懐じゃのう。われは――」

「刀自さまに申すは恐れ多きことなれど、人は人それぞれの生きる道がござりましょう。大内組の刀自さまとして生きるが、久良さまの運命《さだめ》。たくさんの功徳を施してこられたのじゃもの。——して、ご亭主さまは？」

「昨年、身罷り申した。三十一年連れ添うて、いつもわれを大切にしてくれた男気のある人じゃった。今は息子が跡を継いで、大内組を仕切っております」

「えっ、なれど、蛇姫と……」

「蛇姫と契る男は身を滅すのではないかと？　亭主は六十じゃったゆえ、滅した訳ではないと思いまするよ。われは出来損いの蛇姫ゆえ、謂れの真偽のしるしにはならぬが、子も授かり申したゆえ、蛇姫と交わる男は滅ぶとは、一人さすらう蛇姫の身を守るための嘘とも言えようか。人の運命は分からぬもの。沙良さんには何か叶えたき望みがありまするか？」

「はい。母の身の上を知りたく思うておりまする」

「われら薬屋敷に育ちたる者は、親を知らぬ者がほとんどじゃ。父も母も知る術もない。沙良さんは何か母御のことをご存知なのか？」

沙良は、身籠った旅の尼が、薬屋敷の近くで子を産み落として命を終えたことを語った。

「尼さまがのう。よほど深き訳がおありじゃったのであろうよ。知らぬ方が良きこともあるが……それでも、蛇姫さまは母君の身の上を知りたいと……」

「はい。たとえ、たとえ罪人であったとしても、母の名を知りたい。母の心にあったことを知りたい。母の命を分けてもろうた身でありますゆえ」

「われは、おそらく親を知ることは生涯叶いませぬ。なれどわが命を子に伝えることができて、たとえようもなくうれしゅう思うております。蛇姫さまも、子を儲けなされませ。案ずることはない。蛇姫は男を滅ぼすことは決してありませぬ」

そうか、そうなのか。この方は蛇姫の運命から抜け出して、しっかりと歩んでこられた。われは、病を癒す手助けができるのは天が与えてくれた仕事と思うている。なれど……いつの日か愛しく思う人に出会えて子を儲けることができたら、どんなにか心満たさるることであろう……と胸に明るい灯が点るのを覚えているうちに、いつの間にか眠っていた。

翌朝、七つ半に沙良は卯吉の母に起こされた。隣の床は既に空になっていた。

「刀自さまは船着き場でお待ちじゃ。船は六つに出ると。朝飯は握り飯をこしらえたで船で皆さんで食うてくだせえ。早く顔洗ってな」

沙良は大慌てで身仕度を整え、船着き場に急いだ。夜はとうに明けて、船着き場には刀自を混えて七人が沙良を待っていた。

「すみませぬ。遅うなり申した」

息を弾ませて挨拶する沙良に、刀自は、

「あまりに安らかにお寝みじゃったゆえ、お松《まつ》に頼んで一足先に。ごめんなされや」と詫びられて、沙良は一層慌てた。

「今出立すりゃ、昼には会津に着くで。罪人らは、うんと嚇しつけといたで、大人しくしておるぞ」と徳治が言ったが、その徳治は、「夜は冷えるで」と、罪人に菰《こも》を掛けてやったという。

「麦飯じゃがの、たんと食べてくだされと、おっ母が」と言って、卯吉が風呂敷包みを差し出した。

「これはご造作をおかけ申した。昨夜の手助けの料を差し上げねば……」

師匠が懐から巾着を出した。

「われは大内組の役目を果したまで。加勢の船頭二人の賃料と、すみませぬが、食べ料をいただけまするか」と刀自が言った。

「おう、庄屋どのからたんと預かっておるゆえ、そうよ、卯吉の分も加えよう」と師匠が銭を紙にくるんで刀自に渡した。

「昼間なれば、この人数で大事あるまい。気をつけてな。またここを通ることがあれば、ぜひお立ち寄りくだされや」

沙良は、深く頭を下げて船に乗った。たった一晩だったのに、刀自が慕わしく、別れが辛かった。船はゆっくり岸を離れて流れに乗り、間もなく大きく曲がって、桟橋に立つ人も見えなくなった。

「さあ、朝飯じゃ。おお、たんとある。ま、こいつらにも食わせろっちゅうことかな」

矢助は握り飯を一つずつ罪人にも分け与え、それでも油断なく、二人ずつ見張りをしながら、それぞれ塩味一つ、味噌味一つずつの握り飯を頬張った。

大川の川幅は広さを増し、水量もたっぷりで、船は支障なく進んでいく。

「この川はどこまで流れゆくのであろうか」

沙良が一人言のように呟くと、

「海までだで。じゃがな、海へ注ぐ川は阿賀野《あがの》川と呼ばれとる」

「えっ?」

「同じ川なれど、名が変わり申す。大川、阿賀川、阿賀野川と名を変えて、越後の海に注ぐのでござる」と、師匠が、何かを思い出している口調で言った。

「もしや、海の方にお仕えした藩があったかね」

「……昔のことよ」

「ここまでが大川、ここからは阿賀川と、決まっているのであろうか?」と沙良が訊くと、

「村の境より、といえるかのう。川は無心に流れてゆくのみじゃ。名は、人が付けるもの」

海辺の藩を離れ、山里の小さな村に流れ来て子供たちに読み書きを教え、請われれば剣や弓を取ることも辞さない師匠の胸の内にはどんな思いが座っているのであろうか、と沙良は思った。

船はようやく会津の大きな船着き場に着いた。停泊している船も多く、荷揚げの人夫が船と陸を行き交っていた。武士も町人も、みな忙しげに早足で歩いている。船頭の案内で師匠と矢助が船着き場の見張り所に赴き、番人に庄屋からの書状を渡して罪人を連行して来た旨を伝えると、番人は奉行所へと使

いを走らせ、しばらくして奉行所から二人の役人が手下を連れてやって来た。役人は、

「大岩村の庄屋よりの書状で事情は相分かり申した。なれど、少々その方らからも話を聞きたい。奉行所まで参らずとも、自身番でよきゆえ、経緯《ゆくたて》を詳しく述べよ」と言う。

「ああ、さようか。それは承知いたしたが……」と、師匠は情けなさそうに腹をさすった。

「わしら、腹ペコでして」と矢助が訴えた。

「すぐ済むゆえ、辛棒せよ」

罪人たちは手下に引っ立てられて牢に向かった。役人は四人を伴って自身番に赴き、茶を振舞った後、罪人を捕えて会津まで護送するに至った事の次第を質《ただ》した。浪人とは言え、武士である師匠と、庄屋の使い、うら若い薬売りの娘の言い分は、そのまま書き記された。三人の後ろに控えて落ち着かなげにしていた伍平は「おまえはいかなる者か」と問われて、堰を切ったように男たちの非道を語った。

「おヨウはよ、今も行方知れずじゃ。わしはおヨウの敵討《かたきう》ちがしてえ。いや、あいつらを村に置いといたら、またおヨウのように辛え目に会う者が出る。もう二度とあいつらが悪さをせんようにしてくだされ」

伍平の日に焼けた顔を、涙が流れ落ちた。役人は痛まし気な表情で伍平の話を聞き終えると、「うむ。そなたらの言い条は相分かった。この留め書きを以ってそなたらの証言とするゆえ、奉行所には赴かずともよい。さあ、昼餉じゃ、昼餉じゃ」と笑顔を見せた。

四人は、仲間との挨拶を終えて自身番まで迎えに来てくれた船頭の案内で、間口の広い店が建ち並ぶ会津の街を目を見張りながら歩いて行った。

「いつもはこんな上等の店には入らんがの」と言いながら船頭は「あがの屋」と染め抜いた暖簾をくぐった。もう昼時は過ぎていて、客は少なかった。磨き

込まれた卓を囲んで四人は腰掛けに座った。

「にしん御膳を頼むぞ」と船頭が給仕の娘に声を掛けた。娘は紺の着物に赤い襷《たすき》を掛けていた。丸い頬も襷と同じくらい赤かった。

「皆さんにしん御膳でいいかね。御酒《ごしゅ》は？」

娘はぶっ切ら棒に聞いた。船頭が師匠の顔を見ると、師匠は笑って頷いた。

「無事に役目を果した祝いじゃ。沙良さんも一口含むとよい」

「ほんじゃ、茶碗五つと二合徳利な」

大き目の徳利から娘が茶碗に酒を注いだ。

「あとは皆さんで。もっと酒が欲しかったら呼んでくだせえ」

沙良は一口含んで味わった。美味いとは思わなかったが、一つの仕事を成し遂げた喜びが、香りとともに胸を浸した。食事は、一人分が一枚の角盆に載って運ばれて来た。白い御飯と鰊の煮付、里芋と人参、干し大根に油麩《あぶらふ》の煮物と沢庵が載っていた。

「あと、こづゆがあるで、今、温めとるでな」

卓に角盆が置かれるや否や、皆、箸を取って御飯を掻き込んだ。たちまち一碗を平らげて、「お代わり」と娘を呼ぶ。娘はお櫃《ひつ》を運んで来た。「もう、お昼も終わりでよ、残り飯だで、全部食べてもらえって、大将がよ」

次いで娘はこづゆが載った盆を運んで来て各々に配った。「名物のこづゆだで」汁を口に入れたとたん、沙良は美味しさに驚いた。人参や大根の野菜に混って、小さな麩が浮かんでいる。澄んだつゆは、干し貝柱の出汁がよく利いていた。お櫃を空にして食事が終わると、船頭が言った。

「戻りは流れを溯るで、骨だぞ」

「あ、船で参ったのじゃった」と、師匠が今更ながら気付いたといった風に困惑した顔をした。

「滝の下までは上りでもそれほどきつくはねえ。風も吹くでな。だが船を滝の上に上げるのはそれこそ骨じゃて、滝のところで船を乗り換えるんじゃ。罪人送りは、滝の下からの船の都合がつかんで、船道を使ったがの。まず滝下までは船で上る。だが、今から発ってもじき夜になる。皆、くたびれとるで、今夜は会津泊りにして、明朝早く発とうと思うがどうかね」

「泊まる所の当てはあるのかね」と矢助が尋ねると、「船待ち宿があるで、四人なら一部屋頼めるで、蛇姫さまを一番奥にして寝りゃ、大事ない」

「四人？」

「ああ、わしは知り合いの家に泊めてもらうでな。明日の朝、明け六つに船着き場に集まってくだされや。船待ち宿まで案内しますで、宿を頼んでから、皆さんは会津の街を見物なされや」

船待ち宿の前で船頭と別れ、屋根の上に大きな看板を掲げた店が軒を連ねる通りに歩み入って、沙良は心底驚いた。一昨日から驚くことばかりだと沙良は覚えず両手で胸を抱いた。凶悪な罪人を乗せた船の旅、元蛇姫だという刀自さまとの出会い、この賑やかな美しい街。もしや、さらに驚くことに出会うやもしれぬと、沙良は鼓動が高まる気がした。

「わしの故郷はな、越《こし》の国の海辺の城下であった。港には大きな海船が出入りして、ここよりも賑わわしくての……」

かつて一度も故郷のことを口にしなかった師匠が、街並みの記憶に誘われるように言った。沙良が目を止めたのは「薬種問屋」と漆塗りの大看板を掲げた薬屋だった。店の奥に幾つもの引き出しを備えた薬入れが見える。どんな薬を置いているのかと店に入りかけた沙良を、師匠が引き止めた。

「蛇姫は入ってはならぬ。薬の技を盗みに来たかと疑われよう。その身なりでは並の娘とは見えぬゆえ」

沙良は慌てて店先を離れた。離れつつも、店先の桶にスッポンが入っているのを目の隅に捉えて、沙良は胸を衝かれた。人は何でも己の欲のために他の命を食らう、と思うと、ひどく辛かった。われもまた、草木や花の命を掠め取っているのだ、と。薬屋を過ぎて、沙良は夥しい彩りを見て立ち止まった。

「呉服屋だ。入ってみるか」と師匠が沙良を振り向く。ためらう沙良を追い越して、伍平が吸い込まれるように店に入って行った。見慣れぬ客たちに、店の者は少し顔を曇らせて、「何かお探しで」と声を掛けた。伍平は薄水色の地に撫子を散らした反物を手に取った。はらはらと涙が頬を伝う。

「撫子はよ、ヨウがいちばん好きな花じゃった。着せてやりたかったのう……」

店の者は布を汚されはすまいかと気が気でない様子で、伍平の手から布を奪い取った。

「いかほどじゃろう」と沙良は布の値を聞いた。「一分と少々」沙良は素早く、頭の中で、これまでの薬礼で得た金を数えた。薬屋敷に納める分を除けば、あとは沙良の取り分と介は言った。なら、何とかなるかもしれない。あっ、そうじゃ、庄屋さまが父御の看取り料と言うてくだされた金があった、と沙良は思い出した。まだ開いていなかった半紙包みを開けてみると、一分銀が一枚入っていた。

「これでは足りませぬか」

「もう少々……」

沙良は、これまでに払ってもらった銭の入った袋を取り出した。

何となく店先がざわついているのに気付いた店の主かと覚しき男が店の奥から出て来た。

「どうした」と手代に声を掛け、「おいでなされませ」と沙良たちに頭を下げた。

「蛇姫さま、滅相もない。そげに高いものを買うてもらうわけにはいかんで」と伍平が断わりを言うと、主は「蛇姫さま……」と呟いて沙良を見つめた。見つめていた目に、何かハッとした色が浮かんだ。

「どうぞ、茶など召し上がってくださりませ。さ、ここにお掛けなさって」と主は、店の土間の隅に設えられた卓を囲む腰掛けを示した。川を下って来た一行の身なりはかなり汚れていて、さすがに多くの布が広がる畳の上には上げにくかったらしい。番茶とゆべしのもてなしを受けて、伍平は再び涙ぐんだ。

「こげん店に一ペンでも連れて来てやりたかった。ゆべしはうちの方でも祭りにはこしらえるが、こげん甘くはない。これも……」

師匠が簡潔にヨウの身の上を話すと、主は深く溜息をつき、「ほんに行方知れずとは……。それにしましても非道なヤツラよ」と言いながらも、しきりに沙良の顔に目をやる。言い出そうとして口ごもり、口ごもりつつ、とうとう、主は沙良に言った。

「蛇姫さま、と申しますと、親御さまはおられぬということでありましょうか」

「育ててくれた者はおりまする。が、生みの親はと言われれば……分かりませぬ」

「……今から十七、八年も昔になりましょうか、一人の尼さまをお見かけ申した」

尼さま。沙良は返事もできず主を見つめた。

「まだ、この店も持たず、嫁ももらわず、手前は布を担いで売り歩いておりました。一人暮らしの裏長屋へ入ろうとした時、入り口に倒れている尼さまを見つけ申した。手前は取り敢えず部屋に運び入れて、水を差し上げた。尼さまは礼を言って立ち上がろうしたが、足が立たない様子じゃった。手前は男一人の所帯に、尼さまとはいえ女子一人をお泊めするのはためらわれたが、余りにお辛そうで、とても外には出せませなんだ。

『今晩一晩、お休みなされませ。もしどこか存じ寄りの寺などありますればお伝えいたしまするが』と言うと、『すみませぬ』と一言言ったなり、精も根も尽き果てたように眠ってしまわれた。尼さまは、翌日の夕暮れに、やっと目覚められた。手前は……手前は尼さまを一人残すが気懸りで、商《あきない》も休んでしもうた。目覚めると、尼さまは激しくうろたえなされて、『お世話をおかけいたしました。すみませぬ。何のお礼もできず……』と、幾度も畳に額を擦りつけて詫びなさる。

『いえいえ、尼さまをお助けするは、み仏への御奉仕のようなもの』

尼さまは苦し気に眉を寄せて、『われは仏罰を被る身』と言われました。『仏罰』という恐ろしき言葉に驚き、『仏罰とは……?』と尋ねますと、尼さまは僧衣の上からそっと腹のあたりを撫でなさって、『身籠っておりまする』と言われました。あんなに驚きましたことは、後にも先にもござりませなんだ。尼さまが身籠る、赤子を生みなさる。

『子細は申せませぬ。今はこの子を無事に生むことだけが、わらわのたった一つの願い。子を無事にこの世に送り出せれば、わが身はその場で果ててしもうてよい、と誓いを立てておりまする』

『父御さまは?』と手前は思わずお訊きしました。尼さまはゆっくりと首を振られ、『申しても詮なきこと』と言われます。発とうとなされる尼さまを、『もうじき夜になりまする』と必死でお止めし、もう一晩泊まっていただき粥を差し上げますと、『おいしい』と召し上がってくだされた。次の夜明け方、尼さまは、『川をのぼり、山を越えよとの観音さまのお告げ』と言われて旅立たれ申した。——手前は今に至るまで、あの二夜がまことに在ったことかどうか、覚束ない思いでおります。夢だったのやもしれぬ、と幾度も思い申した。が、夢でなきしるしが……」と言って、主は奥の方へ行き、小さな紙包みを持って来た。紙包みを開けると錦の袋が出てきた。袋は水色地に白と銀糸で百合の花が刺繍されている清楚な品だった。袋の中には水晶の軸の姫筆が入っていた。

「もう、これしかお礼に差し上げられるものもござりませぬ、と言われて尼さまは行ってしまわれた。おそらく携えておられたお品を一つ手放し、二つ手放しして旅を続けておいでだったのではありますまいか。もとより尼君であられたのではなく、何か訳があって、尼姿になられたのではないかと、推し測りました」

月のものを見た日、長と依良に己がこの世に生まれ出た時のありさまを聞いて以来、沙良は「尼君」のことは何も耳にしていなかった。己が蛇姫となったことに、マムシが尼君を咬んだことが関わっているのであろうか、とどこか因縁話めいた不思議を思うことはあっても、これほど一時《いっとき》に身籠った尼君の話を聞こうとは。沙良は、大波がざんぶりと己に打ちかかり、溺れてしまいそうな気がして、喘いだ。

己の生みの母が尼君であったことは、薬屋敷の人たちしか知らない。今、「さら堂」を開いている村の人たちも知らぬことだったから、三人の男たちは、ただただ綺譚を聞く驚きの表情で聞き入っている。

師匠が、ふと我に返ったかのように、尋ねた。

「身籠られた尼君……不思議な話じゃ。だが……ご主人は、なにゆえわれらにその話を聞かせなさる。いつも人に語っているとも思われぬが……」

「それは……」と言いかけて、主は沙良の顔をじっと見つめた。

「こちらの、蛇姫さまのお顔立ちが、その昔の尼君さまによう似ておいでで……まるで瓜二つ」

沙良は自制する暇もなく、口に出していた。

「その尼君は、われの生みの母やもしれませぬ」

「それはいかなること」と問いかける師匠をはじめ、茫然とした目を向ける人々に、沙良は長や依良から告げられた「旅の尼から生まれ出た娘」という己の誕生のさまを話した。マムシのことには触れず、われが生まれ出て間もなく、尼君は息絶えたとのみ。主は、

「この城下から陸の道を行けば、皆さまの村里まで三日、そこから山に入ってまた三日。頑健な者でも六日はかかる道のりを、尼さまのあのご様子では十日はかかりましたろう。いかに難儀なされたことか……」

主の目には抑え切れぬ涙がにじんでいた。あの薬屋敷へ向かう最後の難所ともいえる急な崖を、身重

の母は、いかにして登ったのであろう。それとも、崖を避ける道があったのだろうか。こちらへと、幻の姿を見せてわれを導いた尼さま、母さま。沙良はまるで、己が尼君とともに山道を辿っているかのように息が弾み、胸が苦しくなった。

「この水晶の筆と錦の袋は蛇姫さまがお持ちくだされませ。尼君から生まるる子とは、滅多にあるものではございりますまい。おそらくはこの尼君は蛇姫さまのお母上。この巾着袋の百合の花の図柄、水晶の筆の軸に刻まれたる『百合』は、お母上ゆかりのものでは。御名ということも考えられまするなあ」

沙良はすぐにも母の身の上を辿りに出たいと思った。だが、どこへ。母はどこからこの城下にさ迷って来られたのであろう。

「尼君は、いずこから来られたのであろう」と問うた沙良に、主は気の毒そうに首を振った。

「布代は一分で十分でございます。早う包んで差し上げよ」と主は手代に命じ、さらに、「表地だけでは着物になりませぬゆえ、裏地を差し上げましょう」と言って、手代に持って来させた。裏地の代金を払おうとする沙良に、「いえいえ。あの麗わしき尼君さまがお生みなされた娘御にお目にかかれて、手前の生涯でも稀なる幸せ。その御礼と思うてくだされませ。菊の紋様を織り出した白絹でございまする」

厚く礼を述べて店を出ようとした一行に、主は「あ」と声を上げた。

「尼さまがお寝みの間に、幾度か『きつねのさと』と呟かれた……」

「きつねのさと？　それは……」

「手前にも分かりませぬ。なれど、尼君のお心に懸かっていたことかと思われまする」

「さら堂」をあのまま放置するわけにはいかぬ。沙良は「きつねのさと」の謎を追いたい思いを胸に仕舞って、一旦は村へ戻らねばと決意した。その夜は船待ち宿で眠れぬ一夜を過ごし、あくる朝、明け六つの鐘を合図に、一行は川を溯行する船に乗った。折しも、木地製品を会津に運んで戻る三人もいて、一行は船頭を混えて八人になった。木地師といっても、沙良がトリカブトの禍から救った村とは全く別の村だという。

「大勢いれば、漕がねばならん時、楽だでの」と船頭は喜んだ。船頭は船の帆を操り、逆風でも横風に変えて斜めに進んでいく。瀞《とろ》の部分では二人ずつ交替で艪を漕いだ。急流には六人が棹を川底に突き刺すようにして、一寸刻みに進んだ。

「蛇姫さまは、漕がんでいい。若い娘が棹をさすと、川の神が怒るでな」と船頭は笑った。昼頃には刀自さまの番屋の建つ船着場が見えたが、船頭は船を止めることもなく、通り過ぎた。河岸には刀自さまはもとより知る者の姿もなく、沙良は闌《た》けゆく春景色に目をやりつつ、侘びしい思いに浸されていた。夕暮れが近付き、船は湯野上温泉の船着場に着いた。

「今日はここで船泊りするべかね。温泉に入りに行って飯も陸《おか》で食うて、泊まるのは船にするべ」と船頭が皆に声を掛けた。

「温泉？　久しぶりじゃあ、うれしかのう。酒も飲めるなあ」と伍平がうれし気に答えた。矢助も師匠も笑顔になった。凶悪犯を送るという気の抜けない役目を果して、一行は解放感に浸っていた。沙良は「温泉」というものには入ったことがない。薬屋敷では「薬を扱う者は身を浄めておらねばならぬ」と長は言い、毎晩風呂は立てていた。幼き頃は米良や依良とともに、十《とお》を過ぎてからは一人で湯に浸かった。温泉とはいかなる湯殿であろうか。

船頭の案内で地元の者にも旅の者にも開放されている共同浴場に向かった。沙良は二枚目の下着の替えを風呂敷に包み、女湯の引き戸を開けた。戸は上部は桟になっていて風を通し、下の方は外から見えないように板戸になっている。沙良より前には、小さな娘と母親の二人連れと、年のいった女三人が入っていた。老女の一人が沙良を見つけ、

「あー、姐《あね》さん。見たことねえお人じゃて、旅の方かね。まんだ仕事しとる者は入らん刻限じゃて、人も少のうて、湯もきれいじゃ。ええ心地じゃよ、湯野上の湯は」と声を掛けてきた。

「あれ、うめさん、随分の長ぜりふじゃの、いつもは、ウーとかアーとかしか言わんに」

「湯に入りゃ、舌の根もゆるむって言うべ」

「んだなあ。湯野上の湯は優しゅうて、心も温めてくれるでな」

湯船は畳二畳分ほどの檜造りだった。洗い場は六畳ぐらいだろうか、簀子が敷き詰められ、簀子の下は平たい石が並んでいる。板壁を貫いて樋が突き出し、絶えず湯が流れ出ている。

「もったいない……」と、沙良は思わず呟いた。

「んだなあ。んでも湯野上の湯は尽きることがねえで。川べりの砂掘っても湯が出てくるでの。姐さんも、湯たっぷり使うて、髪も洗いなされや」

沙良は、髪を巻き上げて留めていた黄楊《つげ》の櫛を外して髪を降ろした。

「ほれ、そこの桶使いなされ」と、老女の一人が洗い場の隅に積み上げてある桶を指さした。

「まんだ、今日の湯はきれいだで、湯船から汲んでも大事ない。しまいのすすぎにゃ、樋の湯を受けて使うといい」

「ありがとうござりまする」

沙良は礼を言って、老女たちに背を向けて体と髪を洗った。湯船に浸っていた子供と母親が先に上がって行くと、老女たちは揃って湯船に浸り、「姐さんも入らんかね」と声を掛けてきた。「えっ？」依良と米良のほか、誰かとともに湯船に入ったことなど無い沙良は、かなり慌てたが、思い切って勧めに従って湯船に身を沈めた。

「ほうら、一人半畳、ちょうどいいべ」

老女たちは目を細めて笑った。

「今夜はどこへ泊まるね？　連れの者は？」

「船泊りいたしまする。大川の上流から船で参り申したゆえ」

「上りかね、下りかね」

「上りまする」

「それは骨じゃの、ゆっくり温まりなされや。夜食はまだかね。この『勝手湯』から少し上流に行ったとこに『梅の木』ちゅう旅籠がある。泊まらん客にも夕飯も出すで、行ってみなされ」

「これ、うめばあ。己がとこの客引きするかね。この急がしき時刻に、勝手湯なんぞでズルけとって、嫁さんに怒られるど」

「ははは。われは飯作り、ちゃんとやってきたで。うちの湯に客より早うに入るわけにゃいかんからの。あー、極楽、極楽」

　老女たちとともに「勝手湯」を出ると、一足先に湯から上がったらしい師匠や矢助たちが連れ立って歩いて行くのが見え、沙良は追いかけた。四人は「梅の木」を見つけ、戸を叩くと、ひょっこりとうめが顔を出した。正面の玄関からは上がらず、うめの案内で土間を曲がると、卓と椅子が並ぶ一角があり、小上がりの座敷もあった。

「座敷で食事をとるのは久しぶりじゃなあ」と師匠が言うと、「俺は初めてじゃ。うちじゃ板の間で食うでな」と伍平が言う。四人は小上がりの畳で卓を囲んだ。

「はあて、罪人を送る御一行じゃったか。それあ、ご苦労さまでござんしたのう。梅の木のうめが、たんとおもてなしするで」とうめは言い、女中たちを指図して鍋や刺身、煮物や酒を運ばせた。鍋は鶏のブツ切りと団子の味噌仕立て、刺身は取れたての鮎の身を削いだものを蓼酢に浸けて食する。筍と車麩の煮物も供され、質素な食事に慣れている沙良たちには、正月や祭礼以上の御馳走だった。

「うまいのう」師匠と矢助と伍平は、地酒「大川」に酔い、沙良は初めて口にする鮎の刺身の香り高い歯ざわりを楽しんだ。依良にも食べさせてやりたい。と、往還で何か騒ぎが起きたらしく、人の叫びと走り回る音がした。

「何じゃろ」とうめが女中に様子を見に行かせると、女中はあたふたと戻って来て、

「おまさ坊が橋から川へ落ちた。おっ母《か》さんがすぐ下へ回って救い上げたども、息をしてねえって」

沙良はすぐ立ち上がって表へ走った。人だかりがしている。人を分けて子供に屈み込んで首の脈を診た。無い、いや今かすかに。沙良は子供の体を俯かせて膝の上に載せ、背を押した。グアッと口から水が出た。体を仰向かせて、胸の中央のあたりを押した。あまり強く押すと胸の骨が折れる。だが今は息を取り戻す方が先だ。「息が止まってすぐなれば、胸を押してやると、心臓が動き出すことがある」と長が教えてくれた。今まで沙良自身がやってみたことはない。だが、知る限りの術を尽くして命を助けたい。沙良は必死で子供の胸を押した。

「おっ母さん、おまさちゃんの名を呼んでくだされ。こっち側に呼び戻すのじゃ」おまさの母は狂ったようにおまさの名を呼んだ。子供の体が冷たくなってくる。「誰か布団を」と言うと、誰かが近くの家から夜着を運んで来た。子供の体を夜着でくるみ、さらに胸を押し続けた。師匠と矢助が駆け付けて来た。酔いも醒め果てたように白い顔をしている。「手足を擦って」と言われて、二人は地面に膝をついて、子供の手足を擦りはじめた。半時近くも経って、沙良も「これまでか」と思って子供の胸に耳を当てた時、コトンと音が聞こえた。子供は大きく息を吸い込み、吐いた。

「おまさーっ」と叫んで、おまさの母が子供の体を夜着ごと抱き締めた。どうやら、命は取り止めたようだ、と沙良はしとどの汗を拭った。

「蛇姫さまじゃったか。並の女子ではないと思うとったが。ほんにおまさ坊は運が良かったのう。あ、まあ、川へ落ちたんは運が悪かったが――。おまさ坊のおっ母は、ちょこっとぼんやり者《もん》での、おまさ坊の手を放しちまったらしいで。あのお転婆お

まさの手放して橋渡ったらどうなるか、分かろうものを。おまさ坊の家は分限者だで、礼はたんと出すじゃろ」

「いえ、われは蛇姫の仕事をしたまで。助かってほんによかった……」

「汗びっしょりになりなさって、あと一ぺん風呂浴びて、今夜はうちに泊まらんかね。ああ、われの寝間で寝てもらうゆえ、宿代はいらんよ。男たちは……」

「船へ戻らんと、船頭が驚くゆえ」

「そうじゃの、んじゃ、あと一ぺん飲み直して、船へ戻ってもらうか」

「もう遅いで……船へ戻る。すまんが、酒を少うし、もらえるかのう。すっかり酔いも醒めてしもうたで」と、矢助がうめに頼んだ。

「ああ、合点した。五ン合徳利でいいかの。鶏肉揚げたのも持ってくかね」

もう一度、「梅の木」のしまい湯に入って、沙良はうめの部屋で寝んだ。先刻のおまさ母娘の様子は、沙良の心に激しい母恋しさを呼び起こしていた。われと瓜二つの尼さま。百合の刺繍、きつねのさと。そんな言葉や形が頭をぐるぐる巡っていた。さら堂を閉めて一旦、薬屋敷に帰りたい。そして長に頼んで、母を探す旅に出ることを許してもらおう。薬を売りながらきつねのさとを探しに行こう。

その日も明六つの船出になった。うめと女中に見送られて、沙良は船着き場に向かった。朝食の握り飯と、昨夜のうちに届けられた「おまさの助命料」から「梅の木」への酒食代を支払った残りを懐に、沙良は岸と船縁に掛けた板を渡った。

「さあて、昼すぎには、大滝に着く。帰りは滝下でこの船を降りてもろうて、後は歩き道を行ってもらうで」

船頭の言葉通り、昼すぎには大滝の下に着いた。三人の木地師たちは、滝の下の分岐で東の方角へ道を折れて行った。滝から先は、四人は川沿いの道を徒歩で辿ることになった。船頭は再び、山の産物を積んで城下に戻り、城下から塩や衣服を運ぶという。

「あー、人でなく物を運ぶのは気持ちが楽じゃのう。ん、ちょこっと淋しいがよ」

滝上まで送ってくれた船頭とも別れて、四人は大川沿いの道を歩み出した。昼餉は、このあたりの名物だという「しんごろう」という名の串刺餅だった。これも「梅の木」が用意してくれたものだった。餅は各々の腹に収まり、荷物も少なく、何よりも罪人護送の役目から解放されて、足取りは軽かった。伍平だけは撫子模様の布と裏地を包んだ風呂敷を斜めに背負って、「ヨウ、待っとれ」と呟きながら歩いている。

「蛇姫さま、大事ないか。ゆんべは眠られたか」

矢助が沙良をいたわるように囁いた。呉服屋で聞いた旅の尼の話が、いかに沙良の心を騒がせているかを思ってのいたわりであることはすぐ分かった。

矢助の気遣いが心に沁みて、沙良は涙ぐんだ。今、われの心は壊れやすき果物のようじゃ、と沙良は思った。ほんの少し触れられただけで涙がにじむ、と。

夕刻近く、四人は村に着いた。最初に気付いたのは庄屋の家の息子だった。

「おーい、蛇姫さまと師匠が帰ったぞー。矢助も伍平も無事じゃー」四人の帰還は、たちまちのうちに村中に伝わり、大勢がさら堂に集まって来た。

「あいつらがいなくなって、ほんに良かった。枕を高くして寝られるっちゅうのはこのこっちゃ」

「あいつらは死罪になるか、それとも遠島じゃろか」

「ほうびはもらわんかったのか」

皆、口々に声を掛けた。庄屋が駆けつけて来て、

「おお、無事に送ってくだされたか。大儀じゃった、大儀じゃった」と一行を労った。

イネが飛んで来て、沙良に抱きついた。

「おお、無事でいがった。いがった」と言いながら、ボロボロ涙を流した。

「庄屋さま、お祝いするべよ。村中でよ。おらん家《ち》の庭でどうかの。なんちゅうても、さら堂があるでな」

「そうじゃの。みんな、どうじゃ」

「えーなあ。祝いじゃ、祝いじゃ。餅搗きせんか。今夜はうれしゅうて眠れん。夜っぴて踊らんか、歌わんか」

それから村人たちは家へ走り、餅米や小豆、魚や酒を持ち寄った。庭に急拵えのかまどを築き、金網を乗せて魚を並べた。大急ぎで餅米を洗い、米が水を吸うのを待ち兼ねて、イネの家の台所で蒸した米を、庭に置いた臼に移して、餅搗きが始まった。

「ヤレサ、ホイサ」

「ホイサ、ヤレサ」

庄屋の蔵で貯蔵していた酒が振る舞われ、子供も大人も祭りのようにはしゃいでいた。


「家、空っぽにして来たで。盗っ人に入られんかな」

「もう、盗っ人はおらんがね。会津の奉行所の牢じゃ」

「アハハ、アハハ。のどかよのう」

あのならず者たちが、いかに村を恐怖に陥れていたかを悟り、村人たちは改めて安堵に胸を撫で下ろした。

食べ物だけでなく、人々は明かりを持ち寄っていた。屋号の入った提灯が、木と木に張り巡らされた綱に吊られ、龕灯《がんどう》が地に置かれた。夜の明かりは、人を日常とは異なる世界に誘う。頬を上気させた人々は、誰からともなく歌い出し、歌に連られて踊り出した。囃子は笛と太鼓だった。大人たちの身振り手振りをまねて踊る子供たちの中に、沙良は見覚えのある子供の顔を見出した。「幸太」と沙良が呟くと、人の輪の中から男女二人が沙良の方へ走り寄って来た。ぜんまい小屋の夫婦だった。

「お蔭さまで、幸太はあれ、あげにようなりました」

「蛇姫さまの術のおかげでござります。ありがとうございんした。ありがとうございんした。蛇姫さまのお手の傷は……？」と母親が気遣う。沙良は笑って、大きく腕を振って見せた。

「傷跡ももう見えぬ。案じなさるな」

「ご自身の血を分けて幸太を治してくだされたのじゃ」と、父親が傍らでやり取りを聞いていた庄屋に言った。

「蛇姫さまが己の血でマムシの毒を消してくださるというは、まことであったか」

庄屋は畏敬の念を込めて沙良を見つめた。

「われがよ、蛇姫さまをお連れしたのじゃ」と、イネが得意そうに鼻の穴を膨らませた。ああ、われが居ることを喜んでくださっておると、沙良はほのぼのとした思いで微笑んだ。父も母も知らぬわれなれど、われがこの世に生まれて来たには、生まれるべき訳があったのやもしれぬ。

翌日は「今日は神事《かみごと》」という振れが回った。

「神事」というのは「物忌みの日」の意で、集落が共同で農作業を休む日のことである。昨夜の村を挙げての大はしゃぎの反動でボーッとしている村人の様子から、庄屋と村役とで「神事」と決めたらしかった。

「力の入らん体で野良に出ると、野の神さんが怒りなさる。また、怪我すると大変じゃ。今日一日は、神さんにお礼申して、体を休める日としよう」

それでも、沙良の留守中に腹痛を起こしたり、足を挫いたりした村人がさら堂を訪れて、沙良は腹痛の薬を渡し、膏薬を貼ってやった。

大岩村へ来て村人の治療を続け、庄屋の隠居の最期を看取り、さらにはならず者の捕縛やら護送に付き添ったりしているうちに、いつの間にか春は過ぎ、夏の盛りを迎えていた。持って来た薬はもう三分の一ほどしか残っていない。沙良はイネに、薬が無うなったら一旦は薬屋敷に戻らねばならぬことを告げた。一月《ひとつき》以上は同じ所に留まらぬようにという介の言葉も気に掛かっていた。

「ほうかね。薬が無うなってはさら堂も開けておけんのう。蛇姫さまの治療の腕だけでも村の者《もん》たちは頼りにしとるが……。では、薬のある間だけはおってくだされ。夏には子供の疫痢やらも多うなるで、蛇姫さまがおらんようになったら、みんな困るでよう。それに、真夏の旅は、いかに蛇姫さまじゃとてお辛かろう。どうか、あと少し」

イネの懇願に負けて、沙良は「一月」を越えることを気に掛けながら、もう暫く、村に留まることを承知せざるをえなかった。イネの言った通り、暑さに負けて病状が悪くなったり、激しい下痢を起こす子供が出たりして、病人を置いて村を去ることは、沙良にはできなかった。沙良が大岩村に留まることが知れると、遠くの集落からも病人や怪我人が訪ねてくるようになった。

薬屋敷から持って来た薬はもちろん、村の野山で採った薬草で作った急拵えの薬も尽きて、沙良はいよいよ村を去る時が来たと決意した。

「また来春、たくさんの薬を負うて戻って参ります。秋から冬は薬屋敷でも薬作りに精を出す季《とき》ゆえ、戻らねば」と沙良が言うと、イネもそれ以上は何も言わず、淋し気に頷いた。沙良はさら堂を片付け、丁寧に拭き清めた。


季節が変わる気配を感じながら、沙良は朝まだきに、イネ一人に別れを告げて、塞の神のしるしを越えた。村人たちに去ることを告げれば、引き止められて帰る足が鈍ってしまうことが分かっていたので、歩き詰めに歩いて、夕刻前には見覚えのあるぜんまい小屋に着いた。小屋を取り囲む木々の葉は盛りを過ぎ、うっすらと黄色味を帯びている。「秋のマムシは毒が濃くなる」と依良が言っていたのを思い出し、沙良は丁寧に小屋の中を調べ、炉に火を焚いた。野の獣は皆、火を恐れる。沙良は、炉の近くに身を横たえた。マムシは沙良には近付かず、万一咬まれても毒は沙良には効かない。それでも、沙良はマムシに出会いたくはなかった。尼君を咬み、われを生むように促したというマムシ。あの辛く恐ろしい血の施術。われを蛇姫として生きるよりほかの道を許さなかったマムシとの因縁が、沙良の心を重く沈ませていた。

二日目は木地師村を目ざした。下ってきた時とは異なり、帰りは登り道で息が弾む。しかし、空気も土も乾いていて心地よかった。木地師村は少しも変わらず、木を剞る匂いを漂わせていた。沙良は、トリカブト中毒から救った加一が大喜びで沸かしてくれた風呂に入れてもらって、二日分の汗を流した。挨拶に来た木地師の長の顔を見た沙良は、思わず眉を寄せた。長の目からは光が失せ、顔は土気色をしていた。

「長、少し診せていただけませぬか。どこか痛みは？苦しきところは？」

「……小水が出ぬ。背が痛む」と長は小声で言った。脚は気味悪く浮腫《むく》んでいる。腎の臓の病、と沙良は思った。まず、体内に滞っている毒素を体外に出さねばならぬ。沙良は非常用に少しだけ残していた乾燥させた萩の枝葉を土瓶の湯で注出して飲ませた。

「腎の臓の病と思われまする。滞った小水を出さねばなりませぬ。腎臓の病には、塩気が禁物。お辛いじゃろうが、塩気を控えてくだされ。水分も取りすぎぬよう……」

「治る……のじゃろうか」

「養生しだいと思いまする。今所持しておる薬は、すべて置いて参りまする。薬は萩の枝葉じゃゆえ、野山の萩を刈り取って干してくだされ。――明日、薬屋敷に戻りますれば、長にも伺い、別の薬も教えていただけましょう」

「ありがたきこと。またここまで往復させるは申し訳もなし。加一父子を同行させてよろしいじゃろうか」

沙良は頷いた。父子二人とともに行くなら心強い。

　長と介と依良が余念なく立ち働く庭に、沙良は走り込んだ。三人は沙良よりも加一の声に気付き、仕事の手を止めて、門の方を見た。依良は持っていた籠を取り落として、棒立ちになった。

「おう。今日か明日かと、待っておったぞ」

　加一親子にはしばらく待つように言って、沙良は、長と介と依良が並ぶ長の部屋で、三月《みつき》にわたる初めての蛇姫の旅の報告をした。三人とも相槌を打つこともなく、黙って聞いていた。三人の沈黙に少し戸惑いながら話し終えた沙良は、小布に包んだ薬代を差し出した。受け取って中身を改めた介は、「よう売り切ったな」と犒《ねぎら》った。

「無事でのう、無事でのう」と上ずった声で依良が言った。

「あまり一ところに滞在するのは、薬売りの本来ではないが……」と切り出した長の言葉に、叱られるかと身を固くした沙良に、長は、「人々の役に立てたようじゃな」と厳しい顔をわずかに緩ませた。依良が、もう我慢がならぬといったふうに膝立ちになって沙良ににじり寄り、両手を取って「沙良、よう戻ったな」と涙声で言った。

「蛇姫も蔵も、初めての旅が最も危うい。旅立ったきり戻らぬ……戻れぬ者もおる」と、介が何かを思い出すように言った。「うむ」と介の言葉を受け止めて、長は沙良の顔を見つめた。

「おまえは、まだわれらに言うておらぬことがあるのではないか」

　沙良は驚いて長を見返した。長には何でも見抜かれてしまう。それまで言おうかどう決めかねていた沙良は、誘い出されるように言葉を発していた。

「尼君のことを耳にしました」

　三人の顔には戸惑いが浮かんだ。おそらく三人とも、われに話してくれたより他のことは知らぬのであろう、と沙良は思った。

「会津のご城下で立ち寄り申した呉服屋の主《あるじ》が……」と、沙良は主の語った尼君の様子を残らず話して、懐から百合の縫い取りのある袋を取り出した。

「うむ。長は水晶の筆も手に取って調べていたが、「うむ。由緒あり気な品じゃ。百合とは御名であろうか。とすれば、あるいは元からの尼御前ではなかったやもしれぬ。いずれの地から参られたやら。そこが鍵となろうが」

「きつねのさと」と沙良は呟いた。「尼君が眠りの中で、きつねのさとと言われたそうじゃ」

長が記憶の底に眠っている何かを引き出そうとするかのように目を瞑った時、縁先の方から加一の声がした。

「蛇姫さまあ、薬はまだかあ」

沙良はハッとした。加一父子のことを忘れていた。「長、薬を処方してくだされ」と、沙良は木地師村の長の症状を告げた。

「うむ。腎の臓を患っておることは間違いあるまい。おまえのいるうちに小水は出たであろうか」

「はい。発ちます時に、家の者が伝えに来てくれたので、われも安堵いたしました」

「それなれば、萩の薬は効いたといえよう。もう少し詳しく、病のさまを聞きたい」

長は縁先で、加一と父親から村長の病について尋ねた。

「いつ頃からか」

「そうさの、夏風邪を引きなさったあと間もなくじゃったで、ここ半月ほどの間に急に体中がむくみ、顔が土気色になってしもうた。だるい、大儀じゃと横になることが多うなって……」

「熱は？」

「はじめは高い熱が続いて、やっと引いたと思うたら、微熱が続いて小水が茶色になり、出なくなり申したと、おキクさんが案じとった」

「急性の腎臓炎じゃな。風邪の毒が腎臓に取りついたのやもしれぬ。毒を制して炎症を収めねば治らぬ。緑苔丸を飲ませてみよう。萩の煎じ薬とともに用いても害はなさぬゆえ」

「緑苔丸」は、長が長年工夫を重ねて、苔類から作り出した貴重な薬で、体の内外に発した炎症を抑える作用があった。

「あのう、薬代は……」と口ごもる加一の父に、「木地師の村なら、椀や皿、捏《こ》ね鉢など少しもらおうか」と長は言った。「依良に要《い》る物を聞くとよい。さて、大分待たせてしもうたゆえ、今から発つと帰りつかぬうちに夜になろう。明日早く発つことにして、今夜は依良たちと同室じゃが、泊まってゆくとよい」

長の妻が持たせてよこした小麦粉で、依良はうどんを打った。山鳥の肉と大根、人参、葱を入れた汁に入れて煮込んだうどんを、加一は三杯も食べた。「これ、腹痛を起こすぞ」と言われても、「平気じゃあ。ここは薬屋敷じゃもん」と丸く膨れた腹を擦った。「もう一口も入らん」と言っていたが、依良が、うどんに延ばす前の練った小麦粉を油で揚げて蜂蜜をかけて差し出すと、ペロリと平らげ、指一本一本を舐めて「こんなうまいもんが、この世にはあるのじゃねえ」と大人びた口調で言って、一同大笑いとなった。

夜、少し前まで依良と寝んでいた部屋に、沙良、依良、加一と父親の床を延べた。四組の布団を敷くのには狭かったので、加一と父親は一つの布団に寝てもらうことにした。沙良はなかなか寝つけなかった。馴染んだ部屋、馴染んだ人たち、心は安らいでいるはずなのに、胸は風にゆれる木の葉のようにざわめいていた。目を閉じると、薬売りの旅の情景がくるくると頭の中に現れては消えた。闇に目を凝らしている沙良の手を、依良がそっと握った。温かく、少しざらざらした依良の手。「大人」になって以来、手を取り合うこともなくなっていた依良の手を強く握り返して、沙良は堪えていた涙を迸《ほとばし》らせた。

「初めての蛇姫の旅は、ほんに辛いものじゃ。沙良は、ほかの蛇姫が何年もかけて出会うようなことを、三月で味おうたのじゃもの。心に収め切らぬのもあたりまえ。溢《あふ》れるものは溢れさせるがよい」と言って、さらに手を伸ばし、沙良の腕を撫でた。依良の温い手の心地良さに、沙良はいつの間にか深い眠りに入っていった。

「この薬を飲ませて、二、三日様子を見ようぞ。もし病状が落ち着かぬようであれば、この子を使いによこすがよい。加一、道は覚えたな？」という長の言葉に送られて、父子は早朝に薬屋敷を発った。

沙良は久しぶりに薬草畑の手入れをし、葉や茎、実や根を収穫して日に干した。既に乾燥した物は刻んだり、薬研で擦りつぶしたりした。薬草の放つ匂いを含んだ山の空気は、沙良が子供の頃から親しんできた薬屋敷の匂いだった。心を落ちつける薬屋敷の匂いに包まれても、沙良の心は静まらなかった。山にも野にも畑にも、秋の気配がしのび寄っていた。何よりも尼君のことが心に懸かっていた。探したい、辿りたい。その一方、蛇姫の務めの重さに震える心があった。初めての旅は、優しき人々に助けられて、無事、薬を売り切ることができた。トリカブトに気付き加一を、マムシの毒から幸太を救うこともできた。だがそれは、自分の力というより、運に恵まれてのことだと、沙良は、背筋が冷たくなるのを覚えた。われは、もっともっと、医術を学ばねばならぬ。

五日して、加一が歌いながら薬屋敷を訪れた。

「蛇姫さまー。長がようなられた。これ長からのお礼」と、背負った籠を降ろすと、汗びっしょりで、縁に腰を下ろした。籠には、数枚の大皿と、大小のこね鉢、小皿十枚と椀が十個入っていた。

「おお、緑苔丸が効いたか」と、長も笑みを浮かべて縁先に出て来た。

「うん。三日経っても目に見えてようならんで、これは効かんかと嘆いとったら、四日目に長の顔色がきれいになって、だるさも取れた。今日はもう木地刳りの仕事場にも入って木地を選んでくだされた。

ありがてえ、ありがてえって、この薬屋敷の方、拝んどったよ」

「そうか。三日以上続けぬと効き目が現れぬか」

長は帳面を開いて書き留めた。長は気付いたことはすべて帳面に記し、一冊を記し終えると、体の部位や症状別に分類した分厚い書物に整理していく。『万病万薬』と名付けられたその書物は、沙良はまだ自由に見ることを許されぬものだった。依良が梅酢を水で薄めて蜂蜜を加えた飲み物を渡すと、加一は咽を鳴らして飲み干し、「依良さまぁ、おいらも薬屋敷に住みてえ」と言った。「木地師は継がぬのか」と依良が訊くと、「おいら、何をやっても不器用でなー。木地師は無理かもしれんて、お父が……」とシュンとした顔で言った。

「十蔵の後、ここに来る男子《おのこ》がおらんでのう。薬屋敷の仕事を伝える者がいなくなっては大ごとじゃ。じゃがな、加一、薬屋敷で暮らすには親子の縁を切らねばならぬ。親子の縁を切る覚悟があるかな。親元を離れてこの山の中で薬作りと治療法を学ぶ暮らしができるかな」

長が半ば本気で問いかけると、加一は、

「木地師の仕事をずっと親兄弟とするより、おいらは薬売りになって見知らぬ国を歩きたい。生まれた時から顔を知っとる人たちと、ずーっと暮らしてくのは、息が詰まる気がする。見知らぬ土地を歩いて、見知らぬ人たちと話してみてえ。娘っ子も木地師の娘だけじゃのうて……」と言いかけて、加一は顔を赤らめた。

「まあ、親の承諾を得ねばの」と、長が話を打ち切るように言った。

「今夜は泊まってて、明日朝お帰り。また、揚げ団子を作ってやろうぞ」と依良が言うと、加一は満面の笑みで、「だからおいら、ここで暮らしたいのじゃー」と飛び跳ねた。

翌朝加一が去った後、沙良は怖ず怖ずと長に尋ねた。「冬に入る前に、いま一度旅に出ずともよいの

ですか？」長は沙良を見やって、

「うむ。そのことじゃが、これまでの蛇姫は秋も薬売りに歩いた。冬はマムシも地に眠っておるゆえ、蛇姫の用もなく、雪も深い。冬の間は薬屋敷で薬を作って過ごすがのう。――じゃが、今、そなたを旅に出すと、そなたは母を探すことで己を見失うことになりはすまいかと気懸かりじゃ。わずかの噂にすがって、闇雲に、はるかな海までも飛んでいくのではあるまいかと。この秋はここで過ごして、より確かな手掛かりを探そうぞ。蔵たちにも、尼君のお身の上に関わる知らせを集めさせよう。薬屋敷の者は親を知らぬ者ばかり。誰もが己が親のことは諦めつつ恋うておる。沙良の親を探すことは、他の者にとりても一つの望みでもある。――さて、そなたは、初めての旅で、己には何が要《い》り用か悟ったかな」

「はい。われの医術は、何と未熟なものかと思い知り申した。何をいたすにも迷い、恐ろしゅうござりました」

「いかに医術に慣れても、迷いや恐れはあるもの。だが、施術の方法も、病を見極める術も、さらにさらに修行せねばの。わしも介も依良も、己が知る限りを伝えようぞ」

傍らで聞いていた依良は、ほーっと息を吐いて肩の力を抜いた。沙良の身を案ずる余り、依良は一目で見て取れるほど、痩せてしまっていた。この秋は、しっかり依良の手助けをしよう、依良を太らせねば、と沙良は思った。沙良は安堵する一方、胸に浮かぶ言葉を飲み込み切れず、呟いていた。

「きつねのさと」

「――きつねのさと、のう。わしが昔、薬売りをして歩いておった折、きつねのさと、という名ではなかったが、きつねの祭りを行う町へ参ったことがある。会津と越後の境を越えて間もなく行き着いた町じゃった。そこの祭りはの、人間が狐に嫁入りするを、町を挙げて祝い、見送る祭りじゃ。『津川』という名の町であった。そこを『きつねのさと』と申すかどうかは不確かじゃが、何とのう気になる。蔵たちにも越後の方へ参る者があれば、探らせてみようぞ」と長は、思い出の糸を辿るように言った。

沙良が薬屋敷に戻って一月、秋も半ばに入った頃、十蔵が姿を現した。

「まだ薬は売り切っておらぬのじゃが、報せたきことがありまして」と十蔵は長に頭を下げた。

「報せたきこと？」

「はい。沙良が村で襲われ、捕えたならず者を会津のご城下に船で送りたることは聞かれましたろうか」

「うむ。大へんなことじゃった」

「その罪人の処断が下ったと聞き申して」

長は沙良と依良を呼んで、ともに十蔵の話を聞くように言った。

「十蔵、ほんにお世話になり申した」

沙良は、自分でも驚くほど十蔵が懐かしく、目を潤ませた。

「ならず者たちは皆、佐渡送りとなり申した」と十蔵は言った。「頭目だけは死罪にと申すお役人もおられたが、亡骸も見つからず、ヨウが死んだか否かは分からぬ、ということで死罪は免れてしもうたと。ヨウの親父は悔しがったが、お奉行所のご裁定ゆえ、どうともならん。それでも、佐渡の金山で終生金掘りと決まったゆえ、もう村へ現れることはないと、村の人々は安堵しとります。これも蛇姫さまのお蔭と、皆、有り難がっとる」

十蔵はそこで、沙良の方を向いて、

「沙良、タネが身籠り申したぞ。もうイネは大そうな喜びようでな、これも蛇姫さまのお薬のお蔭じゃと、ほれ、イネが織りたる絣じゃ。茂吉から大豆も預かって参った」と、十蔵は包みを差し出した。

「おお、見事な絵絣じゃ。さっそく来年の旅の装束を作ろうの」

「来年の？」と十蔵が訝しげに長を仰いだ。

「うむ。沙良にはいま少し、医術の修行をさせる。

今の技では心もとなきゆえ」

長の眉あたりに深い懸念と恐れが漂っているのを見て取って、十蔵の胸にも不安が湧き起こった。長は、何を恐れておいでなのであろう。蛇姫を旅に出す際は、蛇姫の運命《さだめ》は己次第と、きっぱりと突き放してきたと聞いておるに……。なぜ沙良をこれほど気に懸ける、と十蔵は思った。なれど……とふと気付く。依良はもとより、介もわしも、沙良の旅を平然とは見放せぬ思いじゃった。沙良には、周囲の者に、沙良を守らずにはおられぬ思いにさせる何かがあるのだ。旅の尼君から生まれ、生まれ落ちた時から薬屋敷で育ちたる沙良は、薬屋敷の申し子といえるやもしれぬ……。

長は、沙良と依良に「少し、十蔵と話がある」と言って下がらせた。

「十蔵」長が低い声で呼び掛けた。

「おまえは、きつねのさとを知っておるか」

「きつねのさと。はて、聞いたことがありませぬ」

「向後の旅での、きつねのさとを探ってくれぬか。沙良が、会津の御城下で旅の尼君を援《たす》けたと申す呉服屋に逢うてな。その尼君がうわ言に『きつねのさと』と申されたそうな」

長は、沙良が会津の呉服屋の主から聞いた話を十蔵に話して聞かせた。

「もしや、阿賀川のさらに下流、津川の郷が尼君に関わる地なのではあるまいかと思うてな。沙良を今旅に出せば、沙良は一途に尼君――母の縁《えにし》の糸を辿りたくなるであろう。それがわしには危うく思えてならぬ。いま少し、きつねのさとのことを探り、沙良が訪ねても危害を加えらるる恐れは無きか、探ってみてはくれぬか。尼君の数奇なお身の上を思うと、尼君の出自を探ることが沙良の身に災いをもたらすのではあるまいかと懸念されてのう」

「ああ……」十蔵は長の思いが心に響くのを覚えた。この薬屋敷を拠り所として生くる者は皆、長でさえ、親と別れた者ばかり。親との別れを墨絵のごとくかすかに覚えている者もあれば、全く何の縁《よすが》も無き者もいる。何処《いずこ》より来たりて何処へ去り行くかも知れぬさすらいの運命《さだめ》を受け入れて、薬を作り、売り歩いて生計《たつき》とし、人々の病や怪我を癒すことを己が生くる証しと捉えて日を送るわれら薬屋敷のはかなき暮らし。長はそんなはかなさに沙良の心身を沈めとうはないのじゃな、と十蔵は思った、というより感じた。かすかなれども手掛かりのある沙良の母を探し、命の糸をつないでやりたいのじゃな、と。

十蔵は長の顔をしっかりと見つめた。

「はい。津川と申す郷は、二度ほど訪ねたことがあり申す。なれど、きつねとか尼君とかは何も聞かなんだが……。いま一度訪ねて探ってみまする」

「頼むぞ、十蔵。——それに来春、沙良が旅に出たら……それとのう、沙良を見守ってやってくれぬか」

「それはもう、今じゃとて——」と言いさして、十蔵は言葉を飲み込んだ。

「妹のような者ゆえ」

「うむ。薬屋敷の者は一人として血のつながっておる者はおらぬ。が、互いの無事を祈り合う同胞《はらから》といえるかのう」

沙良が医術の修業に明け暮れた厳しい秋と冬を経て、春の遅い山里でも木の芽が萌え始めた頃、十蔵が戻って来た。

「冬に入れば戻るかと思うたに」と、依良はあちこち破れ、汚れた十蔵の衣服を脱がせ、風呂に入れた。こざっぱりとした衣服に着替えた十蔵は、衣服の裾に施された「百」の縫い取りに目を見張った。

「これは……？」

依良は十蔵を長の部屋に伴った。

「千蔵が旅先で亡うなっての」

「ええっ」

「たちの悪い風邪が流行っていた村里で病人の面倒を看ておるうちに、己も罹ってしもうて。まるで村里の流行病《はやりやまい》をすべて我が身に負うたかのように、千蔵が息を引き取ると村人の病は治ってしもうたと、ここまで知らせに来てくれた村の者が、涙ながらに話してくれた。亡骸は火葬にして遺骨を持って来てくだされたのじゃ。また一つ、墓が増えてしもうた……。それゆえ、百蔵が千蔵となり、おまえは百蔵になった」

「……十蔵となる者は……」

「うむ。おるぞ。木地師村の加一が、この春から修業に来ることになった。親も兄弟も明らかな『蔵』は初めてじゃ。ここも、世も、少しずつ変わりゆくのやもしれぬ……」

沙良が、紐で肩から吊るした目籠に、たくさんの蕨とタラの芽を入れて山から戻って来た。

「十蔵、いや百蔵じゃった。百蔵、お帰り」

「沙良」百蔵になったばかりの十蔵は、白い桔梗の花のような清しい沙良の面ざしを見つめた。

「少し、痩せたか」

依良が言った。


「沙良は根を詰めて医術を学んでいたゆえ。長も気迫を込めて沙良に教え込んでおった。長が何を思うて沙良を鍛えておられたか、われにはようは分からぬが……なれどわれにも、沙良には何か運命《さだめ》があるように思われてならぬ。蛇姫として、また一人の女《おな》子《ご》として」

「それで、百蔵、きつねのさとは？」という長の問いに、沙良は息が止まるほど驚いた。

「無念なことに、判然とは。なれど長の言われたごとく、津川にはきつねの嫁入り祭りがあり申す。祭りできつねの花嫁に選ばるるは、津川の町の娘たちにとりては誉《ほまれ》高きことにて、花嫁姿を見初められて良縁に恵まれ、幸せに暮らす娘が多き中で、稀には狐の男に嫁入ったとして疎まれ、縁付かずに独り身を嘆く娘もおったとか。もっとも不幸せなるは、見目良きゆえに狙われ、攫《さら》われて遊廓に売られたり、殿さまに見初められてお城に上がったものの、お女中方にいたぶられて自害したり……。なれど、尼君との関わりは誰も知らぬと」

「尼君は、津川の者ではなかったのであろうか」

「おお、そういえば、自害した娘が出た翌年は誰も花嫁のなり手がなく、旅の女に頼んで花嫁になってもらった年があったそうな」

「旅の……。さすれば、津川の者たちもその女の素姓は詳しゅうは知り申さぬか……」

「おそらくは。なれど、その花嫁は、たとえようもの う美しかったと、今も言い伝えられておるとか」

「うーむ。沙良を津川に遣るべきであろうか。尼君によう似ておるという沙良を見れば、津川の人たちも何か思い出してくれるやもしれぬ。尼君の素姓と、その運命《さだめ》の訳を知っておる者が見つかるやもしれぬ」


弥生半ば、沙良は二度目の蛇姫の旅に出た。沙良は木地師村を訪ね、ぜんまい小屋に立ち寄りながら、イネの村に急いだ。イネは皺深い顔に満面の笑みを湛えて生まれて間もない赤子を抱いて沙良を迎えた。

「初孫じゃあ、初孫じゃあ。ええ子じゃろ。蛇姫さまのお名をもろうてサラと名付けたかったが、そのままでは恐れ多いで、瀬良《せら》と名付けた。粋《いき》で可愛げな名じゃろ」

家の中からタネと茂吉が走り出て来た。タネは子を儲けた喜びに、体中が瑞々しく潤っているかのように綺麗だった。

「蛇姫さまぁ、ありがとうござりました。蛇姫さまのお薬で子を授りましただ。次は男の子じゃと、亭主も張り切っとりますだ」

極端に無口な茂吉は、照れくさそうに笑って、繰り返し頭を下げた。

「さら堂は掃除しときましたで、すぐ使えますだ」

とイネが言う。

「おお、すみませなんだ。――なれどこたびは一月《ひとつき》ほどしか居れませぬのじゃ。どうしても参らねばならぬ処《ところ》がありまして」

「おお、そんじゃあ、薬の欲しい者は早う来いと、村中に触れねばならぬ」

イネは瀬良をタネに渡すと、菅笠をかぶって往還に出て行った。

沙良は小屋の戸を開け放ち、窓下に薬を並べ始めた。早くも沙良の訪れを知った子供たちが集まってきた。

「蛇姫さまあ、おいら、マムシに咬まれた」と勇吉《ゆうきち》が、治りかけの傷を見せた。

「おおっ、マムシとな。それでは勇吉はとうに死んでおるのう。おまえは勇吉のお化けか？」と沙良が神妙な声で言うと、子供らは大はしゃぎで、

「ユウキチ、お化け。ユウキチ、お化け」と囃し立てた。

「おいら、お化けじゃねえ。生きとるー。これは猫のトラに咬まれたんじゃー」

ヨウの父親の伍平と、寺子屋の師匠が前後してやって来た。

「蛇姫さま､反物は小袖に仕立てて､ヨウの着ておった物を仕舞っとる行李に入れた。位牌は作らん。葬《そう》斂《れん》もせん。いつかヨウは帰って来ると信じとるで」

沙良は黙って伍平の、木の根のような手を握った。

「あれから、剣道の師匠もするようになって、少し実入りも増えましてな」と師匠が笑った。

「ならず者が村に入って参ったら、自衛できるようにと、村の寄り合いでも決まりましてな。昼前は子供に読み書きを教え、夕刻は、若い者に武術の手ほどきをいたすことになり申した。寺の庭なら広いのじゃが、寺で武術というもみ仏に憚られると、寄り合い所の庭を使わせてもろうておりまする」と話しているところに、庄屋が矢助を供にやって来た。

「蛇姫さま、お久しう。ならず者どもは佐渡送りになりましたで、村中、安堵しとります。まあ、大方は佐渡で命を終えるじゃろうて、仕返しに来る心配

ものうなり申した。ほんに村を救うてくだされて、ありがとうござりました」

「旦那さま」と矢助が庄屋の袖を引いた。

「おお、矢助も蛇姫さまにご報告があったのう」

「どうされました?」

「わし、嫁をもろうて……」

「おお、それはめでたきことじゃ」

「矢助はの、蛇姫さまにあくがれとったが、蛇姫さまは人の嫁にはならぬと皆から言い聞かされての、タマを嫁にしたのじゃ。タマはの、どことのう、蛇姫さまに面差しが似通っとる……」と師匠が口を出す。矢助は、

「とんでもねえ。タマは蛇姫さまには及びもつかん。師匠、余計なこと言わんでくだされ」と口を尖らせた。

この秋冬の間に、この村にもさまざまな変化があったのだなと、沙良は流れる時が孕む豊かさに目を見張った。村人たちは、秋と冬の間に使い切ってしまった薬を求めにさら堂を訪れた。

その夜は、沙良は伍平と師匠とともに庄屋の家に夕食に呼ばれ、矢助も交えて、思い出話に花が咲いた。

「あの頭目のヤロウは、薬を吐いて飲まず、縄を解きて逃げようとした」

「蛇姫さまの薬じゃとて、飲まねば効かんで」

「船の滝落としは凄かったのう」

「ん。でよ、会津の城下の呉服屋……」

「そうじゃ。尼さまの身の上はまだ分からぬのか」

沙良は頷いた。

「会津のさらに西、阿賀川の下流に津川と申す町がありましての、その津川で催されるきつねの嫁入り祭りが、何か尼御前と関わりがあるらしきことが分かり申した。それゆえ、われは、こたびはぜひとも津川を訪ねとうての。それも祭りの折に」

「祭りはいつぞ」

「五月《さつき》の三日」

「あと一月余りか」

「はい。会津までは川を下り、それより先は川沿いの道を、尼君に関わる噂など探しながら、五月には津川に入りたく存じまする」

「お一人で……？」矢助が気懸かりそうに尋ねた。

「わしがお供したいが、嫁が何と言うか……」

「それがしも蛇姫さまの用心棒を務めたく存ずるが、子供やら若者やらを放っても行けぬし」

「わしなら行けるぞ」と伍平が勇み立ったが、沙良は笑ってかぶりを振った。

「ありがたきお心差しなれど、これは、われが一人で果たさねばならぬこと。田んぼも畑も人手の要る時、どうか皆様、お仕事をなされてくださりませ」

沙良はそれから一月余り、さら堂で村人の相談に乗り、病に伏す人を訪ねて治療に当った。病名の判断や治療法の選択、病人への向かい方や家族への説明など、沙良は昨年この村にいた時に比べて、医術者としての技量が格段に進んだことを自覚した。冬の間の長の厳しき教えが、己を成長させてくれたのだと。

「医術はな、何よりも多くの病に触れることが大切じゃが、年若きそなたが知っておる病はごくごくわずかじゃ。病に触るることの不足を補うのが勉学じゃ。病の症状と対処法を頭に叩き込む。叩き込んだ知識を目の前の病人と照らし合わせて病名を探り、薬を選ぶ。これ以外ないと分かる場合もあるが、多くの場合は迷いながらじゃ。予断をもって病人を診てはならぬ。風邪が流行りておるゆえ、この病人も風邪であろうと思うてはならぬ。一人一人、一期一会じゃ。迷うたら病人に聞け。聞く以上に見よ。痛むのはどこか、苦しいのはどこか。体に手を当て、病人の表情を注視せよ。医術者には勘が必要じゃ。どう見てもこの病のはずじゃが何かおかしいと思うたらその訝しさを大切にせよ」

長が語ってくれた言葉の一つ一つが、病者と向き合う沙良を励まし支えていた。

女にとって、子産みに関わることは、たとえようもない喜びと幸せをもたらす一方、種々さまざまの苦痛や悲しみを味わわせるものでもあった。タネのように、なかなか子に恵まれずに苦しむ者、せっかく授かった子が繰り返し流れて悲嘆にくれる者、十月十日を経て子は無事に生まれても産辱熱で死んでいく者、難産の果て、母子ともに命尽きる者。母と子の命をつなぐ営為は、何と恐れと危うさに満ちていることだろう。沙良は子産みに関わる度に、人というものの強さと弱さを噛み締めていた。

ハルは独り身だった。一度嫁いだが子が出来ず、離縁を言い渡されて実家に戻ったが、元々父はなく、母と二人、細々と畑を耕していた。そのハルが身籠って暫く経つという。一体誰がハルと契ったか、村中は大騒ぎになったが、誰一人「あいつ」と名指しされる者はいなかった。無論、母親も全く知らんと言う。思い切って問うた隣のオババに、ハルは「山神さま」と答えた。沙良がハルの母親に請われて診てみると――腹の中に赤子がいる気配はなかった。聴診棒を押し当てても何も聞こえなかった。いや、何もではない。水が動くような、ザザザザという音がしていた。ハルの腹は日に日に膨れて、臨月かとも見えた夜、ハルの母親がさら堂の戸を叩いた。

「ハルがよう、死んでしまう」

沙良は、晒しや血止めの薬を持ってハルの家に駆け付けた。ハルは出産の苦しみにのたうち回っていた。が、ハルの着物を披いて、沙良は仰天した。ハルの産道からは、粘り気を帯びた水溶液のみがあふれ出ていたのである。「幻《まぼろ》し孕《はら》み」という病名を、沙良は思い浮かべた。子を冀《こいねが》うあまり、己が身籠ったと思い込み、体までも妊婦になってしまうという、哀切な病だった。「子は山神さまが抱いて行ったと、話して聞かせよう」と沙良はハルの母に言った。人の心は危ういもの。よほど子が産みたかったのであろう。沙良はハルの体を湯で清め、手を握って言った。

「山神さまが子を連れて行き申したのじゃ」

ハルは素直に頷き、

「なれど、山神さまはすぐ子を返してくだされるげな。父と子の対面を果たしたれば、母の元に戻すげな」と言って眠りに入った。

翌朝早く、伍平が困惑し切った顔でさら堂を訪れた。腕に何か抱えている。ハルの家から帰ったばかりの沙良は驚いて、「どうなされた」と尋ねた。急病人か？

「山神さまの下の土手に草刈りに行ったら、泣き声がしての。なんだべと辺りを見回したら、山神さまの祠の階段の上にこの子が……」と言って、洗い晒しの襁褓《むつき》にくるまれた、生まれたばかりの赤子を差し出した。

「山神さまの階段に……」

ハルとは反対に、人知れず子を孕んで、腹の目立つを隠し続けて、ひっそりと産み落とした女がいたのやもしれぬ、と沙良は思った。誰の子であるかは分からぬが、この赤子をハルの子として育てることはできぬであろうか。ハルが幻し孕みであったことは、母親とも相談して黙っていることに決めていた。沙良はハルが幻し孕みであったことを伍平に打ち開け、秘してほしいと頼んだ。伍平は驚きつつも深く頷いた。

「もしかしたらの、ヨウが置いていったのやもしれん。ほうら、口元のあたりがヨウによう似とるが」

「ほんに、そうかもしれぬ」

有り得ぬことと思いつつ、沙良は伍平に答えた。

「この赤子を、ハルさんに育ててもろうてはどうかの？」

沙良は赤子を抱いて、ハルの家に引き返した。人に見咎められたら、赤子の具合が少し気になり、一晩預かったと言うことにしようと思った。ハルは何の疑念も抱かず赤子を抱き取った。胸を広げて乳を含ませようとする。幻し孕みゆえ乳は出るはずもないと、沙良は痛ましい思いで母子を見ていた。――が、赤子の小さな口は乳首をくわえて離さない。小さな咽がゴクゴク動く。沙良は驚愕して母子を見つめていた。赤子がプイと口を離すと、ハルは「んじゃ、こっち」と、もう一方の乳房へ赤子の口を導く。すると、今まで吸っていた乳首から白い液が滲み、甘い匂いが漂った。幻し孕みは乳まで出すのか。沙良は人の心と体の不思議に打たれて胸がいっぱいになった。

「育ててくれる者が母じゃ」沙良は胸の中で赤子に言った。それゆえ、われの母は依良、と依良への温かい思いが込み上げてきた。と同時に、沙良は激しい思いに胸を灼かれて喘いだ。われを生んでくだされた母さまに一目会いたかった、と。数日して沙良はハルの家のお七夜に招かれた。「命名　まな」の文字は師匠が書いた。「まなむすめ、と言うじゃろ」とハルはうれし気に言った。ハルの家の組の者数名と、沙良と師匠と伍平とで、ハルの母が精一杯用意した祝いの酒を汲み交わした。親戚筋は全く無いのだとハルの母は俯いた。

「これからは、わしが畑の面倒をみてやるで」と伍平が言った。伍平は、まるで「まな」が自分の孫娘であるかのようにまなの傍に座って、まなの頬を触ろうとしてはハルに怒られていた。

津川のきつねの嫁入り祭りを見たら必ず戻って来る、と約束して、沙良がさら堂を閉めて発ったのは卯月も末近き頃だった。一年前と同様、会津までは船で下ることにした。一人旅ではあったが、ならず者を移送するわけではないので、気持ちはのどかだった。加一が育った木地師村の者も同乗していて、沙良は心強かった。

「加一はもう薬屋敷へ参りましたか？」

「おう。十日ほど前に発ったと聞いとります。傍に置いときたい、と最後まで渋っとったお母も、祖母《ばば》さまに、『加一は蛇姫さまに命を救われたのじゃから恩をお返しせんとな。いやさらにお蔭を受けることになるのじゃ。木地師には向かん子じゃ。生計《たつき》の術を教えてもらえるのじゃて』と諭されて、手放すことを承服したそうじゃ。加一は蛇姫さまに会えると張り切って出立したげな」

沙良は加一の丸い顔が目に浮かんで、思わず微笑んだ。

滝で船を乗り換え、瀞場を漕ぎ、瀬を走り、船は停まることなく進んで、一昼夜半で、会津の船着き場に到着した。日は高く昇って、会津盆地は蒸し暑かった。沙良はうどん屋で腹を満たすと、さっそくにあいづ屋に向かった。沙良をしっかり覚えていた主は、「これはこれは、蛇姫さま。ようお越しなされましたのう。今日はお一人で?」と優しい笑みを見せた。沙良は昨年の礼を述べ、「きつねのさと」の謎を解こうとしているのだと話した。

「もしや、津川のきつねの嫁入り祭りと関わりがあるのではないかと」

「津川、のう。津川はここからは船で参りますれば、二晩は陸泊りしつつ下りまする。阿賀川が曲がりくねっておりまして、陸路より道のりがありましてな。なれど陸を行くのも山がちで難路ゆえ……」

「津川というところに参れば、何か分かりはすまいかと……」

「五月三日の祭りには、かなり遠くの地からも見物客が集まるとか。手前は参ったことはないのでござりますがの。十七、八年も前のこととなれば、果たして何か覚えておる者があるかどうかは覚束なきことなれど、尼君の仰せられた『きつねのさと』が津川のきつねの嫁入り祭りに関わるということはあり得るやもしれませぬ。おいでなされませ。下り船を頼んでさし上げましょう」

あいづ屋の主は、漆器を越後に運ぶ船に沙良を乗せてもらえるよう、渡りをつけてくれた。奥会津の山中で作り出された木地物は会津の町で漆器となり、はるか越後の城下、さらに海上を上方まで運ばれるという。山と海をつなぐ川の流れに、沙良は目を見開かされる思いがした。川を溯って来られた母さまを、川を下って探そう。沙良は船端から手を差し伸べて水を掬った。水が愛おしかった。川は曲がりに曲がって、随分進んだと思うのに再び見覚えのある風景に戻ったりした。船が夜泊りの宿のある船着き場に着くと、沙良はさすがに不安になった。雑魚寝と聞く宿に一人の泊りで大事ないであろうか。いっそ船に乗りたるままで寝むことはできぬのであろうか。「高価な漆器を狙うて盗賊が襲うことがあるで、船は却って危ういでよ。漆器屋は船で寝ずの番じゃ。昼は眠っての」と船頭は笑った。沙良が船頭の背を追って歩き出すと、聞き覚えのある声がした。

「沙良。わしじゃ、百蔵じゃ」

「おおっ、百蔵。こんなところまで売りに参るのか」

「うむ。案ずるな、沙良。今夜はわしが一緒に泊まろうぞ」

「ええっ。蛇姫と蔵は……」

「伴連れしてはならぬ、とな」

「そうであろ?」

「うむ。じゃが今夜も明日の晩も、沙良が一人泊まるは危うい。長も沙良が危うい目に遭うは望んでおられぬゆえ」

繰り返し聞かされてきた薬屋敷の掟を破るのは恐ろしかったが、一人泊りの恐ろしさの方が勝って、沙良は頷いた。雑魚寝の部屋の片隅で、沙良は百蔵の背で守られて眠った。夕食は百蔵が握り飯を渡してくれた。翌朝、百蔵は「わしは陸路で薬を売りつつ行く」と船には乗らなかったが、次の夜の泊りにもどこからともなく現れて沙良を守った。かなり川幅を増した川を船は滞りなく下り、津川に着いたのは五月一日の夕刻だった。三日目は百蔵も船に乗ったが、沙良に話しかけることはおろか、視線をやることさえなく、知らぬふりを装っていた。

津川の町は会津よりはずっとこぢんまりとした町

だったが、祭りを間近に控えて浮き浮きとした気分が漂っていた。今夜の宿は、と途惑う沙良に、船を降りてしばらくすると百蔵が声を掛けた。

「なじみの宿がある」

「こんな遠くの町まで来ていたのか？」と驚く沙良に、

「この川の果て、越後まで行ったことがある。富山からの薬売りとかち合う地なのじゃが、われらの薬の方が効くと言うて待っていてくれる者もあって、薬はいつも売り切れた」と百蔵は笑った。

「兄妹ということにするぞ」と言いながら百蔵は宿の格子戸を開けた。旅の物売りが泊まる木賃宿よりはずっと小ざっぱりした洒落た造作の宿だった。

「お願い申しておいた薬屋の百蔵と申す者です。妹と三晩、よろしゅうに」

「お待ち申しておりましたで。藤兵衛《とうべえ》様からお申し越しのお客様で。ようこそ」

百蔵はすまし顔で宿の女中の後に従った。部屋は襖で仕切られた部屋が並ぶ、一番奥の六畳だった。

「先刻の藤兵衛様というは、わしが津川の町で急病をお助けした方での、妹にきつねの嫁入り祭りを見せてやりたいと申したら、宿に話を通してくだされたのよ」

「われが津川へ参ると知っておったのか？」

「む」と百蔵は少し狼狽《うろた》えて、「春にも話した通り、長よりの言いつけで、あれからさらに、きつねのさとを探しておった。やはり津川の祭りのことではないかと思い定め、もしや沙良が津川へ来ることもあろうかと、祭りの前の日を頼んでおいたのじゃ。うん、わしの思うた通りに沙良が現れた。われながらカンがよいのう」

長が……。それでは長もわれと百蔵が伴連れし、同じ宿で泊まることを承知されておいでなのか。沙良は腑に落ちなかった。薬屋敷では気軽に口を利くことも禁じられていたに。ああ、なれど、外の世では守り合えということなのであろうかと沙良は思い返し、「よろしうに」と頭を下げた。

翌日、百蔵は沙良を藤兵衛の家へ連れて行った。藤兵衛は既に隠居の身で、家は水屋のほかは三間ほどの簡素な隠居所だった。

「おおっ、この方が蛇姫さまか。ほんにおきれいな」と沙良を見つめ、「尼さまと瓜二つじゃ」と続けた。

「尼さまをご存知なのか？」

「はい。あれからどうしておいでかと、嫁入り祭りになると、思い出しておりました。じゃが、手前より申し上げるより、そう、清願寺の老師さまにお聞きなされる方がよろしいかと思いまする。手前はこれより少々、急ぎの用で出掛けねばなりませぬゆえ、一足先に寺に参って老師さまにお目にかかるがよろしかろう。手前も出先より寺へ回りまする」

「清願寺へ参らねば」沙良は息を弾ませた。「老師さまにお目にかかりたい」

藤兵衛がつけてくれた案内の下男について、沙良と百蔵は清願寺を目ざした。阿賀野川を挟んだ対岸には、黒味を帯びた緑の山塊がそびえている。橋を渡り、くねくねと曲がる山道を登ると、百段の石段が壁のように立ち上がっていた。石段を見上げた沙良の胸には予感があった。きっと、ここにて尼君の身の上を知ることができるであろう。石段の両側は夏草が茂る土手が続き、草の間から丈の高い山百合が高い香《か》を放っていた。

「しばらくここで待っておくんなせえ」と下男は二人を石段の下に待たせ、一人山門に向かった。「主からの書状を届けますだに」

少しして山門に現れた下男が二人を手招きした。山門の向こうには、山を切り開いた平地に、本堂と鐘撞き堂、そして僧の住まいと思われる建物が、しんと静もっていた。建物の背後は、また切り立つような山が立ち上っている。

天井の高い本堂は薄暗く、ひんやりしていた。本尊に真向から位置に、一人の老師が座っていた。低く経を唱えている。沙良と百蔵は本尊に向かって左隅に座し、下男は本堂には上がらず、軒下に控えていた。老師が振り向き、沙良と向き合う位置に座を移して、静かな眼で沙良を見た。

「おお……そなたがまゆりさまのお子か」

「尼君」ではなく「まゆり」という名を老師が口にしたことが、沙良の心を貫いた。沙良は懐から百合の花の縫い取りのある袋を取り出して、板の間に置いた。

「おお、それよ。その袋を持っておられたのう」

「まゆりと申された？」

「万の百合と書くそうな。百合の花の如き、気品高い女人じゃった」

「老師さま。わが母は尼君でありましたのか？」

「尼が子を生《な》すはずはなかろうて」と老師は笑みを湛えて言った。

「万百合さまの、わが母君の身の上をご存知でしょうか。どの地の、どのようなお人じゃったのでしょうや。なにゆえ尼姿でわれをお生みくだされたのか」

矢継ぎ早の沙良の問いに答える前に、老師は百蔵に目をやった。

「このお方は？」

「はい。われと同様、薬屋敷に育ちました者でござりまする」

「万百合さまのお身の上はこれまでどなたにも話したことはない。愚僧の知るところを話しても良きは、もし、この世においでならば万百合さまのお子のみと思うてきた。その形見の品をお持ちなれば、万百合さまのお子と見てよいであろう。が、そちらの方に聞かせてよきものかどうか――」

「この者は、われの同胞《はらから》のようなるもの。津川の地に参りて老師さまにお目に掛かれたるも、この者の助けがあったればこそ。どうぞ、われとともに尼君の話をお聞かせくだされませ」

「ならば、のう」老師は昔を思い起こそうとしてか、目を閉じて話し始めた。

「五月に入った暑い日での、愚僧は町までご先祖の供養に呼ばれておった。それ、藤兵衛のふじ屋よ。読経を済ませて帰らんとすると、往来で何か騒ぎが起こりたるようで、人の声や足音が繁くなり申した。戸を開けると、若き女子《おなご》と供の者らしき若侍が転《まろ》びつつ走って参った。一丁ばかり後から、数人の侍が、店々を覗き込みながら、荒々しき様子でやって来るのが見えた。愚僧は咄嗟に二人をふじ屋に招じ入れ、仏壇の後ろの隠れ間に隠した。しばしして探索の者どもがふじ屋にもやって来た。愚僧はいま一度仏壇の前に座して、読経を繰り返した。戸を開けて仏間まで入って来た者どもも、さすがに読経中の僧を押し除けることは叶わず、各部屋を探すのみで去って行った。この地方には仏壇の背後にまるで壁のようなる戸で仕切られた隠れ間と呼ぶ小部屋を設ける習わしがありましてな、探索の者は知らぬようじゃった。半畳にも満たぬ真っ暗な隠れ間で、お二人は息を殺してうずくまっておいでじゃった。愚僧は用心して、半刻はそのまま座して経を読んでおった。藤兵衛も、何かよほどの訳があると察して、騒ぐことなく探索人をやりすごし、読経を続けさせてくれ申した。

夜に入って、探索人どもはどうやら船で川を下って行ったという噂が伝わり、ひとまずお二人を隠れ間からお出し申した。万百合さまはひどくお疲れのご様子での、しかもどうやら子を宿されておるご様子じゃった。万百合さまは二十代の半ば、若侍の方はまだ二十歳になるやならずやと思われ申した。さては不義の果ての道行きかと少し鼻白む思いになっておりますと、万百合さまは激しく首を振られて、『さようなことではございませぬ』と泣き伏されたた。われらが何を思うたかお分かりになられたのであろう。いや、われらのみならず、ずっとさように思われてきた悔しさが、万百合さまの体中から滲んでおられた。

『奥方さま、経緯《ゆくたて》をお話ししてもよろしゅうござりまするか』と若侍が顔を上げた。万百合さまはかすかに頷かれた。

『われは、出羽国庄内藩の家中の者、こちらは藩の御重職の奥方さまでござります。主はお若き頃より疑い深きお人柄にて、幾人もの家臣が、あらぬ疑いで咎《とが》を被っておりまする。家臣ならまだしも、主はあろうことか奥方さまに疑いを懸けられたのでござります。八月《やつき》に入る頃になりまして突然、奥方さまの宿された子がご自身の子ではないと仰せられて。奥方さまがいかに否定なされてもお聞き入れにならず、ついには万百合さまを斬ろうとなされた。さすがにお止め申す家臣があって、奥方さまは足袋跣《たびはだし》で門を走り抜けられた。お庭先にいた某《それがし》は、思わず万百合さまを追うて走り申した。奥方さまにはすぐに追いつき、一旦は某の家にお連れし、母の着物をお着せ申しました。奥方さまは、「かようなことをいたせば、その方が罰せられよう。もうよい、戻って殿に斬られよう」と仰いましたが、わが母が申しました。「お子をどうなされまする。奥方さまが死ぬれば、お子も命を失うのでございますよ」と奥方さまに説き、某を供につけて逃げのびよと、家にあるありったけの銭をくだされたのでござります。某と母がなしたることが判明すれば死罪は免れぬと分かっていての母の決意でござります。某と万百合さまは、海辺から上方に参る船に乗り申した。船が出る間際、万百合さまのご実家より使いが駆けつけて、万百合さまのおしるしの品が入った包みを渡してくだされた。港やもしれぬ、と、乳母であられた方が申されたとか。すぐに追手が掛からなかったは、殿をお止め申すが先であったことと、某が下級の者ゆえ、主家ではすぐ某の家を突きとめることができなんだゆえのことかと……。海上を進んで二日、大河の河口に着きました時、ここで降りてくれと船頭から言い渡され申した。われらのいわくありげな様子に、騒動に巻き込まれては困ると思ったのでありましょう。いたし方なく船を降り、阿賀野川沿いに往還を逸《そ》れて、山道を隠れ隠れしてこの津川まで参りました。何しろ万百合さまは身重でおいでじゃ、道は捗らず、とうとう追手に追いつかれてしまった……』

そこまで一気に話して、若侍は激しい息づかいをして額の汗を拭った。

『わらわと一緒でなければ、桂之介《けいのすけ》一人ならば逃げのびられようぞ。主どの、ご住職さま、どうかこの者一人、逃がしてくだされませ。お頼み申します』

『いえいえ。某一人を追手に差し出してくだされ。何としてもお助け申し上げねば。奥方さまとお子さまと』

その時、藤兵衛が遠慮がちに口を挟んだのじゃ。

『奥方さまをきつねの花嫁に仕立てたらいかがでしょうや』

実はその年、津川では祭りを翌々日に控えながら花嫁のなり手がなく、困じ果てておりました。花嫁になりたる者が流行病で命を落としたり、せっかく嫁いだのに婚家で疎まれて身投げしたりと、不幸が続きましてな、どの家の親も娘は決して狐嫁にはせぬと頑強に拒み、ついには年頃の娘を津川の外の親戚に預けることまで起きて、町内の年寄連一同、今年はついに行列は無しかと諦めかけておりましたそうな。

『もし、お二人が花嫁と花婿に扮してくだされるなら、川向こうの清願寺に逃がしてさし上げることができましょう。花嫁衣裳に身を包めば、お子を宿した御身も隠せましょう。濃く化粧を施しますゆえ、顔形も変えることができましょう。――ただ、行列の出立する住吉神社から河原の祝言の場まではお歩きいただくことになりまする。お疲れの激しき万百合さまは……お歩きになれましょうや』と藤兵衛が言いますと、

『きつねの花嫁……』万百合さまは、泣き笑いのお顔で呟かれました。

『身重のわれが花嫁に扮して罰《ばち》が当たりませぬか』

『いえいえ。これまでの花嫁の中でも最も美しき花嫁になられましょう』

『某はどういたせばよかろうぞ』

『花婿とすると、人の目が集まりますゆえ、もし追手が参れば気付かれる恐れが大きゅうござります。行列の供の一人になられよ。河原での祝言が果てると、花婿は花嫁を連れて小舟で川を渡り、対岸の「麒麟《きりん》の森」に赴きます。婚礼の間にその舟の船頭に身を変えれば気付かれますまい。顔は手拭いで包み、笠をかぶるゆえ。対岸に着きて闇の中に入ったれば、装束を脱ぎ捨てて清願寺に走ってくだされ』

『行列の途中で追手に気付かれることはありますまいか？』

『追手が舞い戻り、万一気付いたとしても、他領の祭りで騒ぎを起こせば、津川の捕り方にとらえられよう。清願寺に入りて扉を閉ざせば、寺社奉行の管轄になり申す』と愚僧も花嫁になられることをお勧め申したのじゃ」


そこまで老師が話した時、下男が呼んだ。

「もうし、老師さま、わが主が見えましたで、上げてもろうてよろしかろか」

「おお、藤兵衛殿、待っておりましたぞ」

「皆さま、すみませぬのう。少し所用がござりまして、お二人に付き添えませんで。蛇姫さまが一刻も早う清願寺に参られたきご様子じゃったゆえ、一足先に吉三《きちぞう》に送らせ申しました。どこまでお話しなされたかの」と尋ねた。藤兵衛は老師の後を引き取って話を進めた。

「後で思えば、手前どもも、危うい橋を渡ったものと冷や汗が出ますする。が、手前も世話役らも、祭りを流すことは何としても避けたきものと思い詰めておりましたし、万百合さまをお救い申すことも、何か義侠心のようなるものを掻き立てられましてな、津川の年寄連一世一代の大芝居となりましたでござります。追い立てられて疲れ切っておいでじゃのに、万百合さまは力を振り絞って重い衣裳をまとい、往還をお歩きになられた。白塗りの狐顔にお顔を拵えておりましたゆえ、素顔は判然とはしませなんだが、ほんに神々しく麗わしき花嫁さまでございました。――なれど、やはり追手は戻って来たのでございります。花嫁の気品高きお姿を睨み付け、行列に割って入らんとしましたが、護衛の者や見物人に遮られ、近付くことは叶いませぬ。さすがにそれ以上の狼藉もならず、行列を追って行きました。何とか橋の上での出迎え、河原での祝言も終え、いよいよ舟が対岸へ渡る刻になり申した。

花嫁と花婿を乗せた舟は二人の船頭が操る棹でスッスッと川を渡っていく。川の中程まで来た時、どうしたことか旋風が舟を襲い、船頭の笠と手拭いは空に吹き上げられてしもうたのでございまする。

『あっ、桂之介め、あんなところに』

『さすれば、やはり花嫁は奥方に違いなし』

見物客の中から声が上がり、三人の侍が川に入らんとした。が、そこは警備の者に押し止められ、三人は橋を回って対岸に行かんと駆けて行った。気付かれたと知って桂之介さまは夢中で水を掻き、嫁入り舟は対岸の闇に消え申した。対岸の漁師小屋で万百合さまは桂之介さまの母上の着物に着替えられ、桂之介さまも袴を着けて太刀を腰に差された。寺男が二人を案内して山道を走った。が、石段の下でついに追手に追いつかれてしまいましたのじゃ。『われにかまわず早う！』と桂之介さまは太刀を抜いて追手に立ち向かわれた。『ご無事でお子を――』と叫ぶ桂之介さまの声に背を押されるように万百合さまは石段を上られて山門を潜りなされた。門の扉がぴったりと閉ざさるるを見届けて、桂之介さまは追手を二人までは切り伏せられたが、三人目の手に掛かって――命を落とされてしもうたのよ。三人目の追っ手も深手を負うたらしいが、いつの間にか姿を消してしもうてのう。ほんに痛ましきことでござりますなあ。一人の殿さまの理不尽な猜疑心から、失われなくてよい命が失われ、万百合さまはたった一人、天地の間に放り出されてしまわれた……。老師さまも手前も、津川でお産みなされとお勧めしたが、万百合さまは、またきっと追手が掛かり、町の方々に禍をなさんと心配なされて、桂之介さまを弔って後、一人、さらに阿賀野川の上流を目ざして旅立って行かれたのでござりまする。その折、老師さまが尼の衣を差し上げたのじゃ。『尼姿なれば万百合さまとは分かるまい。衣は子を宿した御身をも包んでくれようぞ。それに、何より桂之介さまの御供養になるであろう』と老師さまが言われると、万百合さまは涙ながらに礼を言われて、朝靄《あさもや》に紛るるように旅立って行かれたそうな」

「その後、追っ手は――」

「生き延びた男が主家に戻り、なにがしかの報告をなしたものと思われますが、桂之介さまと二人の家臣の死、寺の内に逃れた万百合さまのことを知り、それ以上の詮議は諦めたものと思われます。他領での斬り合いを問い詰められれば、重臣の咎も表に出ることになりましょう」

「そうして、尼君は身重の身で、会津のさらに奥地まで分け入って、沙良を生みなされたか――」

百蔵が震える声で言った。沙良は何か言おうとしても声が出ず、百合の縫い取りのある袋を握り締めた。沙良の脳裏には一歩一歩足を踏み締めて山道を行く尼君の後姿が浮かんでいた。

藤兵衛が声の調子を明るく作って言った。

「さてさて、明日の宵はきつねの嫁入り祭りでござります。ご覧くだされ。今年の花嫁、花婿は津川の町の者が務めまする」

「……」

心乱れて黙っている沙良に、百蔵が言った。

「沙良、母さまの面影の形見じゃと思うて見ていこう」

墨染めの衣の姿のみに母の面影を重ねていた沙良は、心に光が差すのを覚えた。花嫁姿の母さま。お美しく、お強い、沙良の母さま。

その夜は宿ではなく、藤兵衛の隠居所に泊めてもらった。沙良は、藤兵衛の身の回りの世話をしている老女が持病の頭痛を訴えるのを丁寧に聞き取り、脈を取った。

「顔はのぼせて、足先は冷えての。肩こりもひどいでの。われは旦那さまより年上だで」フキはぶつぶつと零し出した。藤兵衛は苦笑いをしている。

「ムラサキが良かろうか」と沙良は百蔵を見た。「そうじゃな。粉にしたものを持っておるゆえ、湯で服用させてみよう」

百蔵は負い荷からムラサキ草の粉末を取り出してフキに渡した。

「湯で飲んでみなされ。すぐには効き目が現れぬかもしれぬが、必ずや快方に向かおうぞ」

フキは粉末を押しいただき、早速、湯で飲み下した。

「あー、頭の痛いのが治ってしもうた。肩凝りも楽になった」

そうすぐ効くはずもないのじゃが、と沙良は百蔵と顔を見合せた。己の訴えを取り合うてもろうてうれしかったのであろうと、沙良は微笑んだ。

祭りは夕刻から始まった。町の西方の住吉神社で取り行われた「花嫁旅立ちの儀」から、沙良の胸は高鳴っていた。金糸の縫い取りの白い打ち掛けの裾を紐でたくし上げた花嫁はいかにも歩きにくそうだったが、確かにおなかは目立たぬ、と沙良は安堵した。ふんわりと被った綿帽子の中の顔は、本来の目鼻立ちも見極め難い。少し綿帽子を上げて見物人に笑いかけた顔は、狐の顔に似せた化粧を施した白塗りだった。両手を狐の手の形に丸めて、花嫁は、沿道の人の波に見守られて歩んでいく。行列を追って町外れの住吉神社から町の中央部まで来ると、道が五、六間、注連縄を張って区切られた所に行きついた。人垣は一段と増え、皆花嫁を見るのとはまた別の顔で何かを待っていた。花嫁は、と見ると赤い床几《しょうぎ》に腰を下ろしている。お供の者は花嫁の背後に立ち並んでいた。ピーッと笛の音がした。続いてトコトコトコと小太鼓が鳴り、道路に面した店屋の前に設えられた芝居の小道具のような樹木の間から、子狐に扮した子供たちが往還に走り出てきた。大工や左官が着るような股引きと腹掛けの上に法被《はっぴ》を身につけている。狐色の衣装に黒い耳をつけているのが男の子、白い衣装に紅い耳をつけているのが女の子と思われる。どの子狐も大きな尻尾をつけている。男の子の尻尾《しっぽ》は白、女の子の尻尾は狐色だ。再びピーッと笛が鳴ると、三十匹ぐらいの子狐は北を向いて整列した。ピーッピーッヒャララララ、ピーッピーッヒャラララ。トコトントコトントコトコトン。子狐たちは狐の手振りをしながら、跳んだりはねたり、東へ西へ道に沿って動きながら懸命に踊った。母親かと思われる女たちは、間違えずに踊れますようにと、祈るように我が子の動きを追っている。お祖母《ばあ》たちは両手を合わせて拝むように見入っていた。お祖父《じい》や父親たちは、何気ないふうをよそおいながらも目を細めて子狐の群れを見渡しては、我が子に視線を止めて、堪《こら》え切れないで笑み崩れた。「あんちゃーん、ねえちゃーん」と、子狐の弟や妹らしい幼い子供の呼び声が飛び交う。子狐たちは今年で七歳になった津川の町の子供たちだという。「子狐の舞を舞って、神さまの子から人間の子になる」と、津川では言い伝えられていた。

花嫁は、子狐の踊りに人々の目が引き寄せられている間に、裏道を駕籠で行って、少し先に移動するらしい。万雷の拍手のうちに子狐たちはピョコンと頭を下げて一礼し、再び二本の樹間に消えて行った。見物人は夢から覚めたように我に返り、座っていた者は立ち上がり、立っていた者は、いち早く祝言が行われる阿賀野川の河畔に移動しはじめた。母親たちは大役を果たした我が子の着替えのためか、慌ただしく樹木の奥に入って行った。

沙良と百蔵も人波について、河原の方へ進んで行った。広々とした河原には、木材を組んで造った舞台が設けられていた。紅白の幔幕《まんまく》を巡らし、いくつもの提灯が吊り下げられ、華やいだ雰囲気だった。薪を焚く篝《かがり》火もそこここに立てられている。舞台の正面は特別席らしく、綱を張って仕切られている。特別席に入れるのは木札を持っている人のみで、多くの人は、三々五々、土手の斜面に茣蓙や座布団を敷いて座っていた。

長い夏の日も次第に暮れて、あたりは紫色に煙っていく。篝り火に火が点けられ、闇を照らしはじめた。ふっと闇から浮かび上がるように、花嫁が城山橋のたもとに現れた。お供の者の持つ提灯が花嫁を照らし出している。花嫁を囲む一行は、しずしずと橋を渡ってゆく。橋の向こうの闇の中に、ポッポッといくつかの明かりが現れた。次第に近付く明かりの中に黒紋付姿の花婿が浮かび上がった。「花婿さん」と沙良は囁いた。「ああ」と百蔵が応じる。麒麟山の奥から花嫁を迎えに来た花婿一行は、喜ばしげに提灯を大きく振った。

「来た、来た、われらの花嫁さま」
「きれいじゃのう、うれしいのう」

提灯は、狐たちのそんな思いを乗せて闇に揺れた。橋の両側から歩み寄る一行は、橋の真ん中で出会った。花嫁、花婿に大きな傘が差し掛けられた。花婿のお供たちは、ピョンピョン跳びはねながらついてくる。街側の橋のたもとまで来るとお供は退き、二人は手を取り合って祝宴の舞台に進んでいく。雄蝶雌蝶を務める袴姿の男の子と振り袖姿の女の子が三三九度の酒を注ぎ、両人が飲み干すと、見物席から大きな拍手が湧き起こった。往還の踊り手よりは数少ない十人ほどの子狐が出てきて、祝いの踊りを踊った。仲人の挨拶も済み、両人に大きな葛籠《つづら》入りの贈り物がなされて、祝宴は最後の舟渡りの場を迎えた。暗い水面に、篝りと提灯の火が映える。火は川の流れに揺れて砕けた。花嫁と花婿は、人間の世界に別れを告げるように深々と一礼して舟に乗り込んだ。すべての音が途絶える中で、川の瀬音のみが人々の耳に入ってくる。ゆっくりと流れる流れに棹さす船頭の顔は笠に隠れて見えない。十間ほどの流れはすぐ渡り終え、対岸で待つ狐たちの灯に迎えられて二人は岸に降り立ち、再び此方の岸に向かって深々と一礼した。「此岸から彼岸へ」沙良は胸が痛くなった。花嫁は、人間としては、ここで死ぬるのだろうか。嫁にゆくということはそういうことなのだろうか。それまでの己は死して、新しき己として別の世で生きていく。ならば、嫁にゆくとは、何と悲しきことじゃろう。二人の姿は闇に消え、麒麟山麓に点された灯も一つ一つ消えて、辺りは暗闇に閉ざされた。ピーッと笛が鳴って祭りは終わった。人々は現《うつつ》の世界に戻り兼ねているかのように言葉少なく、大切に思う者のぬくもりを求め合った。親は子を抱き上げ、子は親の胸にすがった。百蔵がそっと沙良の肩に手を置いた。蛇姫と蔵の間には決してあり得ぬ仕草だったが、沙良は百蔵の腕の温かさが、この世に生きて在る証しのように慕わしかった。

沙良と百蔵は、その夜は清願寺の本堂で一晩中、万百合と桂之介の菩提を弔って経を唱えた。ほのぼのとした夜明け、眼下の川は朝日を受けて輝いた。庫裡で老師といただいた朝粥は、臓腑に沁み渡るほど美味かった。

「沙良はこれからいかにするぞ」と百蔵が訊いた。

「一旦、薬屋敷に戻りたい」と沙良は答えた。「長にも依良にも、母さまと桂之介さまのことを告げて、改めてわれを育んでくだされた御礼を申し上げたい」

「それがよい、それがよい」と老師は目を細めた。

「われは、さらに海の方まで行こうと思う」と百蔵が言った。沙良はひどく狼狽した。いつの間にか百蔵がともに歩いてくれるものと思い込んでいた。「あ……」と言って後が続かなくなった沙良の様子を見て老師は、

「百蔵どの、どうであろう。大岩村までは沙良さま

を守ってやってはくれぬかのう。沙良さまは思いもかけぬご自身の出生を知ったばかりで、心乱れておいでじゃろう。さような時は無防備になりがちなもの。薬屋敷の掟が曲げられぬなら、間を置いて歩めばよいであろうが」

「それなればずっと……」と言いかけて百蔵は慌てて言葉を飲んだ。老師はちらと百蔵に目をやって、小さく頷いた。

寺を出て、二人は藤兵衛の隠居所に立ち寄り、丁重に礼を述べた。

「いや、手前どもこそ、たんとお薬を頂戴いたしまして。何よりフキの文句が無うなって、手前も助かりました。十八年前に万百合さまをお世話申し上げたることが、こんなに美しい沙良さま御成長という実を結びましたこと、感無量にござります。命があれば命はつながるものなのでござりまするなあ」

藤兵衛は、固辞する沙良に「お薬礼」と言って小粒を差し出した。

「いいえ、大そうなご厄介をおかけ申しましたのに。薬代には過分すぎまする」

「差し出がましゅうはございますが、高貴な奥方さまの御香料にしていただけますれば。どうぞまた、来年の祭りにはおいでくだされませ。道中の御無事をお祈り申しておりまする」と名残り惜し気に頭を下げる藤兵衛に見送られて、沙良は一人、会津へ向から往還に歩を進めた。

阿賀野川沿いにも道は通っているが、大回りになるので、会津までは若松街道を行くことにした。若松街道は道も整い、人通りも多く不安は無かった。道が折れる所で振り返ると、ちらと遠くに百蔵の姿が見えた。鳥井峠の登りにかかるともう日は傾いていた。百蔵が近づいて来て、

「峠が越後と岩代の境になる。夜露のしのげる番小屋がある。そこに泊まろう」と沙良を導いた。番小屋には先客がいた。茸採りの父娘だった。津川の方

から来たが、夢中で採っているうちに暗くなってしまったのだという。

「夜道を行くより、ここで泊まった方が危くないでな」と父親は七、八歳かと見える娘の頭を撫でた。藤兵衛からもらった祭りの団子を分けてやると、父娘は押しいただいて、有り難そうに食べた。

「祭りでもご馳走作ってやることもできねえでなあ。これの母親は三年前に亡うなってしもうて。一人で家に置いてくるのも心配で、いっつも連れ歩いとるで」と父親が言うと、娘は恥ずかし気に父親の後ろに隠れた。

「きつねの花嫁祭りには参らなかったのか」と百蔵が聞くと、父親は、「祭りに着せるべべもないで……」と俯いた。

「仕事は？」と百蔵が重ねて問うと、

「土地も持っとらんで、手間仕事に雇われたり、こうして茸採りやら、栗拾いやらのう」

百蔵は少し思案して、「津川の清願寺は知っておるか？」と聞いた。「へえ。知っとります。草刈りに雇ってもろうたことがあるで」

「うむ。では明日、この文を持って清願寺の老師さまを訪ねてみぬか。仕事をさせてもらえぬかとお願いしてみよう」

父親は、ボーっと夢を見ているように百蔵と沙良を見て、何度も床に頭を擦りつけて礼を言った。沙良はヤツという名の娘を抱きかかえるようにして眠った。ヤツは母の感触を思い出したかのように、沙良に体を寄せて眠った。翌朝早く、残りの団子を与えて、沙良と百蔵は番小屋を出立した。

「はて、途中で飯を食わせてくれる家があったろうか」と百蔵が情けない顔をした。

「ほれ、スイバがある。蜂蜜を持っとるゆえ、浸けて食べよう」

二人は道端に腰を下ろして、スイバを折って食べた。スイバで腹を宥めて一刻ほど行くと、茶店があった。「甘酒、芋ぐし」と書いた貼り紙があり、美味そうな匂いが漂っていた。腰の曲がった白髪のお婆《ばば》が、ひょいと顔を出して二人を手招きした。

「やれ、寄っていがねが」

「やれ、有り難や。飯は無いか？」

「おらの昼飯分ならある。高いど」

「高くてもよい。食わしてくれ」

お婆は、麦飯に古漬けを乗せて、茶をたっぷり注いでくれた。山椒の葉を擦り混ぜた味噌をまぶした里芋の串、甘酒も平らげて、百蔵はやっと満足したように腹を摩った。

「どこまで行ぐね」とお婆が問う。

「日暮れまでにどこまで行ける？」

「うーん、越後街道の分かされまでかのう。車峠やらの登りもあるでな。分かされあたりにゃ宿もあるで、飯は食えるど」

お婆の言い値より少し多めに代金を渡し、二人は先を急いだ。百蔵は昨日より沙良との間を詰めて歩いてくる。お婆の言う通り、越後街道の分かされあたりで陽が没した。宿は三軒並んでいて、最も質素な宿の相部屋に、兄妹と名告って泊まった。

「今日は夜に入っても会津まで行こう」と百蔵が言い、藤峠を越え、只見川を渡った。只見川は増水していて舟を待つ旅人が河岸で列を作っていた。舟着き場の河原に仮小屋が造られ、握り飯やらけんちん汁、川魚の干物を焼いたものを売っていた。沙良と百蔵は、互いに目を合わせることもなく、それぞれに昼食をとり、一便ずらして舟に乗った。只見川の渡しは、会津までの道程のほぼ半ばに位置している。七折坂の難所を越えると地形は開けて水田が広がっている。会津の阿賀野川の船着き場に着いた時は六つ半になっていた。百蔵が近づいてきた。

「少し遅いが、あいづ屋に参ろう」

店は表戸を閉じかけていたが、案内を頼むと、主が転ぶように迎え出た。

「さあ、中へお入りくだされ。尼御前さまのお身の上はお分かりになりましたか？」

主は、遠慮する沙良と百蔵を裏庭に面した座敷に招き入れた。

「お茶を、いや、夕食はまだでありましょう。すぐ仕度をさせまする」と言って、膳を二つ運ばせた。

「すみませぬ。店の者の食するものですが……手前も店の者と同じ膳でござりますゆえ」

一汁二菜の食事は温かくて美味かった。一汁は具だくさんの「こづゆ」、二菜の一つは大根や胡瓜の浅漬け、もう一つは棒鱈の甘露煮だった。おまけに銚子が一本付いていて、盃が伏せてあった。

「これは——奉公人の夕餉でござりまするか？」と百蔵が思わず口に出すと、

「今日、五月六日は、手前が振り売りから裏店で商いを初めた日でしてな、奉公人にも少々奢ってやりますのじゃ。九月十日は、表通りにこの店を開きましたしるしの日、その日はもう少し豪華でして。さあ、お二人もわが店の繁盛を祝ってやってくだされ」と、主は銚子を取り上げて百蔵に勧めた。

「お祝いなれば喜んで。おめでとうござりまする」

百蔵は盃を取り上げた。「沙良さまも」と主は沙良にも酒を勧めた。沙良は酒は薬と思っていたから嗜好品として飲んだことはない。しかし百蔵と同様、店を開きたる祝いと聞いて心から喜ばしく、「おめでとうござります」と言いつつ、盃を受けた。

食事が終わると、香りの良い焙じ茶と柚子の皮の砂糖漬けが出された。主は、身を乗り出して、沙良の言葉を待った。沙良は、尼御前、万百合の苦難の旅の経緯《いきさつ》を語った。なにゆえ墨染めの衣をまとっていたのか、「きつねのさと」のうわ言の訳を話すと、主は驚きを露わにして、幾度も嘆息した。

「さようなことが……さようでござりましたか、さようで……。おいたわしき万百合さま、桂之介さまと仰るお侍さまも……」

話し込んでいるうちに九つも過ぎてしまい、今から宿へ行くのも怪しまれるゆえ、と主が勧めるに任せて、「あいづ屋」の空き部屋に泊めてもらった。

「たまに、取り引き先の番頭などが泊まる部屋でございます。万百合さまのお子様をこんな粗末なところにお泊めして、申し訳もござりませぬ。奉公人たちが蛇姫さまじゃと存じておりますゆえ……」

「百蔵は？」

「己一人なら、どこでも眠れると申して、出て行ってしまわれました。明日朝五つに船着き場で待つと申されて」

翌朝、沙良が船着き場に着くと、百蔵が薬売りの装束ではなく、渡世人のような合羽を着て笠を被った姿で待っていた。蛇姫と男《おのこ》の薬売りは同道せぬ、という掟は、会津から南へ行くにつれ、知られるようになり不審を呼ぶと思案しての変装であろうが、それにしてもやくざ者とは、と沙良は呆《あき》れた。上流に向かう船便には海辺の塩や、上方からの布、会津の蝋燭などが積み込まれていた。乗客はやくざと関わりになるのを恐れて百蔵には近付かない。やくざとは良い思いつきだったのだと沙良は俯いて笑った。艫にいる百蔵から離れて、沙良は舳先に座って、少し微睡《まどろ》んだ。さすがに疲れていた。

船は五月雨を集めて水量の多い川を溯り、二日二晩かけて、大岩村の船着き場に着いた。

村を出て十日余、狭小ながらも水田の稲は勢いよく伸び、蝉の声が降りしきっている。

「蛇姫さまじゃー、蛇姫さまが戻られたぞー」と荷を受け取りに来ていた矢助が気付いてイネに知らせ、イネが村中に触れ回ったため、沙良の帰還はすぐ村中の人々の知るところとなった。人々は沙良を囲むようにして、さら堂へ向かった。ああ、この村は既にわれの故里の一つとなりておるのか、と沙良は胸がいっぱいになった。百蔵は船を降りると、いつの間にか姿を消していた。さら堂の戸を開け口々に身体の不調や痛みを訴える者を診て、薬を処方するうちに夏の日も暮れていった。

「今夜は母屋で寝んでくだされ。師匠や伍平、矢助も来るでな。蛇姫さまが無事戻られた祝いじゃ。夕ネ、小豆を煮ろや。赤飯炊《あかまま》くど」
その夜、庄屋が矢助に持たせてよこした酒を汲み交わしながら、一同はイネとタネのご馳走に舌鼓みを打った。だが皆、何か落ち着かない様子で沙良の顔を伺う。とうとう、思い切って、といった風に、イネが沙良に問いかけた。

「んで、蛇姫さま、母さまのことは……」

沙良は藩の名は伏せて、尼君の身の上を語った。

「理不尽なことよ。そうした筋の通らぬことが武士の世では起こるもの」と師匠は眉を寄せて呟いた。

師匠も何か理不尽なことに出遇うて、海辺の藩を逃れて来られたのやもしれぬ、と沙良は思った。

「尼姿でお子を守られたのか。いたわしいことじゃ」とイネは涙を浮かべ、タネはひしと瀬良を抱き締めた。

「母の名は万百合といわれたそうな。万の百合と書きまする」

「おお、万百合とな。万の百合が咲き匂うような美しきお方であられたのであろう……」

師匠の柄にもなく思いを込めた言葉に、伍平も、万の百合の咲く情景を見たかのように、うっとりとした目をして頷いた。

「われは、一旦、薬屋敷に戻りて、長や依良に報《し》らせねばなりませぬ。長も依良もわれが津川に参ることはご承知。首尾を気に懸けておいでのはずじゃ。薬も少なくなったゆえ、いま一度薬を持って、必ずさら堂に戻りまする。ほんに、お世話になり申しました」

沙良は深々と頭を下げた。


翌朝、沙良はぜんまい小屋を目ざして塞の神のしるしを背にした。ここで縛られていたならず者どもの姿が浮かんできて、すっと背筋が冷たくなった。思わず振り向いたが、百蔵の気配は無かった。村からぜんまい小屋まで一日、木地師村まであと一日、あと二晩と三日で、長や介、依良の住む薬屋敷に着く。話したい。皆に、われを生んでくだされた母さまのことを話したい。なにゆえ母さまが墨染めの尼姿でわれを生みたるか。桂之介さまというお方、「あいづ屋」の主、津川の老師さま、藤兵衛さまのことを話したい。われは何と多くの方々のお力で、この世に生まれたることか。その思いは、沙良の心を少しばかり陰らせた。己にそれほどの価値があるものであろうか。一方、なればこそ、とも思った。われも人の役に立たねばならぬと。蛇姫という稀なる役目を負うて村々を歩むことは、天が与え給うた、われが世に生くることへの許しやもしれぬ。

ぜんまい小屋の傍に聳え立つ大木が見えて来た。日はようやく傾き、木々の間から赤々とした残照が差している。この辺りはマムシの多く棲むところ、われには害をなさぬが、通りかかる者は心して行かねばならぬと草の間を見透かすように目をやった時、草に黒い影が流れた。はっとして横っ跳びに跳ぶと、薄闇を切り裂いてキラッと光る物が走った。

「何者じゃ」

沙良は蛇杖を構えて影に向き合った。

「俺を忘れたかあーっ、蛇姫めーっ」

沙良の脳裏に搬若の刺青が閃いた。ならず者たちの頭目。阿賀川を護送して会津まで送り届けたあの男。佐渡送りになったと聞いていたに。

「思い出したようじゃな。そうよ。般若の鉄次《てつじ》じゃ」

「いかにして佐渡から――」

「島抜けしたのよ。佐渡は地獄じゃ。ふんどし一丁で、眠る間もなくこき使われる。俺はな、獄舎から金掘り坑道まで数珠つなぎにして連れられる途中、縛めを抜けて脱走した。獄吏と犬に追われて、ついに崖から飛び降りたが、松の枝に引っ掛かったのよ。松の枝は崖の上からは見えぬ窪みにあり、獄吏どもは海に落ちて死んだものと思うたか、戻って行った。松の木から降りて雨水を飲み草の実を食らい、海辺にたどり着いて魚を捕って食うた時は、飢え死にする寸前じゃった。昼は崖の洞に潜み、夜だけ這うようにして人家を探した。半月もしてやっと数軒の漁師の小屋が固まっとる海辺に出た。年寄りのババアと孫娘が留守番しとった小屋に入り込み、二人を人質に取って、ババアの息子を脅し、着る物と食う物、舟を用意させて島を脱け出した。息子に舟を漕がせてようやっと越後の海辺に着いたときゃあ、俺の運も尽きてはいねえと、うれしかったぜ。ああ、男とババアと娘っ子は舟に置き去りにした。なあに、漁師どもは、役人に訴えたりはしねえ。囚人を助けたちゅうて咎めを受けるだけだと知っとるで。部落じゅうで、何もなかったことにすると、俺は知っとるでな。——俺が生き延びられたのは、蛇姫、なんとしてもおめえに仇を返したき一念があったればよ。おめえを切って、刺して、長い時をかけていたぶり殺してえ。夜も昼も、おめえの苦しみ叫ぶ声が耳に聞こえて、俺は生き延びた」

鉄次は仁王立ちになったまま一気に話した。恨みを言わぬままにわれを殺すのは本意ではないのであろうと、沙良は、胸に苦いものが込み上げて吐き気を覚えた。己の罪を顧みず、捕えた者を逆恨みするとは。己の所業、邪念が己の運命を作ってきたことにも思い到らず、人を苦しめ、人を殺傷する男に対する怒りと憎しみに、沙良は体が震えた。許さぬ。沙良は蛇杖を構えた。

その時、「沙良ーっ」と叫びながら一つの影が山道を駆け上がって来た。百蔵。沙良は安堵のあまり、膝の力が抜けて、その場にしゃがみ込みそうになった。ヒュッと薙ぎ払われた鉄次の刃が沙良が立っていたら胸のあったあたりで空《くう》を切った。百蔵は固い樫の棒でしたたかに鉄次の腰を打った。「ギエッ」という声を発して鉄次は一度は地に倒れたが、くるりと起き上がり、匕首《あいくち》を握り直すと百蔵めがけて体ごとぶつかっていった。百蔵は辛うじて身を躱《かわ》し、樫の棒で匕首を叩き落とした。鉄次は百蔵に背を向けて沙良に向かっていった。

「蛇姫めーっ」

「沙良、逃げろーっ」

百蔵は叫んで鉄次の背後に回り、腋の下から腕を回して鉄次の動きを封じようとした。「うるせえ、邪魔するな」と怒鳴って、鉄次は百蔵を振り払おうとする。しばらく揉み合っているうちに、二人はどうと倒れ、草の上で、上になり下になり、相手の首を締めようとした。二人の体は徐々に斜面の方に転がり、揉み合ったまま、ついには谷の方へ落ちていった。

「ギャーッ」間もなく凄まじい悲鳴が沙良の耳を打った。どちらの声か分からない。

「百蔵ーっ、どうしたー」と谷際に走り寄った沙良の目は、喘ぎながら這い登ってくる百蔵の姿を捉えた。その脚からぶら下がる紐のようなもの――二匹のマムシだった。沙良は百蔵の手を摑んで引き上げ、蛇杖でマムシの首を挟み、百蔵の脚から引き毟《むし》った。百蔵の後を追うように草の間を這ってくるマムシを薙ぎ払い、強い匂いを発する熊の脂を染み込ませた布を投げると、マムシは匂いに惹かれて、布を追って移動していった。その間にも、百蔵の意識は遠のいていくようだった。どうしよう。早く手当てをせねば。われの血を百蔵に注がねば。だが、ここでは無理だ。傷口が見えねば、施術もできぬ。何とかして、ぜんまい小屋に運び入れねば。沙良は全身の力を込めて、百蔵の体を引き摺った。重い。ああ、早くせねば間に合わぬ。と、その時、

「蛇姫さまーっ、ご無事かあ」

「蛇姫さまー、返事をしてくだされ」

「ここじゃーっ。助けてくだされ。百蔵が危ない!!」

師匠と伍平が息急き切って駆けてくる。

「マムシに気をつけて!! そこいら中にいる」

「ん、大事ない。鹿革の沓をはいてきた」と師匠が答えた。

「百蔵を小屋に運ばねば。傷の手当てをせねば」

師匠と伍平が百蔵の体を抱きかかえて小屋に運び

入れる間に、沙良はぜんまい小屋に飛び込んで、中にマムシが潜んでいないか素早く点検した。大丈夫。幸い、筵や布団も残されている。棚には灯《とも》しと油の入った壺もあった。沙良は震える指で、火打ち石で木屑に火を付け、粗朶をくべた。小屋の中がボウッと明るくなる。

「蛇姫さま、早うっ」と二人が、百蔵を筵の上の布団に横たえた。沙良は道具入れの中から、鋭い刃の小刀を取り出し、手燭を近付けて百蔵の傷口を調べた。百蔵のふくらはぎと腿《もも》から血が流れている。血に浸っている鋭い牙が見えた。沙良は注意深く鉄製の物挟みでマムシの牙を引き抜いた。

「師匠、百蔵の脚の付け根をきつく縛ってくだされ。少しでも毒が心の臓の方へ回るのを防がねば。伍平おじさん、小屋の裏手の樋から落ちる水を汲んできてくだされ」

師匠は襷を取り出して、百蔵の右脚の付け根を力を込めて縛り上げた。

「師匠、百蔵の体を押さえて」と頼み、沙良は小刀で二つの咬み傷を切り裂き、マムシの牙から注がれた毒を血とともに絞り出した。「伍平さん、水！」伍平が汲んできた水で傷口を洗った。次いで沙良は道具入れからゴム管を取り出した。「明かりを近く」と頼むと、伍平が手燭で百蔵の脚を照らした。沙良は逸る気持ちを抑えて、慎重に腕の静脈を探った。探り当てた静脈にゴム管の一方の針を挿し入れ、もう一方のゴム管の針を百蔵の腿の傷に挿し込んだ。沙良の血が百蔵の体に注ぎ込まれていく。師匠と伍平は息を飲んで沙良の施術を見つめていた。沙良もまた息を詰めて百蔵の反応を見た。傷を切り開く時や針を挿し入れる時は身を捩《よじ》ったが、呼吸が苦しくなったり、痙攣《けいれん》は起きていない。まず、血の型は合うておると見て取り、沙良は胸を撫で下ろした。腿からふくらはぎに針を移して、さらに血を注ぎ込んだ。少しして沙良は、マムシの毒を中和する働きを持つ自身の血が百蔵の体内に届くよう、片手で、脚を縛った襷を解いた。百蔵の顔を見つめているうちに、沙良はクラッと目眩を覚えた。もう限界だ。沙良は己の腕と百蔵の脚からゴム管を抜き、百蔵の傷口は師匠に布を押し当てて圧迫してもらった。己の傷口にも布を当てて、きつく包帯を巻いた。師匠に押さえていてもらった百蔵の傷口を縫い、蛇毒に効く軟膏を厚く塗った布を押し当てて包帯を巻いた。

——処置を終えると、沙良は精根尽き果て、気を失った。伍平がうろたえて「蛇姫さま、蛇姫さま」と沙良を揺り起こそうとすると、師匠は沙良の息を探って「大事なかろう。疲れ切っておるのだ。あれだけの施術をされたのじゃもの。しばらく休ませておこう」と沙良にも薄い布団を掛けた。——一刻ほどして、沙良は目覚め、ハッと我に返って百蔵ににじり寄った。

百蔵の額に触れると、火のように熱い。百蔵の体がマムシの毒と闘っておるのじゃと、沙良は震えた。百蔵はハッハッと激しい息遣いをして固く目を閉じている。沙良は百蔵の熱い額に絞った布を載せ手を握った。百蔵、逝ってはならぬ。何としてもこちらの世につなぎ止めねばと、手に力を込めた。今夜が山と、沙良は歯を食い縛った。不思議に、人は夜旅立つことが多い。朝まで保てば百蔵は助かる。沙良はそう信じた。師匠と伍平も筵に横たわってうとうとしている。炉の火も消えかかっていた。沙良は炉に薪を足し火を燃え立たせた。手燭を持って小屋の隅を照らした。マムシの気配は無かった。沙良の動く気配を感じ取ったか、師匠と伍平が目を覚ました。

「百蔵さんは？」

「今、マムシと闘うとる。今できるは祈ることのみ」

沙良はあふれてきた涙を拭った。

「あいつめはどうなったかのう」と伍平がボソッと言った。

「今は、見に行くこともならぬ。おそらくは……」と言葉を飲み込む師匠に、「あいつの方が下に居た。

マムシに咬まれたに違いねえ。天罰じゃ、のう、ヨウ」

伍平が娘に語りかけるように言った。それからは三人とも黙って、ひたすら朝を待った。百蔵、しっかりな、天地《あめつち》の神々よ、どうか百蔵をお助けくだされ。

夜が白む頃、百蔵の額に手を当てた沙良は少し熱が引いているのを感じて、ホーッと息を吐いた。百蔵の体はしとどの汗に濡れていた。

「すみませぬが、湯を沸かしてくだされ」

沙良は伍平に頼んだ。汲んできた水が微温《ぬる》むと、沙良は手拭いを絞って体中の汗を拭いた。だが着替えさせる衣服はない。

「お疲れのところじゃが、村へ下りて行って、乾いた衣類と、人手をお借りできませぬか。百蔵はひとまず危機を脱したと思われますが、油断はできませぬ。まして立って歩けるまでには日数が要《い》りましょう。この小屋では十分な手当てもできませぬ。せめて木地師村まで移したい。あそこなら薬屋敷も近く、新しき薬も運べますし、長も診てくだされましょう……」と言って、沙良はハラハラと落涙した。

「それがしが参ろう。伍平さんは蛇姫を守って、看病を手助けしてやってくれ」

「合点だ」と伍平が応じた。「だどもよ、わしゃ、腹が減ってどうもならん。ほら、茂吉が団子をくれたじゃ。あれ食わんか」

沙良の帰還を祝ってイネとタネがこしらえてくれた夕食に、団子が山のように盆に盛られていたのを、沙良は思い出した。

「茂吉さんが？」

「そうよ。わしらがここへ来たんは、茂吉が畑仕事しとって、何やら怪しげな風体の者《もん》が山の方へ向かって行った、あれはもしやってお師匠さまの寺子屋へ注進に来たからよ。お師匠さまはすぐ寺子屋を休みにして、子供にわしを呼びに来させた。まさかとは思うが、蛇姫さまが気懸りじゃとな。出立する時、茂吉が団子包んでくれた。村を出たんは蛇姫さまより一刻近く遅れとったが、わしら、駆けに駆けてな、やっと間に合うた。いや、もう少し早くに着いておれば、百蔵と三人で召し取れたにのう」

師匠と伍平が駆けつけてくれた訳を知って、沙良は自分を気遣ってくれる人たちによって救われたことを痛感した。物も言わずに、三人は団子を食べた。炉の火で炙った団子は、いい具合に焦げて、美味しかった。腹が満たされた伍平が、ふと「あいつめはどうしたかのう」と呟いた。

「そうじゃな、見て来ずばなるまい」

「いや。あんなやつ、どうなってもかまわん。わしは知らん」と、言い出したはずの伍平がそっぽを向いた。

「そう……あの者も人じゃによって……」と沙良は立ち上がった。師匠も伍平も足に履いた革沓を踏みしめ、沙良に従った。木の間から陽の光が筋をなして草に降りた露を光らせていた。あたりには禍々しい臭いが立ち込めていた。沙良と師匠が叩き切ったマムシの死骸に、早くも蝿が飛び交っていた。

「あそこ」と伍平が指さした。無我夢中で這い上がって来たのか、崖棚に俯せになって鉄次が横たわっていた。ピクリとも動かない。あれだけのマムシに囲まれて命のあろうはずがなかった。

「小屋から筵を持って来てくだされ」と沙良は伍平に頼んだ。筵を鉄次に投げ掛けると、師匠は足早に山道を下って行った。人手が無くては鉄次を引き上げて地中に葬ることもできなかった。

小屋に取って返して百蔵の様子を見た。また汗が吹き出している。汗とともに毒も排出される、と沙良は思ったが、濡れたままでは体温が奪われる。何度も手拭いを絞って汗を拭いた。傷口の薬を貼り替える。薬はもう無い。沙良は伍平に頭を下げて頼んだ。

「疲れとるところ、ほんにすみませぬが、木地師村まで行って、ことの次第を告げ、薬屋敷まで使いを出してもろうてくだされ。マムシの傷の薬を大至急と」

「合点。まっすぐ一本道じゃな。うむ、わしは木地師の人は知らんで、何か印を持って行かんと、信用してもらえるかどうか……」

沙良は急いで矢立を取り出し、薬を包む紙に「この者は、われのこんいにする者なり。話を聞いてやってくだされ。蛇姫」と記して渡した。

日もとっぷり落ちて、沙良は一人で百蔵を見守る心細さに、かすかな物音にも怯えていた。村までの往復は、どんなに急いでも小屋に戻るのは夜中になろう。危うさに満ちた夜道を、来てくだされるであろうか。十五夜の月が中天にかかる頃、師匠が矢助と茂吉を伴って夜道を駆けて来た。

「大変じゃったのう、蛇姫さま。あいつが舞い戻ってきたとは。佐渡を島抜けしたとはなあ」と矢助が目の玉をぐるりと回した。

「ずい分と早く来てくだされましたの」と沙良が訝しそうに言うと、矢助が言った。

「それよ。師匠もさすがに疲れとったで、庄屋さまが馬を出してくれての、陽のあるうちは馬で駆けてきた。暗くなると馬は夜道を恐がるで、馬番の熊吉《くまきち》が引いて戻った。眠り込みそうになる師匠を熊吉が抱えるように乗ってな、われと茂吉がもう一頭に乗って」

「何と有り難きこと」沙良はただただ頭を下げた。

「蛇姫さま、これ、うちのバアさまから」と茂吉が二枚の浴衣と晒を差し出した。

「ありがとうございまする。茂吉さんも来て下されて……野良仕事の方は大事ないか？」

「蛇姫さまは、うちの瀬良の産みの親のようなものじゃ。何かお礼をといつもタネと話しとった。少しでもお役に立てるなら、ほんに有り難きこと……」

無口な茂吉が一気に言って、大きく息をついた。

沙良は百蔵の衣服を着替えさせた。百蔵の呼吸は落ち着き、心臓の鼓動もしっかりしていた。だが目覚めることはなく、ただ昏々と眠り続けた。

「今からでは鉄次を葬るのは無理じゃ。マムシ除けをして眠ろう」と師匠は言い、師匠と矢助と茂吉は、革の手袋をはめて、鎌で小屋の周りの草を刈り払い、柊の枝を点々と置いた。柊は魔除けであると同時に、葉の棘はマムシも避けると言われていた。

翌朝、四人は再び鉄次の様子を見に行った。矢助と茂吉が筵の上から縄を巻いて、崖の上から引っ張り上げた。鉄次の体は、無残極りないものだった。体中に無数の咬み跡があり、体全体が紫色に腫れ上がっていた。小屋の隅に立て掛けてあった鋤で、矢助と茂吉は代わる代わる山の斜面の土を掘った。師匠も代わろうとしたが、「師匠はお疲れじゃ。小屋の中でお休みくだされ」と二人は鋤で掘り続けた。三尺ほどの深さの細長い穴が掘り上がったのは昼近くになってからだった。四人で鉄次の遺骸を筵にくるんだまま穴に横たえ、土を被せた。

「畳の上では死ねぬヤツじゃったが、それにしてものう」と茂吉が顔を強張らせて呟くと、「ヘビはヘビに喰われる運命《さだめ》よ」と、矢助が吐き捨てるように言った。四人で茂吉の持って来た握り飯を食べていると、道の上の方から、呼び声がした。

「おーい、蛇姫さまあ、手助けに来たでー」

木地師村から四人の男が駆け下りて来た。大柄な一人は背負子《しょいこ》を背負っている。

「長さまからの言伝じゃ。怪我人を木地師村まで運んではいかがかと。ぜんまい小屋では看取りもままならないで。ほれ、ここに背負子も担いで来た」

背負子は、木地物などの荷を運ぶ用具だったが、これを横にして病人や怪我人を乗せ、四人で枠の棒の端を持てば、それほど体に障らず運べるだろう、というのが木地師たちの勧めだった。「わしたちも、山で動けなくなった者運ぶときゃあ、これ使うで」

沙良は百蔵の容態が不安だったが、小屋にいても薬もなし、少しでも薬屋敷に近付きたいと思って、木地師の申し出に甘えることにした。

「木地師村に着くのは夜になるが、すぐ発とう。なに、わしらは夜道も慣れておる。蛇姫さま、先に立って、マムシを払ってくだされ。なに、マムシはこの谷ほどはおらぬゆえ大事ない。皆、マムシ除けの鹿革を巻けよ」

茂吉と矢助は、二人連れだで夜になっても安心じゃと言って、蛇姫たちの出発と同時に村へ戻って行った。沙良は自覚している以上に疲労していた。多くの血を百蔵に注いでいる。ともすれば目を閉じそうになる己を叱咤《しった》しつつ沙良は歩いた。百蔵を乗せた背負子を運ぶ木地師たちの足は早く、先導するはずの沙良は遅れがちになり、足がもつれた。とっさに師匠が沙良の手を取って支えた。二刻ほども歩くと、空は次第に暮れてきた。薄闇の中にポッと明かりが見えた。先に行く木地師たちとすれ違う時、少しだけ明かりが止まった。

「蛇姫さまあ、わしじゃ」伍平だった。

「皆と一緒に来たかったんだども、体が動かんでのう。ちょこっと眠ってから出たんで遅くなってしもうた。すまん。すまん」

伍平は提灯で沙良の顔を照らすと、

「えらくお疲れの様子じゃ。そうよの、あれだけの施術をなされたのじゃもの。わしが背負っていくで、さあ」

伍平はしゃがんで背を向けた。

「いえ、あの……」と言いかけた沙良の肩を押してしゃがませ、師匠が沙良の体を伍平の背に預けた。足が地を離れたとたん、沙良は半ば眠っていた。眠っては背負いにくいと、必死に目を開けようとしていたが、甘やかな眠りが沙良を飲み込んでいく。ああ、父《とと》さまとは、こんな安らぎを子に与えてくれるものなのやもしれぬ……。

深更、一行は木地師村に着いた。木地師村の人々は赤々と篝を灯して一行を迎えてくれた。木地師の村は十年から二十年で移動することを習わしとしているため、家の造りは簡素だったが、ぜんまい小屋とは比べものにならない。村に着く少し前に目覚めた沙良は、歩いて村に入りたいと、伍平の背から滑り下りた。沙良が幾度か泊めてもらった加一の実家に、百蔵は運び込まれた。百蔵を厚みのある布団に寝かせることができて、沙良はホッとした。ここなら、水も明かりも不自由しない。食べ物ももらえる。だが、明かりの下で百蔵の傷口を改めた沙良はウッと息を飲んだ。傷口は周りが黒紫に変色している。十分に毒を絞り出せなかったのであろうか、悪しき菌が入り込んでしまったのであろうか。百蔵の体がまた熱を帯びてきた。ああ、ここまで運んだが過ちじゃったか。いま一度わが血を、と沙良は覚悟を決めた。空は漸く白みかけている。冷たい水で顔を洗い、手を清め、施術の支度を始めた沙良の様子に、師匠は顔色を変えた。

「無理じゃ。蛇姫さまの血が無うなってしまうぞ」

「われは大丈夫じゃ。早く蛇の毒を抑えねば。このままでは――」

押問答をしていると、入り口の戸がガラリと開いて、「沙良、百蔵」と呼ばわる声がした。

「介」

沙良は目を見張った。

「わしが診よう」

介は草鞋《わらじ》を脱ぐのももどかしそうに、百蔵の傍らに膝をついた。

「すぐに、これを注ぎ込む。沙良、介添を」

介は紐で提げてきた瀬戸物の瓶の蓋を開けた。

「それは？」

「依良の血の上澄みじゃ。依良の血は今も蛇毒を消す強い力を持っておる。早う、百臓の腕を縛れ」

沙良が百蔵の上腕をきつく縛ると、介は肘の裏側の静脈を擦り、ゴム管の先の針を差し込んだ。反対側の管の先に漏斗《じょうご》を取り付け、沙良に瓶の液を注ぎ込むよう命じた。

「この液を作るのにな、少し時間がかかって遅うなってしもうた……」

液を注入し終えると、介は傷口の手当てに取り掛かった。

「蛇毒か、別の菌かは分からぬが、肉が腐りかけておる。傷んだところは取り去って消毒する」

傷口の周りに痛み止めを塗り、介は沙良が縫った糸を切り離していく。傷口を開けると、ドロドロになった肉塊を抉り出した。木地師にもらった焼酎で傷口を洗うと、百蔵は「わっ」と声を挙げて目を開いた。

「百蔵。介が来てくだされた。もう安心じゃ」と沙良が声を掛けると、百蔵は手を上げて空を探った。沙良は百蔵の手を取り、ぎゅっと握り締めた。

「百蔵、気を確かに」

「沙良、無事じゃったか、あやつは……」

「鉄次は、もうおらぬ」

介は傷口を合わせて縫い、菌の出す毒を抑える薬を塗った布で傷口を覆い、晒を巻いた。百蔵の手から力が抜け、百蔵は深い眠りに入っていった。

いつの間にか昼になっていた。加一の祖母と母の心尽くしの昼餉をとると、沙良は精魂尽き果てて、気を失ったように眠った。

気がついた時は、日は西に傾き、障子を開けると、赤々と染まった雲が西の空に棚引いていた。

「沙良、目が覚めたか」

炉の端に座っていた介が立って来て沙良と並んで西の空を見上げた。

「百蔵はもう大丈夫じゃ。元のようになるには少し時がかかるやもしれぬが、もう命の心配はない。何しろ、依良と沙良、最強の蛇姫の血をもろうたのじゃゆえ」と介は笑った。

「お前も知っておろうが、血の上澄みを用うるは、長が長年かけて編み出された術じゃ。血の施術をしても救えぬ者があるのは、蛇毒を抑えられぬことのほか、血が合わぬのではあるまいかと思いつかれ、長年工夫して来られた。血はしばらく置いておくと、下に赤い粘るものが沈み、その上に澄んだ液が重なる。この液なら血が合わぬことの危険が避けられるやもしれぬと、幾度も試されての。上澄み液にも解毒の効き目はあることが分かってきて、依良の血を採らせてもろうたのよ。長は……偉いお方じゃ。わしは明朝には帰る。おまえはもう少し百蔵が歩けるようになるまでついていよと、長の命令じゃ。さあ、百蔵の様子を見てやるがよい」

沙良は板戸を開けて百蔵が身を横たえている部屋に歩み入った。百蔵は青ざめた顔で沙良を見つめ、かすかに笑った。

「百蔵……」

「沙良、有難う。どれほど礼を言うても足らんのう。命を助けてもろうた……」

「命を救うてもろうたのはわれの方じゃ。鉄次が……」

「鉄次はどうした？」

「無数の蛇に咬まれて、死んだ」

「そうか」百蔵は深い溜息をついた。

「何か食べとうはないか？」

「ハチミツ」と百蔵はつぶやいた。

「おお、そうじゃろう。依良が持たせてよこしたぞ」

蜂蜜を湯に溶いて、木の匙で百蔵の口に運んでやると、百蔵は美味そうに飲んだ。百蔵の目にも沙良の目にも涙が浮かんでいた。

百蔵が命を取り留めてから一月の間、沙良と百蔵は木地師村に滞在させてもらった。深く肉を抉った百蔵の脚はなかなか肉が上がらず、薬屋敷までの登り道に耐えられなかったのである。「背負子で背負ってやる」と木地師たちは言ったが、百蔵は、自分の脚で歩いて帰りたいと、背負われることを拒んだ。滞在している間、百蔵は、加一が薬屋敷から運んできた薬研で、幾種類もの薬草を挽いて、木地師村で使う薬を作っていた。沙良は、下の村のさら堂に行ったり、さらに近隣の村を廻ったりしては、木地師村に戻り、百蔵の傷の手当をした。

「われはな、お父もお母も知らぬ。幼い頃は旅の傀儡師《くぐつし》に連れられて、村々を廻っていたのをうっすらと覚えておる。操り人形とともに踊るのじゃが人形よりも人形らしく踊れとよく親方に怒られた。四つの時熱病に罹って、面倒になるのを嫌って、親方はわれを道の辻の地蔵堂に置き去りにした。そこを通りかかった長に救われ、薬屋敷に住まうことになった。厳しくしつけられ、仕事も辛かったが、人形でなく、人として生きられるようになって、なんぼうれしかったことか。依良は優しゅうて厳しゅうて、われにとりては初めての母親じゃった。米良は陽気で、いつも内緒で蜂蜜を舐めさせてくれた。薬屋敷に拾われて間もなく、おまえがやって来た。沙良は傀儡師親方の持っていたどの人形より可愛かった。お前が笑うのを見るのがわれの楽しみになった。お前を泣かせる者は許せぬと思うた。お前が蛇姫になる施術を受けると知って、お前を連れて逃げようかと思うた。だが、依良が、大丈夫じゃ、沙良は蛇姫になるために生まれてきた娘じゃて、とわれの不安を鎮めてくれた。依良の言葉通り、沙良は類《たぐい》稀な蛇姫となりて、わが命を救うてくれた。沙良、われは生涯をかけて、お前に恩返しせねばならぬのう」

百蔵は己を「われ」と呼びつつ、幼い頃の思い出と心の内を語った。沙良は言った。

「救ってもろうたは、われの方じゃ。われもまた蛇姫という運命《さだめ》が受け入れられず、長の操り人形のように思われて、心の中では嵐が吹き荒れていた。なれど、木地師村で加一を助け、ぜんまい小屋で初めて蛇姫の施術をして幸太の命を救うことができた時、蛇姫の運命を生きていこうと思うた。万百合さまの運命を知り、母さまが命を懸けて生み出してくだされたわれ自身を大切にしようと思うた。百蔵に、あんな乱暴な施術しかできず、恥ずかしゅうてならぬ。こうして百蔵が快方に向こうてくれて、ほんに、ほんに……」涙で声が詰まった。

木地師村を発つ前日、沙良と百蔵は大岩村の者たちに相談して、ぜんまい小屋を焼き払った。

「この辺りはマムシの巣じゃ。人が入り込んではならぬ土地じゃ。小屋があれば、人は雨露をしのぎに入ってくる。なんぼぜんまいが採れても、命を落としてはなんにもならぬ」と百蔵は説き、村人も同意した。

小屋は、あっという間に燃え落ちた。燃えてしまえば、あっけないほど狭い焼け跡に、逃げ遅れたマムシの死骸が十数匹も黒焦げになっていた。マムシ小屋になっていたか、と村人も改めて恐怖に戦いた。

薬屋敷に戻って一年の間、百蔵は薬売りの旅に出ることができなかった。脚が弱っていただけでなく、体調が戻らず、時折、発熱して臥せることがあったからである。無論、百蔵は何もせずにいるわけではなく、長と介とともに薬作りに勤しみ、新たな薬につながる、幾つかの思いつきを試してもいた。長は百蔵を旅には出さず、薬作りに専念させたい思いもあったが、百蔵の上には千蔵、万蔵がおり、薬屋敷の秩序を乱すことは百蔵自身のためにもならぬと思って、もうしばらく待とう、と心を決めた。「少し早いが」と長は、加一に「十蔵」を名乗ることを許し、百蔵に伴わせて、薬売りの旅に出すことにした。今だに少し右脚を引き擦る百蔵の傍らに、依良に作ってもらった新しい装束を着た十蔵が寄り添った。

沙良は、介から護身術を叩き込まれ、大岩村のさら堂を頼ってやってくる人々を診療しつつ、時折、会津、津川までの旅をした。旅の途中、百蔵、十蔵と巡り会うこともあり、百蔵たちがさら堂に立ち寄ることもあり、折々に沙良は互いに幼き日の思い出を語り合い、薬作りの楽しさと厳しさを語り合った。離れている時も、心にはいつもお互いがいて、尽きぬ会話を交わしていた。

沙良が二十一歳になった初夏、尼さまが沙良を生み落とした橡の木の元に、山中には珍しく多くの人が集まっていた。長、介、万蔵、千蔵。木地師村の長、十蔵の母、あの夜百蔵を運んでくれた四人もいた。イネと、幼い子供二人の手を引いたタネと茂吉。師匠、伍平、矢助。はるばると川を遡って駆けつけてくれた「あいづ屋」の主もいる。木地師村の四人が笛を構え、ピーッと鳴らした。木の陰から十蔵に導かれて、百蔵と、依良に手を引かれた沙良が姿を現した。百蔵は、新調の薬売りの装束に身を包み、沙良は美しい小袖をまとっていた。浅葱色の地に白と薄桃色の姫小百合を配した小袖は、「あいづ屋」の主が祝いとして持参してくれた品である。津川の清願寺からは、きつねの嫁入りを描いた絵図が、藤兵衛からは、「旅の御守りとなされてくださりませ」と記された書状とともに、錦の袋に納められた一振りの短刀が届いていた。

長は、沙良と百蔵の祝言に集った人々に一礼すると、静かに語りかけた。

「皆々様、本日は薬屋敷の百蔵と沙良の祝言に、山を登ってきてくだされて、まことに有り難うござりまする。この二人が、沙良の生誕の地で夫婦《めおと》となる契りを結ぶことが叶いましたるも、皆々さまの一方ならぬご助力によるものと、二人はもとより、われら薬屋敷の者みな、心に沁みておりまする。

薬屋敷は里から離れたる地で、薬草を追って、住まいを移る暮らしを続けておりまする。薬売りと蛇姫となる子供は、親の縁薄く、孤児となりたる子供ばかりでありました。薬売りも蛇姫も厳しき日々を課されておりまする。親の無き子なればこそ、課された任に耐えた、とも申せましょうか。――だが、時は移り、掟も自ずと変わりゆき申し、この薬屋敷に育ちたる者同士、夫婦となる日を迎えました。十蔵は父も母もありながら、薬屋敷で暮らすことを選び申した。皆さまも不審に思われようが、なぜか、沙良の後、幼き娘が薬屋敷に来ることは絶えておる。若き娘が己の命を懸けて蛇姫となる以外の、蛇毒の抜き方を編み出すことが、向後の薬屋敷の使命と心得まする。生涯独り身を通す掟に縛らるることなく、薬売りと蛇姫が想い合うて今日の日を迎えましたることを、われも長として、心より寿《ことほ》ぎたく存じまする。願わくは、二人の間に薬屋敷初めての赤子が生まるるを、今から心待ちにいたしておりまする。強く麗しき万百合さまも、万感の思いで、娘の祝言を見守っておいでであろう。

さあ、百蔵、沙良、盃を」

依良が二人に、木地師が持ってきてくれた挽き立ての盃を渡し、すまし顔をした十蔵が、大岩村の庄屋秘蔵の酒を注いだ。初夏の風がサーッと吹き渡り、沙良の小袖を翻した。

鬼《き》子《し》母《ぼ》人形《デコ》館《やかた》

体をぴったりと寄せ合って陶然と微笑む翁と嫗の道祖神に、ぴょこんと頭を下げて、木《こ》の葉《は》は、蕾《つぼみ》と芽以《めい》の手を引き、林の中へ分け入った。黄褐色に色づいた櫟《くぬぎ》や楢《なら》と、深緑の樫《かし》が混在する林は、枝の間から午後の陽が斜めに差し込んで下草を輝かせていた。風もなく、自《おの》ずから枝を離れる秋の葉が、草の上にふわりと横たわる。はじめは誰にでも見分けられた山路はだんだん細くなり、ついには草に紛れて見えなくなった。目を上げると、人の背丈ほどの緑色の壁が行く手に立ち塞がっていた。壁は「馬酔木《あしび》」の群生だった。早春になると、アシビは一斉に髪飾りの房の形の薄紅の花を着けて、壁は薄紅と萌黄色の斑模様になる。

「アシビって言うんだよ」

木の葉は、初めて連れてきた芽以に教えた。蕾はもう何回か連れて来たことがある。「お人形さんがたんといるよ」と蕾はうれしそうに笑った。

道が消えたところから緑の壁を左回りに九歩数えて進むと、アシビの根元に、まるでアシビの木の瘤のように見える取っ手があった。木の葉が取っ手を引くと、絡み合っていたアシビの枝がカサカサと音を立てて動き、人一人が腰をかがめて潜れるぐらいの空間が現れた。アシビの門を通っていくと、その先は緩やかな勾配の丘で、丘を掘り分けた道が通っている。梢姉《こずえ》さんは、古い墓だと言っていた、と木の葉は思った。道の先には板の扉があったが鍵のような物はなく、蕾の手でも開けることができた。扉の中は横幅二間、奥行き三間ほどの長方形の空間だった。周囲は床面から半間ほどの高さは石組みが廻らされ、上部の壁と天井は漆喰《しっくい》塗りだった。正面には不思議な絵が描かれていた。糸操《いとあやつ》り。黒装束の傀儡師《くぐつし》が、若者と娘の人形を踊らせている絵だった。その絵は、墳墓が造られた時代のものではなく、後代に描かれたものであることは、衣服や髪型からも明らかだった。左右の壁の漆喰はところどころ白が剥げ落ち、下の石組みが露出していた。左の壁には線彫りで日・月・星が描かれ、石の壁には龍と虎の形が見て取れた。副葬品は何もなく、墳墓が繰り返し盗掘に遭っていることを物語っていた。

　部屋の中央に石の棺が置かれている。細密な彫刻を施した美しい石棺だが、棺の蓋も石造りで、人の手では持ち上げることはできない重量だった。まして木の葉たちのような子供の手には無理なのだが、木の葉は蓋の開け方を知っていた。虎と龍が交わす視線が交差する箇所を五回押すと、石棺の蓋は自ら動いて、石棺の側面に斜めに立て掛けられた位置で静止した。棺には何も収められていない。大体底がない。石棺は地下の世界への入り口だった。辛うじて梯子が見て取れる。蕾はうれしそうに梯子を下りて行く。木の葉も芽以を背負って後ろ向きになり、足先で梯子を探った。梯子が足先に触れた。背中の芽以はギュッと体を強張らせて、木の葉の背にしがみついた。先に入った蕾が明かり取りの窓の綱を引いたので、五寸四方ほどの四角形の明かりの筋が階段を照らし出した。階段を下りて平らな底に立った木の葉は、さらに二本の引き綱を引いた。地下の部屋が淡い光に浮び上がった。

　部屋は夥しい数の人形で埋め尽くされていた。壁面に沿って棚が組まれ、立ったり座ったり横たわったり、さまざまな姿態の人形が置かれていた。床にも人形が林立している。布で作った抱き人形、木の手足に紐が付いている操り人形、こけしや素焼きの人形。人の形のものだけではなく、動物や鳥、魚の形をしたものもあった。犬、猫、狐、狸、馬、牛、鶏、雉子、鯉……。

　木の葉の背から降りた芽以は、目を見開いて木の葉の腰にすがりついていたが、猫の人形を見つけると、「ニャアニァ」と言って床にしゃがみ込んだ。

「抱っこしてもいいよ」と木の葉は微笑んだ。蕾は、お気に入りの市松人形を棚から下ろして、小箱から櫛を出して梳きはじめた。木の葉が、ここ「人形《デコ》の部屋」に初めて連れて来てもらったのは、芽以と同じ三つの時だった。木の葉は、おびただしい数の人形にひどく驚き、梢にしがみついたのを覚えている。何度か梢や幹乃《みきの》に連れられて行くうちに、蕾と同様、「人形《デコ》の部屋」に行くのは大きな楽しみになっていた。

木の葉が八つになった時、伊登女《いとめ》が木の葉を呼んだ。

「これから古き墓にいかねばならぬ」と伊登女は言い、木の葉一人を古き墓に伴った。「人形《デコ》の部屋」に行くのだとばかり思っていた木の葉は、伊登女が「人形《デコ》の部屋」を通り抜けてさらに奥に自分を連れて行こうとしているのを知り、思わず足を止めた。

伊登女は怯えを浮かべた木の葉の髪を撫で、うっすらと笑みを浮かべた。

「ここに入る者は選ばれし者なのじゃ。ここに入って施術を受けてはじめて、人形館《デコやかた》の一員となることができるのだよ。大昔から、人は人形とともに生きてきた。人形と遊び、人形に祈願し、呪いを託してきた。人形は人の身替わりとなって、人を守ってきたのだよ」

世間で「母」と呼ばれている人のように、木の葉たちの衣食の世話をしてくれる伊登女の穏やかな顔が、一瞬、人形《デコ》の部屋に懸かっている般若《はんにゃ》の面に見えて、木の葉は、摑んでいた伊登女の袖から手を離した。

人形《デコ》の部屋の壁面には細い隙間すら見えないが、伊登女が鶏の人形の頭を七度撫でると、鶏が「ククククク、トビラヨヒラケ」と鳴いて口を開けた。口の中に見える小さな突起を押すと、音もなく扉が開いて、短い通路があり、通路の先は白い部屋だった。二間四方ほどの部屋は白い滑らかな石が張り廻らされ、一方は半透明の不思議な壁が外の光を通していた。大きな蝋燭が何本も立っていて、部屋は目映《まばゆ》いほどの明るさだった。木の葉の目が二つの寝台を捉えた。一方の寝台には一人の女の子が目を瞑《つむ》って横たわっていた。本能的に、自分の身に恐ろしいことが起きようとしているのを感じ取って、木の葉は思わず叫んだ。

「ここはどこ？　この子はだれ？」

伊登女は木の葉の肩を両手で押さえ、

「何も問うてはならぬ。これはおまえの、天から与えられた運命《さだめ》なのだよ」と言って、透き通った碗を差し出した。唇に押し当てられた碗から冷たい液を飲んだとたん、木の葉の意識は消えた。

「痛い、痛い、痛いよう」木の葉は泣きながら目を覚ました。左肩が焼けるように痛い。「おお」久具《くぐ》男《お》の声がした。

「うまくいったぞ。痛むのは手術が首尾よういったしるしじゃ。おまえの腕は人形《デコ》の腕になったけれど、思うように動かせるゆえ、案ずるな。さあ、痛み止めの薬を塗ってやろうぞ」

久具男が白い軟膏を左の肩に塗ると、痛みは嘘のように消えた。

「では、あとは頼むぞ」と言って、久具男は白い部屋を出て行った。隣の寝台には、もう女の子はいなかった。伊登女は木の葉を、紅と白の麻の葉模様の綿入れに包み、壁際の腰掛けに抱いていって膝に乗せ、ゆっくりと揺すりながら低い声で歌った。

むかしむかし　そのむかし
子供が眠る揺り籠は
暗くてあったか
暗いけれども何でも見えて
あったかいけど水が流れて
子供は流れを聞きながら
微睡《まどろ》んで　微笑《ほほえ》む
そこは永久《とわ》なる　母の部屋

肩の痛みはなく、何ものにも害されることなく、全きものに守られている、という安らかな思いが木の葉を満たし、木の葉は再び眠りに落ちていった。

どのくらい時が経ったか、木の葉が次に気付いたのは、他の子供たちと暮らしている人形館《デコ》の部屋だった。

「ああ、木の葉、目が醒めたんだね」と梢が木の葉の顔を覗き込んだ。たちまちのうちに梢の目に涙が浮かんできた。

「伊登女、木の葉が目を醒ましたよ」

梢が声を掛けると、厨《くりや》の方から伊登女が飛んで来て、木の葉の枕元に座った。

「木の葉、左の腕を上げてごらん」

木の葉は左の腕を持ち上げた……つもりだった。が、腕には何の感覚も無かった。それなのに、木の葉の腕は布団から外に出ていた。伊登女が木の葉の左手の指先を握ると、そこだけは感覚があって、温かい、と思った。伊登女が少しずつ手の平で包むように木の葉の左腕を撫で上げると、伊登女の手の平の動きにつれて、左腕の感覚は甦っていった。

「こうしてな、人の手の力を伝えれば、人形《デコ》の手が甦える」と伊登女は言った。


三月《みつき》の間、毎日伊登女は木の葉の腕を撫で、木の葉の人形《デコ》の手は甦っていって、何でもできるようになった。それでもどこか、自分の腕ではないような、かすかな違和感がついて離れなかった。

人形《デコ》の腕が本領を発揮するのは日常の場ではなく、踊りの舞台においてだった。

人形館《デコ》では、久具男に率られて人形芝居の旅に出る。雪の降り積もる季節のほかは、一月ぐらいの間、芝居興行をしながら、町や村を廻っては、人形館《デコ》に戻って休息をとったり、人形の手入れをしたり、踊りの稽古をしたりする。一度の旅興行でどれほどの実入りがあるかは、木の葉の考えも及ばぬことだったが、各地の祭礼は、芝居見物の客が押し寄せる書き入れ時だった。

人形館《デコ》は「三春《みはる》の郷《さと》」と呼ばれる地にあった。三春は山深く雪深い郷だった。雪に閉ざされた四月《よつき》の後、雪解けを迎えると、梅と桃と桜が一斉に世界を薄紅に彩る。正確には梅が真っ先に開き、桃、桜と咲き続くが、それぞれの花が陽光を待ち兼ねる如く開くので、開花期は重なり、まさに「三春」となる。薄紅に染まる浅い盆地状の郷は、周囲を低い山で囲まれていた。三春の郷に面した山麓には果樹が植え付けられているが、峠を越した外側は、人の手の入っていない杉や檜と雑木の混生林で、峠に沿って幅一間ほどの道が通っているが、人は滅多に通らない。林の木は密生しており、知っていなければ気付かない網の目のような細道が、人形館《デコ》に通じていた。屋敷内は一町分もあったろうか、半分ほどは耕されて菜園となっていた。

人形館《デコ》の子供たちは、それぞれの年齢に応じて課せられた菜園の仕事や、人形の手入れ、さらに人形操りと人形振りの踊りの稽古で日々を過ごしていた。十日に半日、子供たちには「休み」が与えられた。子供たちは峠の頂から三春の郷を眺めるか、アシビの古墳に行くかして過ごすのが常だった。子供らだけで郷まで降りて行くことは固く禁じられていた。郷にいけば縛吏に捕えられて手足を捥《も》がれる、と威されていた。子供たちにとって、血の通った人間は、久具男と伊登女と、二人によって育てられているお互いしかなかった。稀に姿を見せる傀儡師と呼ばれる者は、子供たちにとっては遠い存在だった。傀儡師は恐ろしい存在で、人というより魔神のように思われた。

子供たちは七歳になると読み書きを教えられた。毎日、朝食後一刻、いろは四十八文字の片仮名と平仮名から始めて、やさしい真名の読み書きに進む。草木や獣の名を教えられ、岩代国や磐城国の山や川の名と位置を教えられた。子供たちは、自分たちの暮らしの中に父、母と呼べる者がいないことは、水が土に染み込むように悟っていった。子供たちの中には、三、四歳から館で暮らすようになった者もいた。彼らは頭のどこかに父や母の記憶を保っている者もいて、自分の今と、頭の中の記憶の齟齬《そご》に、落ち着かない思いを抱いていたが、一、二歳でやって来た者は、館より他の記憶は持たず、館以外の世界も知らなかった。

伊登女がふっと漏らす言葉の端から、木の葉は三つの頃、館に連れて来られたことを知った。自分では何の記憶もなかった。美しい振り袖をまとい、乳母に手を引かれていたという。

「うば？」

木の葉は首を傾《かし》げた。「うばって何？」

伊登女は慌てて首を振り、「うばでは無《の》うてうまじゃ」と言い直した。「馬の背に乗って来たのじゃ」

木の葉は、芽以がやって来た日のことを思い出した。芽以を見つけたのは木の葉だった。梢も幹乃も興行に行っていて、木の葉は一人で古い墓に遊びに行った。アシビを潜る前に木の葉は小さな泣き声を聞いた。何だろうと、怖怖《こわごわ》あたりを見回すと、アシビの垣の下に木通《あけび》の蔓《つる》で編んだ籠があり、駆け寄って見ると、赤ん坊が薄い下着一枚で弱々しく泣いていた。木の葉はびっくりして、籠を抱え、人形《デコ》館に運んで行った。七歳の木の葉が赤ん坊の入った籠を運ぶのは難儀なことだった。もう秋風が立つ季節で、赤ん坊の身体は冷えてぐったりしていた。木の葉は自分の袖無しちゃんちゃんこを脱いで赤ん坊をくるんで袷一枚で館に戻った。赤ん坊を受け取った伊登女は、折しも来合わせていた傀儡師に指示を仰いだ。傀儡師は鋭い目で赤ん坊を見つめ、「助かるかどうか……」と呟いた。

「柔らかき布で肌を擦り、ぬるき湯に入れて次第に熱くする。山羊の乳を温め、薄めて飲ませてみよ」と言い、さらに、わずかに笑みを見せて、「助かったなら、木の葉の人形《デコ》にせよ」と続けた。

木の葉はまだ豆の莢《さや》を剥《む》いたり、庭を掃くぐらいの仕事しかできなかったが、そんな仕事をする以外の時間はすべて、芽以の世話に当てた。温め薄めた山羊の乳を、根気強く一匙一匙、芽以の口に運んだ。襁褓《むつき》の世話をし、寝かしつけ、眠れば傍らに添い寝をした。泣けば必死にあやし、笑えば自分も笑った。

芽以がはじめて発した言葉は「はー」だった。

「木の葉のはだ」とみんな笑った。

「木の葉は芽以の母《かか》さまじゃな」と久具男が笑った。ああ、母さまというは、われが芽以を思うような思いを持つのか。木の葉は「母」という者の意味を心の底から悟った。……なれど、なれどわれには母はおらぬ。

木の葉が左腕の施術を受けたのは、芽以が「はー」という語を発して一年ほど経った頃だった。七歳を過ぎないと、人形《デコ》手、人形《デコ》足になる術はなされなかった。七歳前だと、切り取られた手足も生きず、接《つ》がれた人形《デコ》手、人形《デコ》足も消え去ってしまうことを、二百年にわたる人形《デコ》館の血の歴史は伝えていた。

木の葉の左腕が人形《デコ》の手となって甦ってから迎えた二年目の春、木の葉は、初めて芝居の一行に加わった蕾とともに三春城下の日吉神社の祭礼に赴いた。男は、十九歳の雪彦《ゆきひこ》をはじめ、十七歳の風彦《かぜひこ》、十二歳の霰彦《あられひこ》、八歳の霧彦《きりひこ》までが旅に出る。女は、十八歳の梢《こずえ》、十五歳の幹乃《みきの》、十歳の木の葉《このは》、七歳の蕾《つぼみ》が興行に出掛ける。伊登女は、まだ人形《デコ》の手足になっていない六歳の雨彦《あめひこ》と四歳の芽以《めい》、そして十六歳になっているが旅には出ない小枝《さえだ》とともに留守を守った。木の葉自身は既に何度か舞台や座敷で踊っていた。が、三春の興行に加わるのは初めてだった。

田植を控えて、一年の豊作と郷の無事を祈る祭礼は、別名を「三春駒祭り」と呼ばれ、若緑と桜色の布に飾られた百頭もの馬が、日吉神社を目ざして阿武隈川支流の堤を練り歩くことで近隣に広く知られていた。日吉神社の参道には何十もの露店が並び、飴や団子、饅頭、煎餅などの食べ物や、風車やベーゴマ、メンコなどの玩具、絵草紙を売っていた。囃《はや》し言葉を唱えたり、歌ったり、中には簡単な手妻を見せて客を引き寄せる売り手もいる。文鳥の文占いや猿の芸もあって、初めて祭礼にやって来た蕾は、どこを見ても目を丸くして驚いていた。木の葉は蕾の身が気懸かりでならなかった。蕾は半年前に、右足膝から下を人形《デコ》の足に換えられていた。まだ小さいのに、まだ慣れていないのにと、木の葉は蕾の旅興行を危ぶんだ。だが、傀儡師が決めたことには誰も逆らえない。逆らえば、人形《デコ》手、人形《デコ》足を捥ぎ取られて放逐されるだけだ。放逐された者は、物乞いとなって野垂れ死にするか、山をさすらって獣に喰われるかだと、久具男も伊登女も身を戦かせながら言った。蕾自身は館の外の世界を見られるのがうれしくて、木の葉と二人の藤娘の踊りも懸命に稽古していた。

境内の一角の舞楽殿では神楽が奉納される。手妻や南京玉簾や傘の上で球を回す芸などは舞楽殿では催されない。鳥居の外の空き地に、竹と筵で組んだ仮設の舞台が建てられ、この日を目当てに集まって来た芸人たちが、競って芸を披露した。三春藩の重臣一家や氏子総代一家は誇らしげに桟敷席を占め、一般の氏子たちや城下の商店主たちは、舞台正面の甲席を買い占め、一般の者は乙、丙と価格の下がる坪席に座っていた。坪席を買うことのできない者は、立ち見で開幕を待っていた。「世の中には、これほど多くの人がいるのか」と、木の葉は身震いを覚えて呟いた。

「そうじゃ、人形《デコ》館はほんに小さき世にすぎぬ」と梢が伏し目がちになって言った。

「我らは選ばれし者。世の中に幾千、幾万の人がおろうとも、我らは特別なる者なのじゃ。我らは見物の者の喝采を呼ぶために踊るのではない。我らを選びし者のために踊るのじゃ」

雪彦が目に炎を宿して言った。

見物席から歓声が上がり、笑い声が起こり、拍手が轟いた。一刻ほども続く演し物の最後が、人形《デコ》館の操りだった。

「皆々さま、三春の駒祭りの掉尾《とうび》は、操り芝居と人形振りでござりまする。闇の舞台を用意いたしますまで、しばしお時間を頂戴いたしまする」

拍子木を打ち鳴らして狂言衣装の若者が口上を述べると、客席は静まり返った。毎年、駒祭りに来ている者は夢幻の時空間の神秘を胸に甦えらせ、初めての者は多少の恐ろしさを混えて、期待に胸を轟かせた。

大幕が降り、舞台上を慌しく人や物が動く気配が客席にも伝わってくる。会津から運ばれてきた大蝋燭や吊り提灯に照らされて客席は目映いばかりに明るい。幕の向こうは見えず、音だけが伝わってくるので、謎めいた雰囲気が、一層人々の気分を掻き立てていた。不意に、見物席の明かりのほとんどが消えた。ハッとして舞台に目をやると、いつの間にか大幕は上がり、闇の舞台が出現していた。見物人は息を飲んで闇に見入った。闇を切り裂くように、突然笛の音が鳴り響いた。舞台上手（客席から見て右）に、二体の操り人形が現れた。笛と三味線の音に合わせて、操り人形が芝居の所作をする。梅川忠兵衛の雪の道行き。まるで人の動きのような滑らかな動きを見せて、人形《デコ》は死地に向かう二人を演じていく。謡い語るのは久具男だった。人形《デコ》は文楽に倣って一体を三人で動かす。忠兵衛は頭と右手は雪彦が、左手は幹乃、足は霰彦が受け持つ。梅川は頭と右手を風彦が、左は梢、足は霧彦だった。

『冥途の飛脚』『曽根崎心中』『国性爺合戦』の最も有名な場面のみを切り取っての上演だが、どんな筋立ての芝居であるかは、江戸から遥かに離れた三春の地でもよく知られていた。人形《デコ》は完《まった》き人と化し、人の世の退《の》っ引《ぴ》きならぬ運命を描き出していく。「この世の名残り、夜も名残り、死に行く道をたとふれば」の謡とともに天神森に向かうお初、徳兵衛に泣き、和藤内の虎退治に湧き立った。虎は生きているかと思われるほどの見事な作りで、頭と前足と後足に分かれて三人で操る。

三つの操りの演目が終了すると、人形《デコ》たちは揃って深々と一礼して、不意に闇に消えた。客席は一瞬、静まり返った。少しして、桟敷席の方から拍手の音がした。拍手は坪席に広がり、立見席に広がっていった。中には手を取り合って泣いている女たちもいる。しばらくして騒《ざわ》めきが落ち着くと、見物人の目は再び舞台に注がれた。次に人形振りの踊りがあることを、見物人の多くが知っていた。

大幕が引かれ、再び開かれた時、黒一色の舞台に、藤娘と蝶の精が浮かび上がっていた。木の葉は紫の藤の模様の袖を翻し、蕾は背に透き通った羽をつけた水色の衣裳を着て、さながら糸操りの人形《デコ》のように踊った。手にも足にも頭にも糸が結び付けられているが如く、木の葉と蕾の体は動く。「おおーっ」と見物席がどよめく。「あれは人形《デコ》？」と子供が親を見上げる。

歌舞伎の舞踊も、地謡舞も、日本の踊りは「ため」が重要だ。素早い動き以上に、中空で、手足、腰を浮かせて静止するような動きは、ひどく筋力を要する。その上、人形振りは糸で操られているように見える独特の動きが必要で、この動きは実は大変な力技だった。それでいて見た目には、全く力が入っておらず、ただ糸に引かれて無心に動く人形《デコ》でなければならない。木の葉は人形《デコ》の手になって二年、毎日二刻の稽古を重ねてきた。稽古をつけるのは梢だった。半刻ほどは、筋力をつける基本運動が課せられる。膝、肘の屈曲、足首、手首の回転など、梢自身の鍛練を兼ねて丁寧に行っていく。次の半刻は、手足に紐を結びつけて、人形振りの動きの基本を身に馴染ませていく。紐は稽古場の高い天井の梁に設置されている。紐の動きは、人形《デコ》館に古くから伝わる歯車の装置で制御されていた。

「木の葉は人形《デコ》じゃ。己は人形《デコ》と思うて動け」と、他の場での優しさとは打って変わった厳しさで、梢は木の葉を鍛えた。後半の一刻は、藤娘の踊りを繰り返し、繰り返し復習《さら》った。三月前からは蕾が稽古に加わった。梢が「この子は天才かもしれん」と呟いたように、蕾は、稽古の初日から操りの型になっていた。無論、藤娘よりは胡蝶の出番は少なく、動きも単純ではあったが、目にも止まらぬ速さの羽ばたきや空を飛ぶような姿勢、操りらしい首の動きは、「教えて出来るものではない」と梢を驚かせた。なかなか人形振りが身につかない木の葉に、梢は、「木の葉は、己が舞おうとしておる。心を消して身だけになってみよ」と繰り返し叱った。

「なれど、木の葉の舞には品《ひん》が備わっておる」

二刻の修練の終わりの「通し舞」を見ていた久具男が言った。「品」の意味はよく分からなかったが、木の葉は久具男の褒め言葉に救われた思いがした。踊ること、舞うことの意味を問うことなど欠片《かけら》も心に浮かばず、ただ梢姉さんに認めてもらうことだけが木の葉の日々の望みだった。

優雅な木の葉の藤娘と可憐な蕾の胡蝶の舞に、見物人は惜しみない拍手を送った。ほっとして舞台袖に退いた二人を、「よう舞えた」と梢と幹乃が迎えてくれた。

人形《デコ》館の最後の演目は『八百屋お七』だった。八百屋お七は、前半は操り人形が、後半は梢が演ずる。火事で焼け出されたお七が身を寄せた寺の場面は人形《デコ》が演じる。互いに心を寄せ合っていく若い僧と町娘の恋を、二体の人形《デコ》は初々しく、切なく演じていた。寺から帰って、一人想いをつのらせていくお七。顔自体は変わらぬのに、目の開き方、唇の開き方、手指の動きが、お七の常軌を逸していく心情を表し、見る者の焦燥を掻き立てていく。

「恋しや、吉三《きちさ》さま」久具男の浄瑠璃の中で、お七のせりふだけは幹乃が受け持っていた。街にさまよい出るお七の手から火の矢が放たれ、家並みから煙と火の手が上がった。世にもうれしげにお七は笑い、下手に走り去った。一瞬の闇。次の瞬間に舞台に浮び上がったのは火の見櫓だった。幾つもの龕灯《がんどう》の光が集まる中に浮かび上がったお七。水色と朱に染め分けれらた地に、絞り染めの麻の葉模様の振り袖をまとい、漆黒のだらりの帯の姿で、お七は火の見櫓に走り寄る。裾を絡げて右肩を肩脱ぎにし、緋《ひ》の長襦袢を見せて、お七は一足一足梯子を上っていく。人形《デコ》ではない、生身の梢だ。だがその姿態は、さっきまでの人形《デコ》のお七と少しも変わらない。再び人形《デコ》が現れたと見ていた人々は、梯子の途中で振り向いた顔が人形《デコ》ではないことに気付いて、声にならない驚きを発した。人形《デコ》なのか人なのか、揺れていた人々の心は、いつの間にかそんなたゆたいも忘れて、ただただ、「お七」に同化していった。一段一段、己の死に向かって梯子を上るお七。帯が解け、袖が翻り、ガクンと首を振ると、水色の手柄が解けて鬢《びん》がほつれた。お七はついに半鐘に辿り着き、小槌を手にして鐘を打った。ジャーンと一声の後、ジャンジャンジャーン、ジャンジャンジャンジャーンと狂ったような連打。首をのけぞらせたお七の逆さの顔だけに光が当たった。凄惨な美しさに人々は息を飲んで舞台を仰いだ。――と、人々の衝撃を突き放して、舞台は突然闇に呑まれた。

　少し間があって大幕が閉じられたが、現実感覚を失ったかのように茫然とする見物人の視線は舞台以外には向いていない。と、大幕がスルスルと引かれて、出演した人形《デコ》と人間全員が舞台で並んで深々と頭を下げていた。人々は、自分たちが見ていたものが、人形《デコ》遣いと人形振りで演じ舞う人間の作り出した芸の世界であったことに気付き、現実感覚を取り戻してほうっと息を吐き、次いで一斉に拍手した。誰かがポーンとおひねりを投げた。鳴り止まぬ拍手の中で次々におひねりが投げられ、人形《デコ》と人間の足下を埋めた。木の葉は人形《デコ》館以外の演《だ》し物の際もおひねりが投げられたことに気付いてはいたが、これほどの数の、白い羽のようなおひねりの飛翔に、心底驚いた。

　幕が降りると、久具男と雪彦が袋を取り出し、木の葉たちも夢中でおひねりを拾い集め、二人の持つ袋に入れた。おひねりを集め終わると再び大幕が上がり、人形《デコ》たちは人形《デコ》らしい、人間たちは人間らしい所作をしつつ、袖へと消えた。

　桟敷席や坪席の席料は、祭りの当番の地区と出演者で折半され、さらに出演者分の半分は座に平等に配分された。残りの分は、人頭割りとされるため、久具男を含めて九人の人形芝居の一座には他の一座から羨ましがられる実入りになったが、人形《デコ》芝居目当てで客が集まって来ることは芸人たちも承知していて、文句を言う者はいなかった。人形《デコ》芝居を上演した際の「おあし」が人形《デコ》館の暮らしを支えておるのだなと木の葉は得心し、さらに芸を磨こうと心に誓った。実のところは、人形《デコ》館を支える収入は、芝居は三分の一ぐらいに過ぎず、大半は別のところにあることを、木の葉は全く知らなかった。

「今夜は宿を取らねばならぬのう」と久具男が言った。「流れ屋に?」と梢が訊き、久具男が頷くと、風彦が一足先に「流れ屋」に九人の宿の手配に走った。「流れ屋」は、二階建ての宿屋だった。一階は湯屋として開放されていて、泊り客でなくとも湯に入れる。内風呂を持たぬ三春の城下の長屋住まいの者には無くてはならぬ風呂屋だった。一階には湯殿のほかに二十畳の大部屋が二つ続き、地元の宴会などにも使われているようだった。二階は十二畳の中部屋が二つ、六畳の小部屋が四つあった。風彦は久具男の命令で六畳を二つ頼んでいた。

「女子《おなご》たちを奥にして男は廊下側に寝《やす》め。人形を収めた箱も二階に運び入れ、入り口を塞ぐように置く。大道具は一階土間を借りて置き、わしと雪彦で番をする。風彦、霰彦、女子《おなご》たちを守るのじゃぞ」

「われは? われは何をすればいい?」と霧彦が梢の袖を引いた。久具男に直接訊くのは恐ろしいのだ。

「霧彦はお七人形《デコ》を守るのだよ」と梢は霧彦に答えた。霧彦がお七人形《デコ》が大好きなのを梢は知っていた。霧彦はうれしげに笑って頷いた。

　下の広間は、一方は祭り見物に来てその夜のうちには帰れなくなった近郊の人たちの入れ混みの仮眠の場となり、一方はまだ飲んでいたい人たちの宴会場になって騒めいていた。

「飯はどこで食うかね」とお茶を運んで来た下女が訊いた。

「ここへ運んでくれぬか」と久具男が言うと、下女は「へい」と少し不服そうに返辞をした。梢が懐から紙に包んだものを取り出して下女に渡すと、下女はニコリと笑って、「へーい」ともう一度返辞をした。一階の大部屋で大勢の者と間近で接するのは、人形館《デコ》の者に何らかの疑いを持たれる種になりはすまいかと、久具男は恐れていた。人形館《デコ》で暮らす者の秘密は、決して知られてはならぬことだった。下女二人が二段に重ねて膳を運んで来た。階段を上り下りするのは慣れているらしく、トントンと調子よく音を立てて上ってくる。膳は特に珍らしい品もなく、飯と汁、漬け物、ニシンと竹の子の煮物だった。飯は白米で、口に入れるとほんのり甘かった。人形《デコ》館では朝は野菜をたっぷり入れた粥、昼はうどん、蕎麦、団子などが供され、飯は夕のみ、それも三分の麦が混じっていたから、白いご飯は何よりのご馳走だった。膳の隅に置かれた小皿に胡桃入りの菓子が乗っていた。香ばしい胡桃の香り、黒糖味の餅のような歯ごたえの菓子は、夢のように美味だった。

「おいしいねえ、甘いねえ」

蕾が木の葉に笑いかける。

「ゆべしって言うのだよ。伊登女は滅多に作ってくれぬがのう」と幹乃が物知り顔で言った。食事が済むと、「今日はご苦労じゃった」と久具男が立ち上がって話しだした。

「操りも人形振りもいい出来じゃった。とりわけ、お七は凄味があって見事じゃった。木の葉と蕾の連れ舞も、初めてのようにも見えず、よう舞えた。二人とも身体におかし気なところはないか」

木の葉も蕾も頭を振って「どこも、何ともない」と久具男を見上げた。

「木の葉も蕾も眠たげじゃな」と久具男は笑って、

「もう寝《やす》むがよい」と言った。

「風呂は……」と梢が言いかけて、はっとしたように俯いた。

「泊り客も外湯の客も帰ったら入るがよい。木の葉と蕾、霧彦も目が覚めるようなら、入れてやるがよい」

深更、木の葉は梢の声で目が醒めた。

「大きなお風呂入らんか。いい気持ちじゃよ」

蕾も目を開けて「大きなお風呂……？」と寝呆けた声を出した。

「もう男子《おのこ》たちは上がってきて、眠っとる。女子《おなご》の番じゃ」

一階に下りてゆくと、黒い暖簾に「男」と白い文字を染め抜いてある入り口の隣に、紅い暖簾に「女」と染め抜いた入り口があった。半分眠ったまま歩いていた蕾は、ふらふらと黒い暖簾をくぐった。ガラリと板戸を開けて、「大っきいのう。池みたいじゃー」と叫んだ。慌てて蕾を追った幹乃も「ほんに」と立ち止まった。四人の娘たちは揃って男湯の湯舟に見入った。

「紅い方は？」と蕾が紅い暖簾の方へ向かった。小さな蕾に導かれるように娘たちは今度は女湯に移動した。

「大きいけど小っちゃい」と蕾が言った。人形館《デコ》の風呂よりは五倍も大きいが、男湯に比べると半分ほどしかなかった。娘たちは下着を脱いで、そっと湯殿に足を踏み入れた。糖袋で丁寧に、顔、首、肩の水白粉を洗い流し、ゆっくりと湯舟に身を沈める。

「ああ、心地よいのう」

「ゴクラク、ゴクラク」

梢も幹乃も肩まで湯に浸って頭を湯舟の縁にもたせかけている。仕舞湯ではあるが、絶えず樋から湯が流れ落ちているため、少しも濁っていない。しばらく湯に浸っているうちに、木の葉は左の腕に違和感を覚えて、左腕を湯から上げた。左腕を見て木の葉はひどく驚いた。腕は紅色に変わっていたのである。しかも、熱を帯びている。梢と幹乃は、ああやはりと顔を見合わせ、湯舟から上がった。梢の左足と左手、幹乃の右腕も紅くなっている。ああ、だからわれらは仕舞湯、われらは外人《そとびと》とともに入ることはできぬのじゃな、と木の葉は悟った。

「人形館《デコ》では紅くならんのう」と蕾が言うと、「館の湯は微温《ぬる》いじゃろ。熱うしてはならぬと、伊登女に厳しゅう言われておる」と梢が答えた。長い髪も洗って、さっぱりとした四人は、紅い手足を隠すように浴衣で身を包んで、階段を上って行った。宴会のざわめきも止んで、辺りはシンと静まり返っていた。

「雪彦や風彦も紅くなるのか」とまた蕾が問うと、梢と幹乃は黙って頷いた。体が冷えてゆくにつれて、紅くなった手足は色が薄れ、間もなく、他の部分と同じ肌の色に戻った。初めての大きな舞台で、体は疲れ切っているのに、気持ちは高ぶっていてなかなか寝つかれず、木の葉は何度も寝返りを打った。頭の中では、お七の打ち鳴らす鐘の音が響き、眼裏《まなうら》にはお七の振り袖が揺れ続けた。

朝になると傀儡師が姿を見せた。久具男から配当金とおひねりの銭を受け取った傀儡師は、恐ろしいほど真剣な顔つきで木の葉の左腕と蕾の右足を調べ、「うむ、よし」と頷いた。

「だが、あまりたびたび熱い湯に入れてはならぬ」と久具男に命じた。

「外人から不審がられる原因《もと》は隠しませんと。己らの身の有様《ありよう》を心得させることも必要かと」と、久具男は恐る恐る申し述べた。

「うむ」と傀儡師は再び頷き、「では、心して旅を続けよ」と言い残して去って行った。

朝餉は砕いた米の粥だった。塩鮭と菜の花のお浸しがついていた。塩鮭は塩の塊のように塩辛かった。

「ここからは、宿場や温泉場で芝居をしながら、安達《あだち》、信夫《しのぶ》まで参るぞ」と久具男が告げた。三春の駒祭りほどの大規模な祭りは無かったが、そこここの町や村で、豊作祈願や雨待ち、日待ちの祭りがあって、人形芝居のみならず、三春で興行した芸人の中にも同じ道を辿る者もあり、演ずる場を共にすることもあった。人形操りは舞台がないと無理だが、人形振りは座敷でもできるので、一座はよく宿屋や土地の有力者の座敷に呼ばれた。人形振りは娘たちばかりでなく、雪彦をはじめとする男子たちも舞う。男子の演し物は多くは滑稽な身振りの短い踊りで、ワッと座を弾ませる。その後、一座を見たことのある客が待ち兼ねる『八百屋お七』が演じられた。舞台装置なしに黒一色の幕を背に、梢は人形振りでお七を舞った。相手役の吉三は風彦が務めた。初々しい恋の場ののち、怯《ひる》む吉三に心を灼《や》かれ、逢いたさが募って狂気に陥っていくお七の一途さは、可憐ななかに凄みが漂い、江戸からやって来た見功者の商人も息を詰めて見入っている。梯子は無い……のに、梢のお七が手足を動かすと、夜空の闇に浮かび上がる梯子が見えてくる。仰《の》け反《ぞ》るお七の邪気のない笑顔。ああ、もうじき恋しい人に会える。吉三さま。ここではおひねりは飛ばない。が、商人たちからたっぷりの御祝儀が出た。酒の相手を求める客もいたが、「われらは芸を見ていただくのが生業《なりわい》でござりまする」と久具男は静かな口調で断りを述べた。

一般の旅人が泊まる宿には芸能人や行商の者は泊まれない。旅人ではあっても、人別のしっかりした者とは異なり、「流れ者」と呼ばれる芸能人や売り歩きの商人は、「流れ屋」と呼ばれる街外れの宿のみが泊まれる宿だった。三春の流れ屋のように湯屋を兼ねて土地の者に開放されている宿は珍しく、ほとんどは雑魚寝の広間と幾つかの小部屋を備えている二階屋だった。人形一座は空いている限り、小部屋を頼んだ。年若い娘たちに対する好奇の目を避けたいというのが最大の理由ではあったが、一方では、他の流れ者でさえ人形一座を忌避する気配があったからである。「あれほどの芸がなせる者は並の人ではない。異能の者。魔に魅入られたる者に違いない」というのが、口には出さぬ、人々の恐怖の源であった。

宿場ではない集落での興行は、集落を束ねる家の納屋を借りるのが常だった。納屋には床は張られてなく、大抵土間だった。土間の一部は一尺ほどの高さの板張りが設えられていて、玄米や豆類、また什器類が置かれていた。置かれている物を片付け、踊れる広さを確保して舞台とする。見物人は土間に筵を敷いて座るのである。なぜ、このようなところで、と木の葉は怯む思いがあったが、一方、納屋での上演は木の葉に密かな楽しみをもたらした。木の葉は民家での舞台を通して、世間一般の暮らしの様を初めて垣間見たのである。父と子の情。母と子の情。祖父母の温かさ。兄弟姉妹の親しさ。人形《デコ》館にも互いを思いやる情はある。だが、本当の家族のつながりとは違う、と木の葉は衝撃を覚えた。半眠りでぐずっていた赤子を、野良から帰った母《かか》さんが胸に抱き取ると、赤子は胸に頬をピタッとつけて、スーッと寝入った。ぐずる赤ん坊に困り果て、自分も泣きそうになっていた姉娘も、母の野良着の裾を摑み身を擦り寄せた。渋紙のような萎《しな》びた手で孫の着物を繕う婆さまの丸い背に取りついて甘える幼児《おさなご》。伊登女も、木の葉たちの着物は、洗ったり繕ったりして、いつもさっぱりとしたものを着せてくれていた。だが、口を真一文字に結んで針を動かしている伊登女に甘えるなど、思いもよらなかった。あの時、あの時だけ、と木の葉は切なく思い出す。人形《デコ》手に換える施術を受けた後に膝に乗せて抱きかかえてくれた時の、とろけるような安らぎ。三月《みつき》の間、腕を撫で続けてくれた伊登女の手の温かさ。あれは夢だったのだろうか……。

庄屋階級の屋敷では、使用人用の風呂があり、芸能者たちも仕舞湯を浴びることを許された。月の光が洩れ入るような粗末な板葺きの差し掛け小屋に、古い風呂桶を据えただけの風呂場だったが、演じた後の汗ばんだ体には、風呂は何よりの御馳走だった。ただし、湯屋のように長く入ることはできない。二人ずつ、そそくさと汗を流すだけだったが、それが却って一座の者には好都合だった。人形《デコ》手や人形《デコ》足が紅変するまで湯に浸かることはないからである。女たちが入る間は男たちが小屋の周囲で見張っていたから、不心得者が忍び寄ることもなかった。ほとんどの屋敷では下男下女用の風呂は設けられておらず、芸能者たちに湯を使わせてくれる家は少なかった。寒い季節でなければ、人形一座は井戸を使わせてもらって、納屋の陰で身を清める。化粧は人形《デコ》館特製の油で丁寧に落とし、湯で洗った。湯は、金を払って分けてもらう。

旅の途次、久具男は山間の川のほとりに温泉が湧き出している所に一行を導いた。木陰に人形や衣裳、小道具の入った長持やばらした大道具を積んだ荷車を置き、男たちが周りに座った。

「こっちじゃ」と久具男は娘たちの先に立って崖道を降りて行った。着いてた物を乾いた石の上に置いて、木の葉と蕾は石で囲んだ湯に飛び込んだ。梢と幹乃も笑いながら湯に体を沈めた。木の葉と蕾は囲いの石に両手を掛けて向こう岸を眺めた。向こう岸は切り立った崖で、川は深い淵をなしていた。淵に目を凝らすと、大きな魚の影がゆらりと動くのが見えた。

「気持ちよさそうじゃー」と蕾がうっとりとした表情で言った。

「魚になれたらいいのう」と幹乃も目を細めた。

「人間《ひと》でもよきゆえ、人形《デコ》にはなりとうない」という梢の言葉に、木の葉は思わず梢の顔を仰いだ。あんなに見事にお七を演じ、喝采を浴び、傀儡師でさえ賞讃を惜しまない人形振りを舞う梢が、人形《デコ》にはなりたくないとはどういうことなのだろう。人形《デコ》のように踊りたいと願う木の葉は訝しかった。

湯はぬるめで、木の葉の左腕、蕾の右足、梢の左足と左手、幹乃の右腕は、ほんのりと桃色に染まってきた。これまで見たこともなかった梢の右の乳がほんのりと色付いている。「えっ、お乳も人形《デコ》になりておるのか」と木の葉は胸の内で叫んだ。木の葉の視線を感じて、梢は胸を手拭いで覆った。男たちも交替で湯に浸り、一行は濡れた髪を陽に晒しながら次の集落を目ざした。

「あと二日行けば、二本松の町に入る。二本松は霞城と申す大きな城を擁する町じゃ。この時期には珍しい大祭がある。安達が原の鬼女の荒ぶる魂を鎮める祭りじゃ。鬼女の鎮魂の神楽舞奉納の後、領民慰撫のため芝居興行が催される。三春で出会う芸能者も集まるであろう。我らも操りと人形振りを行う。操りは一月ぶりじゃ。一日早う着いて稽古せねばの」と久具男は告げ、「お城からも、神楽舞の後、芝居小屋にお忍びでおいでになるやもしれぬ」と言った。「この興行が終われば人形館《デコ》に戻る。木の葉と蕾、霧彦は長旅で疲れも募っておろう。帰り道は興行はせず急ぐぞ」

人形館《デコ》に戻ると聞いて、木の葉は芽以を思わずにはいられなかった。われがいない間、機嫌ようしておるとよいが……。

二本松領は三春と同じくらいの大きさだったが、奥州街道沿いに位置するため、賑わっていた。霞城という名を持つ丹羽《にわ》氏の居城は、山の斜面に石垣と松を配した豪壮な平山城だった。

「霞城。美しき名じゃ。当代には姫君が一人と未だ幼き若君がおられる。姫は木の葉と同じ年頃じゃ」

どうような姫なのであろうかと、木の葉は姫の面影を想い描いた。

「今はもう葉桜じゃが、花の頃は薄紅の霞を引いたように見える」と、梢も遥かな目をした。

芝居は、街道を少し外れた広場に設けられた舞台で上演される。この舞台は祭りの仮設とは異なり、常設だった。田舎には珍らしい常設舞台が設置されているのには訳があった。三代前の霞城主が芝居好きで、はるばる江戸や上方からも芝居の一座を呼び寄せて見物に明け暮れていた。はじめは城内に呼び入れて広間で演じさせていたが、余りに奢侈《しゃし》に過ぎると家臣に諫《いさ》められしばらくは控えていたが、芝居見物が遠のくと、気鬱になったり、突如暴れ出したりする振舞を見せるため、やむなく、神楽舞の舞台と芝居が上演できる大き目の舞台を設け、領民や旅人の見物も許すことにしたのである。と言っても、建て物は二つの舞台と、城主が座する桟敷席のみであり、一般の者は舞台と桟敷席との間の地面に筵を敷いて座るのであった。桟敷席には御簾《みす》が降ろされていた。見物する時も御簾は上げられることはない。見る者の目の高さの位置に、二寸ほどの幅で桟が外され、頭巾をつけた城主は顔を御簾に接するほどに近付けて舞台に見入る。その様子に、城下ではいつか「御簾目《みすめ》さま」と呼ばれるようになっていた。

手妻、軽技等が上演されている間は、「みすめさま」は姿を見せない。芝居が上演される前に、ほとんどすべての明かりが消される。「ああ、みすめさまのお成りじゃ」と見物人は心得ていて頭を低《た》れる。明かりが蘇えると、いよいよ芝居が始まる。江戸からの一座の芝居と踊りが終わると、再び場内の明かりは最小限に落とされる。「ここから先は異世《ことよ》」の期待に、人々は心身を固くする。音というより空気の振動と捉えられる低い太鼓の音が響く。ピーッと澄んだ笛の音がして、いつの間にか幕が上がった舞台に、筋をなして降り注ぐ雪、雪、雪。操り人形は、人間以上に、人の世の避け得ぬ悲劇を繰り広げた。木の葉と蕾の花の精と蝶の精の舞は、人が舞うのか人形が操られているのか混然とした妖かしの異世を描く。そして、最後の梢のお七に、人々は我を忘れて見入っていた。ここでは操られているのは見物客だった。梢の手から足から、目から口から、見えない糸が空に飛び、見物人の目と心を自在に動かしている。鐘を鳴らし終えて一瞬の静寂の後の万雷の拍手を、深々と頭を下げて受け、梢は虚脱した面持ちで袖に退いた。「こずえ」と久具男が呼びかけると、梢はハッとしたように表情を取り戻し、頷いた。

舞台後の挨拶は、人形は人形らしく、人は人らしく振る舞うのが慣らいだった。それによって見物人は異世から現世《うつしよ》に還ることができるのである。藤娘の衣裳のまま頭を低れ、ゆっくりと頭を上げた木の葉は、まっすぐに桟敷の御簾に向き合った。舞台からでは、御簾に隙間があることは見分けられない。だが、なぜか木の葉は御簾から目が離せなかった。

「そこにいるのは誰?」と心の中で問いかけた時、御簾の方からも己を見る目があることが分かった。そのとたん、左肩に稲妻のような痛みが走った。これまで一度もそんな痛みを感じたことはなかった。思わず右手で左肩を押さえて唇を引き結んだ木の葉に気付き、梢はすっと木の葉の前に出て大きく手を広げ、「ありがとうございまする」と澄んだ声で礼を述べた。梢は素《す》の声を観客に聞かせたことはなく、久具男さえ、ハッと梢を見つめた。木の葉も御簾から視線を外して梢の後ろ姿を見つめた。

もう一度、鳴り止まぬ拍手の中で幕は降り、名残惜し気に人々は腰を上げた。

「梢姉さん」と木の葉は梢の背に呼びかけた。

「すみませぬ。不意に肩が痛うなって」

梢は気遣わしげに木の葉を見て、

「大事ないか、もう痛うはないか」と尋ねた。

「はい。御簾の方を見ておったら、何か……」

「疲れが重なったのであろうよ。長旅じゃったもの」と梢は木の葉の背を撫でた。

その夜は、二本松の「流れ屋」に泊まり、湯殿の仕舞湯に入った。もう肩にも腕にも痛みは少しもなく、ぬる目の湯で左腕は薄桃色に変わった。夜半、木の葉はふと目覚めた。低い声がしている。

「木の葉の腕はなにゆえ急に痛んだのであろう」と梢が久具男に問いかけていた。

「わしにもようは分からぬ。ただ、今宵は霞城の殿とともに姫がおいでじゃったと聞いておるが……」

「それはいかなることか？」

「いや、分からぬ……」

二人は何のことを言っているのだろうと、訳も分からぬまま、木の葉は深い眠りに落ちていった。

帰路はのどかだった。小麦も大麦も黄金色に熟れ、ところどころ刈り取られた後の田には馬や牛が犂《すき》を引いて田起こしを始めている。興行はしないため、朝早くから夕暮れまで、目いっぱい歩くので、奥州街道を行けば二日もかからず三春に着くが、一行は奥州街道を外れて阿武隈川の川沿いの脇街道を辿った。道幅が狭く、坂道も多い脇街道は、荷車の車輪も滑らかに回らぬ悪路の箇所もあって難渋する。が、阿武隈川の流れと並んで通る道は、得も言われぬ美しさだった。大きな影を川面に落とす柳、刈り取る寸前の実った菜の花。田と田を結ぶ堀には、小魚が銀色の腹を見せて群をなしている。亘《わた》理《り》、岩沼の海を目ざして流れる阿武隈《あぶくま》川は、雪消《ゆきげ》の水を満々と湛えて魔物のようにうねっていた。

「この川を下ればな、海へ出るのじゃ」と梢が呟いた。

「うみ？」蕾が聞きつけて訊いた。

「そう。広い広い、どんな大きな池よりも湖よりも大きな水の原じゃ。阿武隈川の水も夏井川の水も、新田川も、海に注いでいる。ああ、海へ行きたいのう。海に舟を漕ぎ出して、遥かな沖へ……」

木の葉や蕾が傍にいるのも忘れたかのように、梢は遠い目をしていた。

本街道を行く倍もの時をかけて脇街道を辿って来た一行は、夕暮れ、阿武隈川の舟溜りに着いた。河《か》岸《し》というほど大規模ではなく、上流から山の産物を運ぶ舟が、夜の航行を避けて、舟を岸辺の杭に結びつけて舟泊りをする所だった。盗賊を恐れて、舟は固まって交代で不寝番をする習わしだったが、その夜は、舟泊りする舟は一艘も見えなかった。岸には風雨の際などに舟から降りて仮寝する小屋が建っていた。

「今宵はここで」と久具男は言った。増水を避けて、小屋は川とは道を挟んだ土手の上にあった。土間の隅に筵が重ねて置いてあるだけの二間四方ほどの小屋だったが、中央に炉が切ってあり、火が焚けるのが旅人にとっては何よりの幸いだった。幹乃は山側から樋で引いてある水で米を洗い、風彦が炉の火を焚きつけた。粥に味噌を落として味をつける。

「今日はいいものがあるぞ」と雪彦が荷から取り出したのは、籾殻に埋めた人数分の卵だった。出来上がり寸前の鉄鍋に卵を割り入れ蓋をした。少しして木蓋を取ると、パァッと何とも言えない美味《うま》そうな匂いが小屋に広がった。薄く漆を塗った木椀に、卵が一つずつ入るように掬いよそった粥を、皆息もつかず食べた。男たちは三杯もお代わりをし、女たちも二杯目を平らげ、鍋底を擦るようにして払うと、鍋は洗ったかのようにきれいになった。

「全部食うてしもうて、明日の朝飯はどうするの？」と、霰彦が心細そうな声を出す。

「麦粉を仕入れてある。ハット団子をこしらえような」

梢が霰彦に言った。

「甘いハットか？」と霰彦が目を輝かせた。

「うーん、霰彦のは辛くしようか。トウガラシまぶして」

「だめじゃ、だめじゃ。甘くせんでもいいゆえ、トウガラシは勘弁じゃ」

皆がワッと笑った。霰彦の唐辛子嫌いは、皆よく知っていた。

炉の火を絶やさぬように久具男と雪彦、風彦が交替で見張り番を受け持ち、一行は着のみ着のまま、葦を二重に張りめぐらせた壁に沿って横たわった。

夜半、木の葉は隣に寝ていた梢の姿が無いのに気付いて起き上がった。梢と久具男の姿が見えない。雪彦は俯いて火を掻き立てていた。木の葉は外へ出ようとした。

「木の葉、どうした？」

「うん。お小水がしたい」

「すんだらすぐ戻れ」

月は半月だった。くっきりとは見えないが、ものの様子は分かった。道の向こうの舟着き場に、人の姿が見えた。久具男と梢だ、と木の葉は思った。二人は何か言い争っていた。木の葉は、木に隠れるようにして、二人の言っていることが聞き取れる所まで忍び寄って行った。二人は何かを奪い合うように争っていた。

「人形《デコ》館に連れて行く」

「いいや、このまま舟に乗せて流れにまかせるのじゃ」

「この流れの強さじゃ。この小舟では流れに巻かれて沈んでしまうぞ」

「それでも人形《デコ》にするのは嫌じゃ。人形《デコ》になるなら死ぬる方がましじゃ」

「それはおまえの考えじゃ。この子は人形《デコ》になりても生きたいと思うやもしれぬ」

木の葉は思わず、右手で左腕を握った。二人が取り合っているのは赤ん坊だ、と木の葉は気付いた。木の葉は左腕を撫でながら夜空の月を仰いだ。半月はやさしく潤んでいた。と、赤ん坊が「エッエッ」と泣き声を立てはじめた。おなかが空いとるのじゃな、と木の葉は思った。二人の言っていることのどちらが真っ当なことなのか、木の葉には分かりようもなかったが、このまま赤ん坊を乗せた舟を流れにまかせるのはダメだと思った。木の葉は覚えず、二人の傍へ駆け寄った。

「赤ん坊を流しちゃダメ。人形《デコ》館に連れてって伊登女に育ててもらおう。いや、われが育てる。芽以の妹にして」

梢はたじろいで木の葉を見た。木の葉の前で赤ん坊を舟に乗せて流れに押しやることはできなかった。

久具男は片手で赤ん坊を抱え、片手を木の葉の肩に置いて小屋へ向かった。

「梢姉さん、なばなに何か食べ物をくだされ。木の葉が作るので、教えてくだされ」

「なばな?」

「ほら」と、木の葉は背伸びをして久具男の抱く赤ん坊がまとっているものに手を触れた。薄い月明りでも、菜の花模様の綿入れにくるまれているのが見分けられた。

それ以上逆らうことはなく、梢は小屋に入り、鍋の湯を椀に汲んで、蜂蜜を溶かした。少し冷ましてから木の葉が木匙で赤ん坊の小さな口に注いでやると、赤ん坊は音を立てて蜜湯を飲んだ。赤ん坊の口には、下に二本、小さな白い歯が生えていた。

「半年ぐらいかのう」と久具男が言った。椀一杯の蜜湯を飲むと、赤ん坊は目蓋を閉じて、フニャフニャというような音を立てて、眠った。木の葉は半身を葦の壁に寄り掛からせて菜花を膝に抱いて、背を撫でた。

「赤ん坊は、飲んですぐ横にするとむせるからの」

朝食は、醤油と蜂蜜を合わせた垂れを絡めたハット団子だった。小麦粉を練って湯に放して萎でたものを椀に取り、甘辛い垂れを掛ける。梢は、小鍋に小麦粉を薄く溶き、蜜を入れたものを木の葉に渡し、勺子で掻き混ぜながら煮るよう教えた。木の葉は炉の火の一部を片隅に寄せ、片手で鍋を支えながら勺子を動かした。トロリとした葛湯のようなものが出来上がると、木の葉はフーフー吹き冷ましながら、菜花の口に匙を運んだ。菜花はゴクンと飲み込んでは小鳥のように口を大きく開く。あまりの可愛さに木の葉は胸がズキンとした。

蕾はあっけに取られたような顔で、木の葉と菜花を代わる代わる見ていた。木の葉が芽以を可愛がっていて、蕾はどちらかと言えば幹乃に懐いていたのだが、幹乃はさっぱりした人柄で、頼りにはなるけれど、包み込むような優しさは滅多に見せなかった。蕾は芽以が人形館《デコ》にやって来た日の詳しい記憶は無かったが、菜花と同じくらいの赤ん坊が突然現れたことの驚きと、口には出せぬ寂しさはぼんやり覚えていた。菜花を連れ帰ったら芽以はどう思うじゃろ、と蕾はやるせなかった。小麦の汁を与えられ、湯冷ましをもらった赤ん坊は、ひととき、とろんとした目をしていたが、フギャーッと声を立てて泣き出した。木の葉は梢を仰ぎ、「おむつにする布、あるじゃろうか」と問うた。梢は荷の中から手拭いを二本出した。だが手拭いは使わなくてすんだ。菜の花模様の小夜着《こよぎ》を広げると、浴衣を解いたらしい襁褓《むつき》が六枚出てきたのである。襁褓は柔らかで清潔だった。

「クサイぞ」と風彦が鼻をつまむ仕草をした。木の葉はぬるま湯で絞った布で菜花の小さな尻を拭き、乾いた襁褓を当ててやると、菜花はいい気持ちそうに伸びをして、コトンと眠った。

襁褓も入れてこの子を舟に乗せた――もしや久具男はこの子が流されて来ることを知っていて阿武隈川沿いの裏街道を通ったのではないか。われらが舟溜りの小屋に泊まることを確かめ、久具男が舟溜りに立ったのを見て、赤ん坊の身内は舟を残して立ち去ったのではないか。久具男が密かに小屋を出て行くのに気付いて不審を抱き、後を追った梢が見たのは、舟から赤ん坊を抱き上げている久具男の姿だった。この子もいずれ人形《デコ》にされてしまうのか。人形《デコ》になった者の行く末はどうなるのであろうか。小さかった己を慈しんでくれた空彦《そらひこ》や椿《つばき》や若葉《わかば》の面影が目裏に浮かんで、梢は胸が詰まった。みんな、数年の間を置いて、姿を消した。一体どこに行ってしもうたのか。そして、われはこの先どうなるのであろうか。

梢の疑惑を裏付けるように、久具男は本宮《もとみや》の宿近くで奥州街道に入った。上り下りの旅人も多くなり、道の両側には田畑で働く人の姿もそこここに見える中を、一行は無事に旅興行を終えようとしている安堵感で、足取りを弾ませつつ歩んだ。菜花を連れて帰ったら、芽以は何と言うであろう。もう芽以は姉さまだよと言うたら喜ぶじゃろうな、と木の葉は微笑んだ。芽以が来た時、われもほんにうれしかったもの。

三春の街を見下ろす尾根道は、細いが登り下りも少ない、歩きやすい道だった。こんな道があったやらと、梢は訝しかった。道は十間ほど先までは明らかだったが、その先は樹木が立ち塞いでいるように見えた。だが進んで行くに従って道は開いて、常に十間は見通せるのだった。

伊登女は、「おおっ」と驚きの声を上げて菜花を抱き取った。が、久具男と伊登女の間に交わされる目差しに、やはり赤ん坊が来ることは承知されていたのだと、梢は思った。

「舟に乗って来たの」と木の葉が目をくりくりさせて伊登女に告げた。

「おおっ、舟でのう」

「誰が菜花を舟に乗せたのじゃろ」と木の葉が思案げに言うと、伊登女は、

「ここへ来る子はみんな、母神《ははかみ》さまのお導きで来るのじゃ」と言った。

芽以はじっと菜花を見つめ、「ちっちゃい」と言った。「芽以も姉さまじゃな」と幹乃が言うと、芽以は「いやじゃ。芽以も赤ん坊じゃ」と言って、木の葉の手に縋《すが》った。木の葉は芽以の不安を察して、

「芽以はおっきい赤ん坊、菜花はちっちゃい赤ん坊じゃ。われは二人も赤ん坊がいて、大忙しじゃ」と芽以の頭を撫でると、芽以はさらに、木の葉に身を擦り寄せた。

「さてのう、芽以。芽以も菜花と同じもん、食べるかの。菜花はまあだ歯が二本しか生えとらんで、野いちごも胡桃《くるみ》も食えんが」と、伊登女が芽以の顔を覗き込むと、芽以は憤然として、

「芽以は赤ん坊ではない。野いちごもクルミも食うぞ」と言った。

「ほうか、ほうか。では芽以の好きな胡桃餅で昼餉

にしようの」

真夏の間は興行には出ない習わしだった。人形館《デコ》の敷地内は畑地になっていて、自給自足の野菜類と薬草類の区域に分かれていた。大根、人参、芋などの根菜と季節々々の葉物は、人形館《デコ》に暮らす者が食べる分はまかなえる。畑の三分の一ほどは、竹垣がめぐらしてあって、出入り口には鍵が掛けられている。トウゴマ、チョウセンアサガオ、トリカブト(烏頭《うず》・附子《ぶし》)、ニンニク、キツネノテブクロ、ケシ(阿片《あへん》・モルヒネ)等の薬草(毒草)が植えつけられていた。竹垣の中には十三歳にならないと入れない。十分に植物の見分けがつき、手で触れてはならないものには手を触れない自制を持つ者だけが傀儡師の試験を経て、薬用植物の世話を許された。目下のところは、傀儡師と久具男、雪彦と風彦、梢と幹乃だけが竹垣の中に入ることができる。伊登女も無論入れるが、人形館《デコ》のまかないを受け持っているため、万一を慮って、傀儡師は、伊登女には野菜畑の管理の方を任せていた。十三歳に達しない子供たちは、伊登女に言いつけられて、その日の食材を採って来たり、青虫を取ったり、収穫を終えた茎や根を引き抜いたりの仕事を手伝っていた。

竹垣の中の薬草は、時期に合わせて花や実、茎、葉、根を収穫し、干したり、刻んだり、擦りつぶしたり、滲出液を集めたりしていた。それらの「原料」は、傀儡師のみが扱うことができ、傀儡師は原料を持って行って、どこかで煮出したり、煮詰めたりして製剤する。できた薬剤は傀儡師のみが管理していて、誰も手を触れることはできなかった。保管場所は、施術室の先の小部屋だった。厚い樫の木の扉には鍵はなく、手の形をした窪みに傀儡師が手を置くことによってのみ開いた。

この人形館《デコ》というのは、いかなる成り立ちのものなのか、われらは何処から来たのか、何処へ行くのか。幾度もの旅で、梢は己たちが世間の人とは異なる者であることを、じわじわと飲み込んでいった。我らは何物なるや。鍵は傀儡師、と梢は思った。何としても施術室の樫の扉を開けたい。だが樫の扉はおろか、施術室へ入ることも梢たちには許されていない。入れるのは傀儡師と久具男、伊登女、そして施術を受ける者だけだった。傀儡師は子供らの前にはほとんど姿を見せず、直接口を利くこともなかった。だがいつ頃からか、梢は、早朝、ものの輪郭が見えるようになると、傀儡師が一人、古墳に向かって行くのを知るようになった。昨年の夏、梢は思い切って傀儡師の後を追って行ったことがある。かなりの距離を置き、途中で折り取った樫の枝を顔の前に掲げながら足音を忍ばせて行ったが、途中から道が分からなくなった。知り抜いている道なのに、どうしても古墳に行き着かない。傀儡師の姿も見えなくなっていた。何か目眩ましの術を掛けたに違いないと、梢は背筋が寒くなった。いつも術を掛けるのか、梢の追跡を知って術を掛けたのかは分からなかったが、己が後をつけたと知れば、傀儡師はわれを罰するだろう。罰……殺されるやも知れぬ、と梢は気付いた。早く戻らねば。突然、ひらひらと動くものが目に止まった。蝶。藤娘と胡蝶の精が舞う時、棒の先の細いテグス糸の先に付けて舞わせるのと同じ蝶が、梢の目の前を舞っていた。蝶は梢を導くように飛んで行く。頭よりも体が先に動いて、梢は蝶を追った。間もなく頭の中がグーッと回転して、梢は自分がどこにいるかが分かった。全速力で人形館《デコ》の裏門をくぐり、厨に飛び込むと、伊登女が朝餉の仕度をしていた。

「どうした、そんなに汗みずくで」と伊登女が不審げに梢を見た。

「何やら、走って逃げる夢を見た」と胸を押さえると、「早う、着替えよ。傀儡師が戻って来る」と、梢の背を押した。さては、伊登女はわれが傀儡師の後をつけて行ったことを知っておるのか、と梢はさらに冷や汗が滲《にじ》むのを覚えた。だが、今すぐ傀儡師に告げるつもりはないらしい。

朝餉は菜花の一言でひどく和んだ。菜花は雑炊をさらに匙でつぶした物と蜂蜜湯を常食としていたが、椀に入れた雑炊を木の葉がつぶしているのを「いずめ籠」の中に座らされて待っていた菜花が、木の葉の方に両手を伸ばして「マンマンマ」と言ったのである。「菜花がしゃべった!」と木の葉は椀も匙も放り出して、菜花をいずめ籠から抱き上げて抱き締めた。

「えらいのう、菜花、もう口がきけるのだね」

ところが菜花は、木の葉の腕からもがくように脱け出して、転がっていた椀に手を突っ込み、粥を掴んで口に押し込んだ。手も顔もベチャベチャにして雑炊を飲み込んで、菜花はニカッと笑った。その顔があまりに可愛くて、皆、どっと笑った。傀儡師だけは、一人、板戸を隔てた部屋で食事をとっていて、皆が笑いどよめいても、何の反応も示さず、食事を終えると何処かへ出掛けて行った。痛いほどに傀儡師の様子を意識していた梢は、ほっと安堵した。ベチャベチャになった顔と手を拭き取ってもらい、蜜湯を飲んでいる菜花を見ながら、梢は「菜花、ありがとう。梢姉ちゃんは絶対に菜花を人形《デコ》にはさせんからの」と胸の内で言った。

その日から梢は、今までは恐ろしさもあって、できるだけ近付かなかった傀儡師の様子を探りはじめた。傀儡師は幾日も人形館《デコ》を留守にすることが多かったが、館に居る間は、早朝古き墓へ出掛けていた。だが、七の日の朝だけは、どこか別の所へ行くのではないかと気付いた。七の日、と気付いたのは、後になってのことで、ある日、梢は傀儡師が白い脚絆を巻いていることに気付いた。常には頭の上から足先まで、黒ずくめの傀儡師の白い脚絆は異様だった。物陰から目を凝らすと、傀儡師は膝丈ほどの合羽をまとっていて、歩むにつれて、合羽の裏の白がちらちらと見えた。ふと気付いて、傀儡師が白を身につけて出て行く日を帳面の隅に書き留めておいた梢は、それが七の付く日であることに気付いた。二十七日、七日、十七日。白い脚絆と裏の白い合羽で、傀儡師はどこへ行くのだろう。梢は意を決して七日の朝、密かに人形《デコ》館を抜け出した。傀儡師は裏戸を出ると、古き墓とは反対の方角へ進んで行った。人形《デコ》一座は興行の帰路、不思議な幻の道を通る。木立が分かれて一座を通すと、樹木が道を閉ざす幻の道。梢は唇を噛んだ。恐らく樹木はわれを通してはくれまい。――が、今度も梢は人形芝居の小道具に救われた。頭上からフワリと白い衣と布が舞い降りてきて、梢の肩に掛かった。そうか、白い衣服で身を包めば、この道は通れるのじゃな。そういえば、人形芝居の一座が通る際、先頭を行く雪彦はいつも白装束じゃった……。

　樹木は音もなく開き、音もなく閉じた。一座が街道の方から登って来る道と合流する地点から尾根の反対側へ伸びる道を、傀儡師は辿って行く。そんな道があることさえ、梢は気付いていなかった。その道では樹木は幻の術を見せなかった。傀儡師の白装束は緑の樹木の中でくっきりと目立った。われの姿も目立つのではないか、と危惧した梢は白い小袖を脱いだ。すると小袖の裏側は、さまざまな色合いの緑の木の葉模様になっていた。梢は小袖を裏返して身にまとい、頭覆いの布も木の葉模様を表にして被った。傀儡師は一心不乱に先を急いでいる。やがて、樹木の向こうに、ぽっかりと洞窟が口を開けているのが見えた。入り口には灰色の鳥居が立っていた。梢は樹木の陰に身を隠して目を凝らした。洞窟の中からかすかな音がして、人の影が現れた。人の影は、操り人形を動かす黒子の装束だった。顔の前に黒い薄布を垂らしているため、男女の別も年の頃も分からない。黒装束は黙って、手振りで梢を招いた。梢は糸で引かれるように黒装束に従って、洞窟の中に入って行った。洞窟の中は薄闇で、黒装束の姿は時折見えなくなったが、梢は洞窟を辿るほかなく、緩い下り道を歩んで行った。傾斜が終わって平らになると、右手にはさらに暗い小径が続いていたが、左手にはぽっかりと明るい洞窟の出口が見えた。黒装束がまた梢を差し招いた。何という美しさだったろう。梢の目の前に色とりどりの色彩があふれていた。山の斜面は耕され、梢も知っている花が朝陽に輝いていた。

「芥子……」梢は呟いた。

「そうじゃ。芥子。これが人形《デコ》には要《い》るのじゃよ」

黒装束が初めて声を出した。くぐもった低い声だった。

「おまえを待っていた」

「えっ、われを待っていたとは……あなたはどなたじゃ」

「花の番人。心ならずも、あやかし草の番をしておる。させられておる」

「させられて？　誰に？」

「怒り神に」

「イカリガミ？」

「やっと怒り神を鎮める者が現れた。人は人に、人形《デコ》は人形《デコ》に分けて、歪みを正す者が」

梢は、心に光の矢が射込まれたように感じた。黒装束の者の言っていることが分かった訳ではないが、梢が心の奥に育くみつつある人形《デコ》館の仕組みからの解放につながることのように感じられた。

「ああ、もう時間が無いぞ。傀儡師が館へ帰り着く頃じゃ。いや、ここは通らぬ。——うむ。飛び雲に乗るほかあるまい」と言って、黒装束はヒュッと鳥を呼ぶように指笛を鳴らした。どこからともなく、綿雲のような白い物が現れ、梢の足元に止まった。

「早う乗れ。下から見えぬよう、雲から手足を出してはならぬ。雲の動きが止まったら、思い切って飛び降りよ。恐れるな、早う」

梢は座布団二枚ほどの大きさの雲の上に座った。雲はふわりと飛び上がり、矢のように飛んだ。梢は雲の上に身を伏せて吹き飛ばされるのを防いだ。ほどなく、雲は静止した。梢は目を瞑って飛び降りた。

——目を開けると、自分の床の中だった。あれは夢だったのか、黒装束も芥子畑も、そして雲も。

「梢姉さん」と隣の床から木の葉が呼びかけた。

「姉さん、朝方、おらんかったのう。どこぞ行っていたのか？」

「ああ。目が覚めてしもうて、庭を歩いておった」

慌てて言いつくろいながら、梢は胸がドキドキした。木の葉は賢い子だ。いつまでも偽りは通じまい。いっそ、われの望みを打ち開けて仲間になってもらおうか。……いや、われの望みを木の葉は分かってくれるであろうか。まだ十じゃもの。もし傀儡師に知れたら、木の葉も危害に遭うやもしれぬ……。梢は床の中で思案に暮れた。

朝餉の時は、傀儡師も戸を隔てた席に座っていた。朝餉の後、施術を受けた者たちは黒い丸薬を飲む習わしだった。久具男と伊登女は皆が丸薬を飲み終えるのを見張り、

「手や足が、人の手足として動くための薬じゃ。飲まぬと、人形《デコ》手、人形《デコ》足は灰色になって、体から離れてしまうからの」と久具男が重い声で言い聞かせた。久具男も黒い丸薬を服用していたが、梢たちには久具男のどこが人形《デコ》手足になっているのかは分からなかった。

梢はその後も、傀儡師が数十日も館を留守にしている間にも、わずかの暇をみつけて黒装束の元を訪ねた。黒装束の者は名を「黒男《くろお》」と言った。樹木は密に茂り、道は狭まったが、梢は白い小袖と布で、滑らかに道を進むことができた。行く度に、梢は思いもしなかったことに目覚めていった。

芥子の果実に傷をつけると、白い汁が滲み出る。黒男は汁を採取し、乾燥させて塊にする仕事をしていた。「これが無うては施術はできぬ」と、黒男はものうげに言った。芥子の実に傷を付けたり、出てきた汁を集めたりする仕事は、一寸五分もある大きな蜂のような虫が手助けをしていた。だが、よく見ると蜂のような虫は生きている虫ではなく、精巧な

カラクリ人形だった。

「この芥子の餅は、阿片《あへん》と呼ばれておる。薬として使えば、生き物が感ずる痛みを抑える魔法のような薬となるが、毒として使えば、生き物の身を殺し、心を奪うものとなる」

「なにゆえ、さように恐ろしきものを育てる？」

「それがわしの運命《さだめ》じゃから。芥子を育て阿片を作る技を持つゆえ、わしはイカリガミに生きることを許されておる。ケシムシもわしの命令に従うゆえ」

「イカリガミとは……？」

「……まだ言えぬ。おまえの力だけではまだ弱い。だれかあと一人、己を主《あるじ》として生きたいと思う心を持つ者が要《い》る。おまえと心を同じうする者はおらぬか？」

「己を主として生きる、とは？」

「人として、何者にも操られず生きたいと思う心じゃよ」

何者にも操らるることなく。梢は目が覚めるような思いがした。それこそわれが望んでおることじゃ。はっきりとは言葉に言い表せなんだ、われの望みそのものじゃ。

「黒男さんも……？」

「いや。わしはもう手後れじゃ。イカリガミの手の内にあって命をつないでいるばかり。だが、こうして己の意志もなく、芥子の世話をしておる日々は、己を薄めていくばかり」

「己を薄める？」

黒男は、左手の黒い手袋を外した。目の前に突き出された左手を見て、梢は「ウッ」と息を詰めた。黒い手袋に覆われていたのは、灰色の半透明の手だった。

「芥子の番人にされて以来、わしの手は少しずつ灰色になり、透き通っていった。全身が透明になった時、わしは役目を解かれて消える」

「なぜ、なにゆえ、さような運命に陥ったのか？」

黒男さんは、人じゃったのか？

「遠き遠き昔は人じゃったように思うが、今は……」

「人だったものがなぜ？」

「おまえはなぜ人形館《デコ》におる？　なぜ、手足と乳房を奪《と》られながら　人形振りを舞っておる？」

「……」梢は唇を噛んだ。

「物心ついた時から、人形館《デコ》にいた。父も知らぬ、母も知らぬ」

「人形館《デコ》におる者たち一人一人の生まれや育ちは、無論わしは知らぬ。だが、人形館《デコ》の由来は少しは知っておる」

「人形館《デコ》の由来を知っていなさるのか。では、われらが逃れる方法も？」

「大本《おおもと》を滅せば、人形館《デコ》も消えるはず」

「大本とは？　傀儡師か？」

「いいや。傀儡師も操られておるのじゃよ」

「では、では、誰が……？」

「我が子を思う母の妄執が凝って魔神となりしもの——。今日はここまでじゃ。今日は傀儡師が旅から戻って来るぞ。早う戻れ。おまえとわしがこうして話しておることを傀儡師に知られたら、傀儡師は魔神に注進して、魔神は必ずわれらをひどく罰するであろう。先の話はまた次の折にの」


梢にとって大きな転機をもたらした夏は終わり、季節は秋に移っていった。秋は祭りが多く、興行の盛んな時期だったから、人形館《デコ》の操り芝居と人形振りも、信夫を目ざして興行を繰り返していった。

館には伊登女と芽以と菜花だけが残っていた。普段は小枝も旅興行には行かないのだが、今回だけはなぜか一座に加わるよう命じられ、懸命に旅を続けていた。傀儡師は、その折々、館と一座と、己がいなければならない場所へ風の如く現れ、用が済むと駆け去って行った。

夏中稽古した新演目は、行く先々で評判を呼んだ。「若衆狂言」と名打たれた男子《おのこ》だけの狂言は、瑞々しく新鮮だった。演目は、よく知られている『靭猿《うつぼざる》』だった。正月が来ると七歳になるが小柄な雨彦は、小猿の衣裳がぴったりだった。風彦が猿引き、霰彦が大名、霧彦がお供の役に就いた。『靭猿』は、人形操りでもなく、人形振りでもない素《す》の芝居だった。理不尽な大名の要求に抗うすべなく従おうとする猿引きの胸の内、刀を振りかざす猿引きの仕草に、必死の芸で許しを請う子猿の愛おしさに、見物人は結末を知りつつも芝居に引き込まれ、涙を誘われ、時に「子猿を許せ！」という声が飛んだりする。一人が声を発すると、声は波のように広がって場内を揺るがすばかりになった。——すると、お供役の霧彦が進み出て、舞台の端から端までトンボを切って「シイーッ」と唇に指を当てる。見物人は思わず霧彦のトンボに見入って静まり、次に何が起こるかと舞台に視線を注ぐ。——まるで、客席の声に応えたかのように大名が小猿を許し、褒美を与える場面が繰り広げられると、客席はホッと安堵し、泣き笑いの表情で演じ手に拍手を送るのだった。鳴り響く拍手の中、出演者は子猿を真ん中にして横一列に並んだ。雪彦は『靭猿』では演技の指導と後見を務め、役には就いていない。拍手を受ける若衆らを我がことのように喜びの目差しで見守っていた。男子たちは舞台で演じるため、音曲は娘らに委ねられた。梢の三味線と幹乃の笛、木の葉は小太鼓、蕾は鈴を手にして、弾むような音曲を奏でた。

雪彦はじめ五人の若衆が舞ったのは人形振りだった。『白浪五人男』の仕立てで、五人が日本駄右衛門、忠信利平、南郷力丸、赤星十三郎、弁天小僧に扮し、名告りをあげた後、日本駄右衛門の雪彦と忠信利平の風彦が剣を持って舞い、南郷力丸の霰彦、赤星十三郎の霧彦は、人形振りでなく、トンボを切ったり宙乗りで舞台上を飛んだりする演技で、見物人を湧かせた。何といっても見る者の心を捉えたのは『靭猿』を演じた雨彦の弁天小僧だった。町娘の装いをした雨彦は市松人形のように可愛い。人形《デコ》かと思って見ていると、目の動きはやはり人間の子供としか見えない。雨彦は可憐な町娘から肌脱ぎになって名告るまでを人形振りで演じ切った。雨彦は七歳になっておらず、まだ人形《デコ》手にも人形《デコ》足にもなっていない。施術を受けない者が舞台に立つことは稀だったが、演目により、また、演じ手の数が限られていることもあって、雨彦が舞台に立つことを傀儡師は許した。夏中、久具男が直接に厳しい稽古をつけていたのを、人形《デコ》館の全員が知っていた。雨彦は泣きじゃくりながらも稽古に耐え、生来の体の柔らかさもあって、短い間に人形振りを習得した。人形《デコ》手、人形《デコ》足の妖しい力をもらわなくても人形振りができることに、梢は驚きとともに、一筋の光明が差すのを感じた。人は人のままで人形《デコ》を演じることができる、と。

「若衆組」に対して「娘組」の演目も新たに作られた。娘組が演じたのは『鬼子母神』だった。鬼子母は梢が、仏は小枝が演じた。鬼子母は、人間の子を奪って喰《くら》う時は鬼形に扮し、千人の子のうちの末子を仏に隠されて嘆き惑う時は人間の姿となり、返された末子を抱いて石榴《ざくろ》を手にした時は天女になる。その早変わりが大いに観客を引き付けた。幕が開くと梢がゆったりと岩屋の奥の台座に座し、十人を越える子供が、鬼子母の肩、膝、背、腕に取りついている。子供は人形《デコ》だった。鬼子母は、莞然と微笑み、愛しげに子供等を見回した。少しして舞台が暗くなり、再び明かるくなると、人形は消え、鬼形と化した鬼子母が立っていた。鬼子母は人の子を探して歩み出す。蕾が扮する人間の子を見つけて、捉えようとすると、子を追って人間の母が走り寄った。母親は幹乃が演じている。鬼子母と母親が子を取り合う様は人形振りで演じられた。ついに子は鬼子母の手に落ち、母親は狂乱の舞を舞って斃れ伏した。人の子を喰う場面では、手、足、頭、胴体がバラバラになる人形を用いたので、ひどく不気味だった。鬼形の鬼子母が手を喰い、足を喰うと、見物席の大人たちは、我が子を胸に抱いて、子の目を塞いだ。――場面は変わって、蓮の花が咲く池の傍に仏が衣の襞に鬼子母の末子を隠して佇んでいる。仏に扮した小枝は神々しいほど美しかった。人間の姿に戻った梢が、よろめきながら泣き嘆く。

「あの子はどこじゃ。愛しき愛しき吾子よ。返事をしておくれ。母の胸に戻っておくれ」

「鬼子母よ」

仏の柔らかい声がした。

「仏よ。吾子をご存知あるまいか」

「ここにおる」

仏は衣の襞を開き、鬼子母の末子を抱き上げた。

走り寄る鬼子母を制して、仏は厳しい声で言った。

「おまえは人の子を喰ろうてきた。子の親の悲しみを思わなかったか。千人もの子がいるおまえは、たった一人の子を隠されても、それほどに惑乱の体《てい》じゃ。向後は、決して人の子を喰うてはならぬ。もし、おまえが人の子を一人喰らはば、わたしがおまえの子を一人隠すぞ」

鬼子母は、はじめて己の所行の無惨さに気付いて、仏の前にひれ伏した。

「なれど、なれどみ仏よ。われは人の子が欲しうて喰いとうてたまらなくなりまする。己も気付かぬうちに喰うておるのでございます」

仏はふっと微笑んで、侍者を呼んだ。『鬼子母神』において木の葉が受け持つのは、この侍者と、梢の早変わりの後見だった。木の葉が高坏に赤い果物を乗せて仏に捧げると、仏は赤い果物を取り上げ、鬼子母に言った。

「これは石榴と申す果実。吉祥果という名もある。これは、人の肉の匂いがすると言われておる。向後は人の子が喰いとうなったら、この果実を食すのじゃ。さすれば人の子を喰わずとも、おまえの心は狂わぬ。鬼子母神となりて、人の子を守る神になれ」

鬼子母の掌に石榴を乗せ、仏は末子を鬼子母の腕に渡した。深く頭を垂れている鬼子母を残して去り行く仏を、五彩の雲が囲んでいた。仏の後姿に目を奪われている観客が舞台中央に目を戻すと、舞台はいつの間にか初めの岩屋に戻っていて、鬼子母は末子を胸に抱き、左手に赤い実を乗せて、慈しみの笑《えみ》で、吾子たちを体中に載せていた。鬼子母の顔は美しい天女の顔に変じている。

梢と小枝、幹乃、木の葉と蕾が舞台に並んで礼をすると、見物人たちはホーッと溜息をついて拍手をした。梢と小枝の美しさに、「まるで二人の天女様じゃなあ」と語り合いながら、吾子の手をしっかり握って帰途につくのだった。

信夫まで旅をすると、館に引き返すのが一座の常だったが、興行の収入を集めに来た傀儡師が不思議な命令を告げた。

「娘組は久具男に従って相馬へ行け。相馬の中村神社を拝礼して海を見て来い」

「海を見る？」

梢は驚いて傀儡師を見た。久具男も初めて聞く話だったらしく、怪訝な顔で傀儡師を見ている。

「娘組はよき舞台を務めた。褒美と思って、数日、のんびり秋の海を見て参れ。人形荷《デコ》は若衆組が館まで運ぶゆえ、煩いはない。久具男は相馬道は知っておるな？」

何の企みなのか、と梢は傀儡師の目の奥を探った。梢の視線に気付いて傀儡師は苦笑し、

「案ずるな。人はのう、一度は海を見ねばならぬ。海を見ることは必ずや芸にも深みをもたらすであろう。来年は若衆組にも海を見せるつもりじゃ」

梢、小枝、幹乃、木の葉、蕾の五人は久具男に連れられて相馬へ続く中村街道を歩み出した。傀儡師の指図で、久具男は娘たちそれぞれに巡礼の衣服と笠を用意していた。

「この辺りではあまり見かけまいが、巡礼姿なれば咎めらるることもあるまい」と言いながら、傀儡師は久具男に道中切手を渡した。人形芝居ならば、切

手は要らず、関所も木戸も通してもらえたので、梢は何か様子の変わった旅になる、と不安を覚えた。

朝まだきに、一行は「信夫文字摺《しのぶもじずり》」近くの流れ屋を出立した。

「相馬まで十五、六里じゃ。途中で一泊して明日の夜には相馬に着こう。小枝はのう、歩み通すのは無理じゃろうて、馬を一頭頼んである。蕾も歩けなくなったら乗ってもよいぞ」

娘たちは、互いの巡礼服姿を面映ゆそうに眺め合った。

「よう似合うとるよ、木の葉、蕾」

「幹乃姉ちゃんも梢姉さんもきれい」と目を見張りながら小枝に目を移した木の葉は、梢や幹乃とは感じの異なる小枝のたたずまいに胸がズキンとした。何て白装束が似合うのだろう。白百合の花のようじゃ。神々しい。

梢は小枝が気懸りだった。これまで小枝が旅興行に加わることはほとんどなかった。小枝は右手と左足が人形手《デコ》、人形足《デコ》だったが、施術後左足の膝が曲がらなくなり、自然な足の運びは不可能で舞台には立てなかった。傀儡師と伊登女はさまざまな薬を与えたが、効かなかった。時が立つにつれ、小枝の膝は固くなり、手で触れても石のように感じられた。小枝は裁縫の名手だった。いつも低い椅子に腰掛けて左足を伸ばした姿勢で針と糸を手にし、芝居の衣裳作りや修繕に余念がなかった。

「人形《デコ》手足の魔力が裁縫の形で現れたるか」と傀儡師も舌を巻く腕前だった。一枚の布を見れば、どう裁断し、どう縫えばどういう形になるか、たちどころに分かるらしかった。細かく均等な縫い目は、ふっくらと縫われているようで緩みがなく、美しかった。人形や芝居の登場人物の衣裳が一段落すると、梢たちの普段着も縫ってくれた。

舞台で演ずるのが無理な小枝は、旅興行の間は、伊登女と屋敷に残って、幼い子の世話をしたり、野菜畑と薬草園の仕事を受け持っていた。今秋、小枝が一行に加わったのは、若衆組と娘組に分かれて上演したため、娘組の人手が不足したからなのだろうと、梢は思っていた。小枝は『鬼子母神』の仏を見事に演じた。仏は立ったままで、ほとんど動きがなく、化粧を施した小枝の顔立ちの美しさに、見物人は吸い込まれるように見入っていた。顔立ちの美しい人形《デコ》館の娘たちの中でも、小枝の美しさは際立っていた。一座が移動する時は、小枝は人形《デコ》や道具類を運ぶ荷車に乗った。

「すみませぬ。重いじゃろ」と気遣う小枝に、風彦は、「何言うとる。小枝は十貫もないであろう」と笑った。

中村街道は、相馬中村藩が参勤交替に際して奥州街道に出る街道としていたため、道は整備され、一里塚には松が影を落とし、小規模ながら宿場もあった。街道筋は干し柿の名産地で、大きな柿の木が家々をとり囲んでいた。この季節、柿はわずかに色付いて朝靄の間から見え隠れしている。蕾は大張り切りで、半ば跳びはねながら歩いていたが、二里ほども行くと足の運びが遅くなり、時々、立ち止まるようになった。梢は先頭を行く久具男に呼びかけ、蕾の様子を告げた。

「張り切りすぎたな。小枝と馬に乗るか？」

と蕾に問いかけた。

「蕾、われの前にお乗り。眠ってもいい。われが抱いていてあげよう」

蕾は少しはにかんで頷いた。久具男が抱き上げて小枝の前に乗せると、「馬って、こんなに高いのか」と鞍にしがみついたが、次第に慣れて、「柿に手が届くよー」とはしゃいだ。そのうちに黙りがちになり、小枝の胸に体を預けて眠ってしまった。

「我らも少し休もう」

折しも四つ目の一里塚が目の先にあった。一里塚の傍に、小さな休み処があった。小さな旗が風に翻り、老婆が店番をしていた。

「やれ、巡礼さんかね。中村神社に行きなさるのか」

老婆は愛想よく一行を迎えて、奥の板敷きに上げてくれた。久具男は眠ったままの蕾を抱き降ろして、老婆が出してくれた座布団に横たえた。

「少し眠らせてやろうぞ。お前たちも眠っていいぞ。婆さま、何か昼飯ができるかな?」

「握り飯を焼いて進ぜよう。饅頭もあるぞ。ちょうど蒸し上がったところよ」

麦飯混じりの握り飯に味噌を付けて焙った昼飯は、香ばしくて美味しかった。湯気の上がる蒸籠《せいろ》から出してくれた饅頭は胡桃餡で、疲れを忘れさせる美味《うま》さだった。蕾は、食べ物の匂いがしても目を覚まさなかった。

「眠らせておこう」と梢は言ったが、梢も他の者も、握り飯と饅頭を食べると、もう目を開けていられなかった。小さな座布団を枕に、薄縁《うすべり》を敷いた床に横になるや否や、スーッと眠りに入ってしまった。

どれほど眠ったか、梢が目覚めると、木の葉と蕾の声がした。

「うまいね、この焼きお握り」

「うん。饅頭、三つ目じゃ」

目覚めた蕾に気付いて、木の葉が相手をしてやっていたらしい。小枝と幹乃は、まだピクリとも動かず眠っている。久具男は?とあたりを見回すと、久具男は板敷きと土間の境の板戸に上半身を凭《もた》せかけてまどろんでいた。

「あ、梢姉ちゃん」と梢に笑いかけて、蕾は「みーんな、よく眠るねー」と言った。いったいどれほどの間眠っていたのだろう。梢は久具男に声を掛けた。

「起きてくだされ」

久具男は弾かれたように跳び起きた。

「ああ……」久具男は慌てて茶店の外に飛び出して行き、慙愧《ざんき》の表情で戻って来た。

「わしまで寝てしもうた。馬に水を飲ませ、木につないでおいた後でよかった。馬は木の下に生えとった草を喰んで満腹そうじゃった。うーん、一刻ほども寝込んでしもうた。今夜は霊山《りょうぜん》あたりの泊まりになるなあ」と、久具男は少し西に傾いた陽を仰ぎながら言った。

「巡礼さんらより後は客はなかったで、饅頭が余ってしまうなあ」と零《こぼ》す婆さまに、「残りは全部もろうていく」と久具男は懐から銭を出した。

茶店を発って一刻ほどもすると秋の日は急速に傾き、風が冷たくなってきた。霊山という修験道の修行場を抱く山の麓に来た時は、日はとっぷり暮れていた。街道の山側には、杉や樫の大木が立ち並んでいた。樫の大木に紛れるように丸木の門が立ち、その奥に藁葺き屋根の家屋が闇の中にうずくまっているのが見分けられた。久具男が家の戸を叩くと、「おう」と応ずる声がして、戸が細く開いた。

「人形館《デコ》の者でござる。中村神社に向かうところじゃが、足弱が多くて次の宿場までは参れなんだ。一夜、厨の隅でもお貸し願えぬか」

「中村神社へ――」

「はい。巫女《みこ》を一人、お届け申す」

「おう。中村神社へ巫女を――。なればお泊め申そう。巫女さまもおいでなのじゃろう?」

久具男の返事は聞こえなかった。みこさま? 梢は不審さに眉をひそめた。そんな話は聞いておらぬ。誰かを巫女にするというのか。――小枝じゃ、と梢はズンと鳩尾《みぞおち》を突かれたような衝撃を覚えた。

それゆえ小枝を伴ったのか。じゃがなぜ、娘組に加えて、海を見せると言うて届けるのであろう。これまでも、人形館《デコ》から消えて行った者たちがいた。皆、小枝のようにどこかへ送られたのであろうか。次々と湧き起こる疑問に、梢は闇の中で身を震わせた。

家の中へ招じ入れられると、大きな細長い宿舎のような建物だった。土間の向こうに広い廊下沿いに八畳の部屋が三つも並んでいる。手前の部屋は板敷きだったが、奥の二部屋は畳敷きで、最も奥の部屋には床の間も設えられていた。

「土間に水甕とかまどはあるが、火は焚けぬ。布団は押入れから出して使ってもよい」と黒い作務衣を着た男が言った。

「忝《かたじけな》い。朝陽が昇る前に出立いたしまする。馬をつなぐ所はありましょうや。一頭連れてきておるのじゃが」

「ここでも馬を飼っておる。馬の世話はわしが引き受けよう」と言って去りかけた男に、久具男は素早く銭を渡した。男は軽く頭を下げて銭を受け取り懐に仕舞った。

一行は押入れから布団を出し、水甕の水を飲んだ。久具男は荷物から饅頭を取り出して配った。

「今夜はこれで辛抱じゃ」

冷たい水と冷たい饅頭で空腹を宥めて、冷えた体で床に入ろうとすると、作務衣の男が入って来た。男が持っている鉄鍋から、味噌の匂いがしている。

「ひっつみじゃ。早く出来るのはこれぐらいでのう」

早く煮えるように、細く切った大根や里芋、菜っ葉を具にした味噌汁に、うどんとも団子ともつかぬものが入っていた。男が持って来てくれた椀によそって、一行はフーフーと息を吹きかけて冷ましながら、熱いひっつみ汁を食べた。男は大きな土瓶に番茶を入れて持って来てくれた。ひっつみ汁を食べ終えた椀に番茶を注いで飲むと、自然に目が塞がって、一行は布団にくるまって寝入ってしまった。

翌朝早く、漬け物と梅干しで炊き立ての飯を食べ、一行は中村神社を目ざした。小枝は馬に乗り、蕾は時々、小枝とともに馬に乗せてもらいながらも、木の葉と手をつないで歩いた。昨日の轍を踏まぬよう、昼は男が持たせてくれた握り飯を、ほんの四半刻、道端に腰を下ろして食べた。

急ぎに急いだが、中村神社の明かりが見えてきた頃は、既に夜になっていた。中村神社の周辺は、宿屋や茶屋が並び、行灯に灯が入っていた。「相馬屋」と記した文字が浮かぶ大提灯を吊した宿を訪《と》うと、「おいでなんせ。まんず二階へ」と通された。部屋は十二畳の床の間付きの座敷と六畳の次の間が付いた格式のある部屋だった。

「ここで、小枝の巫女入りの儀式を行う」

巫女入りの儀式？　皆、怪訝な面持ちで久具男の指図で席に着いた。馬で少し先に着いていた小枝が、傀儡師とともに入ってきた。ああ、やはり傀儡師の企みじゃったか。ならば小枝は逆らえるはずもない、と梢は悲痛な思いに胸が痛くなった。小枝は白い小袖を着て黒い帯を締めていた。帯締めは真紅で、小枝はまるで鶴の精のように見えた。髪は首の後ろで一つに結わえただけで、黒髪がさらさらと背に流れていた。

中村神社から遣わされたという水干姿の若者に導かれて、小枝は床の間を背にして腰掛けに座った。灰色の着物の老女が入り口に控えた。

「巫女入りの儀」と若者が声を張り上げて告げ、次いで何か祝詞《のりと》のようなものを唱えた。意味はよく分からない。俗名小枝が、天地の神に導かれて神に仕える巫女になる、といったことを詠《うた》っているらしかった。祝詞が済むと、部屋の隅に置かれていた几帳のようなものが小枝の周りに立てられ、若者も几帳の中に入ってしばしすると、几帳が取り払われ小枝が現れた。小枝は緋の袴をはいて、静かに立っていた。白い衣服に重ねて、透き通った蝉の羽のような、大きな袖の上着をまとい、揺れる宝玉を下げた金の冠を被っている。

「あれ、小枝姉さん？」

木の葉が梢の耳に口を寄せて囁いた。梢は黙って頷いた。

巫女姿の小枝は、若者の笛に合わせて鈴を手にして進み出ると、ゆるやかに舞いはじめた。スーッと、ほとんど足を畳から離すこともない舞は、次第に動きが速くなり、足を高く上げて畳を踏み鳴らし、シャンと鈴を振る。さらにくるくると旋回し、最後は三尺ほども空に跳んで、音もなく畳に着地した。鈴を置いて両手を重ね、深々とお辞儀をする小枝を梢たちは息を詰めて見つめた。老女が、白玉の盃を一同に配り、瓶子《へいじ》の酒を注いで回った。最後に小枝の盃に酒を注ぐと、老女は再び、入り口に控えた。傀儡師の合図で一同が盃の酒を飲み干すと、

「これにて、巫女入りの儀は滞りなく済み申し候う」と若者が告げ、小枝の手を取って立ち上がらせると、手を引いて部屋を出た。老女も瓶子を捧げて、部屋を出、襖を閉じた。

ああ、これで小枝は別の世に行ってしまうのだと、梢は悟った。梢は懐紙で盃を拭い、懐に仕舞った。幹乃も梢にならった。木の葉と蕾の盃を拭いてやると、二人も懐に収めた。この盃が小枝の形見になるのであろうか、と梢は不吉な思いで胸がざわめいた。膝が曲がらず歩くのも不自由な小枝が、空を飛ぶような舞がなぜできたのであろう、と梢は己の目が見たものを信じられない思いがしていた。恐らく――傀儡師の術、と梢は思った。小枝の目はぼおっと霞がかかったように、何物も映していないように見えた。われは何もできなんだ――梢は己の無力さに唇を噛んだ。別の部屋に移って夕食をとると、一行は未だ夢の続きにいるような朧な感覚に包まれて眠りについた。

目覚めると夜はとうに明けて、眩しい陽光が障子を照らしていた。

「さあ、早く飯を食おう。海を見に行くぞ」と久具男が言って、皆を急がせた。

梢も幹乃も木の葉も蕾も、声もなく海を見ていた。

こんなに広い風景がこの世にはあったのだ。これが水、このすべてが水だというのか。水はまるで生き物のようにうねりながら浜に寄せてくる。波は砕けて、白い帯のように浜を飾っては帰っていく。まさしく地の果て、と梢は言いようのない思いに打たれて佇んでいた。命が果て、命が生ずるところ、そんな気がした。

「浜へ降りよう」

久具男が浜辺に続く崖道を先導した。久具男は蕾の手を握り、高い段差は抱え上げて降ろしてやる。木の葉が足を滑らせたら支えてやろうと梢は木の葉の先に立ち、足を踏み締めるように降りて行った。

「海の水は強い塩水じゃ。人形《デコ》手、人形《デコ》足が海水に浸かると、真っ赤になってひどく痛むゆえ、決して海水に濡れてはならぬ。海に近づいてはならぬぞ」

梢たちは、波打ち際から二間も離れたところを、恐々《こわごわ》歩いた。時折、思いもかけぬ大きな波が来て、二間の「安全地帯」を侵食してきた。娘たちは「わっ」と声を上げて逃げた。転びそうになる蕾の手を、梢と幹乃が左右から摑んで吊り上げながら走った。波の来ないところまで逃げて、娘たちは浜に転がって笑った。波が引いた跡の砂に、美しい桜色のものを見つけて、梢は拾い上げた。久具男の戒めを忘れて、人形《デコ》手の方で拾い上げたとたん、指先が痺れるように痛んだ。「清水で洗え」と久具男が指差す方を見ると、崖から小さな滝が流れ落ちているのが見えた。走って行って貝と手を清水で清めた。何という美しさだろう。梢は小さな貝に見入った。海は、こんなに美しきものを育てるのか……。

降りた道からは少し離れた上りの道は、階段が刻まれていて楽だった。崖の上から再び海を見下ろすと、海は陽を反射して輝いていた。幾艘かの舟が岸を目ざしてくる。

「朝の漁の帰り舟じゃ」

久具男は眩しげに目を細めて言った。舟の上の人の姿が見分けられるようになった。懸命に艪を操っている。舟に乗れば、どこやら見知らぬ地に行けるやもしれぬ……梢は唐突に、自分の体が解体していくような恍惚感に襲われた。用心のため、一行は真水で手足を清め、帰路についた。途中、街道を少し離れて、中村神社に詣でた。小枝の気配はどこにもなかった。それぞれが小枝のことを思いつつ、口には出さなかった。人形《デコ》館に戻ってからも、梢は海が忘れられなかった。果てしなく広大で、絶え間なく山のような波を生み出しては岸辺まで運ぶ力強さを持つ海は、恐ろしく、なぜか慕わしかった。すべてを生じさせ、すべてを無にするもの、そんな気がした。

　遠い中村神社の噂が人形館《デコ》まで届いたのは、小枝が巫女入りの儀式の後、梢たちの前から姿を消した年が明けた頃だった。久具男が旅人の噂を聞きつけて、皆に伝えた。

「中村神社の巫女舞が評判じゃと言うておった。清らかな玉の如き顔《かんばせ》で、ゆるりと舞台を一回りするだけで、見ている者の心まで清めらるる思いがする、とな。舞の調子が少しずつ速くなって、最後には三尺ほども空を跳んで、スッと片膝立ちで床に降り立つ。何か夢の世に参った心地じゃったと、旅人はぼおっとした目で話してくれた。天女の舞じゃと」

　小枝の膝はようなったのであろうかと、梢は訝しい思いがしたが、その後も中村神社の巫女舞の噂は、人形館《デコ》の旅興行の先々でも耳に入った。春、夏、秋、そして新玉の年の初め、年に四回の中村神社の祭礼の巫女舞は評判を呼び、参拝者が列をなすという。春は水の流れと芽吹きの喜びを柔らかい指の動きで舞い、夏はぐんぐんと稲穂が伸びる勢いと大漁の湧き立つ喜びを、秋は豊穣をもたらす神への感謝を伸びやかに舞う。新年は、すべてが新しく改まる夜明けの清浄の舞……。噂を聞くにつけ、人形館《デコ》の者たちは、小枝が大切に遇されているであろうと信じ、安堵していた。
　二、三年の間、人形館《デコ》は出て行く者もなく、入って来る者もなく、どこか危うさをはらみながらも、穏やかに過ぎていった。その年の秋は物成りも豊かで、人形芝居も、催せば常に客を集めていた。秋の興行を終えて人形館《デコ》に戻った一同に、「中村神社の天女巫女」の驚愕の噂がもたらされた。
「天女巫女が赤子を産むそうじゃ」

「ええーっ、それは、もしや」

「天女巫女と申すからには——やはり小枝であろうか」

「あの、温和しき小枝がなにゆえに？」

久具男と伊登女が憂い顔で囁き合っているのを芽以が聞きつけ、木の葉に告げた。

「巫女が子を産む」ことの異常さが分かる歳になっていた木の葉は、久具男と伊登女に問うことはできず、頼りの梢に告げた。梢は激しく動揺し、幹乃と木の葉の三人で、人目を避けて話した。

「ほんとうに小枝のことであろうか。まず小枝の様子を確かめねばならぬ」

梢が青ざめて言った。女子《おなご》が子を産むには男子《おのこ》と触れ合わねばならぬことは、梢も幹乃も知識としては知っていたが、現実にどのようなものであるかは、世間とは切り離されて暮らしている人形館《デコ》の娘たちは知ってはいなかった。お七を演じ、お初を演じ、死をも辞さぬ胸を焦がす思いがあるのは十分に知っていたが。では、小枝は誰かを恋うたのであろうか。

秋の祭礼に天女巫女の舞が行われなかったと聞いて、梢たちは、小枝の身に何かあったことを認めざるを得なくなった。「小枝と赤子はどうなるのか」が、梢たちの何よりの懸念だった。追放されるというなら、またここへ迎え入れればすむことじゃが……。梢はついに、雪彦たち若衆組にも相談を持ちかけ、男子《おのこ》たちも密かに懸念していたことを知った。

「久具男にも相談するほかあるまい」と雪彦は心を決めた。

「どういうことがあったかは、われらには分からぬ。が、小枝を酷《むご》い目に遭わせとうはない、という思いは、われら一同の思いじゃ。まず、小枝がどうなるかを探らねば。雪彦、霞彦を連れて探って参れ。傀儡師はすべて知っておるやも知れぬが、われらとしては傀儡師には告げるまい。止められればそれまでじゃからの」

雪彦と霰彦がもたらした小枝の運命は、残虐この上もないものだった。

「子は海に流され、小枝は潮責《しおぜ》めに処せられる。身籠った女を殺すは神罰を被るとされておるゆえ、子を生《な》した後、血を流すことなく処罰すると」

「救おう。小枝は同胞《はらから》じゃ」梢はきっぱりと言った。皆、深く頷いた。

「さらに、いつ、どこで小枝が罪せられるか、探って来てくれ。用心してな。われら人形《デコ》館の動きを知られぬように」

中村神社付近に探りに行った雪彦たちが戻って来たのは霜月の初めだった。

「小枝は神無月の半ばに子を産んだ。潮責めの刑は、霜月十五日の大潮の夜に行われる」

雪彦は歯噛みしながら告げた。

「相馬の海辺に潮責めの柱が立てられる。潮が満ちると、小枝の頭が潮に没する位置じゃ。赤子は桶に入れられて小枝が両手で頭上に支える……が、小枝の頭が没すれば、小枝の手は桶を支えてはおられまい。赤子の桶は波に呑まれて流される」

「小枝が柱に縛られる前に救い出すことは叶わぬか？」

「神社の地下牢に赤子ともども押し込められて、厳しく監視されておる。武器も持たぬわれらには牢を開けさせるは、かなり難しかろう」

「では、潮責めの折を狙うほかないか」

「うむ。潮が満ちる前に、氏子たちは海辺を去るそうじゃ。あまりにも酷い刑罰であることは氏子たちも分かっておって、自らの目では見たくないのであろうよ」

「……誰の子……」幹乃が皆の心にある疑問を溜息のように洩らした。

「巫女入りの儀式の折、迎えに来た祢宜見習いがいたのを覚えておるか？」と雪彦が言うと、「えっ、では……」と幹乃がたじろいだ。

「いや、あの若者ではない——と思う。われらはあの若者に会うことができた。若者も心痛で蕉悴《しょうすい》し切っていた。小枝自身、分からぬのじゃと」

「そんなことが——」

「夕べのお勤めの後、小枝は何度か気を失うことがあったそうな。お勤めの後は、神水を飲む習わしじゃったが、時折、朝目覚めるまでの記憶が無くなることがあると、若者に話していたそうな。そんなことが半年も続いて、体に変調を覚えた。激しく吐くゆえ医師に診せると——身籠っておると」

「小枝は一人で寝んでおったのか？」

「うむ。姥にさよう命じられていたようじゃ。恐らく、誰かが小枝の知らぬうちに小枝の部屋に忍んで来ていたのであろう——」

あまりの痛ましさに、梢の胸はきりきり痛んだ。

では、小枝は想う人と契って子を生《な》したわけではなかったのじゃと。何も識《し》らず、人形《デコ》のように扱われて身籠らねばならなかった小枝。本当に人形《デコ》そのもののじゃ。

「小枝の首より上に潮が満ちぬうちに、きっと救い出そう」

梢はきっぱり言った。

「足はどうなる？　小枝の左足は人形足《デコ》じゃ」

「できる限り、潮に浸からぬうちに救いたいが、もしかしたら足は諦めねばならぬやもしれぬ。潮に浸かれば激しく痛むだけでなく、足は溶け消えてしまうであろう。——だが、万一足は失っても、小枝の命と赤子は助ける」

それから十日余り、人形《デ》館《コ》の者たちは、救出作戦を練った。小枝を柱に縛りつけている縄を切るのは、芽以の役と決まった。七歳を過ぎぬ芽以は、まだ施術を受けていなかった。芽以なら、潮に濡れても大事なかった。

潮が満ちはじめるのは六つ半（午後七時）ほどからで、六つまでは氏子たちが潮責めの柱の周りを取り囲んでいる。六つになると、小枝の足を置く横木の少し下まで海水が来ている海中に柱は立てられ、小枝が柱に括りつけられた。赤子は桶には入っておらず、小枝が胸に抱いていた。浜辺に近い岩陰に梢と芽以、雪彦と風彦が潜んで、氏子たちが立ち去るのを、じりじりしながら待っていた。幹乃と木の葉は、少し離れた岩穴に、清水を満たした桶を守って、小枝と赤子を待っていた。小枝の足は潮に浸ることを免れまい。一刻も早く潮を真水で洗い清めるのが一番、と久具男は判断していた。

月齢は望月だったが、空は雲に覆われ、辺りは闇だった。氏子たちの持つ松明が、禍々しい柱を闇に浮かび上がらせている。氏子たちは月の出を合図に浜辺から立ち去るのだという。天女巫女とその忌まわしい赤子が潮に呑まれるのを見ている邪気は、中村神社の氏子たちは持ち合わせていなかった。

少しずつ潮が満ちてきたが、月はまだ出てこなかった。月が昇るまでの間、氏子の長老が小枝の罪を申し述べ、潮責めの刑に処すことを言い渡した。次いで申し訳のように、二つの魂が清められることを祈った。小枝を縛りつけた柱を望み見て、十人ほどの男たちが、祈りに唱和した。ついに、潮は小枝が足を置いている横木にまで上ってきた。

「ああーっ」梢は声にならない叫びを上げた。白い衣服をまとってはいるが、足は裸足だ。足首を縛られている小枝は背伸びをすることも叶わない。潮が小枝の足を洗い始めた時、雲が切れて、月の光が海を照らした。氏子たちは光を見るや、後をも見ずに浜を去って、崖に刻まれた階段を上って行った。氏子たちの姿が見えなくなったのを確認して、梢と風彦、雪彦は芽以を伴って、漁師の舟の陰に紛れ込ませておいた小舟を海に押し出した。柿渋を塗り重ねた膝まである長靴をはいてはいたが、梢も雪彦も海に入ることは出来ず、舟でないと小枝の元に近付けなかった。雪彦は懸命に櫂を操り、潮責めの柱の元に漕ぎ寄せた。

「小枝。しっかりして。助けに来たよ」

梢が声を張って呼びかけると、小枝は手を赤子の脇の下に差し入れて自分の体から離し、「この子を助けて」と細い声で言った。

「よし。赤ん坊をわれに渡せ。大丈夫。必ず受け止める」

雪彦は櫂を風彦に任せて船上に立った。上げ潮の波に船は不安定に揺れる。梢は雪彦の腰を支えた。雪彦は両手を差し伸べた。小枝は一瞬赤子を胸に引き寄せ抱くと、雪彦の両手に託した。

「よし。受け取ったぞ」

雪彦は、用意してあった藁籠に赤ん坊を横たえると、風彦に代わって櫂を取った。

「さっ、芽以の番じゃ。柱に飛び移って、小枝の縄を切っておくれ。芝居じゃと思うて、しっかりな」

梢に励まされて、芽以は大きく肩で息をすると、舟端から柱に飛び移った。腰に差した小刀の鞘を払ってまず足首を縛った縄を切った。次に腰を縛りつけた縄を切ろうとした時、大波が打ち寄せて、芽以は頭から潮をかぶった。それでも小刀は離すことなく、潮がしみる目をしばたたいて、小枝の腰の縄を切った。

「動けるか、小枝」

梢が呼びかけると、小枝は、苦しげに呻いて「まだ、首が……」と言った。芽以が手を伸ばせば、首の縄に手は届くが、手元が狂えば小枝の首を傷つけてしまうかもしれない。

「芽以、猿《ましら》になれ。小枝の体によじ登って、首の縄をよく見極めて切るのじゃ。さあ」

芽以はするすると小枝の体によじ登った。小枝が両手で芽以の体を支える。天頂に向かって昇っている十五夜の月が輝きを増して小枝を照らしたように見えた。芽以が小枝の首を縛った結び目を切ると、縄は緩んで、首には触れずに縄を断ち切ることができた。自由になった小枝が頽《くずお》れるのを、雪彦は手を伸ばして掴み、舟に引き入れた。芽以もスルスルと柱を降り、舟に飛び乗った。

「小枝、小枝、よう堪《こら》えたの。えらいぞ。ほら、赤ん坊は無事じゃ」

梢の声に誘われたように赤ん坊が泣き始めた。赤ん坊の声を聞くと、小枝は閉じていた目を開けて、手を差し伸べた。梢が小枝の手に赤ん坊を渡してやると、小枝はひしと抱き締め、顔を擦り寄せて泣いた。芽以は少し離れたところにしゃがんで、じっと赤ん坊と小枝を見ていた。

「われは潮まみれだから、みんな、触らんでな……。かわいいな赤ん坊」

「芽以。ほんにお手柄じゃった。芽以がいなかったら、小枝は、小枝と赤ん坊は……。さあ、早く戻ろう。早く清水で洗わんとな」

雪彦が力の限り櫂を漕いだ。海に入らずに上がれるよう、小さな桟橋に舟を漕ぎ寄せ、まず芽以を桟橋に上げた。芽以はもやい綱を桟橋の柱に巻きつけると、ペタリと座り込んで息を吐いた。

梢は濡れるのを防げなかった左手が痛むのに耐えて芽以の傍にしゃがみ、右手で芽以の頭を撫でた。桟橋に移った梢に、雪彦が藁籠に入った赤子を渡した。再び気を失った小枝を雨合羽でくるんで、風彦が背負った。

「さあ、早く岩穴へ」

岩穴へ辿り着くと、幹乃と木の葉が柄杓を手にして待っていた。

「まず、小枝の足《デコ》を桶に」と梢が言い、幹乃と木の葉は小枝の人形足を清水で洗った。小枝の足先は紅く変色していた。

「小枝の衣服を脱がせて、乾いたものを着せてやって。二人とも人形手《デコ》足を触れぬように気をつけてな。おお、芽以も早う潮に濡れた着物を脱いで着換えよ。そのままでは誰も芽以に触ることができぬ。それに濡れたままでは風邪をひくよ、大手柄の芽以」

もう一つの桶の清水で梢と雪彦、風彦が人形手《デコ》、人《デ》形《コ》足を清めていると、馬の駆ける足音が聞こえた。

「さあ、早く」久具男が小枝を胸に寄りかからせて馬に乗り、もう一頭の馬に、赤子を抱いた梢と雪彦を乗せた。

「まず、人形《デコ》足、人形《デコ》手を濡らした者が先じゃ。幹乃と木の葉と芽以は、もうしばらくここで待っておれ。風彦、娘らを頼むぞ。すぐ迎えに来るゆえ」

久具男は中村街道ではなく、鵜の尾岬近くの豪壮な民家に馬を止めた。

「網元の家じゃ。大勢の漁師を雇うておるゆえ、風呂も大きゅうてな。入らせてもらえるよう傀儡師が話をつけてくれた」

傀儡師が？と梢は驚いた。では、われらが小枝を救いに行くことを傀儡師は知っていたのか。

「さあ、ここで十分に湯浴みをして潮を洗い流せ」

久具男は網元の家の奉公人らしい男に一言二言念を押すと、再び馬を岩穴の方に向けた。久具男はもう一頭の馬の背に、奉公人から受け取った、かなり嵩張る布包みを乗せた。

「それは？」と梢が問うと、久具男はニヤリと笑って言った。

「小枝を痛めつけた者どもの肝《きも》を冷やさせてやる」

しばらくして、二頭の馬が戻って来た。久具男は木の葉と芽以を己の前に乗せ、幹乃と風彦がもう一頭に乗っていた。久具男は迎えに出た梢に、

「みな、潮は流せたか。小枝の様子は？　赤子は？」

と矢継ぎ早に尋ねた。

「みな、部屋に寝んでおる。先程の男が案内してくれた。小枝も雪彦も寝入っておりまする。赤子も無事で、人形《デコ》館から持って来た蜜を湯に溶いて飲ませたらゴクゴク飲んでの。小枝の胸に抱かれてよう眠っておる。――男の子じゃ」

湯に潜って、頭の先から足の先まで潮を洗い流した芽以と幹乃と木の葉が湯から上がって来た。浴衣の上に綿入れ半纏のようなものを羽織っていた。

梢は芽以を抱き締めて、

「えらかったのう、芽以。おまえが小枝と赤ん坊を助けたのだよ」と、涙声で言った。

「あのな、あのな」芽以は皆を見回して言った。

「浜にな、人形《デコ》を置いてきた」

「人形《デコ》？」

「もう直しも利かなくなった娘人形《デコ》と赤子の人形《デコ》を浜に置いて来た。あれを見れば、中村神社の者も氏子連中もさぞ仰天するであろう。己たちの所業の禍々しさを悔いればよし。人形《デコ》館の人形《デコ》と分かれば、人形《デコ》館の怒りを知るであろう」と久具男が眉をつり上げて言った。

　翌朝早く、網元の家で麦御飯と汐汁《うしおじる》の朝食をとっていると、傀儡師が現れた。

「潮の痛みはあるか？」と聞かれて、梢も雪彦も、ひりひりした痛みが消えているのに気付いた。首を横に振ると傀儡師は「うむ」と頷いた。

「小枝は？」

「足の指先が……透けてきておりまする。芥子薬を飲ませましたゆえ、痛みは覚えぬと思うが……」と久具男が言うと、傀儡師は、

「足の償い金は貰うて来た」と言って、懐から切り餅を二つ出して見せた。

「中村神社の宮司に掛け合うたのよ。巫女を孕ませた上、抹殺せんとした罪は許せぬと申した。償い金を出さねば孕ませた者の身分を世間に明かす、と言うてな」

「赤子の父が誰なのか分かっているのですか。小枝自身も分からぬようじゃのに」

「姥が吐いた」

　梢は小枝の巫女入りの折、見かけた老女を思い出した。あの者が……？　皆、傀儡師を見つめた。小枝を虐げたるは誰？

「母親に引っ張られて天女舞を見物に来て巫女を見初めた中村藩の重臣の息子。気の病に罹《かか》っていて、何物にも心を動かさず、凝然と座ったなりだった息子がどうしても天女巫女を抱きたいと言って聞かぬ

と、母親が宮司に泣きついて参った。さようなことはできぬと言うと刀を振り回して暴れると。宮司は多額の金を受け取って息子が小枝の寝所を訪れるのを黙認、いや手引きしておった。姥が小枝に薬を飲ませ、重臣の息子を手引きする役を果たしておった。もしかすると、小枝だけではなかったやもしれぬ――。巫女を、金儲けの道具としか思うておらぬ」

梢は複雑な憤りを覚えた。われらとて道具ではないのか。手足を奪われ、舞わずにはおられぬ手足を与えられ、まるで人形《デコ》手、人形《デコ》足に舞わせられておるようじゃのに。見物人の喝采を褒美に。われら自身が、己を主《あるじ》として舞う日がいつか来るのじゃろうか。黙って空《くう》を見据えている梢に、傀儡師は「どうした」と問うた。梢はハッと我に返り、

「で、小枝と赤子は、これから……？」

「人形《デコ》館へ戻す。小枝は裁縫の腕があるし、赤子は貴重な男子《おのこ》じゃ。菜花以来、赤子は館に来ておらぬし」

母子を人形《デコ》館に連れて帰れることで、ひとまず安堵した梢だったが、小枝と赤子のこれからの運命を思うと、心は晴れなかった。

「小枝の足は……」

「うむ。足は助からぬかも知れぬ。長く潮を浴びた人形《デコ》手、人形《デコ》足は消えるほかない。間もなく膝から下は消えるであろう」

「では、新たな人形《デコ》足を付けるのか？」

「それは叶わぬ。人形《デコ》手、人形《デコ》足は一度限りのもの。失えば、外見《そとみ》は似た手足が付けられるが、それは動くことも感ずることも叶わぬ、世の義足、義手でしかない」

いったい、人形《デコ》手、人形《デコ》足とはいかなるものなのか。人形《デコ》館とは何なのであろう。いかなる経緯《いきさつ》で成ったものなのであろう。ほかにも人形《デコ》館というものは在《あ》るのであろうか。――われら自身の手、足は、どうなってしまうのであろう。梢の頭の中は、悲憤を

伴った疑問が、ぐるぐると駆け巡っていた。

人形《デコ》館に戻って一か月ほどの後、小枝の人形《デコ》足は消えた。一挙に消えるのではなく、少しずつ少しずつ。消えゆくことを嘆くかのように、小枝の足は痛んだ。伊登女は小枝に芥子薬を与えた。

「この薬を飲んでおる間は赤子に乳を飲ませてはならぬ」と伊登女は言い、重湯に蜜を混ぜたものや、山羊の乳を飲ませていた。山羊は館の敷地内の小屋で飼われており、外の世界の山羊とは異なり、季節を問わず子を産み、乳を出していた。

人形《デコ》足を失った小枝は、義足を装着して、歩けるようになった。ゆっくりではあっても、松葉杖を使わず歩けることを、小枝は喜んだ。

「両手で、この子を抱けまする」

小枝は「東風彦《こちひこ》」と名付けた赤子を、どんな経緯《いきさつ》で生まれたかなど全く拘泥《こうでい》することなく、心の限り慈しんだ。

小枝は人形の衣裳や人形《デコ》館の者の衣服を縫い続けていた。東風彦が生まれて一年が経った祝いが秋祭りを目ざした興行の出立前に行われた。東風彦は小枝によく似た華奢な面立ちだった。「よき役者になるであろう」と傀儡師は東風彦の顔を検分するように見つめた。祝いといっても、赤飯を炊き、山鳥の肉を入れた汁が供されただけだったが、普段とは違った料理に、芽以も菜花もはしゃいでいた。三春の街に出かけていた久具男が「祝」と焼き印を押した饅頭を買って来た。

小枝は伊登女から、人形作りで余った布をもらい、東風彦の晴れ着を拵えた。浅黄色の地に大きく松を置き、竹と梅を配した目出度い図柄の一つ身の着物に、黒紋付きの羽織と袴を着せた。小枝の膝に乗って赤飯を食べさせてもらっている東風彦は、まるで御所人形のように愛らしかった。

「まるで人形のよう」と言いかけて、梢は言葉を飲み込んだ。ここは人形《デコ》館。なれど芽以も菜花も東風彦も、決して人形《デコ》にはしない、させない。それには、この人形《デコ》館の謎を解かねばならない。館の謎を解けば、われらも人形《デコ》の運命《さだめ》から解き放たれるのではないか、と梢は本能的に察知していた。おそらく、謎を解く鍵は、黒男の守る祠《ほこら》にある、と梢は思った。だが、ここ数年、梢が祠に行こうとすると、傀儡師が険しい目差しで梢を震えさせ、傀儡師が留守の間を狙おうとすると、暴風雨になったりした。稀に祠に辿り着いても、黒男は前に語った以上を話そうとはしなかった。

例年のように、二本松の霞城下で興行を打っていた人形《デコ》一座は、「今宵は城から姫がおいでになる。心して舞うように」と城下の興行を差配する役人から申し渡された。

藤娘を舞い終えた木の葉が人形《デコ》手の付け根を押えてうずくまった。

「どうした、木の葉？」

「肩が、腕が痛い。しびれる」

いつかもこのようなことがあった、と梢は思った。確か、あれも霞城での興行ではなかったか。あの折も、桟敷にお城の方々がおいでと聞いた。梢の頭の中で稲妻のように閃めくものがあった。もしや、木の葉の腕は霞城の姫と関わりがあるのではないか。――そうか、木の葉の腕はおそらく霞城の姫に奪われたのだ。姫に奪われた腕が、己の本来の持ち主である木の葉を見分けて、呼んだのであろうか。呼びかけを受けて、木の葉の人形《デコ》手が応えたのであろうか。

梢は激しい衝撃とともに悟った。われらの手、足は皆、誰かに奪われたのだ。われらが取り換えの術を施される時、隣の寝台に横たわっていたもう一人の者、あの者にわれは手、足、乳まで奪われたのだ。おそらく多額の金と引き換えに。われらは己の手足を切り取られ、人形《デコ》手足を与えられ、芝居や舞を仕込まれ、さらに金を稼がされる。「金」はどこに流れるのだろう。われらの暮らしに費やす高など知れているに。何よりも、人形《デコ》手足に交換する施術は、いかにして成り立つのであろう。その大本のところを探らねば、人形館《デコ》に住まうわれらの運命《さだめ》は変わることはないであろう。この興行が終わって戻ったら、何としても祠に行かねばならぬ。梢は、まだぼおっとした顔で左肩を撫でている木の葉を見ながら決意した。

梢は久方ぶりに祠への道を辿った。傀儡師は前日から「数日留守にする」と出掛けていた。今日も天変が起こるのであろうかと危ぶみながら尾根道に入ると、風も吹かず、雨も降らない晩秋の山は静まり返っていた。気が急いて駆け足になる。

朝まだきの鳥居の下で、黒男は梢を待っていた。待っていたことが梢には分かった。黒男は、この前に訪れた時より、体が縮んだように見え、梢は驚いた。

「どうかされたか、病では……?」

「いや。芥子草の傍におると、生き者の体は少しずつ萎んでいくのだよ。小枝はいかがしておる? 東風彦は息災か」

小枝と東風彦が人形館《デコ》に戻っていることも黒男は知っていたのか、と梢は思った。

「木の葉は変わりないか」と黒男は尋ねた。

「はい。なれど霞城下の舞台の折、また腕の付け根が痛むというていたが」

「霞城の姫が来ていたか?」

「確《しか》とは存じませぬが、お城から見物にみえているとは聞いており申した」

「む。おそらく霞城の木の実《こ　み》姫であろう。木の実というは幼名じゃがの。今は真澄《ますみ》姫といわれる」

「木の実、木の葉……」

「さよう。二人は双子の姫じゃ」

驚愕の余り、梢は咄嗟《とっさ》に口が利けなかった。

「……では、では、木の葉は霞城の姫だったのか⁉」

「さよう。木の葉は霞城の奥に潜む山女神《やまめがみ》に捧げられた贄《にえ》なのじゃ」

「山女神……贄……？」

黒男は梢を枯れ株を刈り取った芥子畑に誘《いざな》い、木の腰掛けに座るよう促した。

「今から何百年も昔から、霞城の奥には魔神が住むと言い伝えられておる。魔神は巨大な鬼子母の姿をしており、城の繁栄を守る代わりに、代々の城主の子を贄として差し出すことを命じておった。差し出さねば大山崩れを起こして城も人も呑み込むと。城主が、子を取られてしまえば、結局は城は滅び申すと言うと、鬼子母は、なれば双子を授けるゆえ、一方を差し出せと言う。子というものは、いつ何時、ふっと命を亡くすか分かりませぬと、奥方が震えながら申すと、三つまでは双子を手元に置いて育ててもよし、三歳にならば一人は捨てよ、との命令だったと。やむなく、城では三年経つと一人を野に放置し、だがすぐ、家臣に拾わせて密かに育てさせた。捨てる折、『これは人形《デコ》』と鬼子母を謀《たばか》る呪文を唱える。鬼子母はさようなことはすべて見通しつつ、謀られたふりをしておった。恐ろしい呪いをかけてな」

「呪い？」

「親元に残されし子は怪我や病で、体のそこここを失う」

「ああっ」

「そうじゃ。残されし子の手足と、人形《デコ》じゃと言うて捨てられし子の手足を取り換える術を傀儡師に授けてな」

「……では、われも双子の片割れなるか？　木の葉はもとより、幹乃や蕾、雪彦や風彦も」

「霞城の城主と鬼子母の山女神との約定が始まった頃は、双子の片割れが人形《デコ》になった。だが、傷ついたり失われたりした手足を健やかな手足と換えてもらえるという噂が広まっての、大金を出して手、足を購う者が出てきた。山女神は人間が己の欲望に溺れて他者の手足を奪うことを求めるさまを見るのが面白うて、傀儡師を人形館《デコ》の統師となし、伊登女を世話役となした。久具男は元々は人間じゃが、傀儡師はいろいろな術を仕込んでおるようじゃ。痛みを抑える芥子薬も作られ、施術の技量も上がった。芥子薬は密かに世に売られ、多額の金を儲けておる。芥いや金が目的なのではない。金など山女神には何の要り用もなきもの。山女神はただただ人間が憎うて、恨めしゅうて、人を傷つけるのじゃ。山女神は芥子の世話をするわれのような者も作り出した……。

手足を求める子供は常にいたが、与える子供はいるはずもない。すると山女神は、我が子を手足の元として差し出すよう、親たちの心に毒を流した。貧しさゆえに手元に置いても育てること叶わぬと子供を手放す親もあれば、金に目が眩んで差し出す親もいる。祭りではぐれたり、辻に置き去りにされる子もあれば、川に流される子もおる。が、親や養っておる者と傀儡師との間には前もってツナギがなされていて、子を引き取ると金が渡される取り決めじゃ。今、双子の片割れとして人形館《デコ》におるのは、木の葉と芽以と、おまえ自身じゃ」

「——われの親のことはご存知か？」

「旅の芸人一座の花形香蘭《こうらん》太夫。胸の病に罹って、薬代が欲しゅうて、双子の片割れを座長が売った。おまえの双子の片割れは、木末《こぬれ》と言うて、母の跡を襲《おそ》いて一座の太夫を務めておる」

「では、われの手足と乳は？」

「うむ。木末に与えた」

「父なる者は？　座長か？」

「いや。座長は香蘭太夫の父ゆえ、異なる。香蘭太夫は決して娘らの父の名は明かさなかった。おまえは三歳になっていたが、母の才を受け継いで、舞台に出ると見物人の目と心を惹きつけ、喝采を浴びていた。それに引き換え木末は体が弱くて、手放すにしのびなかったのであろう。座長は、人形一座でもきっと優れたる役者になろうと望みをかけて、心苛《さいな》まれつつ、おまえの方を手放した」

「太夫と木末は……？」

「太夫の病は治らなかった。木末は、おまえの手足と乳をもらうと、見違えるように丈夫になって、芸も巧みになった。座長は一座を引き連れてはるか上方の方へ旅立って行った。梢の近くにおると、また木末のために梢の体を奪うことになるやもしれぬと」

「三つまでは母さまの元にいた……なれど、われは何も覚えておらぬ」

「傀儡師は子供の思い出を抜く術も心得ておるゆえ。ほとんどの子は、実の親の思い出を持ってはおらぬ」

梢は初めて聞く黒男の話の不思議さに、しばらくは木の腰掛けからも立ち上がれぬ衝撃を受けていた。――やがて、驚きの底から、根本的な疑問が浮かび出て来た。

「なぜ、なにゆえ、山女神はさような企みをなすのであろう。人が欲に溺れるさまを見るのが面白い――とは？ なにゆえ、山女神は人を憎む？」

「うむ。おまえは鬼子母の話を知っておろう」

「はい。数年前より芝居の演目にもして、評判も上々でござりまする」

「鬼子母の宝は？」

「我が子。とりわけ釈迦に隠された末の子」

「あの言い伝えでは、釈迦に末の子を返してもろうて鬼子母は改心したというが、霞城の鬼子母は今も子を奪われしままなのじゃ。その悲しみと恨み、怒りで、鬼子母は仕返しに人を痛めつけておる」

「誰が？ 誰が鬼子母の子を奪ったのか？」

「およそ二百年前の霞城の祖先じゃ。敵に取り囲まれて進退窮まった城主が、城の山奥に住むという山女神に祈ったそうじゃ。

『永劫、帰依し尊奉いたしますゆえ、何とぞお助けくださりませ。三春と安積の軍勢を退けてくだされば、何でもいたしまする』

『何でも、とな』

ゆったりとした女の声が城主の耳を打った。

『では、おまえの息子を我に与えよ。さすれば安積の地で洪水を起こさせ、三春で大地震《ない》を起こさせようぞ』

『我が息子を——ならば、山女神さまのお子もわが方にお預けくだされ。互いの信《まこと》の証《あかし》として』

城主と山女神は阿武隈川のほとりで互いの子を交換した。山女神は約定通り、安積の地で洪水を起こし、三春の地で大地震を起こした。霞城主は戦わずして城を守ることが叶い、以降、今に至るまで繁栄を保っておる。事が鎮まりて後、山女神は約定通り、城主の息子を阿武隈川の橋のたもとに置いた。——が、城主は山女神の子を返さなんだ」

「何と。もしや命を……」

「いや、さすがにそれはできぬ。する訳もない。城主が山女神の子を殺せば、山女神は洪水や地震のごとき災禍を霞城に引き起こすであろう。殺さず、返さず、捕えておいて山女神を操るが城主の企みじゃ。もし、山女神が霞城を滅ぼさんとすれば、預かっておる子を殺す、と城主は山女神に告げた。山女神は髪を振り乱し、歯噛みをして、子の交換に応じた己の迂闊な行為を悔いたが、愛し子が城主の手にある今は、いかんともし難い」

「山女神なれば城主に気付かれず、子を取り戻すすべはあったのではないか……」

「それがのう、城主は天守の最上階に山女神の子を押し込め、霞城に湧く特別なる霞の帳を張って隠してしもうた。その帳は山女神にも開くことが叶わぬものなのじゃ。怒り狂った山女神は、霞城に生まるる双子の一方を城に残し、一方を人形《デコ》にして手足を取り換えるという恐ろしい所業を、霞城の城主の裏切りへの報復として続けてきたのじゃ。傀儡師も伊登女もわれも、山女神の恨みと怒りが作り上げたる幻のようなるもの。木の葉は今に至るまで続いておる霞城の双子の運命《さだめ》を背負うておる。おまえのような、双子同士もあれば、全く独りで人形《デコ》館に売られし者もある」

梢は理不尽な運命を背負わされた怒りに胸が焦げた。

「われらが山女神の呪いから解かるるすべはないのですか。人から生まれて人として生きるすべはないのですか」

「山女神の子を返してやれば、すべての呪いは解けるはず」

「山女神の子は、ずーっと子供のままなのか？」

「そうじゃ。山女神自身も歳はとらぬ。千人といわれる子供らもな。実を申せば、われら、傀儡師も伊登女もわれも、歳を取るのがひどくゆるやかなのじゃ。百年をはるかに越える寿命を与えられておる。我らはいずれも二代目じゃ。ああ、長き長き年月じゃった。来る日も来る日も芥子草を育て、山女神の使いと傀儡師に渡す。多くの子供たちに降り掛かる運命を知りつつ、どうしてやることもできぬ日々。傀儡師は今必死で三代目を探しておる。おそらく久具男を三代目にせんと目論んでおるのであろうが、久具男は心弱きゆえ、傀儡師にはなり切れぬであろう。施術はできるとしても、人形舞《デコ》が叶わぬくなった者たちを送ることができぬであろう……」

「人形舞《デコ》が叶わなくなった者を送る……もしや、姿を消した姉さま、兄さまたち……」

「人形舞《デコ》は、人形手《デコ》、人形足《デコ》があってのもの。だが三十路を越えた頃から人形手《デコ》、人形足《デコ》は次第に動かなくなり、ただ形だけの義手、義足になってしまう。舞えなくなりたる者を人形《デコ》館に置くことはできぬゆえ……」

言い澱む黒男に梢は、その先を聞くのが恐ろしくて、目を伏せた。

「酷《むご》いことが起きる……」とつぶやく梢に、黒男は言った。

「それもまた、山女神の呪いの一つじゃ」

梢は沈み込む思いを振り払うように目を上げて黒男を見た。

「すべての運命を変える鍵は、山女神の子を返すことなのじゃな。黒男さんは霞の帳を開くすべを知ってはおらぬのか？」

「わしは知らぬ。もし、開くことのできる者があるとすれば、それは木の葉じゃ」

「木の葉が？」

「木の葉は霞城の木の実姫の片割れ。木の実姫のみが、霞の帳の中に入って、山女神の子と遊べるそうじゃ。代々の城主の姫が山女神の子の遊び相手を務めるのも山女神の決めたことじゃ。――なら、木の葉も帳に入れるやもしれぬ。入って山女神の子を外に連れ出すことができれば、山女神は鬼子母の姿をとって子を迎えに来るやもしれぬ」

「鬼子母が子を取り戻せば――」

「すべての呪いが解ける」

「呪いが解ければ、われらの人形《デコ》手、人形《デコ》足はどうなる？」

「奪われし手足は、元の持ち主に返る」

「では奪った者の手足は？」

「人形《デコ》手足となるが、おまえたちの手足と違うて、形だけのもの。義手、義足となる」

「木の葉と木の実姫も……」

「酷《むご》きつながりよのう。並び立つことは叶わぬ」

雨を孕んだ風が芥子の原を吹いた。梢はハッとした。思いもかけぬ話に聞き入って、長い時を過ごした気がする。どれほどの時刻が経ったのであろう。早う戻らねば。帰らねば。

「案ずるな。傀儡師も伊登女も、われも、霞城と山女神の長い長い闘いの渦の中で、人形《デコ》のように操られてきた。もう、この渦の中から抜け出して安らぎたきものと思うておる。長い長い間、来る日も来る日も、来る年も来る年も、子供の顔触れは変わりても、同じ所業を繰り返してきた。疲れた。傀儡師もわれも、人形《デコ》館を滅ぼさんとする者が現れるを恐れてきた。だが、『己』であろうとする意志を持つ者が現れて、人形館《デコ》が消滅することこそ、われらが救われる道、と悟ったのじゃよ。死すべき時が来れば死するのが天然のめぐりと申すもの。山女神の子は山女神の元に返し、山女神の嘆きを晴らしてやりたきもの。

今、この芥子畑には人の世とは異なる『時』が流れておる。ここでの一刻は、人の世では瞬く間なのだ。だがおまえが行き来する道は人の世の時が流るるゆえ、帰りは雲に乗りて行くがよい」

まだ、黒男の話を十分には飲み込めず呆然としている梢に、黒男は気遣わしげに言った。

「梢、急がねばならぬぞ。木の実姫が目を病んでおるそうじゃ」

「目？」

「うむ。もし見えぬようなことになれば……」

「木の葉の目を取る!?」

「おそらく。だが、目となると、手や足と違うて慎重にせねばならぬ。木の葉と木の実姫を会わせて、目と目を見合わさせて、木の葉の目を木の実姫に移しても目が生き続けるかどうか、確かめねばならぬ。いずれ、霞城から木の葉を召し出す命が届こう。その折が好機となるやもしれぬ」

「好機とは？」

「木の実姫に代わって木の葉が帳に入って山女神の子を外に出すことができれば、たちまちのうちに山女神が現れ出でて、子を胸に抱くであろう」

「山女神はいかにしてそれを知るや？」

「おまえが知らせるのじゃ」

「われが？　いかにして」

「鬼子母の舞台で。木の葉が山女神の子を連れて霞の帳を出でくる筋書にして演ずるのじゃ」

普段なら興行は仕舞いとなり人形館《デコ》も冬籠りに入る季節が近付いていたが、三春地方はこの年大そうな豊作で、城下も近郷の村々も華やいでいた。その上、三春の姫が数年後には伊達家に嫁ぐ約定がなされるという慶事もあり、人々は「祝い祭り」を求めていた。「めでたきを寿ぐ祭りを許す」という許しが出て、人形館《デコ》にも芝居興行参加を促す知らせが届いた。

久具男と雪彦と梢は黒男の示唆を得て、演目を相談した。賑やかな豊年の踊り、嫁入り行列を模した華麗な踊りを揃え、芝居は『葛の葉』と『鬼子母神』とした。母子の情は、いつの時代も人の心を打つ。『葛の葉』は、狐の身で人間の子を生み、子と別れざるを得なかった母の悲痛な思いを描いた演目である。粗筋は、「安倍保名《あべのやすな》は信田の森で狩り出された白狐を助けるが、そのため狩りの一団に襲われ深手を負う。その保名を、命を助けられた白狐が、保名の許嫁《いいなずけ》・葛の葉姫に姿を変え介抱する。二人は夫婦になり、安倍野の地に住まいを構えて六年、一子、安倍童子《あべのどうじ》をもうけ、幸せに暮らしていた。しかしそこへ、本物の葛の葉姫が保名を探し当ててやってくる。狐の葛の葉は、もう保名と子供とともにいることはできない。夫の保名に夢の中で己の正体を告げ、童子をひしと抱きしめてから家に残し、もとの狐のすみか、信田の森へと去って行く」というものである。保名は雪彦、葛の葉は幹乃、童子は芽以が演じた。白狐に戻った葛の葉が「はなれがたや」と童子をひしと抱く姿に、観客は涙を浮かべて見入っている。葛の葉が「恋しくば尋ね来てみよ和泉なる信田の森の恨み葛の葉」の歌を障子に書き、義太夫が詠《うた》い上げると、観客の頬に涙がこぼれ落ちた。梢は出番に備えて舞台袖で唄を聞いていた。ああ、母が子と別れる恨みは、かくも強きものか。梢は山女神の思いを重ねた。さあ、次はわれの番じゃ。山女神よ、鬼子母の芝居をしっかと見てくだされや。

最後の演目『鬼子母神』は、「新」の文字を冠して『新鬼子母譚』とした。この芝居は一回きりのもの、山女神に見せるためのもの、山女神は見てくれるであろうか、と梢は不安だった。が、久具男は「必ず見る」と請け合った。「己の名の芝居じゃからの、山女神の鬼子母は気になってならぬはず」

芝居では「霞城」は「白雲城」とし、白雲城が窮地に陥っている様は、幕絵と語りで表された。「遙か昔のこと……」と語られるため、見物客は史実とは思わないが、「白雲城」の遠望に、どこか既視感が働くらしく、戸惑った顔つきで眺めている。野馬《のま》と三冬《みふゆ》の地名にまた、はて？といった面持ちになる。白雲城の書き割りの前に黒い幕が降りると、舞台に、波打つ襞の衣をまとった鬼子母が現れ、大きな岩に腰を下ろした。闇の中から、次々と子供が現れ、鬼子母の膝に登り、腕にすがり、背に乗り、足に絡みつき、首にぶら下がる。十指に余る子供たちは、すべて人形《デコ》である。左手に最も幼い子を抱き、右手には石榴を乗せ、鬼子母は愛しげに子等を眺めた。と、鬼子母の耳に、追いつめられた白雲城主の囁きが吹き込まれた。

「鬼子母様ともあろうお方が、さように粗末な岩屋においでになり、堅き岩に座しておられるとは。御子《みこ》たちも衣服もまとわず、おいたわしきことじゃ。もし、我が城を守ってくだされるなら、鬼子母さまには麗わしき宮殿をお贈り申そう。御子様にも、絹錦の御衣《おんぞ》を差し上げますする。どうか、野馬と三冬の軍より、わが白雲城を守りたまえ」

鬼子母は己の座する岩屋を見回した。子供等の裸体を見回した。これまで何の不足もないと思っていた住まいや衣服が、ひどく見すぼらしく思えてきた。ふむ、よき取り決めやもしれぬ。だが人間は油断のならぬ生き物。人質を出させよう。鬼子母は城主の子を預かると告げた。城主と鬼子母のやり取りを聞いていた見物人は、先が見通せず、曖昧な顔をしている。いつもの鬼子母の芝居ではないようじゃ。何なのであろう、この芝居は……。城主の子が連れて来られて、鬼子母に引き渡された。鬼子母は、城主の子を喰ってしまうのではないか、見物席はざわめいた。だが、続く城主の言葉に、見物人はまた、困惑に投げ込まれた。

「鬼子母さまの末の御子を此方へお預かり申したい。鬼子母さまとわたくしの信義の証しとして」

「信義？」と問い直して、鬼子母は眉をひそめた。

「わらわは人間ではない。信義など知らぬこと。わらわはわらわのしたきままにするのみ」と言い捨てて左腕の末の子を抱き直して去ろうとした。と、鬼子母が立ち上がった拍子に、赤子はスルリと腕から抜け落ちて岩の下へ転がり落ちてしまった。城主は素早く赤子を拾い上げて家臣に渡した。末の子を取り戻そうと鬼子母が家臣を追うと、身体にまつわりついていた九人の子が地に転《まろ》び、一斉に泣きだした。鬼子母は子供らを引き寄せ、城主に告げた。

「野馬には津波を、三冬には洪水を起こす。さすればおまえの城は助かるであろう。さすれば、すぐ我《あ》子《こ》を返せ」

「大切にお預かり申す」

津波と洪水のさまは、再び書き割りと語りによって伝えられた。鬼子母は己の子等を岩屋に隠し、城主の子の手を引いて岩屋の入り口に立った。

「おまえの子を返す。わらわの子を返せ」

城主の子は父の元に走り寄り、城主はすぐに、子を槍を持つ家臣に連れ去らせた。城主は、「大切な御子、お返し申す」と言って赤子を捧げ渡した。赤子は美しい綾絹の着物を着せられていた。両手で抱き取った鬼子母は愛しげに子を抱き締めた。が、突然、鬼子母は「あぁーっ」と叫んで子を放り出した。子は人形だった。

「わらわの子はどこじゃ。どうした‼」

鬼子母の顔は般若の顔となり、城主を噛み砕かんばかりに口を開けた。城主はたじろぎながらも山女神を見上げ、言い放った。

「もし、われを殺さば、鬼子母の子をすぐ殺すよう命じてある。これから後も、われに害をなさば、子の命を奪《と》る」

鬼子母は手を振り絞り、身をよじり、涙を振り飛ばして泣いた。見物人は、謀られた鬼子母の悲しみに同調し、狡猾な城主に対する怒りに手を握り締めた。

再び白雲城の書割が舞台に浮かび、城主が鬼子母の子を城の天守の部屋に隠し、霞の帳を張ったことが語られた。

「いかなる理由《わけ》によるものか、鬼子母は、霞の帳を開くこと叶わず、ただ、吾子が無事でいることだけは、鬼子母には伝わっていたのでござります。もし、鬼子母の子が命を失くすようなことあらば、鬼子母は己の持てるすべての魔力で白雲城に襲いかかったでありましょう」

語りに聞き入っているうちに、舞台は影絵芝居に変わった。語りとともに影絵が動いていく。

「鬼子母は、せめてもの腹いせに、城主の子孫に呪いをかけ申した。白雲城の城主には必ず双子が生まれ、一方は城に残され、一方は捨てらるる。城に残されし子は必ずその手足を傷み損ね、捨てられし子の手足と取り換えられ申した」

双子の手足が付け換えられる場面を、影絵芝居は、音もなく描いていた。手足の交換が終わると、双子は再び左右に離れていった。

影絵も消え、舞台は暗転した。次に浮かび上がったのは、真っ白い濃い霞に囲まれた部屋に眠る赤子だった。赤子は小枝の子、東風彦が扮していた。部屋を取り巻く霞を分けて一人の娘が入って行き、赤子に「遊ばんや、歌わんや」と呼びかけた。赤子はぱっちりと目を開き、にっこり笑って起き上がった。赤子は一、二歳に見えた。娘は携えてきた瓢箪の水を赤子に飲ませると、お手玉をしたり、目隠し鬼をしたりしてひとしきり赤子を遊ばせる。赤子が遊び疲れて膝にもたれてくると、歌いながら赤子を揺すった。「おやすみ　ぼうや　もうじき　かかさま　おむかえじゃ　それまで　たんと　おねむりや」赤子が再び眠りに陥ると、娘は赤子を蓮の模様の褥《しとね》に横たえ、部屋を出た。

娘は観客に向かって名告りを上げると、赤子と遊ぶ理由《わけ》を語った。

「われは白雲城の花実《はなみ》姫。赤子に水を飲ませ、ひとしきり遊ぶは、代々の白雲城の姫に与えられし役目という。赤子は何年、何十年経ちても大きゅうもならず、かと申して衰えることもなく、天守の天辺《てっぺん》で眠っておる。赤子を外に出してやりとうても、赤子を連れて出んとすれば、われも霞に閉ざされて出ること叶わぬ。哀れな子よ。どんなにか母《かか》さまの胸に抱かれたいであろうに」

花実姫が上手に去ると、花実姫と瓜二つの娘が下手から現れた。

「われは花葉《はなは》。花実姫の双子の妹。霞よ、われを入れておくれ」

花葉が霞に呼びかけると、霞はゆらゆら揺れた。花葉の周りを探るように流れると、霞はスッと二つに分かれて花葉を通した。部屋の中から、花葉の声がした。

「鬼子母よ　そなたの子はここにおる　はようむかえにおいでくだされ」

すると上手から鬼子母が姿を現した。

「吾子よ、母が迎えに参りたるぞ」

霞が割れ、赤子を抱いて花葉が姿を現し、鬼子母の手に赤子を差し出した。鬼子母は赤子をひしと抱き締め、赤子の頭《こうべ》にはらはらと涙を落とした。鬼子母は花葉を見下ろし、

「礼を申す。何か望みはあるか？」と訊いた。花葉は「人形《デコ》の呪いを解いてくだされ。親の思い、子の思いは人《ひと》も同じでござります」

と鬼子母を見上げて言った。鬼子母は少し思案するように首を傾けた。突然、今まで口を利いたことがない赤子が声を発した。

「かかさま、おうちへかえろう」

鬼子母は赤子を左腕に抱き、右手を木の葉の頭上に翳《かざ》して、嫣然と微笑んだ。うれしげに去って行く母子を見送る花葉。——そこで幕が降りた。

この芝居は何なのだろう。見物人たちは、どこか得心のゆき兼ねる面持ちながら、我が子を取り戻した鬼子母の喜びに共感し、ホウッと溜息をついた。見物人の不審を吹き払うように、サッと舞台の幕が開き、一座の者総出の華やかな踊りになった。

白牡丹と紅牡丹の精に扮した梢と幹乃、蝶の羽をつけた木の葉と蕾。芽以と菜花は、うさぎの着ぐるみを着て、跳ね回っている。見物人の爆笑を誘ったのは、よちよち歩きの東風彦が青虫の扮装で這い回る姿だった。雪彦、風彦、霰彦、霧彦、雨彦は、蜻蛉の羽を付けて、舞台の端から端までトンボを切ってみせた。最後に全員が輪になって三春の郷に伝わる盆踊り唄を歌いながら踊り出すと、見物人も立ち上がって歌い出した。舞台と見物席が一つになった楽しさに包まれて、特別興行は終了した。

大丈夫だったろうか。鬼子母は見ていたであろうか。霞城の者は気付かなかったであろうか。いずれ芝居のことは霞城にも伝わるであろうが、霞城の天守の奥の秘密を承知しておる者は、城主とごくわずかの側近の者のみという。木の実姫自身、双子の妹、木の葉から手をもろうておることは知らぬはず。芝居はうまく運んでも、現実《うつつ》の世ではどう動くことになるか、梢の胸には次から次と不安が湧き起こってきた。だが、と梢は不安を押し払い、決意を新たにした。人形《デコ》の呪いを解くには、二百年をも越える長き日々、霞城の天守に囚われている鬼子母の子を鬼子母に返す以外、術はない。それに——と梢は思った。もし、人形《デコ》の呪いが解けぬにしても、子を母の胸に返してやりたきもの、と。

一度きりの興行を終えて、人形館《デコ》は冬籠りに入った。踊りや芝居の稽古は冬の間も欠かすことはなかった。人形《デコ》の手入れをし、冬の間の食料の保存や衣服の準備に忙しかったが、巡業がない暮らしは、さすがにのどかだった。人形館《デコ》の由来が霞城と山女神の二百年を越す確執にあることを知った梢の目に、傀儡師や伊登女は、これまでとは異った様相で映った。あれほど恐しかった傀儡師は、急に、年老いた一人の男に見え、館の暮らしの要だった伊登女も、にわかに頼りなげな老女に見えてきた。もし鬼子母の呪いが解けたら、二人はどうなるのだろう。黒男は「もう、われらはゆっくり眠りたいのじゃ。われらのことは気にかけずともよい」と言うていたが……。自分が知り得た「真実」を皆に告げるべきか否か、梢は迷っていた。皆、どんなに驚くことであろうか。いや、そもそも信ずるであろうか。――だがその年も終わろうとする晦日の夜、傀儡師は皆を集めて、梢が黒男から聞いていた霞城主と山女神の諍いを元とする人形《デコ》手、人形《デコ》足の謂れを語った。

皆、傀儡師の語ることを、すんなりとは飲み込めず呆然としていたが、風彦が、「おお、新鬼子母譚は――」と気付くと、皆、「あの芝居は本当のこと。われらは――」と悟っていった。あまりにも恐ろしい運命に、皆は表立ってそのことを言葉に出すことはできず、正月三が日は、人形《デコ》館の習わし通り、淡々と過ぎて行った。

年が明けて四日目の朝、傀儡師が、なめした革のように表情のない顔で皆に告げた。

「木の葉を霞城に連れて行かねばならぬ」

梢は咄嗟に木の葉を自分の身で庇って言った。

「なにゆえ？　もしや」

「木の実姫の右目が、ほとんど見えぬようになったと。木の葉の目を差し出せと」

「目の付け換えなど、できるのか？　これまでに目の施術をなしたことはあったのか？」

梢は激しい口調を抑え切れずに言った。

「分からぬ。七十年ほど前に一度試みたれど、失敗であった。奪《と》った目は形だけは保たれしも、光を取り戻すことはなかった。奪われし者の目に入れるべき目は、無かった。獣に喰いちぎられてしもうていたゆえ」

「そんな、危うい施術をさせることは許せぬ」

「うむ。だがわしは、木の葉を連れて行こうと思う」

「何を申す」

娘たちは肩を寄せ合って木の葉を囲み、若者たちは立ち上がって、傀儡師を囲んだ。傀儡師は皆を見渡して言った。

「まあ、待て。わしはこの機会を待っておった」

梢はハッとした。

そうじゃ。霞城の天守に囚われている山女神の子を霞の間から連れ出せるのは、木の葉かもしれぬ。木の実姫に代わって木の葉が部屋に入ることが叶うならば、山女神に子を返してやれるやもしれぬ。

「木の葉は三日ほど木の実姫と寝食を共にし、目を移し換えても大丈夫か否か、見分けることになる」

「いかにして見分けるのか」

「移し換えられぬ時は、木の実姫の目に湯を浴びせると、紅く変わるという。三日目、目が紅うなるかどうか確かめるために姫を湯殿に連れて行くゆえ、その折に木の葉が一人、霞の間に入れる隙《すき》ができるやもしれぬ」

「……木の葉は三日の間、一人で気を確かに保てるであろうか」

「うむ。木の葉の付き添いとなりておまえが付いて参れ」

「城主は付き添いを許すであろうか」

「隣藩との縁組みを控えて、霞城の者たちは焦っておる。隻眼の姫を娶る藩主はなきゆえのう。木の葉は梢が付き添わねば、恐怖のあまり狂乱して木の実姫に襲いかかるやもしれぬと申そう。何としても木の葉を霞の間に入れるのじゃ。二百年余にわたる人《デ》形《コ》館の呪いを解くのじゃ」

梢はずっと心に蟠《わだかま》っていた気懸りを口にした。

「もし、呪いが解けたら……我らの手足は元に戻るとして……傀儡師や久具男、伊登女はどうなるのか。二百年の昔に還るのですか」

「久具男はおまえたちと同じじゃ。元々は人であるゆえ人に還れる。わしと伊登女、黒男は、人としての寿命はとうに尽きておる。呪いが解ければ……骨も残さず土に還るであろう。いや案ぜずともよい。われらはもう、この世にあることに倦み疲れておる。呪いによるものとはいえ、多くの子供の手足を奪う施術をなした罪は深い。後世を弔ってもらう資格もない。――もし、叶うなら、古き墓のたもとに、三本の沙羅の木を植えてくれぬか。われと伊登女と黒男は沙羅の木を巡り吹く風となろう」

「黒男……」

「うむ。あの祠の先は迷路の如く入り組んでいて、誰も辿り着けぬが、山女神の岩屋に風を送る道になっておる。時折、祠に花を供えてやってほしい。香ぐわしき花の香が岩屋に届くであろう。芥子畑の花は燃え尽きよう」

「燃え尽きる?」梢の頭に、一面の芥子の花が炎を上げて燃える光景が浮かんだ。

数日後、霞城から迎えの者が来た。


「さあ、出立じゃ。頼んだぞ、梢、木の葉。窮地に陥ったらわしを呼べ。最後の力を振るいて、手助けしようぞ」

深くはないが雪が積っていた。城からの使いは馬を一頭引いてきていた。梢は木の葉とともに馬に乗った。渋い顔をする使者に、傀儡師は言った。「城主の許しを得ておる。付き添いを認めねば木の葉は遣らぬ」

二日がかりで霞城に着くまで、梢は片時も木の葉の傍を離れなかった。城に着くと、木の葉と梢はお女中たちの居室に並ぶ控えの間のような一間に通された。

「今宵はこちらでお寝みくだされ。明日からは姫さまと天守でお過ごしあれ。お供の者はこの部屋に控えよ」

「いえ。先に申し入れましたる通り、われが傍におりませぬと、木の葉は狂乱しまする。姫さまに何かありましてもよろしいか」

梢が厳しい口調で言うと、老女中は眉をひそめ、

「いたし方もない。では、姫さまと人形《デコ》館の娘が過ごされるお部屋の次の間に控えよ。決して姫さまのお姿を見てはならぬ。言葉を交わしてはならぬ」

翌日、木の葉と梢は五層の天守の三層目に連れて行かれた。三層目は、天守に立て籠る戦況になった場合の、女たちの溜りになるらしく、半分が板敷きで、半分は畳敷きになっていた。板の間には、おびただしい数の薙刀《なぎなた》が収蔵されていた。畳の間の奥には、一段高い貴人の座を設えた部屋と次の間があった。木の実姫は奥の部屋で木の葉を待っていた。梢は次の間に控えるよう命じられ、木の実姫付きの乳母ふうの女と反対側の隅に座すよう指示された。

木の実姫は顔の左半面を覆うほどの大きな白い眼帯を掛けていた。

「お目が痛いのですか」

はじめに問いかけたのは木の葉だった。

「痛うはないが、光が眩しゅうて」

木の実姫は辛《つら》そうに答えた。

「右のお目は？」

「右は大事ない」

次の間で二人のやり取りを聞いていた梢は恐れと安堵が入り混って、ホッと息を吐いた。やはり、木の実姫は目を病んでおる。だが、左目のみであれば、万万が一、木の葉の目が奪わるるようなことがあっても、右目は無事、と。

「退屈じゃ。三日間はそなたと過ごせと父君の言い付けじゃ。外に出てはならぬと。そなた何か気を晴らす術を知っておるか？」

「踊りをご覧に入れましょうか」

「おお、それは楽しげじゃ。わらわは、芝居見物が大好きじゃ。舞や踊りもな」

木の葉が立ち上がる気配がして、トンと足拍子を打つと、木の葉の唄が聞こえてきた。

春霞　かすみの城は花ざかり

夏の風　かすみの城を吹き抜けて
秋の霧　かすみの城は閉ざされて
冬の雪　かすみの城に降り積もる

「おお、みごとみごと」

木の実姫は手を打って笑った。

「姫さまも踊りましょ」

木の葉が手を取って木の実姫を立ち上がらせ、踊りの振りを教えはじめた。

「花ざかりで、花を見るように手をかざします。夏の風で、扇を開いて波打たせまする。閉ざされては、扇で顔を隠し、振り積もるで扇を足元から三寸ほどの高さで水平に動かしまする。……ああ、お上手ですね。姫さま」

わが手を奪った双子の姉、さらに今また目まで奪おうとしている姫と知っているはずなのに、木の葉は懸命に姫を楽しませようとしている。木の葉は恐ろしゅうないのであろうか。目を上げて向かいの隅の乳母らしき女を見ると、女は眉をひそめて、落ちつかなげに、手を握ったり開いたりしていた。

「あまり御身を動かされますと、熱を出されるゆえ」と小声で言って、乳母らしき女は梢を睨みつけた。乳母の女は、初めて木の葉を見た時、ハッと目を見張り、二人の娘の顔を交互に見比べて訝し気に首を振りつつ、胸の内で呟いた。なんとよう似た。よもやもう一人の姫……？　いや、もう一人の姫は双子を嫌う習わしで、ひそかにいずこかへ移されたと聞く。今になりて城に戻る訳もない。

梢の目から見ると、姫として育った木の実姫と人《デ》形《コ》館で厳しい修練に明け暮れた木の葉とは、表情が異なり、「瓜二つ」には見えなかった。

昼の御膳が運び上げられ、姫と木の葉、梢と乳母の女はそれぞれの膳に向かった。姫の部屋に膳を下げに行った乳母の女は「おお、こんなによう召し上がられた」とうれしげに声を上げた。

「一緒に踊られたりなさって、おなかがお空きになられたのであろう」と梢が言うと、乳母の女は、「まあ、さようなこともあるであろう。が、昼すぎは少しお休みいただいて、夕刻は……」と言いかけて口を噤んだ。美しい褥《しとね》を敷きのべ、二人は午睡に入ったらしく、姫たちの部屋はシンと静まった。

天守から見える空が薄紫に翳ってきた頃、乳母の女は姫に声を掛けた。

「姫さま、霞の間の刻限でござります」

あ、いよいよ、と梢は体を固くした。胸が高鳴った。姫と木の葉は奥の部屋から廊に出て、さらに階段を上っていくらしい。梢が後を追おうとすると、乳母の女に遮られた。

「霞の間には姫さまのほかは誰も入れぬ」

「木の葉は？」

「霞の間の襖の前で待たせる」

乳母の女自身も四層階までは上って行かず、元の座に戻って正座して目を瞑った。

半刻ほどして、二人の少女の声が聞こえた。

「あの赤子はだあれ？」

「知らぬ」

「この城の子なのですか？　弟君？」

「分からぬ。疲れた。あの部屋であの子と遊ぶと、いつもひどく怠《だる》くなるのじゃ」

木の実姫が萎《しお》れた声で言った。

「おいたわしや、姫さまお薬を召し上がれ。召し上がられましたら、夕餉までお休みくだされませ。そなたは姫さまがお休みの間、供の者の元に下がっていてよいぞ」

襖が開いて、木の葉が梢の元に飛んで来た。梢は木の葉の全身を見つめて尋ねた。

「心身に変わりはなきか」

木の葉は少し眉を寄せて左肩と腕を撫で、

「姫さまと会うたばかりの時は、肩と腕に痛みが走ったが、今は何も……。本当に、われの腕は姫と取り換えられたのか？　目も取り換えるというのか？　われは信じられぬ——。なぜ姫さまにばかり、さような病が取りつくのじゃ。おかわいそうに」

木の葉の言葉は、梢の心を激しく揺さぶった。木の葉は、己の身の不幸を嘆き憤るより先に、姫の身を案じておる。何としても、二人を共に呪いから解いてやらねば。それには……。

「霞の間に入れたのか？」と、乳母の女に聞こえぬよう木の葉の耳に口を寄せて訊いた。木の葉は頷いて微笑んだ。

「姫さまが手を引いて入れてくだされた。部屋の中にはやっと歩けるほどの赤子がいて、一緒に遊び申した」

「いかなる様子の子か？」

「よう太った可愛い子じゃった。大きな腹掛けをしていたが、ほかに何も着ておらず裸じゃった」

「その子は何か言うたか？」

「いいえ。まだ話はできぬようじゃった。なれど、こちらの言うことはよう聞き分ける。木馬やら笛やらの玩具《おもちゃ》で遊んだり、鬼さんこちらをしたりして一頻り遊ぶと、姫さまが歌を歌われた。——おやすみぼうや　もうじき　かかさま　おむかえじゃ　それまで　たんと　おねむりや——　何と、われらの芝居と同じ歌じゃった。ほんに不思議じゃ」

「ああ、何と」と梢も不思議さに打たれて目を見開いた。

「姫さまがお疲れのようじゃったゆえ、われがしゃがんで両手を差し出すと、赤子はじっとわれを見つめて少し首を傾げ、だが、にこっと笑うてわれの胸に身を寄せてきた。しばらく揺すると、スヤスヤと眠ってしもうた」

入れたのだ、木の葉は。梢は大きな関門が開かれたのを感じた。さて、この後、どうした手立てをすればよいか、考えを巡らさねば。姫が休息を取っている間、梢はさらに詳しく赤子の様子を訊き、姫の言葉を聞き出した。

「鬼さんこちらとは、赤子は立って走れるのか」

「少し歩むと這い這いになる。パタパタとわれらを追うて笑う」

「姫は赤子を連れて外へ出ようとされたことはあるのだろうか」

「ああ、そんなことを言うておられた。あまりに可哀そうじゃと思われたと。胸に抱いて出んとしたら、濃い霞が立ち籠めて息苦しゅうて、敷居を越えられなくなった。赤子を布団に寝かせて立つと、霞は消えて部屋を出ることができた。それからも二度ほど、背に負うたり、両手で胸に抱《かか》えたりしたが、必ず霞に気付かれて妨げらるると、姫は怒っておられた。外の世を見せてやりたきものをと」

　腕に抱えたり、背に負うたり……。頭上や足元にも霞は寄せて来るのじゃろうか。梢は、傀儡師と相談して、玩具とともに赤子の身を被《おお》うものを持参してきていた。大きな麻布や葛の葉の子の衣裳、さらに青虫の衣裳。赤子は木の実姫や木の葉とともには出られぬらしい。まだよくは歩めぬ赤子が独力で移動するには……。そうじゃ、青虫になればよいかもしれぬ。梢は木の葉に言い含めた。

「鬼ごっこを、この青虫の衣裳を着せてやってみておくれ。木の実姫の後を追うようにさせて、木の葉は、青虫になった赤子を追うさまでの。ただし、余り長い間は無用じゃ。霞に青虫姿の赤子と気付かれぬうちに止めるのじゃ。ぐるりと部屋を一回りするほどでよかろうと思う。頼んだぞ、木の葉」

　乳母の女は、木の葉が姫とともに霞の間に入っていることには気付かず、ひたすら姫の体の具合だけを案じていた。

　姫さまの、御目の様子がようなって来られたような。眼帯を掛けずとも目を開けておられると言うておられる。やはり、木の葉と申す娘と何か関わりがあるのであろうか……。

　梢は総毛立った。やはり、木の葉と木の実姫の目は取り換え得るのであろうか。三日目が終わる前に、木の実姫が湯殿で目の検分を受ける前に、何としても赤子を山女神に返さねば。

二日目、四階から戻ってきた木の葉は、楽しげに微笑んでいた。

「梢姉さん、坊は、大喜びで青虫になって遊び申した。姫の後を、這いながら追って、キャッキャと笑うていた」

三日目の夕刻、梢は木の葉の手を取って言った。

「今日は、部屋を出る刻限が近付いたら、赤子に青虫の衣裳を着せて木の実姫を追わせ、刻限が来たら、木の実姫が外に出る後をそのまま追わせよ。木の葉は赤子のすぐ後について尻を押してやれ。木の葉も身を伏せて赤子に続いて部屋を出るのじゃ」

「すみませぬが、しばらくの間、眠っていてくだされ」と胸の中で言って、梢は乳母の女に芥子薬を入れた茶を飲ませた。

「おお、美味《うま》き茶じゃ」と呟いて、その場で寝入ってしまった乳母の女を置いて、梢は四階に急いだ。もう、姫と木の葉の姿はなかった。銀色の襖の向こうから、楽しげな歌声が聞こえる。半刻の間、梢は襖の前に座って祈った。

「霞よ。いつもの通り、胸のあたりに立ち込めよ。鬼子母の山女神よ。もうじき、そなたの子が出てくる。必ずや、子を取り戻してくだされ。子は青虫の姿《なり》をしておるが、紛れもなき、そなたの末子じゃ。人形《デコ》館の仲間たち、われと木の葉に力を貸しておくれ。傀儡師よ、伊登女、黒男さん。呪いを解く力をわれに与えてくだされ」

——半刻近くが経った。

「ここまでおいで」と姫の声がした。

「待て待て、青虫ちゃん」と木の葉の声がした。梢はスックと立ち上がった。襖がスッと開いて木の実姫が走り出て来た。すぐ後から青虫の衣裳をまとった赤子がパタパタと這って来る。と、部屋の中から濃い霞が湧き、渦を巻いて部屋の外にあふれ出て来た。梢は敷居を越えた青虫を抱き上げ、すっぽりと麻の布でくるんだ。見ると、木の葉は霞の渦に巻き込まれようとしている。

「木の葉、身を低うして、這え。這って逃れよ！」

木の葉は身を転がして敷居を越えた。赤子を逃したことに気付いたか、霞は怒り狂って渦を巻き、控えの間をも満たそうとした。息が苦しい。麻布で包んでやった赤子も苦しげに泣き出し、幼い口調で叫んだ。

「かかさま、かかさま、おむかえはいつ？」

「いまじゃ。吾子よ、待たせたのう」

慈しみ深い声とともに、鬼子母姿の山女神が現れた。鬼子母が肩に掛けた領布《ひれ》を振ると、霞は音もなく霞の間へ流れ還って行った。鬼子母は梢の腕から赤子を抱きとり、胸に抱き締めて頬擦りをした。次いで腕をいっぱいに伸ばして赤子を見て、破顔した。

「おお、青虫になりて遊んでいたか。さあ、おうちへ帰ろうの。同胞《きょうだい》たちも待っておるぞ」

次の瞬間、山女神と赤子はかき消すように見えなくなった。


「木の葉、木の実姫」

梢は茫然として畳に座っている二人の名を呼んだ。霞の間の襖は固く閉じていた。木の葉と木の実姫は手を取り合って三層への階段を下りて行った。乳母の女は目覚めていて、「姫さま、湯殿に参らねばなりませぬ」と木の実姫を促したが、木の実姫は、乳母の女の言葉には応えず、

「滝乃《たきの》、目がよう見える」と叫んだ。一方、左腕を不思議そうに触って、

「腕が動かぬ」と狼狽した。

梢は、我が身の変化に気付いて驚愕した。左手も左足も乳も、元の人の身に戻っているのを感じ取った。

「木の葉、腕は？」と問うと、木の葉も驚愕の表情で、右手で左腕を撫でていた。山女神は子を取り戻したことで、呪いを解いたのだと梢は悟った。木の実姫の目も、子を取り戻すために動いてくれた姫への礼として、治してやったのであろう。いや元々、

姫の目を病にしたのも、山女神の仕業《しわざ》だったのやもしれぬ。

梢と木の葉は、後をも見ずに天守を駆け降り、城門に続く坂を走った。途中には、城の者の姿は全く無く、風さえも止まってしまったごとく、木の葉一枚動かなかった。

門に着くと、久具男と雪彦が待っていた。

「おおっ、無事じゃったか。霞の間は開いたか、山女神の子は救い出せたか」

久具男と雪彦は立て続けに訊いた。まだ少しぼーっとしている木の葉の肩を抱きながら、梢は幾度も頷いた。さらに袖を捲って腕を示し、足を踏み鳴らし、胸を叩いた。雪彦も己の手と足に触れ、二人は顔を見合わせて笑った。

「木の葉は？」

「もちろん、元の腕に戻っておる」

「木の実姫は？」

「義手に……。なれど御目は治り申した」

「治った？　自ずと？」

「山女神の温情であろうか。我が子を取り戻して慈悲深き心になったのであろう。釈迦に諭された鬼子母のごとく」

「皆は、どうしておる？」

「わしらは、一昨日人形館《デコ》を出たゆえ、皆の様子は確《しか》とは分からぬが、おそらくわれらと同じく人の手足を取り戻しておるはず」

久具男が、己の足を踏み締めながら言った。

「で、傀儡師と伊登女は……？」

「分からぬ。傀儡師はわれと雪彦に木の葉と梢を迎えに行けと命じて自分は古き墓の方へ向かった。伊登女は朝から幹乃と小枝とともに厨や衣裳部屋の片付けをはじめていた。早う戻りたいが、もう夜になるゆえ、今宵は二本松の城下で宿をとり、明朝早う人形館《デコ》に向かおう」

久具男と雪彦、梢と木の葉に分かれて部屋をとったが、久具男も雪彦も娘二人の部屋に集って、梢の霞の間脱出の話に聞き入った。

「木の葉と木の実姫と二人おらなければ赤子は外に出られなかったということか……？」

「確とは分からぬが、霞の間を出入りする力のある者二人いてはじめて、赤子は抜け出すことができたのやもしれぬ。しかも、赤子は抱かれたり、背負われたりするのではなく、己自身で敷居を越えねばならなかった。東風彦の青虫の衣裳を着せて這わせたゆえ、胸の高さを襲う霞の渦も、しばしは、足元には降りて来なかった。が、霞もすぐ気付いて、低き所に降りてきた。危ういところじゃった」

梢が身を震わせて言うと、久具男が、

「もしかすると、傀儡師は、山女神に赤子を迎える日が今日じゃと知らせに参ったのやもしれぬ。鬼子母の芝居を見て、木の葉が赤子を救う要《かなめ》になるとは知りても、何時《いつ》じゃとは分からなかったやもしれぬでなあ」と嘆息した。

「山女神は、すべてを知る力はないのか」

「うむ。あるのじゃが、ほれ、山女神は少々迂闊なところがあってな。城主に謀《はか》られて子を取られたりする……傀儡師は山女神をよう知っておるで、念を押しに参ったかと……」

梢は、しみじみとした口調で言った。

「赤子が霞の間で生き永らえておることが、霞城にとりても、山女神にとりても頼みの綱じゃった。城の代々の姫たちは赤子を生き永らえさせる守り役じゃった。赤子を奪って質とした霞城の城主は、己の娘を、山女神に捧げることになり申した」

「姫の手を奪ったのも山女神の仕業か？」

「姫に関わることはそうであったやもしれぬ。が、人形館《デコ》の者から手足を奪った者は、二百年の間には数知れぬ。その者たちがすべて山女神と関わりがあるかどうかは……。霞城と山女神の因縁から発した人形《デコ》手足が、いつの間にか密かに世に広まり、子を手放す親も出てしもうて……」と梢は声を詰まらせた。

「おそらく、人形館《デコ》の皆も、生身の手足を取り戻しているであろう――じゃが、われらはこの先、どう生きてゆけばよいのであろうか――」

あれほど気強く振る舞ってきた梢が、思わず、湧き起こる不安を口に出すと、雪彦が柔らかい目差《まなざ》しで言った。

「うむ。まだ誰も分からぬ――。じゃが、われらは一人ではないゆえ、皆で考えようぞ。人形館《デコ》の皆が、われらの帰りを待っておる」

いつの間にか、木の葉はぐっすり寝入ってしまった。

「可哀想に。よほど力を振り絞ったのであろう。あの霞の渦は、何か瘴気《しょうき》を含んでおったゆえ」

久具男と雪彦は隣の部屋へ去り、梢もまた深い眠りに引き込まれていった。

霞が寄せてくる、と慌てて身を起こすと、木の葉が起きていて、窓の障子を開けていた。

「梢姉さん、霧だよ――」

窓の外は濃い霧の海だった。朝霧は晴れのしるし。梢の胸も晴れていた。

「朝湯が入れますで。温泉が引いてあるでよ」と、宿の小女が知らせてくれた。

「お風呂、入ろう」

木の葉も晴れやかに笑っていた。梢と木の葉は風呂場に向かった。余り熱くないとよいが、と思ってハッとし、もう熱い湯に入っても大丈夫のはず、と思い直した。温泉を引いてあるのは露天風呂の方で、水面には夜来の落葉が浮かんでいた。ゆっくりと身体を湯に浸すと、梢は目を瞑った。手にも足にも胸にも何の変化もない。これがわれの本当の身体。梢は涙ぐんで、わが手でわが身を抱き締めた。

「梢姉さん、手、紅くならないね」と木の葉が立ち上がって万歳をした。膨らみはじめた胸も何のためらいもなく日に晒して、木の葉は笑った。いつの間にか霧は晴れていた。

「これ。誰かに見られたらどうする」

「えーっ。誰かって？」

「ほれ、あそこに」と梢は木々の上の方を指差した。猿の親子が枝の天辺に残った柿の実を採りに来ていた。木の葉は「あれれ」と言って、湯の中に肩まで沈んだ。

部屋に戻ると、雪彦が落ち着かない顔で迎えた。

「久具男が、いなくなった」

「きっと、一足先に帰ったのであろう。われらも急ごう」

三人は急いで朝食をとり、三春へ向かう街道をたどった。久具男は宿代を払っても余る金を雪彦の枕元に置いていった。奥州街道は避けて間道を抜ける。間道は近道だが険しかった。木の葉は霞の瘴気も抜けて健やかさを取り戻し、足取り軽く、梢と雪彦の先に立って歩いた。落葉樹はほとんど枝のみになって、やわらかい陽光が降り積もった落ち葉を照らしていた。宿で作ってもらった握り飯を山清水で流し込むように食べて、三人はひたすら道を急いだ。陽が傾く頃、三人は街道を外れて人形館《デコ》の道に入った。人形館《デコ》が見えてくると、思わず駆け足になった。みんなはどうしているであろう。風彦、霰彦、霧彦、雨彦、そして赤ん坊の東風彦。幹乃、蕾、芽以、菜花、そして小枝。久具男は戻っているじゃろうか、傀儡師は、伊登女は？


久具男と傀儡師、伊登女を除いて、全員が館の門で並んで待っていた。小枝は東風彦を抱いている。皆、うれしさと不安が入り混じった、どこか戸惑った表情だった。いつも食事をとる大部屋で、一同は伊登女が用意していったという夕餉をとった。

「伊登女はこれは夕餉に、と言うて、何か用ありげに立って行ったきり、姿が見えぬようになった」と、幹乃が梢に告げた。夕飯は茸飯と鮭の入った潮汁に、さつま芋の甘煮だった。

食べ終わっても皆席を立たず、お互いの心を測り合うように顔を見合っていた。梢は雪彦を見て、軽く頭を下げた。雪彦が膝を進めて皆を見回し、口を開いた。

「われらは、奪われていた己が手足を取り戻した。これから先の人生は、己が己の主《あるじ》じゃ。もし、故郷や父母を覚えていて、帰りたき者があれば帰るのもよいであろう。もし、攫《さら》われし者であれば、親が今も探しているやもしれぬ。行く当てのない者は、われらとともにこの館に残って、生計《たつき》の道を探そう。傀儡師と伊登女、久具男の行方が分からぬ今は、われと梢が年長であるゆえを以て、皆の束ね役となってよいであろうか？」

ついこの間まで、子供っぽさの残る仲間内の言葉でしゃべっていたのに、雪彦は人形《デコ》館の運命の変化とともに、一足飛びに「大人」になって、言葉遣いも、束ね役のものになっていた。皆、ほっとしたように頷いた。

「身の振り方は、よう考えて、ゆっくり決めればよい。皆まだ、運命《さだめ》の変わりしことに慣れておらぬゆえ。われ自身、疲れすぎて頭がよう働かぬ。今宵はもう寝もう」と梢が言い、膳を片付けて各部屋に散りかけた時、入り口の方でざわめきがした。

「開けてくれ」

久具男の声だった。はっとして雪彦と梢は顔を見合わせた。

「久具男――一人ですか」

「いや、傀儡師と伊登女もおる。さらに三人の仲間も」

雪彦が扉を開けた。久具男を先頭に、傀儡師と伊登女の「影」がいた。伊登女は見慣れた姿のままだっが、傀儡師と傀儡師と伊登女は、半ば身体が透けるような黒々とした影になっていた。傀儡師が風のような声で言った。

「山女神の呪いが解けて、人形《デコ》は人に戻った。わしと伊登女は人ではなく山女神の僕《しもべ》。役目が終わって人の世からは消える。――実は、おまえたちに頼みがあってな」

傀儡師が後方を振り返ると、闇の中から三人の人影が浮かび上がった。一人は袴と裃姿の男、兵庫髷と打掛けが重そうな遊女姿の女と、薄青の小袖姿の女だった。ああ、芝居の扮装、と梢は思った。

「そなたたちと同じく、人形手《デコ》、人形足《デコ》にされた者たちじゃ。人形手《デコ》、人形足《デコ》になりて三十年も経つと、手足が利かなくなる。普段の暮らしには不自由ないが、舞台の技はできぬようになる。そうなった者は黒男の作る芥子薬を与えられて眠りに就く。この三人は眠りに就いて二十年以内の者。山女神の呪いが解けると、手足が人に戻ると同時に、永い眠りからも覚めていた――そうじゃ。施術室のさらに奥の部屋に眠っておった者たちじゃよ」

「あそこには、もっと大勢の人形が……」と木の葉が口走った。

「木の葉は見たことがあるのだね」

伊登女が水の流れるような声で言った。

「この三名のほかは目覚めなんだ。――時が経ちすぎておる者もいたし、芥子薬に耐えられぬ者もおって」

「さあ、こちらへ。おなかが空いてはいませぬか」

眠っている東風彦を抱いて、小枝が声を掛けた。

三人はまだ夢現《ゆめうつつ》の面持ちで、そろそろと足を運んだ。

「ああ、ここは……」と、薄青の小袖の女が懐かしげにあたりを見回した。幹乃は、うっとりと遊女姿の女を見つめた。幹乃は豪華な衣裳が何より好きなのだった。

「見事な衣裳。これまでよう分からなんだ縫い方が分かるやもしれぬ」と、小枝は裃に手を触れんばかりに目を凝らした。

「では」と傀儡師が言い、伊登女とともにお辞儀をすると背を向けた。

「いずこへ」と雪彦が問うと、「黒男もともに山女神の元へ。さらばじゃ」と闇の中へ消えて行った。

久具男は二人を見送る側に残った。梢は久具男が潮に濡れるのを避けていたのを思い出した。久具男も人形《デコ》手足にされた人なのだと思った。

「わしもおまえたちと同じ人じゃ。手足も人形《デコ》となって久しく、あと数年すればあの三人と同様、眠りの部屋に送らるる運命《さだめ》じゃった。それを、梢と木の葉の働きで救われた。わしはお前たちの身の振り方を見届けて、この露彦《つゆひこ》とともに旅立とうと思う。わしの前に久具男を務めておったのが露彦じゃった。わしか？　わしは雫彦《しずくひこ》と呼ばれておった。人に戻りたる今、露彦とともに故郷を探す旅に出るつもりじゃ。もう親も生きておるはずもないが、一目故郷の山河を見たいと思うてのう。露彦もわしも、海の記憶があるのじゃよ」

遊女の装束を脱いで、絣模様の袷に着換えても、桂《かつら》の顔は光を発するかのように美しかった。薄青の小袖を脱いで、縞模様の着物を着た桔梗《ききょう》は、はかなげな中に芯の通った強さを秘めているのが見て取れた。

「桂」「桔梗」と名告った二人を梢はじっと見つめて、「からしゃん、きょうしゃん」と呟いた。桂は、

「そうじゃよ、梢。覚えていてくれりゃんしたか」

と笑った。

「かつら姉さん、ききょう姉さんと言えず、からしゃん、きょうしゃんと呼んでおった。梢は三つになったぐらいじゃったか……。雪彦は梢より年上に見えるが、人形《デコ》館にはまだ居らなんだような……」

「不意にいなくなってしもうて、悲しゅうて、寂しゅうて……。桂姉さんや桔梗姉さんの後にも椿《つばき》姉さんや若葉《わかば》姉さんが消えた」

「うむ。皆、舞台が務められぬようになって、眠りの部屋へ送られ申した。芥子薬の効き目は人によってさまざまでの、椿と若葉は目覚めること叶わなんだ……」

「……まさか、まさか、古き墓にある人形《デコ》は!?」

「いや。あれは山女神が気紛れに置きしもの。山女神の百人を越えるという子供たちが遊び飽きたも

の。人形《デコ》手足になりたる者は芥子薬で眠らされても、身の大きさは変わらぬでの」と久具男は梢の疑いを解き、

「そうじゃ、忘れるところじゃった！」と膝を打ち、傀儡師の部屋へ入って行って木箱を持って来た。

「傀儡師から預かった。これまでの興行や芥子薬の代金じゃ。人形《デコ》を作る費用、衣装代、大道具、小道具代、人形《デコ》館の暮らしの費用に遣った残余とのこと。大人も子供も等分に分けようぞ」

「われらもか？」と桂と桔梗が遠慮そうに尋ねた。

「無論。よいであろう、皆？」

皆、笑いながら頷いた。桂が言った。

「人形《デコ》手足であった時、われらは二人でよう話していた。興行の時に立ち寄ったる如き茶店を開きたいものと。旅の人を憩わせ、旅のあれこれの話を聞かせてもろうて、人なみに暮らしたきものと……。茶店を開くにはどれほどの……何と言うたか、ほれ、元手が要《い》るものであろうか」

久具男が木箱を開けると、錦織りの巾着が入っていた。久具男が巾着の紐を解いて木箱に中身を出して見せた。

「小粒金で、二百枚ほどある。一人当たり十枚以上になろうか。茶店の元手ぐらいにはなるのではなかろうか」

桂と桔梗は顔を見合わせて微笑んだ。何と美しき茶店の女将《おかみ》よのう、きっと評判になることであろ、と梢は、二人の姉さんたちの行く末に、心から安堵を覚えた。

人形《デコ》館に住まっていた者たちは、世の暮らしには疎く、金子《きんす》の扱いにも慣れてはいなかったが、衣服も食糧も自家製でなければ金子が無いと手に入れられないことは知っていたから、これからの暮らしを続けていかれると思って、ほっと安堵した。

「菜花の分は木の葉に預かってもらう」と、菜花が木の葉を見上げた。

「われも己で持っておるのは不安じゃ。梢姉さんに

預かってもらう」と木の葉が戸惑った顔で言った。

「われは金子など預かるのは断わる。――よう分からぬ。そうじゃ、金子をきちんと差配できるのは――小枝じゃな。小枝は少しの間なれど世に出ておったし、細やかにものを考えることができる女《ひと》じゃ。優しくて強い、心正しき女じゃ。われは小枝に金子のことは任せたい」

「そうよの。梢に金子を持たせるは、われも心配じゃ。われも小枝に頼もう」

「われも」「われも頼む」と、男子《おのこ》も女子《おなご》も口々に言った。小枝は涙ぐんで俯いていたが、顔を上げ、座り直して言った。

「己が潮に浸かるのも構わず、われと東風彦を救うてくだされた皆に、何の恩返しもできず、申し訳なく思うていた。皆の足手まといのようなるわれを信じてくださるのか。うれしきこと。力を振り絞って皆の金子をお預かり申しまする。どうぞよろしゅうに。東風彦のこともよろしゅうお願いいたしまする」

霞彦が、「アアッ」と叫んだ。

「何だ？　どうした？」

「うーん。この小粒は消えることはないのか？　人形館《デコ》は？　傀儡師も伊登女も消えてしもうたに。この人形館《デコ》は？」

「小粒は人の世の物じゃゆえ、山女神も消すつもりはあるまいが、人形館《デコ》や人形《デコ》たちは……」と梢が覚束なげに聞くと、久具男は、

「分からぬ。この館も人形《デコ》も黒男の芥子畑もすべて山女神の出現させしもの。呪いが解けると同時にすべて消ゆるかもしれぬ。傀儡師と伊登女の如く」と言う。

「在ったもの」が消えてしまうという頼りなさに、一同、戸惑い、怯えた。と、

「いいよ。消えたら、みなで作ればいい。小粒とかだって働けば手に入るじゃろ」と芽以が言い放った。皆、はっと目覚める思いで芽以を見た。

「ほんに、芽以はかしこいのう」と、幹乃は芽以を抱き寄せた。皆、不安の中にも覚悟のような思いが心に据わるのを覚えた。

いつの間にかまどろんで、翌朝目が覚めると、梢は、隣の床が上げられているのに気付いた。あ、寝過ごしてしもうた、と慌てて身繕いして厨に行くと、幹乃と小枝が朝餉の仕度をしていた。

「梢はお疲れじゃろう。もう少し寝んでおっていいよ。御飯ができたら呼びまする」と、小枝が柔らかい声で言った。蕾も芽以も菜花も起きてきて、人間の手足で飛び跳ねている。

「梢姉ちゃん‼」蕾が呼んだ。

「何も消えとらんよ。みんな、みんなそのまま」

人形館《デコ》は少しの変化もなく、いつもの朝を迎えていた。男たちが庭から上がって来た。雪彦は、霜の着いた冬菜を手にしている。

「庭も変わっておらん」久具男が告げた。

「人形館《デコ》におった者がそのままここで暮らしていくことを、山女神は許したのであろうよ。梢と木の葉への礼のしるしとして」

露彦と桂、桔梗もともに冬菜を入れた雑炊を食べ終えると、誰言うともなく、小枝と東風彦を残して、一同は古き墓へ向かった。墓までの道は以前と変わらなかったが、古き墓は一変していた。アシビの垣と丸い塚は在ったが、塚の中への入り口はどこにもなかった。入り口のあった辺りには、二本の太い木が立っていた。久具男が幹に手を当てながら、

「石榴じゃ。春には多くの花が咲き、秋には多くの実が成るであろう。山女神が採りに来るやもしれぬのう。春になったら、石榴に並べて沙羅の木を植えよう、三本な」

「あの、おびただしき人形《デコ》も、施術室も、さらに奥の部屋も……」

「消えてしもうたようじゃ」

眠りの部屋から蘇った三人は、手を取り合って震えていた。

「われらと同じく眠っておりし者は――」

露彦が悲痛な声を上げた。久具男が言った。

「蘇えることが叶わなかった者は、傀儡師や伊登女等とともに去ったのであろう。あの、おびただしき人形《デコ》もな」

「何処《いずこ》へ」と言いさして、「何処であろうと詮なきこと……」と露彦は瞼《まぶた》を閉じた。

そこから一同は、黒男の芥子畑に向かった。洞穴に通じる道は冬枯れの林の中に残っており、ぽっかりと暗い穴も、小さな祠もあったが、洞窟を抜けた先の芥子畑は跡形もなく、この辺りだったかと思われる所は、枯れた下植えが広がっていた。「黒男さん……」と、梢は涙ぐんで黒男を偲んだ。

不思議なことに、人形《デコ》館の庭で栽培されていた芥子は、地上三寸ほどで刈り取られたまま、消えることはなかった。

「人形《デコ》館はすべてそのままに残してくれたものとみえる」と久具男は芥子草の根元に枯葉を寄せつつ言った。「痛みを鎮めるには無くてはならぬ薬を採る草じゃ。大切に育てていこう」

翌春、三春地方は、爛漫の春を迎えていた。豊作を祈る祭の宵、人形《デコ》一座は先の演目が終わるのを、舞台の袖で待っていた。

三味線を手にした梢の胸を、冬中の厳しい稽古の日々が横切った。冬籠りの間の稽古に入った人形《デコ》一座の者は、はじめは大きな戸惑いと焦燥に襲われた。これまで難なくこなしてきた連続宙返りができない。ピンと張られた一本の綱の上を片足で跳んでいたのも、三歩と続かない。頭の中には動きの絵が浮かんでいるのに、体がついていかない。これでは人形《デコ》一座としては成り立たないのではあるまいか。露彦とともに旅立とうとする久具男の袖をとらえて、雪彦と梢は、「もうしばらく、ここに残ってはもらえまいか」と懇願した。「われらのみでは、芝居にならず、小粒を分けて四散することになってしまいまする」

久具男と露彦は顔を見合わせて、しばらく無言だった。庭で、一度も人形《デコ》手足になったことのない芽以と菜花と東風彦が丸く手をつないで歌いながら踊っていた。あどけない動きは、見ているだけで自然に顔がほころんでくる。幼い命が輝いていた。

「人としての芸を磨けばよい」

久具男が言った。

「人としての芸を磨く手助けをしようぞ」

露彦が被っていた笠を取った。桂と桔梗も同意し、その日から四人の先達による厳しい稽古の日々が始まった。

久具男は、「人形《デコ》手、人形《デコ》足のことは忘れよ」と命じた。厚い藁布団を幾枚も並べ、何度も何度も宙返りの稽古をした。皆、二、三回はできるので、それを続けられるよう、筋肉を鍛え、呼吸のコツを摑むため、黒男の祠までの雪道を駆けた。芸は徐々に上達するものでもなく、ある日突然に飛躍的にできるようになることを、一座の者は身をもって悟った。その飛躍の背後に、気の遠くなるような「繰り返し」があることも。

裃姿のよく似合う露彦は義太夫の名手だった。露彦の謡《うたい》に導かれるように雪彦たち若者は、人形を操った。操り自体の稽古は久具男が受け持った。

演目をどうするかは、人形《デコ》一座の盛衰を決する大事だった。試技を重ね、意見を述べ合い、芝居は人形《デコ》のみにしようと決まった。遣い手は雪彦と霰彦、霧彦の組と、風彦と雨彦に木の葉が加わる組の二組ができた。

「人形の遣い手は男子《おのこ》とは限らぬ。女の人形《デコ》には女の遣い手の方が心持ちがよう分かるのであろうかなあ」と久具男が目を細めるほど、梅川や葛の葉の左手は雰囲気があった。舞は人形振りとし、木の葉、蕾、芽以、菜花が主な舞手になった。あれほど人形振りに巧みだった梢は、巧みだったが故に人形《デコ》手足のように動かぬ我が手足に焦れて、「われはもう踊らぬ。三味線引きになる」と宣言して雪彦と競い合いながら終日撥《ばち》を手にしていた。

幹乃の声を聞いた露彦は「千人に一人の声」と驚嘆した。「義太夫は男と限ったものではない。江戸にても娘義太夫と申すものが流行しておるそうな」と言って、露彦は幹乃を鍛えはじめた。幹乃の声の幅は驚くべき広さを有していた。初々しい娘の声、あどけない子供の声から、自堕落で甘えのにじむ道楽息子の声、頑固一徹な親父の声、崇高で容赦ない神の声。幹乃の声は自在に変化した。義太夫は台詞より地の文、謡《うたい》の部分が格段に多い。幹乃は露彦が一度謡ってみせれば、細かい節の上げ下げもすぐ覚えた。

「幹乃にわれの持つ限りの技を伝えよう」と露彦はうれしげに笑った。

桔梗は裁縫の名手だった。小枝よりはるかに長く人形館《デコ》の衣裳を引き受けていたという桔梗は、小枝の知らない技法も身につけていた。「われの手技《てわざ》を伝える日が来ようとは。受け継いでくれる者がおろうとは」と、桔梗は小枝の手を取って撫でながら、「まるで娘のような気がする」と涙ぐんだ。小枝の足だけは山女神の呪いが解けた後も蘇えらなかった。人の足には戻っているのに、溶け消えた部分は欠けたままだった。

「山女神は忘れてしもうたのかなあ。忘れんぼの山ババじゃ」と菜花が憤慨する。

「これ、山女神に聞こゆるぞ。生意気な口じゃと取られたらどうする」と小枝がからかうと、菜花は両手で口を抑さえ、「ムムムムム」と声を出した。

「何と言うたのじゃ？」

「ごめんなされてください、と申しました。山女神に聞こえたであろうか」

小枝は優しく笑って、

「大丈夫じゃ。山女神は子を取り戻したうれしさで、子供を苦しめる仕業はせぬようになったらしいゆえ。われの足は案ぜずともいいのだよ。ほれ、久具男が桐の木で足を作ってくれた。これを膝にとりつければ、少しなら歩ける。何よりも手があれば東風彦を抱いてやれる。裁縫もできる。そうじゃ、菜花にお手玉をこしらえてやろうか。一緒に作るかの？」

「うふっ」と菜花は笑った。「何やら小枝の話し方は伊登女に似ておる」

「人形振りは誰が教えておりましたかの？」と桂が問うた。

「わし……じゃな」と久具男が答えると、「踊ってみせてたもれ」と桂が頼んだ。久具男が踊ってみせるのを途中で制して、桂はゆるやかに踊りはじめた。人形振りはゆったり踊る方が難しいのは梢も身に沁みていた。桂は己を消し去って人形そのものになっていた。それでいて、人間の哀しみが全身からにじみ出ている。桂の顔面は、能の「孫次郎」のように、表情を消しながら、あらゆる表情を湛えていた。


「いとし子はいずこ。こたえせよ」

天の糸に引かれるように芽以が立ち上がった。

「かかさま、ここに、御目の前に」

見えぬ子を求めて踊り狂う母と、母に両手を差し述べてすがる子。皆、固唾《かたず》を飲んで二人の踊りに見入っている。母が子に気付いたとたん、子は人形と化していた。動かぬ吾子を抱いて狂う桂の人形振り。それは人形と人間の間《あわい》にあるかのような、不思議な踊りだった。と、幹乃が声を発した。

「み仏に祈るのじゃ、手を合わせ、頭を垂れよ」

厳かな声に、母と子は跪《ひざまず》いて頭を垂れ、手を合わせた。立ち上がると、二人は楽しげに連れ舞をはじめた。それは人形振りではなく、人の舞だった。

「ああ」梢は涙を滴らせて立ち尽くした。

「われも舞いたい。教えてくだされ。人形と人の間の舞を」

桂は少し恥じらいながら頷いた。

こうして三月《みつき》の間、久具男と露彦、桂と桔梗は、人形館《デコ》にともに住んで、若者と子供たちに己の知る限りの技法と芸の心を教え込んだ。

いよいよ明日は三春の祭りに出で立つという夜、師匠の四人は一同に告げた。

「われらは明日よりは館を去りて別の暮らしを立てようと思う」

「いずこへ行かれるか」と雪彦が問うと、

「われら男子《おのこ》二人は、旅から旅の薬売りになろうと思う。露彦の唄とわれの三味線で人を集め、人形館《デコ》で作り方を習い覚えたる薬を売りつつ旅から旅へ。いつか必ず故郷を見つけることを期して……」

「もしわれらが芸の上で教えを受けたきことが生じたら、お呼びしてもよろしいか？」

「呼ばれずとも冬の間は戻りたきもの。冬の旅は老いの身には応えるゆえ」と露彦が情けなげに笑った。

「桂さんと桔梗さんは？」

「われらは以前にも申したように、街道へ出て茶店を開くつもりじゃ。茶店を借りる代金は一人分の小粒で間に合うであろ。われらも人の行き来が少のうなる冬は、ここに戻って来ようよ。――戻ってもよいかの？」

娘たちは二人を取り囲んで涙顔になった。

「大丈夫。梢にしっかり人形と人の間の舞を伝えたゆえ。蕾も梢の相手となりて間の芸を極めよ。木の葉の舞は山女神が守ってくだされよう。芽以と菜花は人としての芸を極めなされや。人形《デコ》にされたことのない純粋な芸をな」

久具男が言う。

「われらは芝居興行には関わらぬ方がよい。おまえたちで新たな舞台を作っていくのじゃ。からくり人形のごとき軽業《かるわざ》ではなく、人の心を動かす舞と芝居を目ざすのじゃ」

翌朝、興行の荷車を引く一座と四人は、人形館《デコ》を出立した。小枝と東風彦が館を守る留守居として残った。

「東風彦、かかさまのお仕事を手伝うて、かかさまを守るのだぞ」

「はい」

東風彦は小枝と手をつないで大きな声で返事をした。

館を出て、三春へは東、街道へは南の分岐に来た。

「さらばじゃ。――冬までな」

四人は思い切りよく背を向けて、振り返ることもなく歩いて行った――。


――どっと拍手が起こり、そして静まった。さあ、われらの新しき幕が上がる。梢は胸を高鳴らせて、口上を述べる役の雪彦が舞台中央へ進んでいくのを見守った。

芹沢薄明《せりさわはくめい》

〔一〕 出立まで

千芹《ちせり》は布に包まれた面《おもて》を箱から取り出して、古びた畳の上に置いた。指先で布を開いてゆく。面に夕焼けの光が当たって、白い面が薄紅に染まった。千芹は面を裏返した。面の口元にかすかな染みがついている。われが思わず洩らす苦しみの息の跡。今夜もまた、われはこの面をつけて死の刻を過ごすのだと思った。死の刻の代償にわずかな金子を得て、父《とと》さまとわれが生き延びる糧を買う。何の甲斐があるというのか、父さまとわれが生き延びてゆくことに。面は虚ろな目を千芹に向けている。両手で持ってわずかに動かすと面は泣いた。この面はいつも泣いている、と千芹は思った。

今夜の行き先は、先刻お力《りき》が耳元で囁いた宿の離れだ。会津西街道を行き交う旅人は、会津地方の産物を扱う仲買い商が多い。今夜の客も裕福な商人で、「柏屋」の離れで待つという。

千芹と父は、旅籠屋「たじま」の勝手場から賄い飯を分けてもらって命をつないでいた。父に介添えをして夕飯を食べさせ、薄い布団に寝《やす》ませると、千芹は長屋の裏口から外へ出た。父の目が物の形をとらえなくなってから五年になる。自分が面をつけて死の刻を過ごすようになってから二年になる。父と千芹の故里は、ここからそれほど遠くはない。だが、心の中の故里は、限りなく遠い。思い出したくはない故里、近づいてはならぬ故里。なれど故里の思い出は、決して千芹の心から消えることはなかった。母《かか》さま、澄直《すみなお》……。心を苛む記憶が奔流のように押し寄せてくる。

記憶のはじめは、三つの頃だった。千羽鶴の模様の晴れ着を着て、千芹は母の顔を見上げて笑っていた。母は「千鈴《ちすず》」という名そのままの、鈴を振るような声で千芹に言った。「千芹さん、父さまに晴れ着をお見せしましょう」

千芹一家が住んでいた湯西川という温泉場には、平家の末裔《まつえい》と伝えられる家が何軒かあり、千芹の父澄清《すみきよ》は、二十代以上を数える三依《みより》家の当主だった。瓦葺きの天井の高い家の床の間には、古色を帯びた甲冑《かっちゅう》や刀が飾られ、違い棚には、能面を収めた箱が置かれていた。母の千鈴は、湯西川の宿といえばまず第一に名を挙げられる「千久《せんきゅう》」の娘で、持参金とともに「孫次郎」の面を携えて嫁いできた。持参金は、少しひ弱な千鈴を案じて父親が持たせたものので、三依家には持参金など当てにせずとも十分に生計が立つ資産があった。山林である。三依家がまことに平家の落人であったかどうかは定かでなく、どのような経緯で山林の所有者となったかも不明だったが、古い書き付けには、三依家をはじめ、武家の出と伝えられる、名字を有する家が一帯の山林の所有者として記録されていた。澄清が直接山仕事をすることはない。長年三依家の山林管理に携わっている家臣のような立場の者がいて、苗木の植え付けから伐採まで、あらゆる仕事を任せられていた。澄清は書や画を趣味としていたが、特に画は素人芸の域を越え、「買いたい」と申しでる者も出るほどの腕前だった。号は千澄《せんちょう》といった。千芹が千羽鶴の祝い着を着る頃までは、三依の家は千鈴の笑い声が鈴の音のように響く家だった。

三千世《みちよ》がどういう素姓の女だったかは、湯西川の者には分からなかった。三千世は江戸から湯治に来た客についてきて、客とともに戻ることなく、湯西川の芸妓置き屋に居ついていた。芸妓といっても、山の中の温泉場で音曲や踊りだけで身を立てられるはずはなく、娼妓であることは、誰でも知っていた。垢抜けた容姿で、歳は二十七、八歳の雰囲気だった。

三千世は不思議な女だった。一度として金品を求めたりはしないのに、男たちは三千世に高価な品や黄金を贈った。三千世は、にっこり微笑んで男たちの捧げ物を受け取った。

「うれしや。このような美しい櫛は見たことがありませぬ」

「こんなにたくさんの金子は……半分だけいただきまする」

などと、男たちが「甲斐がある」と思える言葉と表情で応える。それでも男たちは、三千世の心が満たされていないことを感じ取り、次の贈り物をせねばと心苛立つのだった。三千世の目的がどこにあるのかは誰も分からない。もしかしたら、三千世自身にも分からないのかもしれなかった。三千世を求める男たちの情熱だけが、三千世の心を一瞬温めるかのように見えた。

誰も見ていないと思っている時の三千世の顔は、暗く虚ろだった。夜にはひどくうなされて悲鳴を上げるのが隣の部屋まで聞こえると、娼妓たちは噂した。三千世は朋輩《ほうばい》たちとはほとんど口を利かない。それでも朋輩たちは三千世の勢いに押されて苛めるようなことはなかった。三千世が男たちから贈られた金品を、惜し気もなく朋輩たちに分け与えていたことも、女たちが三千世に一目も二目も置いていた訳だったかもしれない。

三千世と澄清の仲は、狭い湯西川ではすぐ人の口の端にのぼり、千鈴は、千芹の枕元で帰らぬ澄清を待って泣く夜が続いた。おとなしい気質の千鈴は、澄清に不満や苦痛を訴えることもできず、三千世と対決することなど思いもよらなかった。実家の「千久」では、父が亡くなり、千鈴の弟、久一郎が跡を継いでいた。「千久」は三千世の出入りは許さなかったが、澄清の不行跡は、澄清が武家であることもあり、年若い久一郎は、表立って苦言を呈することもできなかった。

「千芹もおる。そのうち目が覚めなさるじゃろう。

辛抱じゃ」

千鈴の母、布三《ふみ》は、ただただ娘に辛抱を言いきかせるほかなかった。

澄清は「目覚める」ことなく、三千世に惑溺していた。何日も三千世を買い切り、湯水のように金を浪費していた。三千世という女の何が父をそれほどに惹きつけていたのだろうか。もしかしたら、三千世の虚ろさが父を魅了していたのかもしれないと、千芹は今にして思う。自分の中にある、埋めようもない虚ろ、光の届かない暗黒を察知して、「おまえの心は何で埋められるのか」と訊く客がある。「さあ、何のことでございますか」と答えながら、ふっと千芹は、三千世と己との相似に気づき、冷水を浴びせられるような思いになった。

澄清の放蕩は止まず、直接管理しなくともきちんと維持されていた山林にも荒廃がしのび寄ってきた。忠実だった山番は、勝手に立木を伐って売り払うようになり、盗伐する者も出始めた。最後の打撃は山火事だった。盗伐に入った者の火の不始末で、三依家の山はほとんど消失し、他家の山まで延焼したため、澄清は資産のすべてを投げうっても弁済し切れず、莫大な借金を背負った。

そして三千世が死んだ。三千世は資産のすべてを失った澄清に愛想を尽かしたというのではなく、澄清の窮地に却って蠱惑《こわく》されたかのように、深酒をする澄清の傍を離れなかった。三千世の方が澄清の手を引いて、転《まろ》ぶように川の方へ行くのを見た、と後に証言する者もいた。湯西川に架かるかづら橋から身を投げて、三千世は死んだ。澄清はなぜか死に切れず、少し下流の岸に打ち上げられているところを発見された。

家屋敷も売り払って、「千久」の離れに身を寄せていたひとときが、千芹と千鈴にとって、わずかに心安らぐ日々だったといえるかもしれない。助けられて数日、澄清はただ木偶《でく》のように床に仰臥するばかりだった。

「姉様の代わりに、わしが三千世が死んだことを告げた時も、わずかに瞳が動いただけじゃった」

と、久一郎は歎息した。やっと起き上がれるようになっても、食べ物も口にせず、一日中障子を閉《た》て切った部屋に端座している。一月もして、澄清は思い立ったように絵筆を取って、湯西川の風景を描いた。絵は不思議に冴えて、見る者の心を惹きつけた。描き上げた絵は何の執着もなく、出入りの双紙屋が欲するままに与えていた。雀の涙ほどの画料がその頃の千芹一家の収入のすべてだった。

「男と女は悲しい」と千芹は思う。あの頃は、母が「おまえの弟か妹ができたのですよ」と言ったのを、ただ、うれしいと思った。母は、赤子の誕生が父を立ち直らせ、一家の傷を癒してくれるだろうと、望みをつないだのだろう。母はどんな思いで父を受け入れたのだろうか。自分では運命に立ち向かえず、ただ泣くことしかできなかった母。母への憐れみと怒りと、今も二つの感情が千芹の心に渦巻いている。

父など見限って、娘と二人生きていけばよかったではないか、と思ったとたん、フッと自嘲が浮かんだ。われとて父を見限れぬではないか。激しい怒りと恨みを滾《たぎ》らせつつ、こうして面をつけて身を売りながら父を見捨てられずにいる……。

待ち望まれていた赤子は、千芹一家を、ことに千鈴を絶望の淵に突き落とした。月満ちて生まれた男の子には眼球が無かった。

なぜにかような不幸が三依の家を、わたしを襲うのか、どんな悪業の報いなのか。千鈴は枕元の千芹と実家の母、布三にかきくどいた。

「母さま、人は目がなくとも生きてゆけますする。ほら、弟はこげに柔らかくて温かい。乳をあげてくだされませ」

「目が見えずとも、この子は生きておる。親が守ってやれば子は育つ」

千芹と布三は懸命に千鈴を慰めた。澄清は赤子が目の無い子だと知ると笑い出した。

「それでこそ、この三依澄清の子よのう。澄清の子は目が無いか」

驚きの余り、感情の制御が利かなかったのだと、今は千芹も分かっている。母の体内で子が育っていくことに、父が少しずつ光を見出していたのを、千芹は感じていた。珍しく居室を出た父は、庭先の笹の葉で小舟を作り、離れの傍を廻っている流れに浮かべた。「父さま、ささぶね？」と訊くと、「うむ。赤子も喜ぶかのう。千芹は笹舟が好きじゃったなあ」と笑った。父さまも笑うことがあるのじゃと、千芹は驚いて父の顔を仰いだ。三千世という女の、男から生きる力を失わせていく魔力に、新たな生命の誕生は、確かに勝とうとしていたのだ。それなのに……。

男児の命名の日、母は弟を抱いて、かづら橋から身を投げて死んだ。父の書いた「澄直《すみなお》」という命名の半紙を懐に入れていた。母は死しても弟を離さず両手で抱き締めていたが、弟もまた、命を取り留めることはなかった。どうしてわれを置いていってしまったのか、と千芹は幾度も幾度も亡き母に問いかけた。目が無うても、生きる術はあるものを。母さまとわれと、二人で澄直を守り育ててやれたやもしれぬに。一度もその名を呼ばれることなく逝ってしまった小さな弟の名を、千芹は何度も呼んで、一人泣いた。

二人を葬って間もなく、眼病に罹った気配もなく、澄清の目が見えなくなった。

「千鈴さんと赤ん坊の恨みじゃ」「三千世の祟《たた》りじゃ」と村人が噂しているのは、すぐ耳に入ってきた。日常の起居もままならぬ澄清の世話は、千芹がする以外なかった。澄清は絵を描く慰めも失って、灯もない部屋に終日座り続けていた。

悪い噂は客商売には命取りになる。千芹父娘の面倒をみていた「千久」の客足が遠のき始めた。

「疫病神《やくびょうがみ》を置いとる宿は気味が悪い」

「千久の湯に入ると目を悪くする」

　無責任な噂を流したのは、商売敵の「一久」かもしれなかったが、噂は広まってしまうと、止めようがなくなる。「千久」の主である叔父は千芹を哀れんで庇ってくれたが、ある日、とうとう番頭の嘉助《かすけ》が澄清のもとを訪れ、「千久」の苦況を洩らして、「しばらくの間、立ち退いていただけませぬか」と、頼んだ。「相分かった。迷惑をかけてすまぬことを致した」と澄清は深々と頭を下げた。

　その夜、かすかな物音に気づいて起き上がった千芹は、父がおぼつかない手つきで着替え、外に出て行こうとしているのを見た。

「父さま、どうなされます」

「ああ、起こしてしもうたか。わたしがいなくなれば、おまえだけなら、ここに置いてもらえよう。もっと早く、こうするべきだった。もっと早く、千鈴と澄直のもとへ行けばよかった……」

　千芹は、父が「千鈴と澄直のもとへ」と言ったことで、自分の心が和らぐのを感じた。三千世のもとへ、などと言ったら、その場で父を刺していたかもしれない。

「父さま、千芹もお伴いたします」

　千芹は素早く身仕度をし、部屋を見回した。何か持参してゆくものは……。小さな文机の上に、素木の箱が乗っていた。そうじゃ、母さまの面。売れる物はすべて売り払ってしまった父娘が、一つだけ手離さずに置いた能の面だった。千鈴の嫁入り道具の一つで、由緒は分からないが、「孫次郎」と呼ばれる美しい面だった。母さまの形見。千芹は孫次郎の面を風呂敷に包んで背に負った。

　まだ明けやらぬ薄明の中、千芹は父の手を引いて「千久」の裏門を出た。往還道を行きたくはなかったが、目の見えぬ父の足では、山道は歩けない。深く笠をかぶって、千芹は精一杯足を早めた。宿場が遠ざかった頃、二人を追う足音がした。嘉助だった。嘉助は、「旦那様から……」と、包みを差し出した。

「すまぬ、と涙ぐんでおいででした。しばらくして人の噂が静まったら戻っておいで、息災でな、とおっしゃって……」

　千芹は十三になっていた。


　故里を離れて五年、千芹と澄清はあてどない日々を送ってきた。

　五年前、湯西川への道が会津西街道から分岐する分かされまで来て、千芹は、「南か北か、いずこへ参りましょう」と父に問うた。「北へ」と父は答えた。幾日かお堂に泊まり、百姓屋の納屋を借り、時には山の炭焼き小屋で一夜を明かし、稀に、父の昔の知り合いの家に招じ入れられたりしつつ、蝸牛の歩みのごとくゆっくりと、千芹と澄清は会津西街道を北上した。父の目が見えていたら、絵を描いて糊口をしのぐことができたかもしれない。が、父は明暗さえとらえることのできない盲《めしい》になっていた。

　叔父が渡してくれた包みに入っていた金子を惜しみ惜しみ遣いながら西街道を辿り、父娘はいつか、会津田島に着いていた。会津地方からの廻米や木材の集散地である田島は、表通りには問屋や商家が並び、裏通りには下駄職人、桶職人、会津塗りの職人等が長屋住まいをしている路地があった。長屋の一部屋を千芹父娘は借り受けた。目の見えない父の開眼願掛けに柳津の虚空蔵様へ参詣の途中、父が足を傷めて動けなくなり……と苦しい言い訳をして、身元保証人もなく、六畳一間に三畳の板敷きがついた長屋に入れてもらった。訳ありげな、と疑いつつも、澄清と千芹の上品な様子と、一月分の店賃前払いに懸念を収めて、「店賃が滞ったらすぐ出て行ってもらう」と念を押しつつ、差配が両隣に顔つなぎをしてくれた。

　十四にもならない千芹にできるのは、表店の家の子守や旅籠の下働きぐらいだった。辛うじて命をつなぐだけの食べ物が得られるほどの給金で、千芹は身を粉にして働いた。叔父さまがくれた金子で店賃が払える間は、このまま暮らしていけるけれど……。千芹はいつも不安だった。

澄清が、小ぶりの三味線を弾き出したのは、田島に来て二年も経った頃だった。

「柏屋の主《あるじ》がくだされてな。目は見えずとも音曲なら楽しめようか、と申された」

弾き始めてみれば、澄清は音曲の才にも恵まれていたらしく、聴く者の心を魅了する曲を弾くようになった。

「父さま、今の調べは？」

「わたしが即興で作った。柏屋に連れて行ってくれぬか。主にお聴かせ申したい」

柏屋の主人は曲を聴くと深く頷き、

「江戸からおいでの材木商が宿をとっておられる。あまりに殺風景ゆえ、一曲、弾いていただけませんか」

と通された座敷は「千久」を思わせ、一瞬千芹は足が竦《すく》んだ。

「初めて聞く曲だが、不思議に心に沁みる」

材木商は、かなりの金子を紙に包んで千芹に渡した。

そんなことが十日に一度ぐらいはあって、このまま静かに暮らしてゆけるやもしれぬ、と思っていた矢先、ふとした風邪がもとで床に伏した澄清は、激しい咳が続いて、高熱が下がらぬようになった。重症の父を置いて働きに出ることもできず、薬代も嵩《かさ》み、「これだけは」と、店賃の支払いに取っておいた金にも手をつけてしまった千芹は、呆然として、父の枕元に座った。苦しげに忙《せわ》しい息をする父を見て、千芹は、父さまもわれも、もう死んでもいいと思った。母さまと弟のそばに、われもゆきたい、と。

だが父は、熱でひび割れた唇を動かして言った。

「千芹、わたしは、とうに死ぬべき身であるのは分かっている。わたしがいなければ、おまえにも生きる道が見つかろう……。だが、千芹、わたしにはまだ、せねばならぬことが残っているように思えてならない。それが何かはまだ分からぬ。わたしがなすべきことをなし終えるまで、生き続けることを許してはくれぬか」

「父さま……」

千芹は、父の「死ぬべき身」の語を否定する偽りはできなかった。千芹の心を占めていたのは、恨みや憎しみよりは、虚無だった。どうなってもいい、どうでもいい。父さまもわれも、死ぬ方が安らぎであるような今の暮らしじゃもの。千芹は、父を狂わせ、母と弟を死に追いやった三千世という女の空虚が今さらに分かるような気がした。

千芹は、旅籠屋「たじま」のお力のもとを訪ねた。お力は以前から千芹の容姿に目を留め、「商売」してみないかと誘っていた。

「案ずるな。素姓のよい客だけ、わしが見分けるからの」

とお力は言った。

「旅のお人だけ」と千芹は頼んだ。

お力の手引きで、千芹は客の部屋に面《おもて》を持ってしのんで行く。

「面をつけてもようございますか」

と千芹は客に問う。顔をさらすことだけはできなかった。面をつければ、己は己ではないように思えた。ひととき死んでおればよいと自分に言いきかせて面の紐を結ぶ。実際、千芹の意識はほとんどなかった。下女たちが入った仕舞湯のさらにあとの湯を浴び、月影にも顔をそむけて家路を辿る。千芹の行いに気づいているのかいないのか、父は決して声をかけなかった。泥のように眠り、昼は旅籠の掃除や子守に雇われ、お力が部屋の名を囁いた夜は面をつけるのが、千芹の日々の暮らしになった。

澄清は不思議に命を永らえ、薄紙を剥ぐように回復して、歩行できるようになっていた。

「千芹、南へ行かねばならぬ」

突然、父が言った。

「南とは？　故里へ……戻るのですか？」

「しかとは言えぬが、故里の近くに、わたしが行くのを待っているところがある」

それもいいかもしれぬ、と千芹は思った。田島での月日も五年になる。面をつけるようになってから二年、千芹の心はじわじわと壊れつつあった。いや、とうに壊れてしまっているのやもしれぬ。花を見ても美しいとも思わぬ。涙もなく、笑みもなく、千芹は死んだような心身を引きずって、漂うように日を送っていた。


わずかばかりの金と面を抱え、千芹は再び薄明の夕刻、細紐の両端を父の手とわが手で握り合って、田島を出た。お力には、「追いかけたら舌を噛んで死ぬ」と言った。お力は千芹の覚悟をさとって、「達者でな」とだけ言って、ぷいと去って行った。

薄明と入れ替わるように、十三夜の月が昇っていた。父は、まるで見えているかのごとく速足で歩いた。時に細紐を離して歩き、段差に躓いたりしても、急《せ》かれるように道を急いだ。

「父さま、何処か、当てがおありですか?」と訊く千芹に、「うむ、誰かが呼んでおる」と父は答えた。

男鹿《おじか》川と芹沢の合流点に着いた頃、夜はほのぼのと明けていた。澄清は迷いなく芹沢への道を辿った。川沿いに道は曲がり、山裾にポツポツと人家が並び、かすかな煮炊きの煙を上げていた。絶えず、芹沢川の瀬音が耳を打つ。父の後を追うようにして足を運んでいた千芹は、顔をあげて辺りを見回して息を飲んだ。山裾は、一面の芹の花だった。春先は地を這っていた芹は、初夏の今は柔らかく丈が伸び、小さな白い花が朝霧に紛れるように咲いていた。

千芹は、ただ黙って滂沱と涙を流していた。三千世が現れてからの苦痛に満ちた年月、母と弟を亡くし、父と流浪の日を送った五年、そして面をかぶって死の刻《とき》を過ごした二年。笑うことはもとより、泣くことも忘れた千芹は、今、ただ泣いていた。こんなにも優しいものがこの世にはあったのだ。こんなにも清しい色がこの世にはあったのだ。

芹の花の中に、端正なたたずまいの、四面の屋根のお堂があった。父の手を引いて近づいて行くと、薬師如来を祀った薬師堂であることが分かった。そういえば、湯西川にいた頃、目の病に霊験あらたかな薬師さまを祀ったお堂があると聞いたことがあった、と千芹は思い出した。確か近くに、湧き出る水で目を洗うと、目の病が癒えるという「目洗いの水」と呼ばれる泉があったはず。赤子に眼球が無いことを知って、叔父が宿の者に目洗いの水を汲みに行かせて届けてくれた。父は、「目の無い者の目を、どのようにして洗うのか」と憤り、目洗いの水を投げ捨てた。その後の父の失明は、薬師如来さまのくださる目洗いの水を粗末にした祟《たた》りと、叔父と叔母は畏れ、赤子の目のことも目洗いの水のことも、世間に広まることを恐れて、宿の者にも固く口止めをしたという。父は、運命の糸に手繰られてここに来たのだと、千芹は得心した。

どこか近く、宿を借りられる家はないかと、千芹は辺りを見回した。中に一軒、庭木が伸び、菜園も荒れた家が目に入った。人手が足りないのやもしれぬと判断し、千芹は門口から入って行った。庭の荒れ具合に比べて、家の造りはしっかりしている。

「もうし」と声をかけると、奥から小柄な女が出てきた。初老といった年格好で、顔立ちは優しく、瞳の光は澄んでいた。

「わが父の眼病平癒祈願のため、お薬師さまに参りました。しばらく逗留して願掛け申したいのですが、納屋の一隅など、お借りできませぬか」

「お父《と》っさまの眼病……それはお労《いた》わしいことじゃ。うちは連れ合いが長い病で、子もないゆえ、われも看病に手を取られてな。家もこのありさま。お前さま方のお世話はできぬが……」

「雨露をしのぐ屋根の下をお借りできれば、それだけで……」

何も望まぬようになっていた千芹の心が揺れ、ここに居たい、と願っていた。納屋は土間だったが、低い床が上がり、その家の妻女照葉《てりは》は、

「ここでいいかの。もう寒うはないでな。布団も余っとるのがありますで、お使いなされ」

と言いながら、千芹と澄清を導き入れた。

「すぐ近くに目洗いの水が湧く泉がある。朝夕目洗いの水で目を洗って、薬師さまにお参りなさるがいい。目が開いた人もおるよ」

と勧めてくれた。

「何か、われにできることはありませぬか。われらは金子はわずかしか持っておりませぬゆえ、宿代の代わりに、仕事をさせていただけませぬか」

「炊事、洗い物、草引き、われ一人の手に余る仕事がたんとある。手伝うてくださるか」

と照葉はうれし気に言った。

「炊事はの、四人分こしらえて、千芹さんもお父っさまも、食べなされ」


照葉の好意に報いたくて、千芹は懸命に働いた。炊事、掃除、洗濯、縫い物などの家事の合い間には、庭の草を引き、茂りすぎた庭木の手入れまでした。家はさっぱりと片付き、照葉は、「極楽、ごくらく」と喜んだ。

しばらくして千芹は、芹沢の家々が眼病平癒に参籠する人々を泊める習わしがあることを知った。それならば照葉さんが集落の人の思惑を気に懸けることもないのだと、千芹は安堵した。田植時でもある今は、さすがに参籠の人もなく、滞在しているのは、千芹親子だけのようだった。

千芹は朝夕、目洗いの水を汲み、父の目を洗った。澄清は一人で薬師堂までの道を行き来できるようになり、昼中《ひるじゅう》、お堂で端座していた。芹沢へ来て一月も経った頃、千芹は驚顎した。夕餉になっても戻って来ない澄清を迎えに薬師堂へ行ってみると、澄清は薄明の中で筆を執っていた。澄清は五年の放浪の間にも、画帳と矢立を手放すことなく懐に入れてい

た。画帳には、薬師如来の御姿が矢立の墨で描かれていた。

「父さま、お目が、お目が見えるのですか」

「数日前より、薄明の間のみ、見えるようになり申した。朝の半刻、夕の半刻ばかり……。夜は無論見えぬ。昼の光の中でも見えぬ。薄明の時のみ、わが目は見える……」

千芹は半信半疑で父に問うた。

「父さま、われの着物の色は？」

「藍に白の絣か。帯は茶か——」

「そうじゃ、その通りじゃ。これは照葉さんにもろうた着物。父さま、お薬師さまと目洗いの水のおかげじゃ」

「千芹。わたしはわたしのせねばならぬことが分かり申した。薬師堂に奉納する絵馬を描く」

「絵馬——」

「三十六歌仙の御姿と御歌を、一枚ずつ描いて納め申したい」

「三十六歌仙を？」

「うむ。おまえの母が好んでおった——」

千芹にも幼い頃の記憶があった。千鈴は和歌を好み、三十六歌仙の綴じ本を大切に秘蔵していた。父の胸の中に母が蔵《しま》われていたことを知って、千芹は心に灯が点るのを覚えた。

「なれど、父さま、絵馬を描くには板や絵の具が要りましょう。今のわれらには、どれもどれも……手が届きませぬ」

「そうじゃな。なれど、必ずや如来さまが、何とかしてくだされるじゃろう」

何とかとは——千芹は困惑した。今の己の働きでは、屋根と食をいただくだけで一杯じゃのに。いや、足りぬのに。照葉さんのお情けで、こうして置いてもろうておるのじゃもの。

数日思案して、千芹は面《おもて》をつけるほかないと決心した。会津西街道まで出て、旅人の袖を引く以外、千芹には金を得る手立てがないと。

父に夕食を食べさせ、薄暮の刻がすぎて目が見えなくなった父には無用の明かりを消して、千芹は面を抱えて納屋を出た。提灯はない。居待ち月もまだ出ておらず、道は暗かったが恐怖はなかった。夜の早い山里は静まり返っている。時折犬の声がし、藪を通り抜ける小動物の音がした。恐怖は、己自身と抱えている面にあった。今宵また、われは許されぬ道に踏み入る。何のために。三十六歌仙を描きたいという父の望みの画材を購うために。もうとうに死しているも同じの父が、あと少しの生命をと望む、この世への唯一の執着が三十六歌仙の絵馬を描くことであるなら、われは、われは……。目の無い赤子を抱いて身投げした母さま。母さま、父さまは母さまがお好きじゃった三十六歌仙の絵馬を描きなされる。だから、どうか千芹を許してくだされ。

千芹は、会津西街道と芹沢街道の分かされに立った。分かされには、小さな馬頭観音が祀られている。観音は三面六臂、頭頂には馬の頭をいただき、手には剣や斧を持つ憤怒の相をしていた。夜は街道を通る者は少ないが、屈強の男たちは、もう一つ先の宿場までと、夜に入っても道を急ぐ者があった。

「観音さま、許してくだされ」

千芹は目を瞑って手を合わせた。ふと傍に近づく人の気配を感じて、千芹は目を開けた。照葉が千芹と並んで手を合わせていた。

「照葉さん」

「千芹さん、うちへ帰ろう、な」

千芹の全身から血の気が引いた。次いで、カッと全身が熱くなった。照葉さんは、われが何をしようとしていたか、何をしていたか、知っていなさるのだろう。

照葉は、家へ戻る間、千芹の着物の袖をとらえて放さなかった。照葉は千芹を母屋に導き、大振りの湯飲みにたっぷりの茶を汲んで出してくれた。茶は屋敷を囲む茶の垣根から摘んで、千芹も手伝って作った自家製である。

「なして……」

照葉は言った。ああ、やはり。千芹は思った。照葉さんは知っていなさる。

「もしよかったら、われに訳を話してみなさらんか。何かよい手立てが見つかるかもしれんで。われに、と思わず、お薬師さまに聞かせると思うて話してみなされ」

話したい、誰かに聞いてもらいたいという思いが、波のように寄せてきて、千芹は、我知らず話し出していた。三依の家のこと、母のこと、目を持たずに生まれてきた弟のこと、湯西川を出てからの五年にわたる父との暮らしのこと。

話し終えた時は、夜明けも近い時刻になっていた。聞き終わった照葉は何も言わず、荒れた手で千芹の手を取り、幾度も幾度も撫でてくれた。もうじき薄明の刻、父さまの目を洗ってさし上げなければ。一睡もせぬまま、千芹は朝餉の仕度にかかり、照葉は連れ合いの杉造《すぎぞう》に、千芹は澄清に膳を運んだ。

「千芹さん、今日は父さまとお堂にお籠りなされ。昼飯は握り飯にして持ってござれ」

と、照葉が勧めた。千芹は父とともに終日薬師堂に籠った。薬師堂内には、一木造、彫眼、素地の薬師如来立像と、寄木造、玉眼、漆箔の聖観音菩薩像、さらに一木造、彫眼、泥地彩色の訶梨帝母像《かりていも》が安置されている。訶梨帝母は、別名鬼子母神とも呼ばれ、幼児を奪って喰らう暴虐の鬼神だったが、釈迦に我が子を隠されたことから子を失う悲しみを知り、母子を守る存在になったと伝えられている。芹沢の訶梨帝母像は、赤い着衣に白い肌、耳に鬢髪《びんぱつ》をかけ、懐に幼児を抱く姿をしており、芹沢では「子抱き観音」と呼ばれていた。母さまと澄直のようじゃ、と千芹は吸い込まれるように見入った。あとからあとから、涙が頬を流れ下る。

季節は夏の盛りに入っていて、お堂の周りの山は輝くような緑だった。お堂の入り口には、集会所にもなる板囲いの長屋が建っていて、長屋を囲んで、黄色の夏菊が勢いよく茂って、いっぱいに小花をつけていた。山裾の狭い畑は、蕎麦の花盛りだった。

父とともにお堂で祈っていると、昨晩眠らなかったためか、吸い込まれるように眠くなった。

「長屋の方で眠って来なさい」

と父が言った。

「えっ、あの――」

「千芹の祈りの声が、だんだん小さくなって、さらに聞こえぬようになる……眠たいのであろう」

父は笑みを浮かべて言った。長屋に退いて眠った千芹が目覚めると、夕刻になっていた。目洗いを済ませると父は絵筆を執った。が、筆はなかなか進まないようだった。父は深い溜め息をついた。

「父さま」

「なかなか浮かんで来ん。歌人の容姿も歌も。千鈴が持っていた三十六歌仙の草子があればなあ。あれも人手に渡ってしもうた。情けなき父よのう。すまない」

母さまがいつも眺めておられた美しい草子――あれが三十六歌仙だったのか。その夜の千芹の夢には、幾人もの歌人たちの姿が浮んでは消えた。

翌日も晴天だった。照葉は千芹に、

「虫干しを手伝っておくれんかな」

と頼んだ。

「山家の暮らしじゃ、着物はなんぼもないが、われが嫁入りの時持ってきた絹物も一、二枚はある。おじいのもんは綿と麻しかないがの。何回も縫い直したり、二枚の着物のいいとこを取って一枚にしたり、どうにも着られんものは、裂いてもう一ぺん織って、ちゃんちゃんこやら作るのじゃ」

千芹は、照葉と杉造のわずかな衣服を広げて、紐に掛けた。たった一棹の箪笥の奥に、藍の風呂敷でくるんだ包みがあった。照葉は愛しげに包みを開いた。生まれ立ての赤子が着る産着が入っていた。

「赤ん坊の……」

「うん。わしの一人息子。生まれて六日目、名付けの日の前に息を引き取ってしもうた。元気に乳飲んどったのに、急に乳を吐いてな」

「六日目に……」

「だから名無しじゃ、わしのたった一人の息子はの」

照葉さんがこんな話をするのは、われが澄直のことを話したからだ、と千芹は思った。こうやって、われが一人で思い詰めんように、相手をしてくださる。

「名づける前に亡うなった子は、地蔵さまの子になって、後世で楽しゅう遊んどるそうじゃ」

照葉は、産着を広げて自分の着物の隣に掛けた。


夜になって、照葉が納屋の戸を叩いた。

「母屋へおいでなされ」

千芹は、父の様子をうかがってから、そっと外に出て照葉の背を追った。何だろう、こんなに遅く。照葉は板の間も茶の間も通りすぎて、座敷に入って行く。座敷には客とおぼしき男が座っていた。ほのかな灯に浮かび上がった男の顔を見て、千芹は棒立ちになった。

「叔父さま」

母の弟、「千久」の主、久一郎だった。

「よけいなことだったかも知れんが、われが使いを出して、おいで願ったのじゃ。昔、家で働いとった太平《たへい》に使いをしてもろうて、千芹さんが待っていなさると、それだけ伝えてもろうた。千久の旦那さんに直《じか》に申し上げるのだよと言い聞かせてな」

「千芹、どうしてもっと早く戻らなかったのだ。よう無事で……。義兄《にい》さんも一緒だと照葉さんにお聞き申した。何と、朝夕は目が目えるようになられたと？」

「はい」

「千芹、湯西川に戻ってこんか。宿は新たな湯が出て繁盛しとる。な、もうあの頃のことは忘れよう、な」

「叔父さま」

千芹の胸は懐かしさでいっぱいになった。ああ、ここにわれと縁のあるお人がいる、と思うと、胸にすがって思い切り泣きたかった。だが――忘れることなどできるのか。姉の千鈴と赤子を死に追いやった澄清への恨み、憎しみは、容易に消えるはずもないであろうものを。そしてわれは……われは面をつけて何をしていたか。もし、田島でのことが人に知れたら、また「千久」はひどい噂の的になるだろう。

「ここにおいでの照葉さんにはどれほどお世話になり申したかのう。わしも宿屋の主をしておるゆえ、人の世の哀しみはよく見知っておる。千芹、わしとともに帰ろう。父さまも」

千芹はゆっくりと頭を振った。

「今はまだ帰られませぬ」

「今はまだ?」

「父さまは薬師堂に絵馬を奉納したいと申されておりまず。母さまが大切になさっておられた三十六歌仙の絵馬を母さまと弟への手向けにしたいと。朝夕目洗いの水で洗うと、薄明の間だけは目が見えまする。絵馬を仕上げることだけが、この世でなさねばならぬことと、父さまは思うていなさる。――なれど、母さまが持っておいでじゃった草子も無うなって、歌人の姿も歌もおぼろじゃと。それに……顔料を買う金子もありませぬ」

夜道は危ないと言って照葉が引き止め、久一郎は照葉の家に泊めてもらって、朝まだき、湯坂峠を越えて湯西川に向かった。二日後、久一郎は供の者を連れて、再び湯坂峠越えで芹沢を訪れた。久一郎が差し出したものを見て、千芹は驚いた。

「これは、母さまの」

「二冊あってな。一冊は姉様が『千久』に残していったものじゃ。辛うてな、納戸の奥にしもうておいた。これでよいかの」

「ああ、父さまがどれほど喜びなさるじゃろう」

「この包みは顔料じゃ。宿に逗留しておった旅の絵師が、宿代がわりにと置いていった。これで役に立つかのう。ああ、金子も置いていくゆえ、顔料が無くなったら、田島や会津へ注文すれば手に入るじゃろう」

「ありがとうございます。こんなに優しくしていただいて、もったいのうございます」

「いや、五年前、おまえを庇《かば》ってやれなんだことがいつも心に懸かっていてなあ。何やら気になることを耳にしたこともあって……」

「……」

「旅のお人が、田島の宿で孫次郎の面をつけた女と夢のようなひとときを過ごしたと言うてな。優しげで仕草の上品な若い女じゃったと。面をつけて身をまかせたが、まるで観音様の化身のようじゃったと」

千芹は震えが止まらなかった。ああ、やはり知られてしまったか。

「千芹、孫次郎の面は持っておるか」

声もなく、千芹はうなずいた。

「孫次郎を預かってもよいかの。あれは不幸せを生む面だという言い伝えがある。あんな物を千鈴に持たせたのが不運の元じゃったと、母者はいつも嘆いておった」

「お祖母さまは……？」

「二年前、身罷《みまか》った。いつも姉様と赤子の墓に香華を手向けておられた。千芹は戻らんかと、いつも街道の方を見ておられた」

ああ、お祖母さまは面のことを知らぬまま逝かれた、と千芹は苦い安堵を覚えた。

千芹は納屋へ行って孫次郎を持ってきた。そっと久一郎に差し出すと、久一郎は包みのまま受け取って、供の者の荷に収めた。

「慈光寺に寄進しよう、な。姉様の苦しみを清めてもらおう」

千芹の罪も、と千芹は胸の中で叫んだ。きっと叔父さまもそう思うておられるのだろう。

「絵馬を描き終えたら、きっと戻るのじゃぞ」

と幾度も念を押しながら、久一郎は澄清には会わずに帰って行った。まだ父さまを許すお気持ちにはなれぬのだろう、と千芹は思った。澄清もまた、久一郎に会おうとはしなかった。

顔料が届いた日から、澄清は朝の薄明の前から薬師堂に籠り、三十六歌仙の絵姿を描いた。薄明の刻が過ぎると、一人堂内に座して瞑目していた。夕刻の薄明にまた絵筆を執り、夜は迎えに来た千芹とともに照葉の納屋に戻った。

澄清から「千芹、歌を書いてくれぬか」と言われて、千芹は驚いた。母が生きていてくれた間は、千芹は母から手習いの手ほどきを受けていた。「千芹は筋がいいね」と母は微笑んで千芹の手跡に見入った。なれど、筆を手にしたのは母さまがおいでじゃった幼き日のこと。それに、何よりも、われは、われは清らかではない。薬師如来に奉納する絵馬の和歌を、われのような者が書いてよいものか。千芹は覚えず、わが手でわが身を抱き締めた。

澄清は、そんな千芹のそぶりに背を向けたまま、

「母さまと澄直への供養だと思うて書いてみぬか」

と、重ねて言った。千芹は深々と息を吐いて言った。

「少し、手習いをしましてから」

照葉の家の硯と墨を借りて、千芹は和歌の手習いを始めた。

「父さま、どのお歌を……」

と千芹は父に尋ねた。

当時流布していた三十六歌仙の歌は、一人三首が基本で、人麿、貫之、躬恒、伊勢、兼盛、中務は十首が撰されている。

「どの歌を選ぶかは絵を描いた上で決めるゆえ、どの歌でも書けるよう、手習いしておきなさい」

と澄清は言った。

歌仙の絵は、一枚が描き上がるのに、ほぼ二日から三日を要したが、描き上がるのは常に朝の薄明が終わる頃だった。澄清は絵筆を置くと、気を失うよ

うに眠ってしまう。千芹は澄清に夜具を掛けると、照葉の家に行って家事を手伝い、少しずつ覚えた畑仕事を手伝った。昼になると、澄清に昼餉を用意して薬師堂に行く。澄清は、一日に昼餉しかとらぬようになっていた。午後になると顔料が乾いた。澄清は千芹に一首の和歌を伝える。千芹は絵に合わせて字配りを工夫し、檜板に和歌を記した。父の絵の趣を損ねてはならぬ、と千芹は心に期していた。夕刻の薄明の前に、千芹は和歌を書き終え、一枚の絵馬が完成する。夕刻の薄明、澄清はまた、檜板の前に座し、闇が訪れると、照葉の家に戻る。千芹は、徳利一本の酒と、わずかな摘まみを用意した。

「雨屋《あまや》じゃすまんで、中座敷においでんさいや」

と照葉が母屋の一部屋に招いてくれた。

「尊い絵馬を描いてくださる絵師さまを、雨屋に置いたらもったいない」

澄清父娘が奉納絵馬を描いているという噂は、いつの間にか芹沢に、そして近隣の集落に知れ渡っていき、「わしも寄進したい」と申し出る者が出てきた。扁額一枚分に相当する金を届ける者もいたし、ほんのわずかの銭を賽銭箱に入れる者もいた。金子は檜板と顔料の代金に当てられ、寄進者の名が分かれば、名を檜板に記した。

「江戸から眼病を治しに来られた絵師さまじゃ。娘さんがついていなさる。朝夕目洗いの水で洗われたら、全く見えなんだ目が、薄明の刻だけは見えなさるようになってな」

と、照葉は澄清と千芹の素姓を隠してくれた。

水無月、澄清は十人の絵姿を描き、千芹は十首の和歌を書いた。

ほのぼのとあかしの浦の朝ぎりに島がくれ行く舟をしぞ思ふ　　　柿本人麿

桜ちるこのした風は寒からでそらにしられぬ雪ぞふりける　　　紀　貫之

いづことも春の光は分かなくにまだみ吉野の山に

雪降る　凡河内躬恒

三輪の山いかにまち見む年ふともたづぬる人もあらじとおもへば　伊勢

春の野にあさるきぎすのつまごひにおのがあたりを人に知れつつ　大伴家持

わかの浦にしほみちくればかたをなみあしべをさして鶴《たづ》なきわたる　山辺赤人

世の中にたえて桜のなかりせば春のこころはのどけからまし　在原業平

たらちねはかかれとてしもむばたまのわがくろかみをなでずやありけむ　僧正遍照

見渡せば柳桜をこきまぜて都ぞ春のにしきなりける　素性法師

夕さればさほの川原の川霧に友まどはせる千鳥鳴くなり　紀　友則

文月は次の十首を描き、書いた。

をちこちのたづきもしらぬ山中におぼつかなくもよぶこどりかな　猿丸大夫

わびぬれば身をうきくさのねをたえてさそふ水あらばいなむとぞおもふ　小野小町

みじか夜のふけ行くままに高砂のみねの松風ふくかとぞきく　中納言兼輔

あふことのたえてしなくばなかなかに人をも身をもうらみざらまし　中納言朝忠

伊勢の海の千尋の浜にひろふとも今はなにてふかひがあるべき　権中納言敦忠

かくばかりへがたく見ゆる世の中にうらやましくもすめる月かな　藤原高光

行やらで山路くらしつほととぎす今ひとこゑのきかまほしさに　源　公忠

子の日するのべに小松のなかりせば千代のためしになにをひかまし　壬生忠岑

ことの音に峯の松風かよふらしいづれのをよりしらべそめけん　斎宮女御

一ふしに千代をこめたる杖なれば突くとも尽きじ君がよはひは　大中臣頼基

中秋の明月に照らされて帰った葉月は、次の十首だった。

秋きぬとめにはさやかに見えねども風の音にぞおどろかれぬる　藤原敏行

風をいたみ岩うつなみのおのれのみくだけてものをおもふころかな　源　重之

常磐なるまつのみどりも春くればいま一しほの色まさりけり　源　宗于

恋しさはおなじ心にあらずともこよひの月を君見ざらめや　源　信明

天津風ふけ井のうらにゐるたづのなどか雲井にかへらざるべき　藤原清正

水のおもにてる月なみをかぞふればこよひぞ秋の最中なりける　源　順

誰をかもしる人にせむ高砂の松もむかしの友ならなくに　藤原興風

秋の野のはぎのにしきを古郷に鹿のねながらうつしてしがな　清原元輔

みよしのの山のしらゆきつもるらしふるさとさむくなりまさるなり　坂上是則

咲きにけり我が山里の卯の花は垣根に消えぬ雪と見るまで　藤原元真

六首を残す頃、季節はいつか秋も終わる季《とき》になっていた。目洗いの水は澄んで、高い秋空を映して波立っている。千芹は父の身が案じられてならなかった。絵を描き出してから父は昼餉と夕の一合の酒を口にするのみで、頬はこけ、絵筆を握る指は枯枝のように尖っていた。しかし澄清は、「形も色もよう見ゆる」と喜び、絵馬を描き継いでいた。男姿の衣服は黒が多く、袖口の緋色や裾《きょ》の文様は繊細で鮮やかだった。猿丸大夫の衣服は黒ではなく黄味を帯びた茶の袍《ほう》に、白い袴を着けていた。中務、小野小町、斎宮女御、伊勢、小大君の女人像は十二単姿で、緋と翠の対照が、目を見張るほど鮮やかだった。女人姿は男姿よりは少し手間を要する。中務、小大君の二人は最後の六人の中に入っていて、澄清は心楽しげに、濃《こま》やかな筆づかいで塗り重ねていく。

岩ばしの夜のちぎりもたえぬべしあくるもわびしきかづらきの神　　小大君

有明の月のひかりをまつほどにわがよのいたくふけにけるかな　　藤原仲文

千とせまでかぎれる松もけふよりは君に引かれてよろづよや経む　　大中臣能宣

焼かずとも草はもえなむかすが野をただ春の日にまかせたらなむ　　壬生忠見

くれてゆく秋の形見に置くものはわが元結の霜にぞありける　　平　兼盛

三十六歌仙すべてが描き上がったのは、神無月に入る夜明けだった。中務の華麗な姿を描き上げると、

秋風の吹くにつけても訪はぬかな荻の葉ならば音はしてまし

の歌を告げて、澄清は深い眠りに入っていった。昼になっても澄清は目を覚まさなかった。こけた頬、窪んだ眼は、昼の光に深い影を作っている。お疲れなのだ、と千芹は澄清を起こさず、夜着を掛けた。千芹は、なにか心騒ぎながらも、中務の歌を記した。夕刻の薄明に、澄清は目を見開き、訶梨帝母像をじっと見つめてから、千芹を見た。

「千芹、母さまと澄直はわたしを許してくれようか」

父はおぼつかなげに言った。千芹は深くうなずいた。次いで父は言った。

「千芹、父を許してくれ」

千芹は、父の枯れ木のような手を取った。

「父さま。父さまの描かれた絵馬が、皆を励ましましょう。われも母さまも弟も、父さまを大切に思うておりまする」

心からの言葉だった。父さまは、心弱く迷い多き人なれど、こうして心身を尽くして絵馬を描き上げなさった。澄清はほんのりと微笑み、すうっと目を閉じて事切れた。

叔父にだけ知らせて、千芹は照葉とともに密かに澄清を茶毘《だび》に付した。骨壷に収まった父の骨は、軽くはかなかった。叔父とともに、遺骨を母と弟の眠る墓所に収め、千芹は、行脚の旅に出立した。

「絵を描き上げて、絵師さまはまた旅に出られた」

と、照葉は村人に告げていた。「娘さんもご一緒に立たれたよ。こげな見事な絵馬を残してくだされてなあ」

千芹の旅がいつ終わるかは、千芹自身にも分からなかった。百の寺、百の社に参拝しよう、と千芹は決意していた。

「母と弟、そして父の後世を弔うことはわれしかできぬこと、そして、われもまた、面をつけて一度は死した身。絵馬に和歌を書く仕事を与えてもろうて、生き延びる道を示していただいたなれど、このちもわれは生きていってよきものかどうか、生きてよいものならいかにして生きるか、百の寺、百の社を巡って見出して参ります」

と、千芹は照葉に言った。

「必ず、帰って来なされや。待っとるでな」

照葉は涙で曇った目で千芹を見つめた。千芹は微笑んで照葉を見た。

「帰って参りまする。芹沢はわれの故里ゆえ」

葉を落とした木々は、何もかも削ぎ落として、凛として空を指している。狭霧が立ちこめていた。霧の中に小さくなっていく千芹を、照葉はいつまでも立ち尽くして見送っていた。

〔二〕 帰還まで

帰るための旅、と千芹は自分に言いきかせた。叔父さまは湯西川に戻っておいでと言うてくだされた。照葉さんも、共に暮らそうと言うてくだされた。温かい人たちに包まれてのどかに暮らせたらと、千芹は足を止めて佇んだ。――でも、と千芹は己《おのれ》の心の奥を探った。それでよいのか、心穏やかに過ごしてゆけるのか。会津西街道を行き交う人々の中に田島でなしたことを知っている人がいるのではないか、心の底にいつも怯えがあった。いや、他者の咎《とが》め以前に、己が己を咎め責めていた。われは汚れていると。父との暮らしを支えるためにやむなくお力に従ったのだと己に言いきかせても心は安らがなかった。身を売ったことが、なぜこれほど己を苦しめるのか千芹は分からなかった。果たして百の社、百の寺に詣でれば罪を許されるのかどうかも、実のところ覚束なかった。身を売ることは世の掟に反すること、恥ずべきこと。だが自分は、世間や他者との関わりに照らして己を責めているのではないと、千芹は知っていた。たとえわれ独り荒野に立ち、風雨に打たれようとも、わが心に安らぎは戻らぬと千芹は知っていた。

奈落に沈む千芹の心がほんのひととき安らぐのは、父が命を懸けて三十六歌仙の絵を描くのを手伝っていた間のことを思い浮かべる時だった。「千芹の筆で歌を」という父の言葉に従って檜板に和歌を書きつけているひととき、千芹の心は己の罪を忘れていた。――あれは何故なのであろう。自分は、神仏に許しを請う旅の一歩一歩で「忘れるひととき」を持つことができるのであろうか。さらに千芹の心にはもやもやとした疑問がわだかまっていた。身を売る女の罪に対して、買う男には罪はないのであろうか。旅の途次の男は、家に妻や子があるやもしれず、言い交わした娘が待っているかもしれない。男はいかなる思いで見知らぬ女を買うのであろうか。女は男にとって、食物や衣服と同じ「物」なのであろうか。なぜに男は罪せられぬのか。

「往還を昼中だけ歩くのだよ」と照葉さんはくどいくらい言いきかせた。「はい」と答えながらも千芹は覚束ない思いだった。神社も寺も山の上に在ることが多いものを。路銀は、叔父が三月分ぐらいの見当の額を巾着に入れて渡してくれた。さらに大桑宿の杉乃屋、の名を上げ、「文を遣っておくゆえ、必ず訪ねるように」と念を押した。

「それでは巡礼になりませぬ」

「いやいや、巡礼と申しても独りでできるものではない。道中の多くの人々のご助力があって続けているものなのだよ」

そうであった。一人で神仏を巡ると申しても己一人でできるはずもなかった。宿を請い、食物を購い、草鞋を替えて旅は続けることができるのだと、千芹は今さらのように人との縁の断ち難さを思った。

千芹は巡礼服をまとって旅に出ることを決めていた。神仏に詣でる巡礼なれば、余程の悪漢でなければ襲うことはなかろうと、照葉も納得した。巡礼服の替えと二枚の袷《あわせ》、肌着数枚のほかに千芹が携えたのは矢立と巻紙、帳面、さらに懐剣一振りだった。懐剣は母の形見だった。母は懐剣で弟と己を刺そうして果たせず、弟を抱いて谷に飛び込んだのである。千芹は母と弟を弔ってしばらくして、箪笥の奥に残った着物にくるまれている懐剣を見つけた。千芹は誰にも告げず、懐剣を己の身の回りの物を収めた小箱の底に隠した。懐剣は人形の持ち物のように小さかった。柄を含めても七寸、刃渡りは四寸ほどしかない。それでも喉を突けば死ねる、万一の時には、と千芹は懐剣を負い荷の中にしのばせた。

千芹が知っている往還といえば、会津西街道以外なかった。芹沢に入る分岐点で、千芹は街道を南へ向かった。北に向かえば、田島に通じる。田島は千芹にとって最も避けたい地であった。会津藩が廻米を江戸に運ぶ要路であったから、会津西街道はそれなりの体裁を保つ街道だった。一里塚もあり、無論宿場もあった。女の足で一日に歩けるのは、七、八里であろうか。往還から少し脇道に入った所にある社寺に詣でつつ歩めば、半分ぐらいしか歩めないこともあろう。亀の如き歩みでわれはどこまでさすらうことになるのであろうか。会津の殿様が往復される、いつも祭りのように賑わっていると聞く江戸までか、話に聞くのみで見たこともない「海」のほとりまでか。菅笠の紐を結び直し、叔父が手続きして手に入れてくれた道中切手を懐に収めて、千芹は、あてどない旅の一歩を踏み出した。

中三依の宿を出ると、いよいよ一人であった。中三依は、南の今市から九里、北の田島から八里で、下野と岩代の中間に位置した要衝の地である。中三依の次の宿は五十里《いかり》宿である。

五十里までの道にある独鈷《どっこ》沢は、もともとは下三依と呼ばれていたが、弘法大師が猛暑の折この地を通り、道端の民家に立ち寄って水を求めたところ、家人が男鹿川の谷まで下りて水を汲んで差し上げたことに感じ入り、常日頃水に難渋している村人のために独鈷を地に突き立てると、清らかな水が湧き出して沢となった。村人は深く感謝し、下三依の名を改めて独鈷沢と名付けたという。水は集落の南端に湧出し、村人の生活を支え続けている。千芹は、独鈷沢の水を汲んで竹筒を満たした。水は湧水なので年中、同じくらいの温度を保つらしく、初冬の今、やさしい温もりで千芹の手を濡らした。

五十里宿は、災害に翻弄された宿だった。そもそも「いかり」とはみちのくでは洪水を指している。天和三年（一六八三年）、大地震により葛老山《かつろう》が崩れて男鹿川の水が塞き止められ、広大な五十里湖が出現した。水は五十里村を飲み込み、会津西街道は湖底に沈んで通行不可能となってしまった。廻米運搬の路を失った会津藩は応急策として渡し舟を置いたり、水抜き工事をして街道の復活を計ったが果たせず、西街道に代わる新道として、尾頭《おかしら》峠越えの塩原街道や会津中街道を開削した。中街道は、距離は短いが、大峠、三斗小屋経由の険阻極りない道だった。湖底に沈んだ五十里村から逃れた村民は、三分の二が上屋敷に、三分の一が独鈷沢地内の石木戸に移り住んだ。石木戸に移住した者たちは湖を渡る船頭になって暮らしを立てていた。ところが、享保八年（一七二三年）夏、四日間にわたる大風雨が関東、奥羽を襲った。満水状態だった五十里湖は海尻部分で決壊し、川治、藤原、今市、塩谷、上河内、氏家等の下流地域に甚大な被害をもたらした。水が流れ去った跡の湖底には、四十年前の五十里村と西街道が、晴れ上がった陽を浴びて姿を現し、人々を驚愕させた。会津藩は、よみがえった西街道を整備し、再び物資流通の要路とした。上屋敷に移り住んだ村人も、さっそく宿の再建にとりかかった。元の宿よりやや上方の傾斜地を再建の場に選んだのは、男鹿川の氾濫を危惧したためである。

独鈷沢の水で一息ついて、千芹はこの地の小さな神社に詣で、今日の宿泊地となる五十里宿に向かって歩を進めた。里程にすれば一里ほどの道だが、男鹿川に沿う断崖絶壁を刻むようにして作った険路だった。ヘツリ橋、マカリ橋と、風の時は渡るのを尻込みするような橋を過ぎ、岩の上に苔むした地蔵が祀られている地蔵岩を仰ぎながら、一歩ごとに足を置く場を見極めるように進んだ。わずかに平坦になった所で立ち止まって対岸を見ると、常緑樹と、落ち切らない紅葉、黄葉が綯《な》い交《ま》ぜになって、綴れ織りの布のように美しかった。はるか足下には、男鹿川の清流が岩を噛んで流れていく。

わずか一里ほどを一刻半もかかって、千芹は五十里宿に辿りついた。一度水底に沈み、また地上に現れた五十里宿は、柳屋、万屋、桝屋、大和屋、大黒屋などの屋号を持った民家が街道を挟んで並んでいる。五十里宿の名主兼本陣の赤羽家は宿の南端にあり、広大な屋敷を有していた。千芹はまず、赤羽家とは筋向かいの、広い神域を有する神社に詣でた。中三依宿を出立して五十里宿の神社に詣でるまでの間に、千芹は三つの神社に詣でていた。宿と宿との間にはいくつかの小集落があり、小集落には必ずと言っていいほど、社があったのである。比べて寺はまだ一寺のみであった。

参勤交代こそ、会津藩主三代正容《まさかた》公から八代容敬《かたたか》公まで途絶えていたが、会津西街道は会津と今市を結び、さらに江戸とつながる物流の道であり、「仲《なか》附鶩者《つけどちゃ》」と呼ばれる運輸業者が往来していた。一般的には、街道の物資輸送は、各宿場で荷を上げ下ろしして次の宿場に「継ぎ送る」制度をとっていたが、宿場での上げ下ろしに日数を要して駄賃が割高になること、また「継ぎ送り」の途中で荷が紛失する事故もあったことから、継ぎ送りをせず、会津田島地方と今市宿を附け通す方式が出来ていった。この運輸業者を「仲附鶩者」と呼んだのである。中附は、一人で五、六頭の馬を扱い、預かった荷は継ぎ送りをせず送り先まで運ぶ方式をとったため、従来の方式より日数が短縮できたから、駄賃も安く上がり、途中で荷を紛失する恐れも少なかった。新興の問屋や商人たちは、この方式を重用し、仲附は街道の運輸の主役となっていた。仲附は、会津地方からは米、麦、大豆、小豆をはじめ、漆器、酒、煙草、麻、乾燥ぜんまい、下駄、木炭などを今市宿へ運び、帰りには塩や京大阪の綿製品、江戸の古着や各地から集まる菜種、砂糖、鉄製品、畳表などを会津地方に運んだ。積雪期には通行困難になる西街道は、冬は往来も少なく、千芹も五十里宿までは仲附に出会っていなかったが、五十里宿で初めて、馬を柵につないでいる仲附を目にした。脚の太い頑丈そうな馬の背には、江戸からの古着が積まれているらしかった。

正月を控えて、普段は粗末な手織り木綿を着ている田舎の娘たちにとって、江戸からの色鮮やかな古着は、数年に一度買ってもらえるかどうかの憧れの晴れ着だった。五十里宿から南の方では通り雨でもあったのか、荷には雨除けの莫蓙が掛けられ、馬方も目の積んだ蓑《みの》を着ていた。その蓑の編み目の美しさに千芹は目を見張った。

宿には馬方が馬とともに泊まれる馬方宿があった。千芹は馬方宿の隣の小さな商人宿に一夜の泊りを頼んだ。宿の女将は女一人旅の千芹に眉を寄せ、千芹の全身を見回して、

「巡礼さんのようじゃが、道中切手はお持ちかの?」と尋ねた。千芹が懐から切手を出して見せると、

「巡礼装束の方を断わるわけにもゆくまいて……して、どこを目当ての参詣か?」と訊いた。「どことも……」と言いかけて、千芹は気付いた。巡礼とは言っても、目ざす社寺もない巡礼では、宿の女将の不審は収まらぬであろう。

「日光に参りまする。父と母、弟の菩提を弔いとうて……」と言って目を伏せた。言ったとたん、それは我が心の予《かね》てからの思いだったと気付いた。子供の頃、母がよく言っていた。

「千芹、日光に参ろうね。きらびやかなお宮じゃそうな。父さまも一緒にな」

千芹は母を泣かせる父が腹立たしく、「母さまと千芹とでいい」と言った。

——とうとう、誰とも日光に参詣することはなかった。母と弟、そして父の霊を心に抱いて、日光に参詣しよう。女将は「父《とと》さま、母《かか》さま、弟御の菩提……それはそれは、おいたわしいこと……。立て込んだら相部屋でもいいかの? もちろん女子《おなご》だけじゃが」と尋ねた。通された二階の六畳は街道に面した角部屋で、隣の馬方宿のざわめきが届いてきた。夕餉を運んで来た女将は、「今宵は相客は来んようじゃ。お一人でごゆるりと」と言い、さらに「お

膳を下げる時、前金を頂戴できましょうか」と訊いた。千芹は「はい」と頷き、一人夕餉の膳に向かった。脚付きの膳には小ぶりの丼に白い御飯と、具のたくさん入った味噌汁、ひどく塩のきつい沢庵と川魚の甘露煮が並んでいた。千芹は女将が去るとすぐ懐から銭入れを出し、宿代を数えて膳に置いた。巾着は腹巻きの中に巻き込んであった。相部屋どころか、その夜は千芹のほかには泊り客は無いようだった。翌朝、千芹は早々に宿を発った。馬方宿も朝は早く、白い息を吐く馬に、馬方が荷を付けていた。よく晴れているのに、馬方は蓑を着けていた。千芹の視線に気づいて、馬方は二階を振り仰いで、

「これかあ？　少し湿ってるで着て乾かすのよ。寒さもしのげるでな。巡礼さんもその姿《なり》じゃあ寒かんべ。どうだね、江戸からのきれいな衿巻きがあるよ」と言った。千芹は慌てて首を振り、「綿入れの頭巾と半纏《はんてん》を持っておりまする」と言って、背に負った荷を揺すった。絣柄の頭巾と半纏は、照葉が是非にと持たせてくれた物だった。半纏と言っても、着物のように前が重なる仕立てになっていて、風を遮ってくれる。「万一、宿に泊まれず布団に寝られぬ時は、これを着て寝なされよ。嵩張《かさば》るほどには重くないで」と、照葉は頭巾と半纏を畳んで、油紙に包んでくれた。

賑やかな五十里宿を出ると、ほどなく湯西川との分岐だった。千芹は走るようにして分岐を通り過ぎた。母との思い出が詰まった湯西川は、甘やかさとそれに十倍する苦痛が綯《な》い交ぜになった故里である。誰にも、今の自分が三依千芹だとは知られたくない。田島での父と己の暮らしを知る者は無いだろうけれど、自分は故里の人々の前に面《おもて》を上げて立てる身ではないのだ。

五十里宿の次は高原新田宿となる。高原新田宿までの道は、その名の通り高原の道だ。高原新田宿へ向かう者にも五十里宿へ向かう者にも会わず、千芹は「天地に我独り」の孤独を噛みしめていた。鳥が

はるか上空を渡ってゆく。こんなところで一人、山に分け入ったなら、誰にも知られることなくこの世から消えてゆけるやも知れぬ。千芹は己を誘う暗い想念にとらわれていた。と、上空からギャアギャアという悲鳴が降ってきた。見上げると鳥の群れに大型の鳥が突き進んでいくのが見えた。群れはパッと散らばったが、逃げ遅れたらしい鳥に大型の鳥が襲いかかった。なすすべもなく、小さな鳥は一瞬、宙に止まって落ちた。落ちる鳥に大型の鳥が追いついて、嘴に捕らえて群れを離れていく。群れは再び群れの形を成して南に飛んで行った。鳥たちは、一瞬前の群れと今の群れが違ってしまったことを分かっているのかどうか、何事も無かったように飛んでいく。小さな命の消えゆくさまを見た衝撃で、千芹の暗い想念は払われてしまった。足が痛い。たった一日と少しの旅で、もう足が悲鳴を上げている。路の傍らの平たい石に腰を下ろして、草鞋の紐を解いた。紐が踵に当たる部分に緒擦れができていた。肩から斜めに掛けた袋から貝に入れた膏薬を取り出して塗り、ネル布で覆った。スッと痛みが消えた。さあ、これで峠越えができる。

高原峠は会津西街道でも最も険しい峠で、馬と人がやっと通れるくらいの山道である。千芹は神経を足先に集中させて、何も考えずにひたすら歩いた。高原新田宿のあたりは水田は皆無、畑も狭く、地味も痩せていて作物は乏しい。高原新田宿の住民は、もっぱら駄賃を稼いで暮らしを立てていた。馬方の、馬に寄せる情愛は深く、斃死した馬を祀る馬頭観音が街道の辻々に建っていた。五十里宿から高原新田宿までは二里八町の旅程であるが、峠越えの難所であるため、千芹が高原新田宿に着いた時は、午後の日も傾いていた。高原新田宿は住民十戸ほどの小さな宿場だったが、元々宇都宮藩領のこの宿場も、会津藩が幕府に納める米穀の増減を調査させ、俵装を修理する所としたため、池、築山を配した豪壮な庭園を持つ問屋屋敷を擁していた。高原新田宿に着くと、千芹は真っ先に宿の裏手を登る先にある神社に詣でた。これで神社は十一を数える。神社から街道に戻ると、南からの仲附駑者が到着したところだった。小さな宿場なので、本陣に当たる宿と馬方宿のほかには宿は無かった。千芹は頼み込んで馬方宿の家族の居住部屋の隅に泊めてもらい、人馬のざわめきを聞きながら眠りについた。

翌朝、空はどんより曇っていた。「雪にならねばいいがのう」「まあだ、雪には早いでよ」「んでも、氷雨よりは雪の方がましじゃ」馬方たちの話し声が聞こえてきた。幸い、空は次第に晴れてきて、両側に葉を落とした木々と笹が続く道は、陽光が差して暖かだった。

背後から、人声と足音が近付いてくるのに気づいて、千芹はドキリとした。身を隠す陰もない。思い切って振り向くと、五、六名の一団が賑やかに話しながら近付いてきた。重そうな行李や風呂敷包みを背負い、薦《こも》で包まれた長細い物を携えている。ああ、茅手《かやで》さま、と千芹は納得した。あの薦包みは、屋根葺きの道具なのだろう。ガンギ棒や茅鋏、鉈、鋸など、屋根葺きに必須な道具類である。会津地方には茅葺きの技術を身につけた職人集団がいた。春から秋までは農作業に従事し、秋の収穫が終わると、冬の間の出稼ぎ仕事として、関東地方に屋根葺きの仕事に出た。茅葺きが主だったから、この職人たちは「茅手」と呼ばれていた。千芹の母の実家である「千久」も茅葺きだったため、毎年のように茅手たちが訪れていた。広い旅館の屋根は少しずつ葺き替えて、五年かかって一通りの屋根替えができる段取りだった。千芹の生まれた三依家は瓦葺きだったから茅手は来なかった。「千久」の離れを抜け出して屋根葺きの様を見るのは、千芹の大きな楽しみだった。作業のはじめの頃は近付くことを許されなかった。茅を押えている竹が外され、古びた茅がバサバサと落とされるのを見ていると、「下敷きになったらどうする！」と怒鳴られた。だが、作業が進んで、野の匂いのする茅が厚く積み重ねられ、茅鋏で軒下が整えられる頃になると、千芹も見物を許された。切ってはガンギ棒を打ちつけて平らにならすと、切り口が揃って、えも言われず美しい。一軒の仕事が終わると、仕上がりを祝って、庭先で祝宴が催され、茅手たちは酔って歌った。ほぼ五、六日を要して一軒の仕事を終えると、茅手たちは次の家へ移って行った。会津地方からやってくる茅手職人の技能を畏敬して、下野国では職人たちを「茅手さま」と呼んでいた。茅手さまなら恐しくはない、と千芹は安堵した。

「巡礼さん」茅手一行の中でも年長に見える男が声を掛けた。

「どこまで行きなさる?」

「まずは、この街道の終わりを目ざしまする」

「おお、巡礼さんの足では、まだ七日はかかるかのう。われらは次の藤原宿で仕事があるゆえ、長い道連れにはなれぬのう」

「残念じゃあ。こんなきれいな巡礼さんと一緒なら足も弾むに」一番年若そうに見える若者が言うと、皆、「残念じゃのう、余一」と笑った。

「せめて藤原まで一緒に行かんかね」

「われの足では皆さんの足手まといに……」

「いいさ。ゆっくり歩むよ。実はの、藤原宿に半刻ほどの所の脇道を入ったところに、訳のある男がいての、小屋掛けして住んでおる。——おそらく業《ごう》病《びょう》じゃの」

「ゴウビョウ?」

「うむ、癩《らい》病じゃろうて。藤原宿の馬方宿の息子じゃが、二十歳の頃、病にかかって家を追われて、山中で一人、まあ、死ぬる日を待っておる——」

「癩病」という病名は、千芹も耳にしたことがあった。癩病の人に会ったことはなく、家を追われる病と聞いて、恐ろしくて母の袖を握って離さなかった。——本当に家を追われるのだ。千芹は胸を衝かれた。

「お気の毒に……」

「うむ。じゃが、どうしてやることもできん。おっ母さまが、夜に食べ物やらを持ってくるそうじゃが。人が恋しいのじゃろう。顔を覆って、遠目から道行く人を見ていることがあるそうじゃ」

「顔を覆って……？」

「癩病っちゅうのは、病が進むと顔や手が崩れていくのでなあ。人に見られとうはないのじゃろう。巡礼さん一人で出会うたら、さぞ驚くと思うての」

「お医者さまは――」

「治せんとよ。効く薬がないちゅうこった」

千芹は胸が詰まった。治せぬ病の辛さは、父の病、そして目を持たずに生まれてきた弟のことで身に沁みている。

「東国では聞かぬが、西国の方では、山の中に表街道は通れぬ者たちが通う道があるそうじゃ。業病の者やら、凶状持ちやら、里人とは異なる山の暮らしをする者たちだけが知る道が」


そんな道があるのか、千芹は戦いた。表街道を行けるのは恵まれたことなのだと、目が覚めるような思いがした。

「巡礼の身はいずれの道を……」

「病を負うて巡礼に出る人もあろうが、心願を持って巡っている巡礼さんは、無論、表街道を行きなさる。姉《あね》さんはどちらから来なさった？」と訊かれて、
千芹は戸惑った。少し考えて、「下野と岩代の境の辺りから」と小声で答えた。

「そうかね。横川の辺りかね。わしらはもっとずっと北の、湯野上っちゅうところから来た。温泉のある、いいとこだあ」

田島ではなかった、と千芹は安堵した。湯西川へ来ていた茅手さまは下郷《しもごう》と言うていたし。

大きなヤシャブシの木の根元から、谷筋に細い道が通っていた。「この道の先に小屋があるはず。川から水を汲めるんで、谷の傍に小屋掛けしたのであろ」

人の影はなかった。病んだ身を横たえて、その人は何を思うているのじゃろう。千芹は胸が締めつけられる思いがした。

「巡礼さん。気の毒に思うてもどうにもならん。関わることはできぬ」と、茅手の頭《かしら》が千芹の胸の内を見透かすように言った。

「苦しまんと死ねるように、おっ母さまより早う死ねるように祈ってあげなされや」

「……」

道は下りになっていた。「右へ川治、左へ鬼怒川」とある道標のある分岐を左へ取ると、「虹見の滝」があった。岩頭には「龍王神社」が祀られている。水の流れは澄み切っていて、冬の今は、暗く陰っていた。

「さあて、藤原宿まではあと半里じゃ。わしらは常宿に荷を置いて、雇ってもろうた家にご挨拶に行く。巡礼さんも今夜は藤原泊りじゃろ？　ここには慈眼寺という寺があるで、巡礼さんもお参りなされや」

藤原宿は江戸から会津に向かう時、難所の高原峠越えを控えて、休憩、宿泊に当てられる宿場だったため、規模も大きく、冬場の今も人馬の数は少なくなかった。旅人の中には、奥羽から日光廟参詣を目ざす者、逆に関東から奥羽の出羽三山、特に湯殿山参詣に向かう者もいた。藤原村の戸数は五十軒を越え、擁する馬の数は七十頭を数えた。藤原宿の本陣兼問屋は星家といい、広大な屋敷だったが、その星家の記録にも「田高無之、畑高已《のみ》にて」とある通り、水田は皆無、畑地も地味が痩せて貧しい土地だった。他の近辺の宿場同様、生計の中心は荷を運ぶ駄賃稼ぎと山稼ぎだった。荷運びに使われる馬は牝馬である。難路の多いこの地では牝馬の方が扱いやすく、藤原村の馬七十頭のうち、六十九頭が牝馬だった。山稼ぎの主なものは、炭焼き、木挽き、さらに椎茸栽培等だった。

藤原宿にも大きな馬方宿があった。まだ夕暮れには少し間があったが、険しい山道は日中でなければ足元が心もとなく、下りの駕者たちは翌日の峠越えに備えてここで宿をとるらしかった。一方、上りの者たちは、峠を越えてホッと一息ついて宿をとるため、馬方宿は賑わっていた。五十里宿で千芹が目を見張った蓑姿の馬方も数人いて、千芹は、編み込んである布の色目の違いや編み目の違いに、また目を見張った。大きな宿場なので、千芹のような巡礼を泊めてくれる宿もあって、千芹は草鞋を脱がぬまま一夜の泊りを頼んで慈眼寺に回った。旅に出てから、詣でた神社は十五社を数えていたが、寺はまだ三寺だった。慈眼寺は奈良時代、勝道上人の日光開山と同時期に開基されたという、天台宗の寺である。境内北側にある天然の池は水涸れすることはなく、樹木の枝に産みつけられた泡状の塊から孵化したオタマジャクシが池の水に落ちて泳ぎ始めるという。「変なカワズでのう」と宿の女将が言った。池の端には崖から湧き出る水が樋を伝って注ぎ込む石の鉢が置かれていた。「眼病平癒の水」と立て札があり、千芹は「目洗いの水」と一人ごちた。

上の寺と呼ばれる慈眼寺に対して、下の寺と呼ばれる清隆寺には回る余裕がなく、千芹は宿に戻った。二階に通されて、何気なく街道を見下ろしていると、六部姿の者が近付いて来て宿りを請うている様子である。深い六部笠をかぶっていて顔は見えない。行商の者や芸人、巡礼などを泊める質素な宿であっても、六部は時に身をやつして諸国を探索する命を受けて旅する者もあるという噂もあり、宿では揉め事を恐れて、敬遠しがちだった。「うちでは受けかねます。寺へお泊まりになっては――」と、女将が断わりを言っているのが聞こえてきた。ああ、六部は寺へ泊めてもらえるのか、とぼんやり思っていると、突然女将が叫んだ。

「どうなさったかね、もし、六部さん！」

千芹は考える間もなく階下へ下りて行った。表戸を入った土間に、六部が倒れ伏していた。

「ああ、巡礼さん。どうしたらいいかね」

「ここは、お客も参りましょう。どこか横になって休める部屋はありませぬか」

「あ、じゃあ、こっちへ。茂平《もへい》、茂平はどこにいるかねーっ」

女将は下男を呼ばわった。慌てて飛んで来た茂平は、その場の様子を見て取り、土間を上がった板の間の左側の板戸を開けた。

「ここでいいかね」

茂平は六部の両肩を持ち、千芹が腰のあたりを支え、女将が足を持って、小部屋に運び入れた。外れかかっていた笠を取ると、固く目を閉ざした蒼白の顔が表れた。手を胸に当てている。心の臓の病やもしれぬ、と千芹は思った。何か常備の薬は持っておられぬだろうか。六部の体を探ると、腰に印籠を下げているのが目に留まった。千芹は躊躇せず印籠を開けた。丸薬が入っている。千芹は六部の口を開け、丸薬を舌の下に押し入れた。しばらくすると、六部の蒼白の顔に、かすかに血の色が戻ってきた。千芹は詰めていた息をホッと吐いた。呼応するように、六部は深い息をすると目を開けた。

「気がつかれましたか？」

「そなたが薬を含ませてくだされたのか？　かたじけのうござった」

「しばらくは動かず、お休みなされませ。そう、まずはさ湯を」

千芹は女将に頼んでさ湯を持ってきてもらった。

女将は、

「死なれるようなことはないじゃろねえ。うちで死なれたら困るもんのう。歩けるようになったら早々に発ってもらいたいものじゃ」

とあけすけに言った。

「お薬を持っておられるゆえ、すぐお命に関わることはございますまい。もしご懸念なら、われが今宵は傍で見守りましょう」

「ほうかね。そりゃあ助かります」

「われが夕餉をすませ、湯浴みいたしたら、こちらのお部屋に移りましょう。いえ、床はとらずともよいのです。壁に寄りかかってうたた寝をいたしまする」

千芹は手早く夕食をとり、湯に入ると、巡礼装束を身につけて六部の横たわる部屋に戻った。六部は昏々と眠っていた。年の頃は三十半ばぐらいであろうか。病の身でどこに行かれるのだろう。なぜ六部になられたのだろう。思いめぐらしているうちに土壁に寄りかかって、うとうとしたらしい。「もし、すみませぬ」という六部の声に、はっと目が覚めた。

「はい。あ、すみませぬ。眠ってしもうた」

「厠に参りたくて。なれど起き上がれぬ……」

「あ、そうですね。われが肩をお貸ししましょう」

千芹は六部の床に跪《ひざまず》いて、六部の背に腕を回して上半身を起こした。「さて」と六部は己を励ますように言い、千芹の腕にすがって立ち上がった。千芹は六部を支えながら片手で戸を開けた。厠は遠くはない。廊下に踏み出したが、廊下は真っ暗だった。と、厨の方の戸が開いて、細い明かりが差した。「あれ、まあ」と茂平の声がした。「起きられるようになったかね。えがったのう。厠ならわしがお連れしますで」と言って、茂平は千芹の反対側から六部の肩を支えた。

「すみませぬ、夜中に……」と千芹が言うと、

「何の、もう朝ですて。冬のことで外は真っ暗じゃが、もう七つ半頃です。六つ半には早立ちのお客が出ますでな。湯を沸かして朝餉の仕度をせんと」

「もう、そんな刻限ですか。よう眠ったようじゃ。ほんにお世話をかけ申した」六部は深々と頭を下げた。厠から戻った六部に、千芹は、「今日一日は養生なされて、明日発たれてはいかがでしょう。ここから先は険しい高原道になりますゆえ」

「そうなされませ」と、女将が昨日とは打って変わった愛想のよい声で言った。さらに、「なれど……宿

代は前金でお願い申します」と抜け目なく続けた。

「もしお邪魔でなければ、われももう一晩お世話になって、明朝発ちまする。これも旅のご縁かと……」

朝食は、運び込まれたまま六部の部屋となった板戸の小部屋で二人でとった。朝粥に卵焼きと金平牛蒡とたっぷりの香の物が付いていた。朝食がすむと六部は「この宿場の寺はご存知ですか?」と訊いた。

「昨日上の寺にはお参りいたしました。もしよろしければ、下の寺清隆寺に参りませんか」

千芹はまだ六部の体調が気掛かりだった。

小春日和だった。藤原宿の星家が開基したと伝えられる清隆寺は、近辺の村々の庄屋を檀家としており、どっしりとした寺だった。境内には「日蓮上人お腰掛けの石」が安置されており、五、六羽の鳩が餌を求めて玉石の間を啄んでいた。御手洗の水も凍ってはいない。木の腰掛けに腰を下ろすと、陽の温もりが二人を包んだ。


「どちらへ行かれるのですか。伺ってよろしければ……」

「行くのではなく戻るのです」

「戻る……故郷へ?」

六部は黙って、北の方角へ目を向けた。

「南会津の七ヶ嶽の山麓の木地屋の村に生まれ申した」

「木地屋……?」

「木の器を作るのを生業《なりわい》とする者を木地屋と申します。われが生まれたのは二十戸ほどの村。村と申しても土地は持たず、山中に分け入って木の椀や盆を作るのを代々の家業としております。入会地《いりあいち》のようなる山で、木を伐る暗黙の許しを得て、親子、兄弟、夫婦で一切の仕事をなしています。山の木を伐り、刳り、削り、磨く。母が轆轤《ろくろ》を回す紐を引き、父が刃物を木地に当てて削ぎ、形を作る。仕事は一つ家の中、寝間や厨に続くろくろ場でなされるゆえ、子供は幼き頃から大人の作業を見て育ちまする。縁組みは、ほぼ木地屋仲間でなされます。同じ村内の者同士が多く、生まれた時から夫婦になることが決まっとる者も少なくない……。われも十八の時、二つ下の同じ村の者と夫婦になり申した。さよ、と名付けた娘は可愛く、妻も気だてがよく働き者のよき妻じゃったのに、われは信《まこと》のない、薄情な父親でした……」

千芹は、この先どんな辛い話になるのかと、胸が塞がった。この六部も、父のように妻や子に辛い思いをさせたのであろうか。

「毎日毎日、木を刳り、削り、器にしていく。昨日も今日も明日もない。同じような朝、同じような昼、同じような夜が続く。田は全く無く、わずかな畑を耕し、粟《あわ》や稗《ひえ》を採る。粟も重要な食べ物でござった。米を口にするのは正月と祭り、親の葬《ほふ》りだけでしてのう。作りました器は、品数がまとまると田島の問屋に卸し、一部は会津に運ばれまする。われも若くて力があったものですから、十六の年から田島へ荷下ろしに行っておりました。——田島の街は、山中の木地屋村から行った者の目には別世界じゃった。屋根の高い大きな屋敷、妻も娘も着ることはおろか、見ることもない美しい着物をまとった女たち、お武家さまの姿も田島で初めて目にしました。町家の人たちは、山中では滅多に口にすることのできない米を常に食していることを知り、どれほど驚きましたことか。我らが泊まるのは粗末な商人宿でございましたが、それでも見たことのないようなご馳走が並んでおりました。——なれど、われが引きつけられたのは、日々の暮らしのさまです。毎日毎日が違う、ということでありました。街で暮らす人たちがどう思っていたかは分かりませぬ。われの目には違って見えた、ということでございます。

木地物の代金を受け取るのは親方じゃが、われらにも少し駄賃が出て、妻と娘に江戸から運ばれる古着でも買うてやるつもりじゃったに、われは江戸までの旅絵の本を買うてしもうた。版木刷りの美しき本で、奥州街道と西街道の宿場のさまが刷られておりました。家にはわずかな菓子を買うて木地屋村に戻りましたが、その日から毎日、一人になれる頃合いを見つけては旅絵本に見入っておりました。心ここにあらずで、木地物作りにも身が入らず、刃物を当て損ねて怪我をするようなことも生じた。妻もわれの様子がおかしいのは感じ取っていたようですが、何も言わず耐えておりました。別の女に目を向けるということでないのは分かっていて、だがわれの心の向かう先は分からなかったのだと思います。田島親父もわれの心がさ迷っているのに気づいて、田島への荷卸しには、われを出さず、盛りを過ぎた体に鞭打って自ら荷を負い申した。だがやはり、無理がたたって荷卸しから戻ったら、杖を突かずには歩めなくなってしもうて――それで、われが二十歳《はたち》になった秋には、どうにも荷負いのなり手が揃わず、親父もわれを出す以外のうなってしもうた。われはもう、本を見ずとも心に浮かぶようになっていた旅の道筋や宿場を思いめぐらし、手は心とは別に動くようになっておりました。娘も二つになっていて、ろくろの紐を引こうして叱られたり、山での作業にもついてくるようになりました。「おとう」と呼ばれると、おのずと頬が緩み、目尻が下がりまする。木の葉でフクロウやハトを作り、草笛を鳴らしてやると、手を打って跳ね回ります。妻はわれが一人になりたがる癖も止んで、木地屋の仕事に気を向けるようになったことに心から安堵しているようじゃった。われも木地屋村で木地を挽いて暮らす一生を受け入れた、と自分でも思うておった。だが、いざ荷運びの一歩を踏み出したとたん、押さえつけていたものが一気に吹き上がった。もう木地屋村では暮らしたくない。もう木地挽きはしたくない。一歩一歩歯を喰いしばって荷運びの列に従い、田島の街に着いた時には心は弾け飛んでおりました。駄賃をもろうた翌朝、というより夜中、われは一人、南を目ざして下野街道を駆けていた。木地屋村の方への分かれ道があるところは、目をつぶって走り抜けた。走っては怪しまれると気づいて、走るのは止めて歩いたが、心は急いていた。もらった銭は食べ物を求めるのがやっとで、宿代は無かったから、寺や神社の軒下で寝た。草鞋も擦り切れる。よく寺や社に奉納されておるのを——盗み申した。

山王峠を越えて、横川宿、中三依宿と歩み続ける。旅絵の本の絵と眼前の景色が重なり、われは夢見心地じゃった。ここじゃ、ここじゃ。そう、そう。目に映る景《けい》が一つ一つ心に沁みた。木地屋村のことも、親父、お袋のことも、妻と娘のことも頭に無かった。『天地の間、われは一人』解き放された歓びでいっぱいじゃった。——だが、高原峠の荒涼とした道を辿っておる時、ふっと娘の声が聞こえた。いや、獣か鳥の声だったのかもしれぬ。われは立ち止まった。頭をガツンと殴られる衝撃で『木地屋村の己』を思い出した。何ということをわれはしてしもうたか。今頃は、親父、お袋、おかかとさよは、どんなに驚き、怒り、悲しんでおることか。戻らねば、と踵《くびす》を返そうとした時、足元が滑って崖下に転げ落ちてしもうた。崖の中ほどの岩棚で体は止まったが、足が立たない。大声で呼ばわってみたが、道を通る者はおらず、応ずる者はなかった。誰にも会わず、このままはかなくなるのも我が運命《さだめ》、と目を閉じた時、頭上から声が降ってきた。

『どうしただね——。落ちなさったかあ』馬を引いた仲附が二人、道から崖下を覗き込んでいた。

『動かんと待ってろや。今、助けに行くで』

立木に綱を結びつけて一人が降りてきた。われの足を探って、『こりゃあ、折れとるのう』と呟き、『ちっと我慢せいや』と言って足を木の枝に固定し、われを綱で背負った。われは痛みで半ば気を失っておりました。崖上の仲附が足を踏ん張ってわれらを引き上げてくれ申した。馬の荷を少し動かしてわれを乗せてくれ、高原新田宿に着くと、われを馬方宿の隅に寝かせてくれた。

『わしらは今市宿まで行くが、ずっとおまえさんを運んでやることはできん。ここでしばらく身を養って、歩けるようになったら家へ帰ったらどうかね。家はどこじゃ。なんなら言伝を持っていくが』

われは黙って首を振った。

『いやいや。頭でも打って忘れてしもうたかね』と仲附も首を振った。

われらの様子を見ていた老女が『足が治るまで預かろうかねえ』と言い出した。『ここらには医者などおらぬが、骨折りは、日数を経れば治るであろ』

『怪我は治るとしても、食い扶ちをどうするね』

『食うだけなら何とかなるじゃろ。治ったら働いて返してもらうで。三月前に爺さまが亡うなっての。旅で困じておる者がおったら、お助けするのが宿の本分じゃと言うておった。爺さまの供養じゃと思うてお預かりしましょう。それにしても、お家の人が心配されるじゃろ。便りをするなら仲附さんにお頼みするとよい。家は街道沿いかの?』

われは再び黙って首を振った。

『頭を打ってぼーっとしとるみたいじゃなあ。思い出したら家へ知らせなされや。さて、おのれの名は言えるかの』『そうきち』と答えたまでで、あとは覚えがない。目覚めた時は一晩が過ぎて昼になっていた。老女は『おう、気がついたか』と、ほわっと笑いかけた。『厠に行きたくねえか』と訊かれて、急に激しい尿意を覚えた。『小便が出れば熱が下がる。ゆんべは熱が出とったで心配したよ』と老女は言い、『おこう』と呼んだ。

老女は宿の主で、おこうはその娘、亭主は仲附に出ていることを知ったのは後になってのことであった。おこうは体格のよい女で、われに肩を貸して、屋外の厠まで連れて行ってくれた。

三日ほどして、おこうの亭主が今市宿から戻って来た。亭主は小柄で、おこうよりも三寸も背が低かったが筋骨隆々とした気性の激しそうな男で、われを見るとギロリとにらみつけて、足音荒く板の間に上がって囲炉裏の傍にドスンと座った。どうやら姑には逆らえぬらしく、われのことは無視して『酒』とおこうに命じた。おこうは大柄な身体をくねっとさせて亭主の傍に座り、茶碗になみなみと酒を注いだ。われは亭主の目に入らぬよう、馬方宿の隅に退いた。亭主は、翌日には今市からの荷を田島まで運ぶという。『わしが戻るまでに、あの男を追い出せ』と姑に知られぬように亭主が妻に言っているのを聞いて、われは田島までの往復は七、八日ほどだろうか、それまでに歩めるようになろうか、と暗澹とした思いになり申した。おこうは子を孕んでいるらしかった。それでよけい、大柄で、どっしりと見えたのであろう。『春には生まれる』と、おこうは酔ったような目をして、うれしげに笑っておった。

われは、立ち仕事はできぬが、座ったままでできる仕事はないかと辺りを見回し、草鞋作りの道具があるのに気づき、草鞋作りを申し出た。草鞋は、木地屋村でも己の家で使う分は家で作っておったから、われも作り方は知っておった。高原新田宿では米作りは全くできなかったから、山茅の茎で作っていた。藁よりも柔らかく、しかも丈夫で美しい。われは細工物は得意じゃったゆえ、草鞋も品の良いものを作ることができて、女主も『こりゃあ美しい草鞋じゃ。宗吉さんは器用じゃのう』と喜んでくれた。ふと思いついて、薪の中から一本抜き出して、小刀《こがたな》で犬や人形《デコ》を削り出した。『赤子のおもちゃになろうか』とおこうに差し出すと、おこうは丸っこい手で犬と人形を撫で、『かわいらし』と目を細めました。女主も『えがったのう、おこう』と笑い、問いかける目をしてわれを見て『もしや、おまえさんは……』と言いかけた。われはギクリとして目を伏せ申した。木地屋村から来たことを悟られたか。なれど女主はそれ以上は問わず、『ありがとうよ。おこうの亭主が戻るまでにおまえさんが歩めるようになるのは、少し無理かのう。なに、ムコなんぞ気に掛けるこたぁないんじゃが、夫婦仲がこじれると困るでの。ムコが戻るまでには、今市の方に向かう仲附が通ることじゃろうて、もし荷駄に余裕があるようなら、乗せてもろうて発つかね』と言った。『駄賃が……』と言うと、『それまでに、作れるだけ犬やら人形《デコ》を作ってみんかね。預かっといて仲附やらに売ってみるで。みんな童子《わらし》らへの土産になるもん欲しがってるでの。どう思う、おこう？』とおこうを振り向いた。『こげな可愛らし人形《デコ》さんなら、買っていくんでねか』とおこうも請け合った。

われは無我夢中で、一日に十個は人形《デコ》を作った。六十個作った日に、やっとわれを乗せていってもいいという仲附が来て、われは、おこうの亭主が戻るより一日早く出立することができた。女主は人形《デコ》の作り賃を支払ってくれた。『駄賃に足りるか』と訊いたら、『駄賃は餞別代わりに払っとくで』と言うのでびっくりして女主を見たら『供養での……』と言って急に立って行ってしもうた。

『われの弟が宗太と言うてな。十の年で亡うなった。その弟に、宗吉さんがどことのう似とる。名前ものう。きっと母《かか》さんは、宗太の供養と思うとるんじゃろ。――わしらも食うていくのがやっとの暮らしじゃが、だからこそ助け合わねば生きていけんと、いっつも母さんは言うておる。なに、うちの亭主は少しヤキモチ焼きでな』と、おこうは首をすくめて笑った。こうやって、みな肩を寄せ合って日々の暮らしを立てているのに、われとわが心のなんと身勝手なことと、われは恥じた。それでも、山の中で木を挽いて、刳って、生涯を終えるのは何としても嫌じゃった。

わしは、人の情けにすがって今市宿に着き、そこからは杖を突きつつ歩んで、阿久津河岸から舟で江戸にたどりつき申した。一人では舟賃も覚束なかったが、母子連れがわれを拾うてくだされての。江戸浅草橋の器物屋のおかみさんが七つになる息子と江戸まで戻るところじゃった。旦那の遺骨を収めた壷を抱えておりました。亡くなった旦那は、問屋でもない小売店でありますゆえ、会津まで出掛けてゆく必要もゆとりもなきところ、問屋の旦那衆に、会津の製造元まで赴いて、塗り物を検分してきてくれと頼まれたそうな。その頃、どうも会津塗りがどことのう精彩を欠いてきたそうで、その訳を探ってきてくれと。その小売店の主は、大そうな目利きじゃったそうです。会津西街道を通って、はるばる会津に着き申したその夜、何としたことか、主と、供につけてやった小僧が激しい腹痛を起こし、二日ほど苦しんだ挙げ句、息を引き取ってしもうたのだそうです。食当たり、と医者は申したそうじゃが、そのほかに腹痛を起こした者もなく、江戸の問屋衆は大そうに怪しみましたが、何分遠い遠い会津の地、死因を見極める術もなく、遺骸はとうに荼毘に付されてしもうた。それでも会津から阿久津河岸まではこちらから馬で運ぶゆえ、阿久津河岸まで引き取りに来てくれんかと便りが届きましての、おかみさんが七つの子の手を引いて、二つの骨壺を受け取りに来たというのです。いえ、女の一人旅など滅相もなきことで、問屋衆が供をつけようと言われたのですが、主の申し付けにも拘わらず、店の者は頑として供を拒み申した。会津の呪いにかかると。お店を辞めさせられても参りとうないと申すので止むを得ず、おかみさんは一人、子連れで、ご亭主と小僧のお骨を引き取りに出ましたそうな。『二つの骨壺を一人で運ぶのは無理じゃし、七つの子には持たせられぬ。どなたか人を雇ってと思案しておりました折、あなた様を見かけ申した。足がご不自由なご様子ですが、片方の骨壺を背負うてはいただけませぬか。舟賃はこちらで持たせていただきます』と思ってもみない話じゃった。一も二もなく引き受けて、なれど『見ず知らずのわれを、恐ろしゅうはないので?』と思わず訊いてしもうた。おかみさんは顔を伏せて、『おまえさまが、どことのう、亡うなった主に似ておられて……のう、道太郎《みちたろう》』と男の子に問いかけた。男の子はじっとわれの顔を見て、こっくりと頷きました。高原新田宿でも阿久津河岸でも、われは、その人たちの大事なお方にどことのう似ておるというて助けてもろうた。巡礼さん、われの顔は、そんな誰にでも見える、ぼんやりとした顔なのでしょうか、ねえ」

千芹は六部の顔を見やった。二十歳の時、木地屋村を出奔して二十年、四十歳になるらしいその顔は、病みやつれて深い皺を刻み、青黒く沈んでいる。だが、どこか途方に暮れたような頼りな気な目差しが、「この人を放っておけない」という思いを起こさせ、女人たちが大切に思う人と似通っていると思わせるのかもしれない。そんなことを千芹は思った。では己は……と己が心を振り返っても、六部に似た人は思い浮かばなかった。

「そうしていつの間にか三年ほども、われはその器物屋に奉公してしもうた。器物を見る目はあるので、商いも滞りなく運び申した。目もくらむばかりに華やかな江戸の街、豪壮な屋敷、熱気あふれる祭り、着飾った女たち、われは江戸の街と暮らしに酔いました。無論、江戸にも貧しい裏店があり、つつましい暮らしがあることはすぐ分かり申したが、それでも山の中の、米も食えぬ暮らしとは比べるべくもない……。会津地方の木地屋村を知る者と触れ合わぬように気をつけながら三年が経った時、問屋の旦那方からの勧めもあって、われはおかみさんと所帯を持ち申した。道太郎も懐いてくれて、われは江戸の暮らしにどっぷりと馴染んでいき申した。江戸は驚くほど人が多く、知り尽くした同じ顔しか見ない木地屋村と違って、毎日、知らぬ人に出会った。春夏秋冬、何かしらの祭りがあって、われはおかみさんと道太郎を連れて、よく遊びに行った。器物の値をほんの少し他の店より安くして、己が作った人形《デコ》をおまけにつけると、店は繁盛して、少しずつ蓄えもできていき申した――だが」と言って、六部はゴクリと唾を飲み込んで言い淀んだ。千芹は清水を柄杓に汲んで差し出した。六部は噎《む》せながら水を飲み、少し落ちつき、再び話しはじめた。

「おかみさん――おあきが子を孕んだのは、所帯を持って一年と半が過ぎた頃でした。われは、はじめはうれしいと思うた。これで世間からもこの店の主として見てもらえよう。だが、次第におあきの腹が目立つようになると、われは胸が重うて、苦しくてたまらなくなり申した。絶えず、木地屋村に捨ててきた女房と娘の顔が浮かんできて、われを責める。いや、二人が責めるのではなく、われがわれを責めるのじゃ。もし赤子が生まれたら、われはとても赤子とともには暮らせぬと思うた。――ついにある晩、ひそかに家を抜け出して、逃げた。『われは罪人なれば、ともには暮らせぬ。探さずにいておくれ。すまない』とだけ書き残して、何も持たずに家を出た。翌々日には品川宿の外れの裏長屋に住まいを見つけた。ほんに荒《あば》ら家であったゆえ、請人《うけにん》も聞かれず、入れてもらえた。たった四畳半に一坪にも満たぬ土間がついているだけの部屋じゃったが、われは心の底から安堵して破れ畳に着のみ着のままで横たわった。ああ、一人とは何と爽やかな心地よ。われはほんに勝手な人間じゃ。さんざん人に世話になっておきながら、一人がこれほど心地よいとは。品川宿に多い八百屋から、売れ残りの青物を分けてもろうて振り売りをする仕事にありついて、何とか口を養っているうちに、八百屋から青物を仕入れに行ってくれと頼まれての、近在の百姓家に出入りするうちにそこの家の娘に見初められて、気がつけばまた、婿に入っていて、おり申した。娘というても既に二十二になっていて、男の子を一人、前の婿との間に儲けておった。良蔵《よしぞう》という名の、可愛い気のある子じゃった。前の婿は、われがおよしと知り合う一年ほど前に、洪水に呑まれて行方知れずになってしもうたと、およしは茫然とした顔で言うておった。『田んぼの畦を切って水が川へ流れるようにせにゃならんちゅうて篠突く雨ん中、蓑をまとって出て行った。洪水んときゃあ、命が惜しくば田んぼへ行くなって言い習わしもあるで、田んぼは水かぶってもいい、おまえさんが流されたらどうするって止めたけんど、わしはこの家の田地守るのが役目じゃ言うて、振り切って出てってしもうて──それ切りじゃった。亡骸《なきがら》は見つからず、蓑だけ、川岸の木に引っかかっとった』とおよしが語ったのは、およしと知り合うてから半年ぐらいした頃だった。『おまえさんは、あん人にどことのう似ておわす』と、恥ずかし気に、懐かし気におよしがわれを見ましての……われは、似たようなことが前もあったと落ちつかない思いになり申したが、およしの情と良蔵の可愛さに引かれて、ついつい居ついてしもうた。

山ん中の仕事とはまた違うて、百姓仕事は厳しいもんじゃった。前の婿の命を奪った田んぼは、ほんの僅かでの、ほとんどは畑で、葉ものやら根もの、豆やらを作っている。仕事のやり方は、まだ丈夫で野良仕事のできる舅や姑に教えてもろうて、飲み込んでいった。舅や姑は婿に死なれた娘と孫が不憫で、また何よりも男手が欲しゅうて、身元も分からぬわれを、いつの間にか作男から婿へと扱いを変えていった。野良仕事は、腰が曲がったなり伸びなくなるかと思うほどのキツイ仕事じゃったが、われには目新しく、驚くことが続く日じゃった。性悪鳥を追い払って、やっと芽を出した大豆や小豆が見る間に育ち、目立たぬながら美しい花をつけ、その花が、なしてこげなもんに、と驚くような実になる。およしは青豆をつぶしてズンダ餡をこしらえてくれた。江戸の街の菓子屋の菓子よりうまいと褒めると、喜ぶより先に『おまえさん、江戸の街の菓子食うて暮らしとったか』と不安気に問うた。不安になるに決まっとる。われはおよしの家に来るまでのことは何も語らなかったゆえ。われは、親も無く子も無く、天涯孤独の身とのみ言い、作物を育てる仕事はほんにやり甲斐がある、と笑ってみせた。朝起きて、今日は小松菜畑の草取り、葱の土寄せと、日々変化のある仕事は、われの血をサラサラと流れの良いものにしてくれた。鎌を研いだり、鍬の柄を直したり、毎日のように仕事は変化した。日一日とふくらむ豆の莢、日一日と色づく稲。春夏秋冬の景色の中で、われはわずかの変化を心ゆくまで愛しんでいたと思う。来る日も来る日も木を刳るばかりの、木地屋のノッペラ坊のような暮らしとは違うて、光と影と色に満ちた年月じゃった。品川宿までは二里ほどの道のりじゃったから、時には青物やら豆類の振り売りにも出掛けた。品が新鮮で、店売りよりは安く売ったゆえ、日銭も入り、およしには古手屋で着物を買うて帰ることもあった。われは正直、木地屋村の女房と娘のことも忘れかけており申した」

千芹は胸がざわめいた。話の先が見えた気がした。「お子が――?」

六部は青ざめて頷いた。

「さよう。おあきの時と同じく、添うて三年にして子を授かったとおよしが言うた時、われは再び、いや三度、逃げ申しました。もう木地屋村を出て十年にもなっていた。もう木地屋村生まれのわれはこの世におらぬと己に言い聞かせても、心は静まらぬ。われは品川宿に品物を納めに行くと申して荷車を引いて出たなり、戻らなかった。荷車は青物屋に置き、その日の売り上げと、良蔵と約束した飴の包みを引き棒に結わえつけて、千住の宿を目ざして裏道を辿った。われの姿形を知るのは、およしの村の者と品川宿あたりの者だけだと思うて、北へ北へと向かい申した」

「あと十年……」

「そう、今日の日まであと十年。われは今度こそ女子との関わりは持たぬと心に決めて、二年ごとに住まいも変えるようにしておった。裏店の店賃にも困ることがあって、寺男として雇われていたこともあり申した。大黒さまが物置きの隅に寝場所を与えてくだされての。じゃが、そこもご住職が病で亡うなってしまわれて、十七歳になる息子が跡を継ぎ、五つばかり年上の出戻りの娘がいましての、われに親し気なそぶりをみせるようになり申しました。寺は心静かに暮らせて去りたくはなかったのじゃが、また『どことのう似て』と言われる前に、と思い切り、『生まれ故郷に帰る』と言うて暇ごいを申し出ました。娘は泣き、大黒さまにも頼まれ申したが、ほだされることなく寺を出ました。今、泣かす方がなんぼかまし、と思うたで……。大工の下働きをしたり、植木屋の手伝いをしたり、その日暮らしの賃仕事をしておりますうちに、われは身の不調に気付いた。朝起きるのが億劫で体がだるい。寝返りをするのも辛い。息が苦しい。顔が青黒く浮腫《むく》んでのう。数日部屋から出ぬわれを心配して、差配さんが医者を呼んでくだされた。心の臓の病じゃと医者は言うた。長く生きるのは難しい、心残りのなきように過ごすのがよいと。そうか、ついにわれも寿命が尽きるか。尽きて惜しい命でもなし、と思うた時、思いがけず激しい悔いがわれを襲い申した。われは何のためにこの世に生を享けたのか。そんなふうに考えたのは、寺男をしながらそれとなく聞いていたご住職の法話のせいかもしれませぬ。毎月十日に、ご住職は半刻ほどの法話の会を催されていた。檀家から寄せられる相談事を元にしたり、流行《はや》りの瓦版から話の種を取ったり、分かりやすい内容で聞き手の心を捉えていなさった。語られる諭しの趣旨は『他人のために尽くせる者であれ』ということじゃった。『人は皆、他者により支えられ、生かされておる。今朝喰んだ米、飲んだ茶、今まとっている衣、ここに来るまで履いてきた履き物、すべて他の人の手で作られ、供せられたものじゃ。ゆえに己もまた、他者が生くるのを支えることが大事じゃ』と。聞いている時はそんなものかな、ぐらいに思うていたに、己の命が長くないと分かった時、フーッと心の奥からご住職の言葉が立ち上ってきての、ああ、われは誰か一人とて支えた人がおろうか、己の勝手な思いで、関わり合う者を裏切り、痛めつけてきた。死ねば地獄は必定、それはよい。己自身が招いたもの。じゃが、われに踏みにじられた者に、われはどう償ったらよいであろう。償うことなどできぬ。にしても、せめて詫びたい。すまなかったと一言。おあきにもおよしにも詫びたかったが、命を限られた時、誰よりも詫びたかったのは木地屋村の女房と娘じゃった。おあきとおよしが生んだはずの子には会うたこともなく、男か女かも分からぬ。だから、と言うたら勝手すぎようが、われの心に浮かぶのは、草笛や人形《デコ》をキャッキャッと喜んでいたさよの顔じゃった。いつまでたっても二つのままで……。われは寿命と競争のつもりで、故郷へ帰ることを決心し申した」

「それで、六部になられた?」

「あ、いや、まことの六部ではござりませぬ。長屋暮らしの粗末な身なりでは、却って道中が危うかろうと思案しましての、恥をしのんで寺男をしておりました浄満寺を訪ね申した。浄満寺は六部宿にもなっておりましてな、諸国行脚の六部たちが立ち寄る場でござった。

『六部となる方々は、それぞれに並の生業《なりわい》から外れた方々じゃ。何か密命を帯びておいでの方もあろうが、多くは、み仏への帰依の一つの方途として六部を発心されておる。心を虚しゅうして、ただただ回行され、己の生くる道を見極めようとなされておる。厳しい旅じゃ。束の間のお休み場として安らいでいただければ、われらにとっても功徳を積むことになろう』と、亡き住職さまが跡継ぎの若坊さまに話しておられるのを、庭掃きをしている折に、伺ったことがありましてな。われも六部になりて、というより六部姿で旅をすることはできぬかと、思い切ってお訪ね申した訳でござります。大黒さまは、われがまだ江戸におりましたこと、病んで青黒い顔になっておりましたことに驚かれつつ、黙ってわれの身勝手な頼みに耳を傾けてくだされたのじゃ。大黒さまは人気のない本堂にわれを上げてくださり、ご本尊様の前でわれの話を聞いてくだされたのでござる。

『み仏の前で語る言葉に偽りはありますまい。今度こそ、まことに故郷へ帰るのじゃな。もし、言うた方がそなたの気持ちが楽になるのであれば、身の上を話してみませぬか』と仰せられて、われの顔をじっと見つめなさった。われは、覚えず、故郷を出奔した時の思いと、これまでに関わった人々のことを、包まず話しておりました。おみねさまに、他の女子たちのような酷い目はみせとうなくて寺を出たと申しますと、大黒さまは『それでようござりました』と微笑まれました。

『みねはの、そなたが去ってから、しばらくは打ち沈んでおりましたが、少しずつ心が収まり申して、一年ののち、寺の後添いに縁づき申した』

『ああ、それはよろしゅうござりました』

『少し遠方でねえ、上総の潮来《いたこ》というところ。菖蒲《あやめ》が美しい地でのう、わたくしも一生に一度のことと思うて、昨年、花の季節に訪ねて参り申した。先方はこの寺よりも大きく、みねも地元に溶け込んで頼られておるようじゃった。子はの、男の子が一人でき申した。先妻の方が子を残さず逝かれたゆえ、舅さまも姑さまも大そう喜ばれましての、みねを大切にしてくだされています。ほんに有り難いこと』

われも心の底から安堵いたしました。恐れ多き言い条なれど、誤ちをくり返すことにならんでよかったと。

『今度こそ、お国へ行かれるか。六部の装束なら、この寺にも仕舞うてありまする。この寺から初めての回行に旅立たれる方もあれば、稀にはこの寺に辿りついて命終える方もおる。そんな方々の残した装束を清めて取ってありますでの』

われは、新しい装束をくだされると言うのを固くお断わりして、古い装束をいただき申した。大黒さまは、雨に濡れたる折の替えにと言われて、二着くだされました。さらに『あ、そうじゃ、あれを。少し待ちなされ』と言うて立っていかれ、しばらくして戻られると、『亡き住職さまも心の臓の病での。南蛮渡来の薬を服しておりました。古きものゆえ薬効があるかは分からぬが、害にはなりますまい。急に胸苦しくなった折、舌の下に含むと発作が収まり申した。道中、くれぐれも大事にな』と、高価な薬の入った印籠をくだされました。こうしてわれは、何もかも大黒さまにお世話になりて、六部姿で出立いたし申した。六部の姿《なり》をしておりますと、道中盗人に狙われることもなく、社寺に宿を借りることができ、道々、ご喜捨まで頂戴することがございまする。偽りの六部でありますのに」

千芹は思わず、己の巡礼姿を見渡した。

「偽りと申せば、われも偽りの巡礼。み仏のためでも衆生のためでもなく、われとわが身のために巡礼となっておりまする」

「あ、いや、申されますな。誰とても、人は苦しき思いを抱えておるもの。――このあと高原峠を越え、山王峠を越えますれば岩代の国。街道を左に折れれば木地屋村へ通じる道でござる。あと少し、あと少し、わが命がありますように……」

六部は目をしばたたいて、にじむ涙を払った。

「ああ、もう日が傾いて参りました。もう一晩、茜屋に泊めてもろうて明日、お別れいたしましょう。長いお話しをさせてしもうて……お疲れになりましたでしょう」

「いやいや。われのようなつまらなき者の生涯などお聞かせ申して、お耳障りでしたなあ。なれど、われの生涯を知ってくださるお人がいると思うと、何とのう、気持ちが落ちつき申しました」

六部は大きく息を吐き、ゆっくりと立ち上がった。

「やれ、どこへ行かれたかと気がかりで」と宿の女将が二人を迎えた。「荷物を置いていかれたゆえ、お発ちのはずはないと思うたけれど……」気がかりなのは宿代のことかも、と千芹はクスリと笑ってしまった。

「今夜、もう一晩お世話になりとうございますが……よろしいでしょうか」

「おお、お二人とも？」

「夜道は行けぬゆえ、明日朝早く発ちまする」と六部も言った。

夕餉は二人、千芹の部屋で膳を並べた。

「さよもう、二十二になるはず。木地屋村の誰かと添うていようか、子もあろうか。木地屋村は、木を伐り尽くすと他の地へ移って行く習わし。われが出奔してきた村も移っていることであろうが、田島にて問屋に尋ねれば、行き先は見当がつくであろう」

六部は遠い目をした。千芹は応える言葉が見つからず、黙って茶を注いだ。明日からの旅に備えて早う寝みます、と言って六部が階下に退いたのち、千芹はざわつく心をもて余して、寝付けなかった。六部の語った身の上話が切れ切れに頭に浮かんでくる。おあき、およし、おみね、大黒さま。どことのう似ておる……。千芹は眠るのを諦めて起き上がり、行灯に火を点けて帳面と矢立てを取り出した。いっそ、書いてみよう。書き始めると夢中になった。と言って、六部の話のままを書き連ねるには一晩では足らぬことは、書き始めて間もなく予測がついたので、千芹は荒々《あらあら》の筋の所々に六部の言葉をそのまま記するなどして、粗方、六部の物語を書き終えたのは、明けるのが遅い冬の朝が白み出した頃だった。夜明かしをしてしもうた、と一瞬慌てたが、書き進んでいく間の心の弾みと書き終えた今の満足感はこれまで味わったことのないものだった。母さまが持っておられた読本《よみほん》にも書き手があったのだと改めて気付いた。六部の部屋で簡素な朝餉をとり、北と南に、六部と千芹は出立した。六部の身の上話を書いたことは、六部には告げなかった。

「きっと、故郷の方々にお会いになられますように」と千芹は餞《はなむけ》の言葉を贈った。険しい峠を無事に越えられますように、とは却って不吉な気がして口には出さなかった。
「まことにお世話になり申した。厚く御礼申します……巡礼さんもご心願を叶えてくだされ」と六部は言った。千芹が、何か言うに言われぬ心願を抱いて巡礼に出ていることは六部にも見て取れたのであろう。心願がどのようなものであるかは己が聞くべきことではないと、悔いを抱えて故郷へ向かう六部は、よく飲み込んでいたのであろう、と千芹は思った。

藤原宿の次の宿は大原宿である。千芹は大原宿には泊まらず、もう一つ先の高徳泊りにしようと思っていた。足を速めかけた千芹の脳裏に、藤原宿に入る手前で見かけた鎮守の森のような杉林が浮かんできた。あれはおそらく神社であろう。取って返して藤原宿を抜けると、果たして五百坪ほどの敷地の中に十二神社があった。己を浄める願いとともに六部の旅の無事を祈って、千芹は深々と頭を垂れた。
再び藤原宿を抜けて、熊野神社、慈眼神社の二社に詣でた。熊野神社は百坪ほどの小さな敷地に、小さな社がひっそりと建っていた。「慈眼」の名は、千芹の心を波立たせた。父と弟。目を持たずに生まれてきた弟、薄明の中で三十六歌仙の絵姿を描いた父。慈眼神社は七百坪ほどのやや大きめの境内を有し、杉木立に囲まれて建っていた。細い石の鳥居をくぐり、千芹は父と弟を心に浮かべつつ、手を合わせた。三社に詣でたため、思ったよりも時が経っていた。これでは大原宿泊りになってしまうやもしれぬ。

足を速めながら、千芹は己の後を従いてくる人影があるのに気付いた。慈眼神社の杉木立ちの陰からわれを見ていたように思われた。人影は七、八歳にもなろうかと見える男の子だった。男の子は五、六間ほどの間を空けて従いてくる。隠れて従いてくるのではなく、用事があるのだが、どう話しかけていいか分からない、といった様子だった。試みに足を速めてみると、子供も駆け足になった。木陰で汗を拭うと、子供も足を止めて千芹の方を眺めるが、それ以上間を詰めようとはしない。千芹は思い切って道を引き返し、子供の方に近付いて行った。最後に詣でた慈眼神社からは十丁ほども歩いている。一本道の往還ではあっても、帰る道に迷いはせぬかと、千芹は気になり出していた。男の子は逃げなかった。落ち着きなく足踏みして目を伏せていた。

「もし、どうなされた？　われにご用か？」千芹は静かに問いかけた。

「はい。お願いがあって」

「われに？」男の子は千芹の腰のあたりに目をやりながら言った。

「巡礼さんは文字を書けるのかの？」

「文字？　ひととおりは書けるが……」と言いつつ、千芹は男の子の視線に気付いた。

「ああ、これ？　これを持っておるから？」

千芹は矢立てを腰帯から抜いた。

「書状を書いてもらえませぬか？　母《かか》さまに宛てて」

「書状」と言う語が、男の子の幼なさに似合わなかった。

「そなたの代わりに？」

「ううん。兄さまの代わりにじゃ」

男の子は、つかえながら、頼みの経緯《いきさつ》を語った。男の子は清二郎《せいじろう》と名乗った。清二郎の家は庄屋の分家筋で、父親が生きているうちは不自由のない暮らしをしていたが、三年前に父親が急逝してから、「うちは寂しい暮らしになってしもうた」と清二郎は言った。耕作は本家から小作を寄越してくれたので、食べるに困ることはない、なれど、兄の源一郎《げんいちろう》は百姓仕事を嫌い、江戸で一廉《ひとかど》の者になると言うて飛び出して行った。「もう一年半になるけれど、どこにどうしているかは分からん」と清二郎は俯いた。「われがもう少し大きくなれば野良仕事もできるが、今は草刈りがやっと」「母さまは?」「父を亡《うしな》い、兄もいなくなり、母さまは少しずつ弱っていって、今はただぼんやりと床に座し、ひたすら兄さまからの便りを待っておる。兄さまが江戸で落ち着いたら必ず便りを出す、と書き置きして発ったゆえ」

「これまで便りは――?」

清二郎は俯いて首を振った。

「で、われに兄さまの代わりに書状を書いて欲しい――と?」

「はい。このままでは、母さまは悲しみで死んでしまいそうじゃ。嘘でもいい、一時《いっとき》でもいい、母さまを喜ばせてやりとうて」

千芹はしばし考え込んだ。人を偽るのは辛きこと。それに「母さまは、兄さまの文字を見分けなさるのでは――」

「……母さまは、目が霞んでおいでじゃ」

千芹は頭を叩かれたような衝撃を受けた。ここにも目が見えのうなりつつあるお人がいる。千芹は負うた荷に入っている徳利を思った。徳利には芹沢の目洗いの水を詰めて、きつく木栓を嵌めてある。あの水で目を洗うてもろうたら、少しは良うなってくだされるであろうか。冬の日は傾くのが早く、いつの間にかあたりは薄暗くなっていた。暮れ方の道を清二郎一人で帰すのはいかにも気掛かりだった。

「家まで送り申そう。そなたの家のあたりでは巡礼を泊めてくださる宿はあろうか」

清二郎は首を傾げ、

「うちに泊まってくだされ。昼は小作の者など出入りしておりますが、夜は母《かか》さまとお常《つね》おばばしかおらんで」と、終わりの方は村育ちらしい話し方になった。清二郎はうれし気に笑って先に立った。考えてみれば、まだ村の名も清二郎の母の名も聞いておらぬ。これでは文は届けられぬ、と千芹は苦笑した。少し詳しく源一郎と申す兄のことも聞かずば、その人の代わりの文は書けまいに。

「清二郎、どこへ行っていた？　もう暗くなるに」

　縁先に座して門口の方へ目をやっていた女の人が清二郎に気付いて立ち上がりかけ、足元をふらつかせて柱にすがった。

「母さま、あぶない」と叫びながら清二郎は縁先に走り寄った。千芹は門口で深くお辞儀をした。

「母さま、巡礼さんをお連れしたで。宿を探しておいでじゃ。家に泊まってもらってはなりませんか」

　母子の会話を聞きつけて、お常ばばが土間から出てきた。

「この時期に巡礼さんとは珍しい」と言いつつ、お常ばばが千芹の方に近付いてきた。「おかかさま、まだ年若い巡礼さんじゃ。この村には巡礼宿はないで、どうしますかのう」

「うちに泊まっていただきましょう。お常の寝部屋の隣でよいであろうか。ご飯は、われらとともに」

「母屋は恐れ多うございます。納屋の隅でもお借りできますれば」

「いえいえ、神仏を訪ねゆく方を納屋にお泊め申すなど……」

　母屋に招じ入れられた千芹は、欄間に透かし彫りの施された座敷のたたずまいに驚いた。相応の格式のある家柄なのであろう。さつま芋を炊き込んだ、ほんのり甘いご飯と、大根、人参、牛蒡、里芋に油揚げを入れた煮物と白菜漬けが、その夜の夕食だった。炉を囲んだ夕食の席で、ふみ乃《の》は江戸で修業している長男源一郎のことを頼もし気に語った。

「聡くて器用な子でしての。お店に奉公しておるか、職人に弟子入りしておるか、一心に修業しておりましょう。きっともうすぐ、文が届くでありましょう。優しい子でのう」

　家業を投げ捨て、母と弟を置いて江戸へ行くのが優しき男のなすことか、と千芹は思った。せっかく家と田畑を受け継いだのだから、歯を食い縛って家を守ることはできなかったのか。何の伝手もなく江戸に出たとて、家族を見捨てるような者に何ができるであろう。千芹は別れたばかりの六部を思い浮かべた。黙って母の話を聞いている清二郎の目に、苛立ちと怒り、悲しみを見留めて、千芹は男の身勝手さと残された者の苦痛が胸に応えた。

「早う大きゅうなりたい」と清二郎はつぶやいた。

清二郎、ふみ乃、お常の順に湯に入り、遠慮する千芹にお常は、「毎晩、湯に入れる旅ではないだべ。入れる時に入っておきなんせ」と勧めた。土間の隅に設えられた風呂に身を沈めると、湯の温かさが体中に沁み渡る気がした。そうじゃ、目洗いの水。千芹は湯から上がると炉端で手習いをしていた清二郎に、負い荷の中から徳利を出して渡した。

「これは旅の途中で汲んだ目洗いの水。朝夕に少し盃に入れて母さまの目を洗うてあげなされ。きっと、清々《すがすが》しゅうなられることじゃろう」

「ありがとうございます。目洗いの水というものがあるとは聞いておったなれど、どこにあるとも知らず……あきらめておったで」

千芹は目洗いの水の在り処を言おうとしたが、芹沢の地から来たことを知られたくなくて、心迷った。迷って、ついに言えなかった。お常の隣の部屋は、当主が存命の頃はお常の下で働いていた下女の部屋だったという。荒畳二畳に物入れが付いた粗末な部屋は、使われなくなった火鉢や屏風などが収められていて、布団を敷く隙間もないほどだったが、同じ屋根の下に心許せる人がいると思うと、つくづくと有り難かった。一人旅の辛さは覚悟していたのに、自分で思っている以上の緊張を強いられていたらしく、この家の温かさに、身も心も解《ほぐ》されて眠りに就いた。

翌朝は、お常は「朝はたいがい粥なんだども、巡礼さんに握り飯持ってってもらえとおかかさまが言われるで、白飯《しろまま》にした。ちっと麦も入っとるがな。おかかさまが何か指図されるのは久しぶりだあ。うれしいでよ」と相好を崩していた。

「少しお送りします」と清二郎は千芹の先に立っ

た。文のことをもう少し打ち合わせねばと千芹も思っていたので、「それはうれしきこと」と、清二郎の背を追った。

「すぐに文を送ったのでは、何かわれと関わりがあるようにお思いなされるやもしれぬ。しばらく……一月ほども先の方がよろしいか」

「……もう少し早う、お願いできませんか。母さまが待つことに耐え切れなくなる前に」

「心掛けてみます。中原村薄矢《すすきや》郷胡桃《くるみ》屋、ふみ乃様宛でよいのですね」千芹は矢立てと帳面を出して、住み処を記入した。「胡桃屋」というのは、清二郎の家の屋号だという。「屋号を記せば、間違いなしに届くで」と清二郎は田舎言葉で言った。さらに千芹を見上げて、「帰っておいでじゃろ？　その折にはぜひ立ち寄ってくだされ……心願成就をお祈り申しております」と大人びた口調で言った。

「心願成就？」

「はい。巡礼さんは心に秘めた願いがあるのじゃろ。たった一人の冬の旅じゃもの」

　子供にも見透かされているのかと、千芹はたじろいだ。

「飛脚代のことじゃが……」と口ごもる清二郎に、千芹は「宿代の代わりと思うてくだされ。お昼まで頂戴してありがたきことじゃ。それに飛脚が立てられるかどうかは分かりませぬ。こちらへ旅する人に託すかもしれませぬ。くれぐれもお母さまをお大事に。水が続くまでお目を洗ってあげてくだされ」

　水が無くなったら、とは言えなかった。もう少し思案して、と千芹は気弱く目を伏せた。

　清二郎に見送られて出立した千芹は、大原宿には足を止めずに高徳宿へ向かった。大原宿の家並みは鬼怒川温泉と隣接しており、名主兼問屋の大島家は宿の北側端に位置する広大な屋敷を擁し、枝を広げた柊の大木が街道からも見えた。少し前までは甘い香りを放っていた小さな白い花も枯れ、棘のある葉のみが茂っている。下大原村に差しかかると谷はやや広がり、鬼怒川と西街道は並行して南に向かう。鬼怒川の侵食は進んで、見下ろせば目が眩むような深い渓谷をなしていた。森林を抜けると、間もなく高徳宿だった。会津西街道は、この宿の南端で今市方面と船生方面に分かれる。高徳宿は渡船場として今市経由日光や鹿沼方面への物資輸送の拠点であり、また船生、大宮を経由して阿久津河岸へ廻米や商品を輸送する要路の宿場だった。高徳の上流、三依から藤原にかけては木材の宝庫であり、運び出された木材は高徳から筏に組んで江戸に流した。筏流しは農閑期に副業として行われ、村の大きな収入源となっていた。筏は普通二人乗りで、長い竹棹で操る。流れのゆったりした所では歌も出た。

いやだ　いやだよ　いかだの小屋は
　大黒柱が藤のつる

渡船場で鬼怒川を渡って高徳宿の中心部に入る手前の山際に高徳寺があった。洪水や火事に遭いつつも再建され、二十三夜塔や十九夜供養塔が幾つも建っていた。また沢沿いに諏訪神社がひっそりと建っている。幸い空は晴れて、千芹の心は軽かった。清二郎の兄は江戸でどんな生業を見つけただろうか、どんな文を故郷に送るだろうか、そんなことを思いつつ、寺社に参るために少し外れた道を街道まで戻って大桑宿へ急いだ。高徳から大桑宿まではほぼ一里の道程《みちのり》だった。大原、高徳と二つの宿場を通り過ぎて、千芹はさすがに疲れを覚えていた。鬼怒川を渡って間もなく砥川《とがわ》を渡ると、その先が大桑宿だった。会津西街道最後の宿場である大桑宿は、この地方の中心地であり、今市、日光に近いことから日光社参拝における御三家本陣専用の本陣が置かれていた。御三家本陣とは、紀伊家本陣の星家、水戸家本陣の手塚家、尾張家本陣の星家の三か所である。将軍家日光参拝の際、御三家は将軍家の行列に加わらず、別の街道、日程で日光を目ざした。即ち、江戸から中山道を回り、鴻巣から館林道を北上、佐野天明宿から日光例幣使街道、壬生通り、今市宿を経て大桑宿へ入った。将軍一行の大行列を回避するための行程だった。御三家は一日ずつ日程をずらして出発し、大桑宿で勢揃いしてから日光山に入るのを常としており、大桑宿は御三家合流の宿場だったのである。天保十四年（一八四三年）の十二代将軍家慶の日光参拝時には、四月十二日に水戸家が、十三日に尾張家が、十五日に紀伊家が大桑宿に到着し、御三家勢揃いで十六日に日光山に入り、翌十七日、日光東照大祭の日に将軍に拝謁している。

夕刻、大桑宿に着いた千芹は、紀伊様御本陣と看板が掛かった宿と街道を挟んだ反対側の家並みに「杉乃屋」の看板を見つけて安堵した。「大桑宿の杉乃屋」は、叔父の千久家久一郎が、手紙と路銀を届けておくと、千芹の帳面に記してくれた宿だった。案内を請うて名を告げると、既に叔父からの書状と包みが届いていると言って、女将が手を取らんばかりに千芹を部屋に通してくれた。中三依を出立してからまだ五日しか経っていないのに、荒寥とした高原峠を経、仲附駑者の美しい蓑や馬の白い息を見、六部の長い身の上話を書き留め、清二郎から兄の代わりの文を頼まれ、千芹は既に半月ほども旅を続けているような心持ちになっていた。手を合わせ、頭を低れた寺は十、社は三十を数えている。どんな小さな集落にも神社があることに気付いて、千芹は驚きを新たにしていた。社はほとんどが少し山道を辿った先にあった。日々の暮らしは盤石のように見えて実は細き糸に縋るが如き頼りなきものであることを、人は誰も知っておるのやもしれぬ、手を合わせ頭を垂れるひとときを持つことによって、束の間の平安を得るのやもしれぬ、と千芹は思った。ほんに束の間じゃ。千芹は苦い思いを噛みしめた。神社や寺に詣でれば、ひととき千芹の心は安らぐ。少しずつ己の罪が浄められる思いがする。だが社寺を背にして歩み始めれば、また心に焦燥が湧いてくる。幾つの社寺を巡れば真に平穏が訪れるのであろうか。

「千芹、大事なきか。病やけがをしてはおるまいな。足に豆はできておらぬか。千芹を旅に出したことがよきことであったか否か、今も迷うておる。困じたならば文を寄越しなされ。迎えに人をやるゆえの。少し多めに路銀を送るゆえ、しっかり腹巻きにしまいなされ。今市からは、北か南、いずこに向かうか、文を寄越しなされ」と久一郎は記していた。

路銀はまだ十分あるものを、と千芹は少し呆れた。これだけあればあと数か月は泊まれるに。まずは、大桑宿から清二郎の母に文を届けてくれる者を探そうと千芹は思った。叔父への文は、北と南いずれに行くかを決めてからでなければ書けぬ。

「杉乃屋」の六畳で、千芹は行灯と文机を頼んだ。

「行灯は油代を頂戴いたすことになっておりますが……」と女将はすまなそうに言った。「承知いたしました。文を書かねばなりませぬゆえ。ご造作をおかけいたします」

文机に行灯を引き寄せ、千芹はしばし考え込んだ。母と弟を置いて出奔した源一郎の心の内とは。源一郎のことは何も知らない。われは偽りをこしらえ、偽りを書かねばならぬ。それでも、その偽りがふみ乃に生き延びる気力を与えるなら、それは意味のある嘘といえるのではあるまいか。千芹は宿から硯と墨を借りて、ゆっくりと墨を磨った。

「母さま、清二郎、達者でおられまするか。源一郎は江戸よりさらに西、駿河の国におりまする。江戸で奉公している茶問屋の番頭に従って、はるばる駿河の国まで茶の買い付けに参りました。ここ駿河の国は海が広がり、温かで物成り豊かな地です。公坊さまの故国であり、人々の暮らしも豊かであります。早く文をと思いましたが、己の暮らしの目途も立たぬうちは却りてご心配をおかけするのみと思うて控えておりました。番頭は江戸へ戻りましたが、われは茶の栽培の仕方を学べと、駿河に留め置かれております。江戸近在でも規模の大なる茶畑ができぬか探って参れとの主《あるじ》のご命令であります。下野や岩代にても自家用の茶を作る百姓はありますれど、商売になるほど多く収穫でき、しかも品の良き茶が栽培できる見込みはあるかどうか、こちらの百姓の家に住み込みにて栽培法を探っております。今は秋も深まり、茶畑は眠っておりますが、山の斜面にはみかんが実っております。下野にも岩代にもみかんは実りませぬ。ここのみかんを母さまと清二郎にも食べさせてあげとうございます。もうしばらくして江戸へ戻れましたら、源一郎は茶畑を任さるることになりましょう。その日が来ましたら、母さま、清二郎を江戸にお呼びいたしまする。その日まで、何とぞいますこし、お待ちくだされませ。清二郎、母さまを頼みます。お常にもよしなにお伝えくだされませ。この文は江戸へ上る商人《あきびと》に託します。江戸からは会津に荷を運ぶ者に頼んでくだされるよう、添え状を付けますする。何分にも遠方の地ゆえ、母さまのお手元に届くのは、年を越すやもしれませぬ」

何と嘘のうまきことと、千芹は己の書いた書状に見入った。千芹はできる限り男手をまねて武骨に記した文字の文を、一旦細かく折り畳み、もう一度広げてから文の形に畳み直し、油紙に包んだ。残った紙に「下野国会津西街道大原宿中原村薄矢郷胡桃屋ふみ乃さま」と届け先を記し、源一郎と記名して、油紙の包みに添えた。

夜通し文を書いていて寝不足のぼんやりした頭で朝食をとると、千芹は女将に、「大桑宿には寺や神社がござりまするか」と尋ねた。

「はい、はい。たんとございますよ。大きな寺は紀伊様御本陣隣の長福寺が、また小百道の方には法蔵寺があります。神社は法蔵寺の先に平田神社と申す大きな神社がありますし、より近くにも高尾神社と申す社が二つ、高柴の八幡宮、さらに小さき社が道々に祀られております」

「それでは今日一日ではお参りし切れませぬのう。もう一晩、お宿をお頼みできますするか」

「それはもう。湯西川の千久屋さまご紹介のお客さまゆえ、いく晩でも」と、女将は愛想がよかった。

「ところで、大原宿の先まで文を頼みたいのですが、便《びん》はござりまするか」

「おお、これから仲附が発ちますよ。頼んでさし上げましょう。宛先は?」

「大原宿の少し先の中原村薄矢と申す郷で、胡桃屋と申す屋号の家」

「屋号があれば、間違いのう届きますよ。宛名は仮名書きにしてありまするか。仮名でのうては、仲附には読み難いでの」

千芹は、宛先を記した方の紙を広げ、矢立ての筆で急いで振り仮名を施した。

「では下女に届けさせましょう」と言うのを制して、「われが直《じか》にお願いいたしたく……」と言うと、女将は「ではご案内を」と言って、下駄を履いた。

二軒先の宿では仲附がまさに出立しようとしているところだった。「あ、旦那」と女将は顔見知りらしい仲附を見つけて走り寄った。

「こちらの巡礼さんが文をお頼みしたいと。大原宿の先の中原村薄矢郷までじゃ。すぐ近くじゃから、運び料はいらんでしょ」

千芹は慌てて、幾許かの銭を取り出し、文の包みとともに仲附に渡した。「へい。しかと預かったで」仲附は女将を見やって、ちょっと首を竦めながら銭と文の包みを受け取り、懐に収めた。千芹は清二郎の頼みが果たせたことで、肩の荷が降りたような思いで「並木寄進碑」を仰いだ。一月先と申したら、もう少し早う、と清二郎は言っていた。本当はすぐにも欲しかったに違いないと、千芹は清二郎の焦りを思いやった。あの文でふみ乃さまが少しでも心を晴らしてくれるとよいが。

高徳から来た時は、暮れ方の薄闇をさらに濃くする杉の並木に、異界に入ったかのような恐ろしさで、千芹は半ば走った。今、朝日を受けた杉並木は、植えた人の志と、天を衝く杉の木が重なって、いかにも清々しく目に映った。一旦宿に戻って新しい草鞋に足元を固め、千芹は長福寺から始めて宿場を横切り、西へ歩を進めて法蔵寺、平田神社を参拝した。道の辺《べ》の小さな社とは異なり、広い境内と社殿を有する社寺を巡り終えると、既に昼をすぎていた。宿場にとって返し、蕎麦屋で温かい蕎麦を食べると、ふっと気が緩んで眠くなった。――気が付くと周りには誰もおらず、背には綿入れの半纏《はんてん》が掛けられていた。いつの間にか飯台に頭をつけて寝入ってしまったらしい。千芹は赤くなって詫びた。

「すみませぬ。うっかりと……」

「疲れたんだべ。今日は男体おろしがきついで、その姿《なり》じゃあ寒かんべ」

蕎麦屋の親爺が日焼けした顔をほころばせて言った。

「あ、宿に冬仕度が置いてありますゆえ。ありがとうござりました」

「今時分の巡礼はきついじゃろ。日光の方へ行くと冬歩きの巡礼さんや六部も見かけるがの」

大桑の先の今市は会津西街道の終わりの宿場で、日光街道の宿場でもある。北西に道をとれば日光山に至り、東南に道をとれば宇都宮へ向かう。「どちらに向かうか知らせよ」と叔父は言っていた、と千芹は思い返していた。宿に寄って、荷物の中から裾を長くして肩まで被《おお》えるように仕立てた綿入れの頭布を取り出して身につけた。午後は西街道と交差する東へ伸びる道を辿ってみることにした。高尾神社や高雄神社、高男荷渡神社が間を置いて建っていた。芹沼の浅間神社まで行って千芹は引き返した。幸い雨になることもなく、照葉の作った頭布に守られて、千芹は凍えもせずに参拝して回ることができた。これまでに帳面に記した寺は十二、社は三十五にもなっていた。百の社はすぐなれど、百の寺はまだまだじゃと千芹は戸惑ったが、いつまでにと期限のある旅でもなし、百の寺を数えるまで歩むまでのことと、千芹は決意を新たにした。

翌朝「杉乃屋」を発ち、今市宿に向かう。大桑、今市間はおおよそ一里で鬱蒼とした杉並木が続く。脇目も振らずに歩けば半刻の道のりだが、千芹は寺社詣での心願を負っていた。まず、倉ヶ崎という地にある愛宕神社、瀧尾神社に参り、街道を挟んだ高男神社、稲荷社、愛宕社、山神社に参拝すると、大桑宿と今市宿の半ばまで来ていた。千芹は道の端に立って、俄かに心逸るのを覚えた。父を見送るまでの二十年間の「世界」であった会津西街道の終点今市宿。その先の世界はいかなるものなのであろう。これまで生きてきた世界と異なるところがあるのだろうか。新たに生きてゆく道を見出すことができるのだろうか。

今市の地では「相《あい》の道」と呼称される西街道から、千芹は日光街道に踏み入った。左へ行くと間もなく、「追分地蔵」があると聞いていた千芹は、まず左に道をとり、地蔵に詣でた。「追分」とは道の分岐を指す語で、「追分地蔵」は日光街道と日光西街道が分岐する地点にあった。地蔵は高さ九尺余の石像で、柱と屋根のみの御堂に安置されている。もともとは大日大谷川の含満ヶ淵の親地蔵であったが、大谷川の洪水で今市に押し流され、今市宿内の如来寺に安置され、さらに寛永二年（一六二五年）に、この追分に移されたという。境内には寛政六年（一七九四年）銘の道標があり、正面に「右かぬま左宇つの宮道」、右側面に「いつる　岩ふね　さの道」、左側面に「つくハ　かしま　水戸道」、裏面に「寛政六年寅年十一月吉日　鹿沼久保町　和泉屋藤七」と刻まれている。

千芹は大きな地蔵を仰ぎ見て手を合わせた。地蔵は風が吹き抜ける御堂に座して、道行く人を見守っているように見えた。追分地蔵から相の道分岐へ引き返す途中に如来寺があった。追分地蔵が日光から流されて一時安置された如来寺と同一なのかどうか、千芹には分からなかったが、それまでに参拝したどの寺よりも大きく、聖観音堂はじめ多くの石造物が建っていた。如来寺参拝を終えて間もなく、千芹は再び相の道分岐に立った。大桑宿方面への道を見通して、千芹は胸に込み上げてくるものを覚えた。会津西街道を北に向かう者、北から辿り着いた者、日光参詣に向かう者、宇都宮へ向かう者、阿久津河岸から船に乗ってはるか江戸を目ざす者、それぞれの旅の目的を持って行き来する者で今市宿は賑わっていた。相の道の近くには本陣があり、中央を水路が通る街道の反対側には、日光山領や周辺の天領からの年貢米を収納する今市御蔵があった。

　寺を巡るうちに日は西に傾き、宿を探さねばならぬ刻限になっていた。賑わう宿場で、千芹は戸惑っていた。どこに宿をとろうか。叔父は今市では特に宿の名を挙げてはいなかった。宿の並ぶ街道を見渡した千芹は、行き交う人々の中に巡礼姿の者が二人、歩んでいるのを見止めた。すると、千芹の視線に気付いたかのように、二人は水路を飛び越えて千芹に近付いてきた。一人は千芹よりも年長、一人ははるかに年少で、十《とお》にはならぬように見えた。顔立ちは全く似ていない。年長の方は大柄で顔は日に焼けていた。年少の娘は、いかにも華奢で色の白い可愛い顔立ちをしていた。

「あんたも輪王寺に行くかね」と年上の娘が言った。「行くとは思うけれど……」と千芹が口ごもると、娘はカラッとした口調で、

「〔注〕われらは輪王寺へお札作りに雇ってもらおうと思うて、鹿沼の山奥からやってきた。巡礼姿の方が旅もしやすいし、雇うてもらいやすいでな、この姿《なり》で来た。あんたは本物の巡礼さんかね？」

「ほんもの……」千芹は困惑した。われもこの姿の方が旅しやすいと思うたのは確かじゃが、われの旅は百の社寺に参りて罪の許しを請う旅。ならばやはり巡礼と言えるのではないか……。黙ってしまった千芹に、娘は困ったように笑いかけ、「すまんね、余計な詮索して」と詫びた。

「輪王寺のお札作りとは？」

「初詣でに大勢来るじゃろ？　そんで、お札作りが間に合わんので手伝い人を雇うのよ。われらも二年前から雇うてもろうておる。冬を越す銭を稼ぐのよ。まあ、わずかじゃがの。あ、われははつ、こっちはなほじゃ」

「われは千芹《ちせり》と申します」

「日光まで行こうと思えば行けるが、今夜は今市の巡礼宿に泊って、明日、輪王寺に行こうと思う。千芹さんも巡礼宿に泊まらんかね」

と、はつは誘った。

「毎年、暮れには日光山で仕事がしたくてやって来る巡礼——本物も、われらの如きにわか巡礼も、巡礼宿で顔を合わせて、一年ぶりの再会を喜びあうのよ。今年はまだ早いゆえ、あんまり来ておらんと思うが」

「われは街道筋のみ寺やお社に参りつつ旅をしております。日光へ向かうにしても時がかかることかと。お二人は先に行ってくだされ。今宵は知り合いの家に泊めてもらいます。ご縁があれば、明日」

　千芹は多くの巡礼が集う巡礼宿というものが何となく気が重くて、そんな断わり方をした。はつは「そうかあ。じゃあ、気が向いたら輪王寺でお札作りを申し出てみなんせ」と、残念そうな顔をした。なほの顔つきを見て、千芹は少し驚いた。なほは傍目にも分かるほど安堵の表情をしていた。この子はわれが一緒に行くのを避けたいらしい。はつさんと二人の方がよいのじゃろうと、千芹は己が邪魔にならずに済んだことに安堵した。

　二人と別れて、千芹は今市宿の西の外れ、最も日光寄りの宿に泊りを請うた。「やど　れうり　万寿《ます》屋《や》」と記した軒灯が出ていた。

「巡礼さんなら巡礼宿がよろしかろ」という下女の断わりを聞きつけて女将が出て来た。「まあ、まあ」と言いながら千芹の顔に目をやって、女将は「何ということ。巡礼さんは、もしや千鈴さまをご存知ではないか？」と訊いた。今度は千芹の方が驚いた。

「千鈴とは、三依千鈴のことでございましょうや？　湯西川の千久屋の娘、三依千鈴はわれの母でございますが――」と言ってしまってから、千芹は易々と母の名と己とのつながりを告げてしまったことに己自身驚いていた。母の名を口にするこの方は、いったいどなたであろう。

「あ、懐かしい。何と、巡礼さんは千鈴さまの娘御か。われは十まで湯西川に住んでおりました。千鈴さまとは姉妹のように親しんでいただきましたよ。我が家は湯西川から今市宿に移り、木工品の問屋を営んでおりました。われは縁あってこの万寿屋に嫁ぎ、以来、女将を務めております。千鈴さまのご不幸は、風の便りに伺っておりました。ほんにおいたわしきことでござります。澄清さまと娘御がいずこかへ去って行かれたことまでは聞いておったなれど、その後のことは何も……。ただ今巡礼さんのお顔を拝見して、あまりにも子供の頃の千鈴さまに似ておられて……つい詮索がましきことを申してしまいました。お許しくだされませ」

思いかげなく「澄清、千鈴」の名を聞いて、千芹の目に涙があふれてきた。何か言わねばと思っても言葉が出て来ない。女将は千芹の肩を抱くようにして上がりがまちに腰を下ろさせ、「早う、すすぎを」と下女に命じ、「ようご無事で。お名は？」と問うた。

千芹は手の平で涙を拭い、深く一礼した。

「千芹と申しまする。父さまも亡うなりまして、われは父と母と弟と三人の菩提を弔うことを心願に、巡礼に出で立ち申しました。千久屋を継いでおる叔父がわれの後ろ盾になってくれまするゆえ、暮らしに困ずることはありませぬが、三人の成仏を見届けぬうちは心落ちつかず、叔父に頼んで巡礼に出してもらいました。行く先々に、叔父が便りを送ってくださりまするが、今市宿から先、北へ参るか南に行くか、決めかねておりまする」

女将は自分も涙ぐみながら千芹を見つめ、「きっと御苦労なさったのですね」と言って、千芹の手を取って床の間のある部屋に案内した。

「このような上等のお部屋は巡礼の身には過ぎまする」と言ったが、「いえいえ、千鈴さまの娘御をお泊め申すのですから、これでも申し訳なきこと」と笑った。

「もし、よろしければ、日光参拝なされませぬか。幼き頃、千鈴さまと日光に行きたいことよ、とたびたび話しておりました。大人たちはよく参拝しておりましたが、子供の足には無理じゃと、連れて行ってはもらえませなんだ。西街道は遠いし、土呂部峠、大笹峠を越える道は険しゅうてな。大きくなったら一緒に行こうねえと、よく言い合うておりました。われは今市宿に住むようになり、日光は毎年のように参拝しております。なれど千鈴さまはいかがでしたでしょうや。千芹さまがいらっしゃってくだされば、千鈴さまもともに参拝なされましょう」

母の願いを負うて、と思うと、すぐに千芹の心は決まった。

「はい。日光へ参りましょう」

おこうという名の女将は、「田舎宿で何もございませぬが」と言いつつ、「れうり」と軒灯に記すにふわさしい膳を調えてくれた。中でも日光名物の湯波の刺身と含め煮は、やさしくも奥深い味わいだった。おこうは、まるで母親が幼い子供の世話をするごとく、こまやかに介添えをしてくれた。

「まあ、まあ。ものを飲み込みなさる折、少し首を傾けなさる仕草が千鈴さまそのまま」とおこうは泣き笑いの顔で言った。

千芹は、「叔父に文を出したいのですが、便がありましょうか」と尋ねた。

「おう、それなれば、相の道近くの仲附宿に使いを出しましょう。なれど……五十里宿宛でよろしいでしょうか。湯西川まで入るのは少々無理かと……」

「はい。日光へ参ることを知らせねばなりませぬ。五十里宿までは食材などを受け取りに毎日のように

『千久』の使いが通っておりますゆえ、文も届くことと存じます。明朝までに文を書いておきまする」

と言ってから、千芹は少しためらいながら尋ねた。

「巡礼宿と申しますのは、どのようなお宿でありましょうや。諸国巡礼の方々はいかなる旅をなされておるのでしょう」

　おこうはすぐには言葉を発せず思案する様子を見せていたが、

「巡礼さんにもさまざまございますようで、大方は信仰篤く、ひたすら祈りの旅をなさる方もあれば、生計《たつき》の道として巡る方もおり……じゃが、中には人を誑《たぶら》かしたり、盗みを働く者も混じっておるとか……」

「誑かす……盗み……」

「門付けをして留守と分かると忍び入って銭を盗ったり、留守番の年寄りに悲しげな身の上話をして金品を喜捨させたりという話も耳に入って参ります。大方はまっすぐな方々ながら、よこしまな心を持つ者があることは知れていて、巡礼宿では湯に入るにも荷物に用心せねばならぬとか。できまするなら、どの宿場でも巡礼宿にはお泊まりなさいますな」

　おこうは気づかわしげだった。千芹は驚きを抑えながら、さらに尋ねた。

「輪王寺では、お札作りの手伝い人を求めておられるというのは、まことですか」

「それはまことです。お札作りの仕事を目ざしてやって来る巡礼さんもいるようですよ」

「われでも、させていただけるものでしょうか。もしお札作りができますなら、供養になるかと」

「ほんにのう。一枚一枚祈りを込めてお作り申せば、よき供養になりましょう」

　おこうが退いてから、千芹は矢立てを取り出して短い文を記した。

「日光に参って、父、母、弟の菩提を弔いたくなり申し候。しばらく日光の社寺を巡り、年明けましたなれば、また旅立とうと存じます。その折にはまた文にてお伝え申し上げ候。息災にて新年をお迎えなされてくださりませ。折がありますれば、照葉さまに、千芹は無事とお伝えいただきたくお願い申し上げ候」

翌朝、どんなに申してもおこうは宿代を受け取ろうとしなかった。

「千鈴さまの娘御をお泊めして、お代など滅相もなきこと。どうぞ千鈴さまのご香料とおぼし召せ」おこうはさらに、日光の知人の旅籠宛に紹介の文を書いてくれた。

「決して巡礼宿にはお泊まりなされますな。もしお札作りの手伝いをなされるにしましても、通いでなされませ。旅籠には、並の宿代をあげてくだされば、おきわさんも、年を越す助けとなりましょう。あ、おきわさんと申しますのが、知人の名でございます。おきわさんの連れ合いは足がご不自由でしてな、玩具を作って商いながら、多くもない旅籠代と合わせて細々と暮らしを立てているのでございます」

宛名には、「日光御幸町こま屋おきわどの」と記してあった。

おこうに別れを告げた千芹は、まず瀧尾神社に詣でた。瀧尾神社は今市宿の総氏神だという。境内には「市」の守護神で、市の繁栄をもたらす神として崇められた「市神神社」もあった。そこから先は昼もほの暗い杉並木が続く。道の両側には細い水路が走っている。杉並木に入って二丁余り行くと「高竈神社」があった。瀬川村の総鎮守である。古い社で神護景雲元年（七六七年）創建と伝えられている。境内には皇大神宮、八坂神社、愛宕神社、稲荷神社が祀られ、石灯籠、常夜灯、不動明王像、男体山碑、愛宕山碑などの石造物が建ち並んでいた。千芹はこれら多くの建造物に込められた、土地の人々の信仰に思いを馳せつつ、一つ一つに手を合わせた。並木から左に折れる道があり、辿って行くと「月蔵寺」

があった。彦根藩主の日光参詣の休憩所ともなる、手入れの行き届いた寺だった。月蔵寺から杉並木に取って返し、一丁ほど進むと「大日堂」が見えた。大日様を祀るのゆえ、寺であろうと判じ、千芹は寺の十五番目に「大日堂」と記した。大日堂の後しばらくは寺も社もなく、十五丁ほど先に「竜蔵寺」があった。さらに北上して今市宿と日光のちょうど中間ほどのところに「生岡山王社」があった。生岡荘八か村（野口、所野、小百、瀬尾、瀬川、和泉、平ヶ崎、吉沢）の総鎮守である。少し西側には七里村の総鎮守「生岡大日堂」があり、寺でも社でもないが、街道の名所、「尾立岩」という奇岩があった。日光山の本宮権現が蛇体となって宇都宮に遷る時、この岩上で尾を立てたという伝承があり、ここから宇都宮の田川へ流れ込む明神川は、その大蛇が通った跡とされる。千芹は七里集落に差しかかり、志渡淵川に架かる筋違橋を渡った。日光参詣の堂者は宿坊や民家に宿泊したが、民家の者が遠くまで宿引きに出るのを制するため、「筋違橋の外へ堂者引迎ふべからず」とお触れが出されていることからも、筋違橋が日光街道の結節点であることが分かる。

筋違橋を過ぎると、いよいよ日光中心部の街並となる。杉並木が終わるところから神橋までは東町と俗称される、およそ十四、五丁の長い街並みで、両端には石垣が組まれ、大木戸があった。松原町、石屋町、御幸《ごこう》町、鉢石《はついし》町の四町に分かれ、境界には木柵が設けられていた。松原町から鉢石町までは登り坂が続くため、街道には石段があり、街道の中央には用水路が流れている。松原町の名は、木戸が設けられた頃、一帯が松原だったためと言われ、石屋町は、東照宮造営の時、諸国から集まった石工たちが住まったため付いた名と言われている。石屋町が終わる頃、「龍蔵寺」が見えてくる。「龍蔵寺」のすぐ先は御幸町となる。御幸町はもと山内にあり、祭礼の通路となっていたため、その名が付されたという。寛永十七年（一六四〇年）に鉢石町の東に移転したが、その際、天海僧正より諸役を免除されたことが御幸町文書に記されている。石屋町や御幸町のあたりには、家康の遺霊に従い、久能山から日光山に移って来た旧家が十六戸あると伝えられている。御菓子屋、大工、鍛冶、飾屋、塗師屋、檜物屋は六職人と呼ばれ、東照宮や大猷院の造営後も、社殿修理などのため大部分は西町に居住したが、東町には、六職人の塗師方棟梁と菓子方棟梁が居住していた。

御幸町には旅人止宿が黙認されていた。千芹が、母の幼なじみのおこうから止宿を勧められた「こま屋」も、そんな民家の宿の一つなのだろう。多くの社寺を巡ってきたため、「龍蔵寺」に詣でるのは明日、と決めて御幸町の家並みに「こま屋」を探した千芹は、独楽の模様を白く染め抜いた藍染めの暖簾を見つけて立ち止まった。ここだろうか。「玩具、日光茶道具」と書かれた立看板が立っているのを見て、ここに違いない、と胸が弾んだ。「もうし、ごめんくだされ」と声をかけると、「はい」と女の声で返辞があり、内側から戸が開けられた。

「あ、巡礼さん。寒うございましたでしょう。さ、お入りなされませ」

「あのう、これを」とおこうからの文を差し出すと、女はさっと目を通して、「まあ、おこうさんが。どうぞどうぞ、お上がりくだされ」と千芹の足元にかがんだ。

「大丈夫、足袋をはいておりますゆえ、すすぎはいりませぬ」と言ったが、足袋を脱いでみると、足はうっすらと汚れていて、千芹は赤面した。「今、すすぎを持って参ります」と女は、奥の方へ小走りに入って行った。

あたりを見回して、千芹は目を見張った。三畳間ほど広さの板の間はよく磨き込まれていて、両端に棚が置かれていた。右側の棚には、木製の茶道具が並び、左側には、茶椀や木皿、盆が並んでいた。椀や皿は並の大きさだが、茶道具はひどく小さい。桶にぬるま湯を入れて戻ってきた女は、千芹の視線に気付き、微笑んだ。

「日光茶道具と申しましてね、子供の玩具《おもちゃ》です」

「かわいい」千芹は呟いて、実物の五分の一ぐらいの小さな急須や茶椀を見つめた。

「こちらで作っているのですか？」

「はい。連れ合いが」女は板の間とは格子戸で仕切られている部屋の方を見やった。格子戸の向こうは作業部屋らしく、板敷きで、工具と木材に囲まれて、一人の男が背を丸めて手を動かしていた。

「おまえさん、お客さんじゃ。おこうさんが紹介してくれたで」

女は格子戸ごしに呼びかけた。男は顔を上げて、二人の方を見て頷いた。

通されたのは二階の南側の部屋で、並んでもう一部屋、泊り客のための部屋があった。階下には玄関兼木工品陳列場と仕事部屋、囲炉裏を切った八畳があるだけらしい。台所と風呂は、差し掛け屋根の土間だった。

「お食事はお部屋にお持ちしますか？　それとも囲炉裏の傍の方が？」と聞かれて、千芹は迷わず「囲炉裏の傍で」と答えた。おきわとおきわの連れ合いの作造《さくぞう》と千芹は、粗朶木《そだ》がやさしく燃える囲炉裏の傍で夕食をとった。二人は古びた素木の膳に向かい、千芹の前には朱塗りの膳が置かれた。

「すみませぬのう、ほんに粗末なご膳で」と、おきわが恥じらいながら出してくれた膳は、おこうが調えてくれた夕食とは比べるべくもなく、一汁三菜だったが、美味しかった。ご膳は、干し大根や人参、椎茸を水で戻し、油揚げを混ぜて炊き込んだ五目飯に、冬菜の味噌汁、湯波と里芋の煮物と焼いた山女に味噌を塗った物だった。さらに白菜漬けが鉢にたっぷりと盛られている。

「おいしい。大ご馳走です」ふと気付くと、作造の膳には山女が載っていたが、おきわの膳にはなかった。作造は山女の身をむしって己の飯に乗せ、残りは皿ごとおきわの膳に移した。

「わしらはもう若くないで、二人で一匹でちょうどよい」

「すみませぬ。不調法なところをお見せしてしもうて。やはりお部屋で召し上がってもろうた方がよろしかった……」

「いえ。ずっと一人旅で、食事も一人でしたゆえ、こうして火の傍でお二人とご一緒に頂けて、うれしゅうてなりませぬ。二尾を三人で分ければよろしかったに」

「そりゃあ、とんでもねえ宿だで」と作造は吹き出した。おきわは丁寧な物言いをしていたが、作造の方は土地の言葉のままで、それがいかにも素朴で飾らない人柄を表していた。

「明日はお発ちですかの」

おきわが遠慮そうに訊いた。

「いえ。明日は、ここから神橋までの社や寺に参詣しつつ、輪王寺に参るつもりです。輪王寺でお札を作る者を求めていると聞き申したが、まことでしょうか。誰でも受け入れてもらえるのでしょうや……」

「お札作りは、とりわけ年の暮れは人手の要《い》る仕事で、輪王寺でも二荒山神社でも東照宮でも、人手を求めておりますようで。地元の家からも雇われますが、それでも足りんようで」

「もし首尾よう雇ってもらえましたら、こちらから通いたきものと思うておりまする」

「ここから？　巡礼さんには巡礼宿もありますし、雇われ人を泊める坊もありまするが」

「こちらの姉さんには入れ込み部屋は駄目だ」

作造が突然口を挟んだ。おきわは目を見張って作造を見た。

「びっくりした。この人がお客さんの前で口をきくなんて、滅多にないことで……」

「入れ込み宿はあぶねえ。真っ当な人ばかりはおらんで」

「そうですねえ……。じゃが、ここからでは遠いし、宿代もねえ」

「遠いのは早起きすればすむこと。宿代は、手伝いの賃金では間に合いませんでしょうが、少しは路銀も持っておりますし」

「ほおれ。路銀を持っておるなんぞと、よう知りもせん人に言ってしまうお人だて。ダメじゃダメじゃ。不用心じゃのう」

「ああ、はい。気をつけまする。明日、輪王寺に参りませんと、雇ってもらえるかどうか分かりませぬが……」

「千芹さまなら、大喜びで雇いましょう」とおきわが請け合った。

千芹は鉢石町の木戸をくぐる前に、昨日通り過ぎた龍蔵寺まで引き返して、その日最初のお参り所とした。龍蔵寺の北に稲荷神社が並んでいた。元々は山内にあったが、稲荷川洪水で流失、稲荷町の移転とともにこの地に遷宮したものと伝わっている。境内には大杉神社、八坂神社が祀られ、西行戻り岩と言われる石があった。稲荷町通りを二丁弱進むと道は直角に曲がり、その曲がり角に虚空蔵堂があった。東町六か町の鎮守とされ、境内には疱瘡神地蔵、火伏地蔵が祀られている。疱瘡は、いったん患えば命を失う者も多く、助かっても醜い瘢痕が残るため、江戸期には最も恐れられた流行病で、「疱瘡を経なければ寿命も器量も定まらぬ」と言われていた。稲荷町通りを通り終えて、千芹は再び大通りに戻り、鉢石町との境の木戸を抜けた。日光街道の終着の宿場である鉢石町は、それより南の宿場に比べ、一段と賑わっていた。堂者や一般客を泊める宿が並び、市場宿として名産品を売る店が並んで、大声で呼び込みをしている。名産品は、ろう石、岩茸、川海苔、平素麺、漬蕃椒などと下駄や器などの木工品だが、中でも湯波が知られている。湯波は肉食を禁じられた僧侶の重要な蛋白源であり、門前町ならではの名品といえる。下鉢石町に入ってすぐ右手に入ると「大横町」があった。「大横町」は「八乙女町」とも「火之番町」とも呼ばれていた。「八乙女町」は、二荒山神社神人の「八乙女」を務める家が多かったため、また「火之番町」は、火災に備えて火之番が置かれていたためであるが、千芹が赴いた時には火之番所そのものは廃止され、名のみが残っていた。八乙女町という床《ゆか》しい名に千芹の心は波立った。巫《み》女《こ》になれるのは「乙女」だけなのだ。自分は、もう決して乙女には戻れぬ身、と思うと、声を上げて泣きたいほどの激しい悔いが込み上げてきた。

　中鉢石町に入ると、道の右側に「鉢石」があった。鉢を伏せたような形状の岩で、「鉢石町」の名の由来は、この岩にある。鉢石を過ぎてすぐ左手に、逆戻りするように登る坂があり、その坂の上に「観音寺」があった。「鉢石山無量寿院」と号する天台宗の寺である。寺の裏側には「竜臥山」という小山があり、空海自刻と伝わる千手観音像を祀る千手観音堂が建っていた。

観音寺より先は上鉢石町となる。ここもまた賑わいのある門前町で、塗物椀、折敷、曲物等の店や堂者宿が軒を連ねていた。坂道を下って二丁ほど行くと、左手に赤い橋が見えた。神橋である。千芹の目に、神橋は異世《ことよ》に誘う橋のように見えた。だが、神橋は祭礼などの特別な場合に、それも許された者しか渡れない。並の者が渡るのは神橋のすぐ下の日光橋である。この先にはいかなる世界が在るのであろう。千芹は日光橋を渡った。橋を渡ると正面に並木寄進碑が聳え立っていた。江戸を起点として始まる日光街道の最終地点である。並木寄進碑から急な坂道を登った千芹は、東照宮より先に二荒山神社に向かった。

　朝早く宿を出、初めて目にする日光街道の賑わいに驚きながら数え切れぬほどの社寺に詣でて、千芹はひどく疲れていることに気付いた。昼食を食べていなかったと気付き、二荒山神社境内の東屋に腰を下ろして、おきわが竹の皮に包んで持たせてくれたおむすびを食べた。梅干は種が抜いてあって食べやすく、大根の味噌漬けが美味しかった。東屋は「二荒霊泉」と立て札の立つ泉のほとりに建っていた。山清水を引いた懸樋の水が流れ落ちているのを見て、千芹は走り寄って柄杓を手に取り、幾度も水を受けて喉をうるおした。食物をとって元気を回復した千芹は「二荒霊泉」の立て札に、さらに細《こまか》い文字が記してあるのに気付いた。——眼病に効く御本殿奥の恒例山に湧く「薬師の霊泉」と滝尾神社の「酒の水」の水脈が合わさった霊泉——。眼病に効く……千芹は中原村の清二郎を思い浮かべた。無事に文は届いたであろうか。ふみ乃は、息子の文と信じたであろうか。ゆっくりと二荒山神社をめぐり、縁結びの笹や親子杉、夫婦杉にも手を合わせた。建物や彫像ばかりでなく、木や笹や水にも手を合わせる習わしに、千芹は心がのびやかになるのを感じた。鐘が鳴った。いくつもの寺で打ち鳴らされる鐘は千芹を驚かせた。何時だろう。空を仰ぐと、西の方の雲が赤く染まっていた。七つだろうか。千芹は今日はこのまま宿に戻ろうと思った。冬の日は暮れるのが早く、御幸町の「こま屋」に着く頃は暗くなっていよう、輪王寺は明日にしよう。

山内を下るうちにも、みる間に闇が迫り、神橋まで来た時は日はとっぷり暮れていた。鉢石町通りは、家々が軒灯を点しているので暗くはなかった。まだ宿を決めていない旅人もあって、客引きとやりとりをする声が聞こえる。帰路は脇目もふらずに歩いたので、四半刻ほどで上、中、下の鉢石町を抜け、木戸を通った。「こま屋」の軒灯は、千芹の目に優しかった。帰るところがあるのは何と心安らぐことであろう。

「おかえりなされませ」おきわが目を細めて迎えてくれた。

「ただいま帰りました」

「お風呂が沸いております。まず湯に入って温まりなされませ」

「もったいなきこと……なれど、せっかくでございますゆえ、いただきまする」

草鞋を履いたまま、厨を抜けて風呂場に行く。

「あ、着替えを出さねば」と千芹が引き返そうとすると、

「浴衣と袖なしのちゃんちゃんこを出しておきまする。お部屋に戻ったら着替えなされるがよろしかろ。お寒いでな、しっかり着込まれるとよい」

おきわの口調が少し親しげな調子を帯びてきて、千芹はうれしかった。湯舟は一畳には届かぬ大きさで、洗い場も一坪はない。きれいに磨き込まれた簀子に桶が伏せてあった。油紙を貼った障子が入った窓辺の下の棚に糠袋とヘチマが並んでいた。ヘチマはパリパリに乾いている。

「髪を洗うてもよろしいでしょうか」と障子ごしに言うと、「どうぞ、どうぞ。お湯加減はいかがでしょうや」と、おきわの声がした。千芹は髪を結ってはいない。背の中ほどまでの長さの髪を首元で結わえているだけだった。油も使ってはおらず、湯さえあれば髪を洗うのはたやすかった。「独楽《こま》」の模様を散らした手拭いで洗い髪を包み、浴衣をまとった。浴衣も独楽模様だった。

「あのう、もしよろしければ巡礼の装束を洗わせていただけませぬか。替えはお持ちでしょうか」

「はい。替えは持っております。なれど、人様に洗うていただくわけには。もったいのうございます」

「ご喜捨と思うてくだされ。明日も晴れましょう。一日で乾きますよ」

浴衣をまとって袖なしの綿入れを羽織り、一旦部屋に戻って、荷に入れてきた紺地に椿の花を配した袷に着替えて、囲炉裏の部屋に降りて行った。

「あらーっ、見違えたー。別嬪さんとは思うとったが、こんなにきれいな娘さんじゃったとは……」おきわが、丁寧な物の言いようも忘れて、千芹の小袖姿に見惚れた。

「花が咲いたようじゃ」と作造が言う。千芹は恥じらいながら座った。

「今日は、数え切れぬほどの社寺に詣でて参りました。日光には何と多くの社寺があるのでしょう。さすが、東照宮の門前町でござりまする。職人さんの店、菓子屋、湯波屋さん、賑やかなものでございますね。お宿もたんと並んでいて、引き込みの人も声を張り上げていました。山里育ちのわれには別世界のようでございました」

「祭礼の折は、もっともっと賑やかです。千芹さまもぜひ、祭りの時においでくだされや。おお、祭りではないが、もうじき正月じゃ。大晦日から正月も大そう賑わいまする。そうじゃ。輪王寺さまのお札の手伝いはどうなされた、首尾よう雇うてもらいなされたか？」

千芹は首を振った。「今日は輪王寺には行けませなんだ。二荒山神社までで、日が暮れてしもうて。明日は他の社寺には参らず、まっすぐに輪王寺に向かいまする。半刻はかからぬと思われまするが……」

「四半刻では無理かもしれん。夕方は暗うならぬうちに戻りなされ。町屋に灯は入っておるが、心掛けのよくない者もおるでな、女子の一人歩きは用心せにゃ」

作造が気遣わしげに言った。作造が芯から己を気遣ってくれていることが伝わってきて、千芹は胸の奥が温もるのを覚えた。

翌朝、千芹は新しい装束を身に付けて「こま屋」を出た。木戸を通って下鉢石町、中鉢石町、上鉢石町と、登って行く。昨日よりは遅く、五つに宿を出たため、街道の宿々でも発って行く人、見送る人の姿が見えた。道の中央を流れる水路からは、白い煙のようなものが立ち昇っている。芹沢の流れからも水煙が立っていることだろうか、千芹は思わず屈み込んで霧のような水煙に手をかざした。日光橋を渡る手前で足を止めた千芹は、橋の手前の坂の上に鳥居が立っているのに気付いた。昨日は目に入らなかったに、と思いつつ坂を登ると磐裂神社があった。磐裂神社は星辰を祀り、妙見堂、もしくは星宮神社とも言った。磐裂神社から大谷川を隔てた向こう岸の山中にも小さな社があるのに気付き、千芹は日光橋を渡って社を目ざした。この社は「深沙大王堂」という。勝道上人が日光の地を開いたのは明星天子のお告げと深沙大王の擁護によるものとして、大谷川を挟んで二社が建てられたものと伝えられる。

千芹ははつとなほに再会することを半ば期待し、半ば避けたい思いで輪王寺に向かった。師走に入って、境内の参拝者は少なかったが、新年を迎える仕度に向けてか、作務衣姿の人が行き交って、枯枝を払ったり落葉をさらったりしていた。堂々と聳える三仏堂に参拝していると、「千芹さん、やっと来てくれたかね」と背後から声がした。振り返るまでもなくはつだと分かった。

「なほ、千芹さんがみえたよーっ」とはつが叫ぶと、小柄な人影が急ぎ足で近付いてきた。大きな水桶を下げている。「千芹さん……」なほはうれしい半面、何か困惑した顔つきで千芹を見た。

「しばらく雨が降らんので、植木に水をやっとった。な、なほ」大きな水桶をなほに持たせて……と、千芹は眉をひそめた。はつは気付かぬ風に、「千芹さんも、お札作りするんじゃろ? あっちの護摩堂の裏手の坊でお札作りしとるから連れてってやる。なほも水やりを終えたらおいで」となほに言いつけて、はつは戸惑っている千芹の手を取った。千芹が「われもなほちゃんとともに水をやってから参ります。はつさんは先に行っていてくだされ」と言うと、「ふうん」といった声を発して、はつはちらっとなほを見やり、背を向けた。はつが見えなくなると、なほはうれしそうに千芹を見上げ、にこっと笑った。

「こんな力仕事をいつも?」と千芹が問うと、

「われは不器用で、お札うまく作れんから」となほはうなだれた。千芹は、山から引いている水で桶を満たしては、なほとともに松や梅の根方に注いで回った。半刻近くもかかってやっと水やりが終わると、なほはぺこんと頭を下げて「ありがとうござりまする」と言った。「二人してお札作りに雇われとるの？」と訊くと、こっくり頷き、「はつさんはお札作りもするし、厨の手伝いもしとる。われは掃除やら水やりやらが主じゃが。そんでもここに居れば食べさせてもらえるから」と諦めたような口調で言った。

「はつさんは姉さんなの？」

「いんや。村内の人。われの村じゃあ、この時期になるとここらへ来て、お寺さんやお社の年越しの手伝いをする。われもな、一昨年《おととし》から、家におれば食い扶持がかかるで行って来いとはつさんに預けられて……」

「そうなの……」千芹も食べ物が手に入らなくなる恐怖は身にしみていた。

なほが持とうとした大きな水桶を奪うように取って、千芹はなほに導かれるまま、護摩堂の裏手に回った。そこには焼き杉板張りの細長い建物が建っていた。妻入りの戸を開けると、まず狭い土間があり、土間の向こうは幅二間、奥行き五、六間の荒畳敷きの広間だった。北側の窓下は板の間で、紙やら木やらの材料が積み上げてあった。荒畳の上には長机が並んでいて、作務衣の男二人と僧が一人、巡礼装束の女が二人でお札作りをしていた。

「あ、さきほどお話し申した巡礼さんでございます」と、二人が入って来たのに気付いたはつが、仕切り役らしい僧に伝えた。「おお」と立って来て千芹を見た僧は、不意に「そなたは文字が書けるか」と問いかけた。僧の視線は千芹の腰に差した矢立てに当てられている。「文字——はい。少しなれば」「そうか、では書いてみよ」僧は、長机の前に座るよう千芹を促した。千芹は戸惑いながら、机の前に座った。荒畳の上には、薄い座布団が置かれていた。作務衣の男が筆と紙を用意した。

「何を書きましょうや」

「まず、いろは歌を」

千芹はさらさらと筆を走らせた。

「ふむ。よき手じゃ。では真名はどうじゃ。いろは歌を真名で記してみよ」

千芹は少し戸惑ったが、書き始めると自ずと文字が浮かんできた。

「おお。やや女文字風じゃが、滑らかな筆づかいじゃなあ。どこで習うた？　そなたは武家の娘か……いや、すまん。出自は問わぬがみ仏の教え。失礼つかまつった」

お坊さまの方がお武家だったのではないかと、千芹は可笑《おか》しくなった。

「梵字というものを知っておるか？」

「ぼんじ……塔婆に記されておる……」

「さよう、これを写してみよ」

僧は見本を持ってきて千芹に差し示した。千芹は梵字の見本を見て仰天した。どこから書き初めるのだろう。どんなふうに筆を運ぶのだろう。千芹は首を振った。

「申し訳ありませぬが……どこがどうなっておる文字なのか……文字なのですか？」

「うむ。文字じゃよ。だが大和の国の文字ではない。天竺の文字じゃ。うむ、ではこれは書けるかの」

僧は「御札　日光山輪王寺」「御祈禱札　日光山」「日光山満願秘密供諸願成就祈修」など、幾種類かの真名文字を記した細長い紙を示した。

「書いてみよ」

千芹は一文字一文字、丁寧に書き取った。

「うむ。端正な文字じゃ。いま少し勢いがあるとよいのう。手本を見ずとも書けるよう、習うてみよ」

千芹は素直にお札の文字を繰り返し習った。次第に手本を見ずとも書けるようになり、心なしか文字に流れが出てきたように感じられた。

「おお、見事じゃ。いま少し習うてもろうて明日から仕事に入ってもらおう。お札の文字を書くのじゃて、毎朝み仏に詣でてから始めねばならぬ。今日は、版木刷りを手伝うてもらうとしよう。さて、そなたは巡礼宿に泊まっておるのか？　この工房の隅に泊まれぬこともないのじゃが……」

「いえ、宿は御幸町にとってあります る。知り合いの家です」と千芹は言った。「その宿から通いまする。刻限までには参りますゆえ」

「御幸町からなれば、急がずとも半刻もあれば参れよう。作業は五つに始まり七つ半までじゃ。うむ、御幸町の宿に着く頃は暗くなってしまうのう。特別に七つまでとしよう。無論、賃料はその分引かせてもらうが」

それまで僧と千芹のやりとりをちらちらと横目で見ながら聞き耳を立てていたはつは、何とも言えぬ険しい顔つきで千芹を見やった。が千芹と目が合うと、慌てて表情を収め、口角を引き上げて笑った。

はつとなほは、版木を用いてお札に文字を刷り、お札を収めて外包を折る作業をしていた。「なほも今年からはお札作りさせてもらえることになってな」とはつは、なほの肩を叩いた。

お札には版木刷りと筆書きの別があることを、千芹は初めて知った。

「御幸町の何という宿？」とはつが訊いた。

「こま屋と申す、木工細工を商っておる店」と千芹は答えた。「亡くなった母さまの幼なじみの方のお知り合いのお店です」なぜかわれは一人ではないと、はつに知らせておいた方がよいような気がした。

「こま屋の細工は丁寧で美しい」と僧が口を挟んだ。「こま屋をご存知ですか？」

「いや、ただ通りがけに見ただけでござるが、鉢石町にも多くの細工物の店はあるが、こま屋ほど見事な茶道具を並べている店はない——と思うていた」と、僧は和んだ目をした。

「賃料は出来高としよう。一枚一文じゃ。出来高払いゆえ、早目に仕舞ってもよきこと」と僧が言うと、はつがまた目を光らせた。

「われらの何倍もじゃ」

「筆書きのお札は、納めてもろう値も十倍ゆえ」と僧ははつを睨んだ。睨まれたはつは、チロリと舌を出し、「さて、もう昼飯じゃ」と立ち上がった。

「千芹さんも一緒に食べるの?」となほが近寄って来た。「千芹さんの分は用意してないが」はつが困ったふうに言う。

「われはお昼は持参しておりまする。こちらで雇うていただけるか覚束なかったゆえ、宿でもろうてきました。なほちゃんと半分こにしようか」「うれし。なほの昼飯も半分分けてあげる」となほが千芹の手を引いた。

雇われ者の食事は、厨の隅の飯台でとる。昼飯は、たいてい握り飯だという。麦がいっぱいで解けやすい握り飯は、味噌をまぶして形を保っているかのようだった。沢庵と番茶がついていた。千芹は味噌握りを一つなほからもらって、混ぜご飯のお握りを一つなほの皿に乗せた。二つ入っていた干し柿も一つ分けると、なほは目を丸くして千芹を見つめた。「干し柿、大好物じゃ。ばばさまがよう作ってくれた。今はのう、作るけんど、われの口には入らん。みんな売るでの」とつぶやいて、寂し気に俯いた。

四半刻の昼休みの後、再び工房で作業が始まった。墨を染み込ませた布製の台に押し当てた版木を紙に押しつけると、くっきりと文字が刷られる。墨が乾くのを待って、同じく文字を刷り込んだ包みに入れて折る。簡単に見えて、完璧に仕上げるのは難しい作業だった。どうした加減かで文字が掠れたり、余分の墨がついたりしてしまう。真っ直ぐに刷れないこともある。包みの中を改める者もいまいが、み仏はご存知でな、と僧は迷いなく、「不良品」を取り除いていった。絵馬に絵柄を刷る作業もあった。木札に、さまざまな色の顔料の台に押し付けた部分品を組み合わせて絵柄を作っていく。新年は卯年だった。真っ白い兎の足元に蒲公英《たんぽぽ》と菫《すみれ》が咲く、優しく可愛い絵馬は人気が出そうだった。白い兎に耳の先と目の紅を入れるのは手描きである。絵馬は大方は作務衣の男二人が担当していた。千芹は顔料の匂いが懐かしく、白い兎と黄色の蒲公英、薄紫の菫の絵柄が出来上がっていくのが楽しくて、しばし眺め入った。薄明の中で歌人たちの絵姿を描いている父の姿が浮かんできて、胸がいっぱいになった。

「描いてみるか」と作務衣の男が言い、紅色を含ませた筆を渡してくれた。千芹は、「よくお聞き、よくごらん」と心の内で語りかけながら、耳の先と瞳に紅を入れた。見ざる、聞かざるでは、兎のような生き物は、命を保つことができない。よく耳を澄まし、よくよく見て、無事に生きていくのだよ。

「おお、見事じゃな。兎が生きておるようじゃ」と筆を渡した男は驚いた。

「絵を描いたことがあるのか？」

「いえ、父が描くのを見ていただけでございます」

「そなたの父御は絵師であられるか？」

「はい。もう亡くなりましたが」と言いつつ、絵を描く父と筆に優れた母との娘なのだと、千芹は思った。午後は慣れない作業をしているうちに、あっという間に過ぎ、七つの鐘が鳴った。

「そなたはもう上がってよい。今日の賃料は半分ほどかのう」

「いえ。今日は見習いでございますからご遠慮いたしまする。明日は五つに参ります」

「明日も会えるんだね、千芹さん」

「ええ。なほちゃんはどこに泊まっているの？」

「ここ。あの仕切り戸の向こうの部屋。まだあと一刻ぐらいは仕事をして、それから夕食の仕度をする」

「われら雇われ人の食事は己らで作らにゃならん。お坊さまらのもんは寺の厨で作るのよ。まあ、精進料理じゃから、どっちにしても大して変わらんが」

「毎日、ご飯の心配せずにすむで、気持ちが落ち着く――」となほはつぶやいた。明日も干し柿を上げられたらいいな、と思いつつ、千芹はなほに手を振って輪王寺を背にした。

「宿の夕食のようではありませぬが」と言いつつおきわが用意しているのは、大鍋いっぱいの肉汁だった。大根、人参、里芋、牛蒡に山鳥の肉の出汁が染み渡っていて、何とも言いようもなく美味だった。

「生まれた村の者が持って来てくれたんでな」

「生まれた村？　お二人は日光のお生まれではないのですか？」

「ああ。われらが生まれ育ったのは、日光のさらに西の山奥の、木地屋の村だで」

「木地屋……あ、木の器を作る。それで作造さんは木工細工を身につけられて――」

「うむ。わしもこれも同じ木地屋村に生まれ、兄妹のように育って夫婦になり申した」

「それで今は、ここ日光の街で宿を営んでおいでか。何か子細が……」と言いかけて、千芹は慌てた。

「あ、すみませぬ。立ち入ったことを申した。お許しくだされ」千芹の胸には藤原宿で出会った六部の身の上が浮かんでいた。

「聞いてくださるか」と作造が千芹を見つめた。おきわが立ち上がって、部屋の隅に置いてある彫り物を施した箪笥から風呂敷包みを取り出してきた。おきわは千芹の膝の前に置いた包みを広げた。中には梅の花模様の小さな着物が入っていた。

「まあ、何と可愛い。これは……？」

「亡うなった娘の、たった一枚の晴れ着……」と、おきわは小さな着物を撫でながら言った。

「わしがの、ちゃんと守ってやらんかったけえ」作造が絞り出すように言った。

「いいや、この人は己の足を潰してもちかを守ろうとしたんです」

「われらは二人とも木地屋の家に生まれて、木地屋の村しか知らなんだ。隣同士の家でどっちが自分の家か分からんようにして育った。お互いに好き合うとったで、夫婦になるのも自然《じねん》のことじゃった。木地挽きも息が合うてな、他の夫婦より多めに木地を挽くこともできて、何の不足ものう暮らしておった。娘も生まれた。ちかというてな、色が白うて髪の毛が少し茶っぽくて、こけしのように可愛くての。ちかが三つになった夏、わしは仲間とともに木を伐りに山に入った。いつもは母《かか》さんと留守番しとる娘を連れて行ったのは、おきわが具合が悪うて娘をみておれんかったからじゃ」

「ええ、つわりがひどくて、物もよう食えんでなあ。木挽きに子供を連れてくのは御法度じゃったが、われは娘の世話をするゆとりがのうて、目を開けるのも億劫で、うつらうつらしとった。で、仕方なくうちの人が背負い籠に娘を入れて山に連れてくことにしたんです」

「木挽きの木が倒れて来ても届かぬところに籠を置いて、絶対に籠から出てはいかんと言いつけた。ちかはよう聞き分けて、籠からちょこんと頭を出して木挽きを見ておった。木は娘の方には倒れぬはずじゃった。が、倒れる時、突風が吹いての、木はクルッと回って娘の方へ倒れかけた。わしは斧を放り出して籠を突き飛ばした。娘の籠は木には打たれなんだが……籠から飛び出た娘が落ちた先に……」

作造は唇が震えて、言葉に詰まった。ああ、それから先は聞きたくない、と千芹は思った。おきわは娘の着物に顔を埋めて泣いていた。

「蛇がいた。マムシ」

「では」

「ああ、ちかは悲鳴をあげた。仲間が娘のところに駆け寄り、マムシを打ち殺したが……牙はちかの腕に食い込んでいた。わしも駆け寄ろうとしたが、立てん。折れた枝が太腿にざっくり突き刺さって、血がドクドク流れ出ておった。仲間たちは娘の咬まれた腕の付け根を縛り、咬み傷に刃を入れて毒を絞り出し、背負うて村へと走ってくれた。わしも右脚の傷をきつく縛って仲間に背負われて村へ戻った。村には蛇姫さま秘伝のマムシ薬があったけんど、それも効かず、ちかは一晩中高い熱にうなされ、朝になって熱が引いたと思うたら――はかなくなってしもうた。心の臓に近いところじゃったで、毒が回ってしもうたのじゃと、村長が言うとった。脚には脚絆をはかせとったが、腕は剥き出しじゃった……」

「われが意気地なかったばっかりに。どこの世に子供の世話をせぬ親がおろうか。どんなに我が身が辛うても娘をみてやらねばならんかったに。すまなかった、ちか。痛かったべ、苦しかったべ」

おきわは身を振り絞って泣いた。

「わしらは魂の抜けたごとになって、木地屋村に一年ほどは暮らしておったが、次の夏が来ると、もう我慢がならなかった。木の葉が茂り、草の中をマムシが這う景色に包まれると、辛うて辛うて。それにわしは脚を痛めてから、小屋で器物を挽くことはできるが、山に入ることはできなくなっておった。いっそ、ちかの後を追うて死のうかとも……」

千芹ははっと思い起こした。おきわさんのおなかには……。千芹の思いが伝わったかのように、おきわは両の手を拳にして己の腹を打った。

「おなかの子も流れてしもうて……」千芹は息を詰めた。「ちかのことが堪《こた》えてなあ。ちかを葬った翌朝、おなかの子も――」

作造は不自由な脚を引きずって、仏壇から小振りの陶器の骨壺を取り出した。

「山でも里でも、亡骸は土葬が普通じゃが、わしらはマムシのいる山にちかを葬りたくなかった。村長に頼んで火葬にしてもろうて壺に納め、どこへ行くにも連れて歩きました。じゃが、流れてしもうた子は骨も無うて、男の子か女の子かも分からんでのう。これの腹にあの子がいた、というしるしは何もない。わしらの思いの中だけの、幻の子ですて。わしらは山を下りることにしました。村の者たちもわしらの気持を分かってくれて、村を離れるわしらに餞別をくれて見送ってくれた。出来のいい挽き物やら、木のおもちゃやら。そん中に独楽がありましてな」

　作造は骨壺と並べて仏壇に納めてあった木箱を出し、中から差し渡し二寸ほどの独楽を取り出した。木目が浮かんだ素木の独楽だった。

「これを、あの子のしるしと思うて、ちかの霊とともに祀っております」

「……それで、こま屋……」

「はい」作造は独楽を撫で擦りながら頷いた。

「おこうさんは、われらが挽き物を納めておる問屋の娘さんで、親しく遊べるような方ではないのですが、ほんのときたま、今市のお祭りに連れて行ってもろうた時など、とても優しくしてくだされての。山を下りると言うても里には知るべとてなく、料理旅籠に嫁いでおいでのおこうさんを、細い糸にすがる思いで頼り申した。おこうさんはわれを覚えていてくだされて、われら夫婦の仕事を見つけてくだされた。この人は木工職人のところに、われはおこうさんの知り合いの旅籠に。それぞれ住み込みじゃったゆえ、夫婦で暮らすことはできなんだ。はじめは食べさせてもらうのがやっとで、給金もなく休みもなくて、会えるのは使いの道筋でたまたま見かける時ぐらい。言葉を交わす暇もなく、ただ目と目を合わせて無事を確かめ合うておりました。やがて半年に一日だけ休みがもらえるようになり、小遣い銭もいただけて、この人も親方に頼んで休みの日を合わせ、二人で寺や神社を巡りました。祈るのはちかとこま造の後世ばかりでなあ」

「こま造……」

「はい。われらはいつの間にか、この世に生まるることができなんだ子をこま造と呼ぶようになっておりました」

「五年間、身を粉にして励み申した。五年が経って、わしは本職人となり、出来高で賃金がもらえるようになり申した。並みの者なら十年はかかると言われておったが、元々、細工物の基本は身についておりましたで。これも通いを許され、われらは御幸町の裏通りの長屋の一部屋に身を落ち着けましての。六畳一間の狭い部屋でしたども、誰にも気兼ねせんと二人で話すことができて、うれしゅうてうれしゅうて。それからさらに十年、倹約を重ねてやっとこの店を買う手付を払う金額が貯まり申した。二十三の時、木地屋村を出て十五年、三十八になって、やっとわれらは子供らと暮らす家を持つことができた。はい、この家にはちかもこま造も一緒です。わしは、茶道具はちかと思うて、独楽やだるま落としはこま造と思うて作っております」

おきわは作造の話を頷きながら聞いていた。

「おこうさんが宿のお商売のことも何かと教えてくだされての、少しずつお馴染みさんも増えて、月々の支払いも滞らずできるようになり申した。――でも、このようなことをお話しするのは初めてでござります。何やら千芹さまにはちかとこま造のことを聞いていただきたくなりまして。もしわれらがこの世からいなくなってしまいましたら、ちかたちのことを覚えていてくれる者は、この世に誰もいなくなってしまいまする。千芹さまはきっと、ちかとこま造のこと、覚えていてくだされましょう？　勝手なことを申してお許しくだされませ」

「きっと生涯、胸に留めておきまする。われのような者に大切な方たちのお話をお聞かせくだされて、何と言うたらよいか――ありがとうござりまする。――その後、お子さんは……あっ、すみませぬ。出すぎたことを申してしもうて」千芹は慌てた。己が口から出た不躾な問いに我ながら驚き、何度も頭を下げた。作造は寂しげに笑った。

「われら夫婦は兄妹《はらから》になってしもうた」

「えっ？」千芹は意味が飲み込めず、作造を見つめた。おきわは顔を伏せて膝の上で両手を握り締めた。作造はおきわの肩を抱き寄せ、おきわの握り締めた手を己が手で包んだ。

「娘御の千芹さんにかようなことを申すのは遠慮なれど、われらは夫婦の契りを結べぬようになってしもうた。口に出して言うたことはありませぬが、互いに分かっており申した。われらは兄と妹のように暮らしていこうと。この世のどんな兄妹よりも仲良き兄妹になろうと」

千芹の目から、われ知らず涙がこぼれ落ちた。人は何という、悲しい、辛い生き物であろう。何という尊く、愛しい生き物であろう。

「ああ、もうこんなに更けてしまいました。今、焙じ茶を淹れますで」おきわが囲炉裏に掛かっていた鉄瓶を傾けて焙じ茶を淹れた。二階への階段を踏む足も覚束なく、千芹はよろけるように床に伏した。頭の中に蛇やら独楽やらが浮かんでは消えしているうちに、疲れ切っていつか眠っていた。

翌朝は、頭の芯がぼうっとする感覚はあったが、目覚める時刻に違うことはなく、千芹は何気ないふうに、と己に言い聞かせながら、階下に降りて行った。「お早うございます。今日もよう晴れて」とおきわは少しも変わった様子は見せず挨拶した。朝食の給仕をしながら、「うちの人は細工物の材料を調えに、早うに出掛けましてな」と、作造の姿が見えない訳を告げた。千芹は昨夕の話は夢じゃったかと、覚束ない思いを抱きながら輪王寺へ向かった。昼食は出してくれると言うのを忘れたため、おきわは竹の皮包みを渡してくれた。干し柿は入っているじゃろうか、と千芹はぼんやり思った。輪王寺に着くと、昨日の坊様が待ちかねたように迎えてくれた。

「よかった。今日も来てくだされたか。そなたの文字を奥のお坊様方もいたく感心なされてな。梵字は無理じゃろうが、楷書はぜひにと申されての」と言って、早速に昨日の座へと誘った。

千芹は、昨日のこと、作造ときわの話は、本当のことだと分かってきた。昨夜、己が心の内に湧き起こった人への愛しさは、偽りなきもの。人への愛しさを込めてお札の文字を書こうと、千芹は思った。皆、己が運命を負いつつ、懸命に生きている。新年の初詣でに、懸命に生きることを誓い、一年の暮らしの無事を祈って、人々はお札を求める。心を込めて書こうと、千芹は己に誓った。千芹は一礼して筆を執り、一枚書き終えるとまた一礼してお札を並べた。乾いたお札は、なほが運んで行って、包みに収める。はつは版木のお札を作っていた。なほは千芹の傍に来る度に、うれしげに笑いかけた。はつは離れた所から、時折影のある視線を千芹に送っていた。昼になると、一同は厨に行って握り飯と沢庵の昼食をとった。千芹がおきわが持たせてくれた竹の皮包みを開くと柚子の匂いが漂った。一寸ほどに切った柚子羊羹が二切れ笹で仕切って入っていた。

「なほちゃん。羊羹、食べてごらん」と呼ぶと、なほは自分の握り飯を持ったまま千芹の隣に座った。

「うまいなあ、甘いなあ」なほは前歯で少しずつ齧りながら羊羹を味わっている。はつが寄って来て言った。

「どうかね、夜もともに。なほが喜ぶで」千芹は、なほにはすまないと思ったが、「知り合いの紹介ゆえ、宿は変えられませぬ」と断った。はつは、フンと笑って、「あんたはわれらとは違うておるでな。お札作りっていうても文字を書くのだもの」と羨ましげに言った。昼食は四半刻と決められていて、食べ終わって、あと少し時間があった。

「なほちゃん、外へ行ってみる?」「うん」

外は寒かったが、空気が澄んでいて気持ちがよかった。

「なほちゃん、家の人と離れていて、寂しくないかの?」

「家の人って?」

「父さんとか母さんとか……」

「……」なほは黙って下を向いた。悪いことを聞いてしまったかと、千芹は浅慮を悔いた。

「お父っさんとおっ母さんは、われが四つの時、山へゼンマイ採りに行ったまま帰ってこねがった。ばあちゃんと二人で暮らしてたども、ばあちゃんも死んでしもうて七つの時から一人。住んでた家も借金のかたじゃと言われて親戚に取られ、ずっと雨屋で寝とる。焚き木拾いをしたり、よその家の御飯炊きや洗濯、子守をさせてもろうて、何とか食べさせてもろうとる。一昨年《おととし》からはつ姉さんが輪王寺へ連れて来てくれてな、一月《ひとつき》は食べる心配がないゆえ、うれしい……」

「苦労したんじゃね、なほちゃん……」千芹はなほが過ごしてきた年月を思い、胸が痛くなった。まだ小さいのに。

「そう、じゃ、はつさんは恩人じゃの」と言うと、なほは「それはそうじゃけんど、でも……」と口ごもった。


七つになって、千芹は一日分の賃料を懐に収めて帰途についた。帰ってみると、その日はもう一組の客がいた。故郷の会津に帰る親子連れが、日光参拝に立ち寄ったのだという。夕食は、父親の幸兵衛《こうべえ》と娘の美津《みつ》もともに囲炉裏を囲んだ。

「口惜しゅうてなりませぬ。どうか聞いてくださりませ」食事が済んでお茶になると、幸兵衛が口を開いた。「お父っつあん、ご迷惑じゃから」と娘が止めるのを押し切って幸兵衛は話し始めた。

「娘の美津は、会津小町と言われるほどの美人でな、縁談も星の数ほどあり申した。たっての望みで、小山の油問屋に嫁ぎました。うちは蝋燭を作って卸す商売をしとります。娘の嫁ぎ先は油問屋と申しても食用油ではのうて、明かりの道具やら油やらを商っておって、蝋燭も扱っとりました。はじめは自慢の嫁じゃちゅうて大事にしてくれたようじゃが――子が生まれぬことを理由に離縁になって、わしが引き取って帰るところでござります。娘の亭主はの、ほかに女ができて、そこに子が生まれ申した。それまでは子ができぬのも嫁のせいとも決めかねていたのが、そっちに子ができたからには子ができぬのは美津のせい、と大へんな剣幕で、美津に辛う当たってのう。それでも美津は会津の父が悲しむからと辛抱しとったらしいが、近くの店で奉公しとった会津出身の男が、見かねて文を寄越してくれた。驚いて『油壱』へ探りの文を送ったところ、これ幸いとばかり離縁を言ってよこした。離縁は承知した、なれど美津に辛く当たったならば、うちばかりでなく、会津中の蝋燭屋は油壱はもとより小山中の店に蝋燭は卸さぬ、と書き送り、美津は文をくれた者が奉公する店の寮で預かってもらうことにした。美津も、油壱にも連れ合いにも未練はないと申しての、年を越さぬうちにと急ぎ連れ戻しに参ったでござるよ。使いの者をとも思うたが、一日も早く娘の顔が見とうてな」

「ほんに親に心配をかけるばかりで、不甲斐なき身。子も生《な》せず……」と美津は顔を手で覆った。

「子は互いの相性と申しまする。お美津さまも良き縁を得て、きっとお子を授りますよ」とおきわが、しんみりとした口調で言った。作造が戸棚から茶道具を取り出して美津の前に置いた。

「きっといつか、この玩具が役に立つ時が来ますでな」美津は小さな茶道具に目を見張った。見張った目に涙が浮かんだ。

「おお、そうじゃ」幸兵衛も風呂敷包みを開いて油紙にくるんだ物を取り出した。

「商売物でございますが、もろうてくだされ」

美しい絵蝋燭だった。作造とおきわに五本入りの箱を一つ、「巡礼さんにも」と言って、千芹にも二本渡してくれた。

「何と美しい」千芹は絵蝋燭を両手に包んで思わず言った。「幼き頃、母さまが点してくだされると、蝋が溶けて絵が失せてしまうのが悲しゅうて、消してくだされと、母さまに頼み申しました」母さまは蝋燭を吹き消し、千芹はやさしい子じゃと言うて頭を撫でてくだされた——千芹は、一時《いっとき》、思い出を追って現《うつつ》を忘れた。「千芹さん」とおきわに呼ばれて千芹は我に返った。「すみませぬ。母のことを思い出しておりました」

おきわは優し気に千芹を見て、

「冷えてきました。熱いお茶を飲んで寝みましょう。千芹さん、手伝ってくだされ」と言った。おきわが千芹に「手伝ってほしい」などと言ったのは初めてのことだった。千芹が母の思い出に沈着してしまわぬようにとの配慮に思えて、千芹は素早く立って茶の用意をした。熱い茶で体を温め、それぞれの部屋に引き取った。父娘の部屋は話し声もせずシンとしている。千芹も床に入ったが、なかなか寝つかれなかった。ついに眠るのを諦めて起き上がり、行灯に火を入れて紙を拡げ、筆を執った。今聞いたばかりの父娘の話を書きつけていく。書いていくうちに千芹の心に、語られなかった幸兵衛と美津の心の内が見えてきた。

——会津を立つ時、このように萎れた姿《なり》で戻るとは思いもしなかったものを。お父っつあん、おっ母さん、不孝なわれをお許しくだされ。うちの人に馴染みの女《ひと》がいて、その女が子を生したと知った時の驚き……ああ、われはどうして生き延びてしもうたのであろう。あの時死んでおればよかったに。子を生めぬ嫁は去るものじゃと姑に言われ、あの人が何か言うてくれぬかと顔を向けたが、あの人は顔を背けて黙っていた。夫婦の契りとは、そんなにもはかないものなのであろうか。子とその母を油壱に入れるゆえ、おまえは去れと命じられ、それはさすがに世間体が悪い、とにかく美津と離縁がなってからと舅が思案し、すぐには追われなんだが、それからは罵られ、こき使われ、見習いの下女並みの扱いじゃった。なれどわれは、会津への便りも送りかねて、われがわれでなきような日を送っていた。会津出の勘助《かんすけ》さんがお父っつあんに文を送ってくださり、お父っつあんの依頼でとりあえず、勘助さんの店の寮に移されて、不甲斐なくも寝込んでしもうた。物も食べず、ただ黙って天井を見ている日が続いて……ある日、勘助さんが会津の絵蝋燭を持って来てくだされた。「鶴屋さんの品ではないのじゃが」と勘助さんは蝋燭に火を点してくれて「美しかのう。会津は優しき地じゃ」と言うた。絵蝋燭は炎を揺らめかせながら少しずつ溶けていった。まるでわが命のようじゃと思うた。じゃが絵蝋燭はあたりを照らして溶けていく。われは何をした？　あたりを照らす何をした？　このままただ溶けていってはならぬ、と思うた。燃え尽きるまでが絵蝋燭の一生《ひとよ》なら、われの一生はまだ半分にもならぬ。途中で火を消さず、燃え尽きるまで生きてみよう。せめて、明かりを放って――。

千芹は夢中になって美津の思いを書き付けていった。きっと大丈夫。美津さんは絵蝋燭とともに生きていかれるであろう。

幸兵衛さんの怒りと悲しみも見えてきた。

――会津小町と呼ばれた美しい娘を、遠き小山の地に嫁がせるのは正直、気が進まなんだ。会津の産物を江戸に売るための中継点としても小山は格好の地じゃったし、美津も生まれ育った地で生涯を終える娘ではなきように思うた。もっと開けた地で、大店の女将をさせたい。そう思うたわしが浅はかじゃった。心が優しゅうて実のある人たちであることが何より大切なことじゃった。子が生せぬゆえの離縁……それはやむを得ぬことかもしれぬ。じゃが、去らせるなら去らせるで、人として真《まこと》を尽くすということがあろう。美津は下女のように虐げられていたという。胸が煮える。許せぬ。さような家には一日とても娘を置いておきたくはない。わしが自ら迎えに行くと伝えると、美津は絵蝋燭を持って来て欲しいと言ってよこした。美津は持って行った絵蝋燭を胸に抱いて涙にむせびつつ、「われも生きていく」と言うた。美津の描く絵蝋燭は職人が描く物とは違うと言うて、特別に買うてくださる客もあった。きっと美津は、絵蝋燭を支えに生きていってくれるじゃろう。美津が十の時に亡くなってしもうた母、世津《せつ》が見守っていてくれるじゃろう――。

　書き終えると、千芹は行灯を吹き消して床に入った。枕に頭をつけるや否や、夢も見ぬ眠りに引き込まれていった。

「もうし、千芹さん、いかがなされた？」と遠慮そうに呼びかけるおきわの声に、千芹はハッと身を起こした。障子には明るい日が差している。いつも起きる六つは、冬の今はまだ薄暗いはずだった。寝過ごした、と気付いて、千芹は「はい。ただ今」と返事をして大慌てで着替え、階下に降りて行った。幸兵衛と美津の父娘は既に朝食を終え、茶を飲んでいるところらしかった。

「ああ、すみませぬ。恥ずかしきこと。寝すごしてしもうた」と詫びながら、膳につこうとすると、自分が巻紙を手にしていることに気付いた。「あの、ほれ、これを、書いておりまして……」見せるつもりなど全く無かった昨晩の書き物を、思わず父娘に差し出していた。怪訝そうに巻き紙を受け取った美津は、誘《いざな》われるように文字を追っていた。あ、まずいこと、お見せするつもりなどなかったに。慌てたが、取り返すこともならず、千芹ははらはらしながら美津を見ているほかなかった。美津は巻き紙の文字を読み終えると、ホーッと深い吐息をついて、千芹を見た。目は涙でいっぱいだった。

「どうして、われの思いが分かるのであろ。われは何も言わなんだに。こうして書いてもろうて、われは油壱への恨みを忘れられる気がいたします。小山のことは忘れて、会津で絵蝋燭を描いて生きてゆける気がしてきました。工夫して、誰も描けぬ絵蝋燭を作り出《いだ》しましょう。身を溶かして光を放つ蝋燭に美しき衣裳を着せてやりましょう」

　美津はそう言って巻き紙を幸兵衛に渡した。幸兵衛も巻き紙を繰り、しばし瞑目してから千芹を見て言った。

「巡礼さんは、人の心が見えるものと思われる。わしの思いも娘の思いも。美津の申すとおり、書いていただくことで、過ぎたことは過ぎたこととして葬れる気がいたします。これからじゃ、なあ、お美津」

「千芹さん、これから輪王寺へ行かれるかね。夜通し書かれていたなら、眠いことじゃろうて。今日は休まれた方が……」とおきわが声を掛けた。

「それがいい。何ならわれらが日光参詣のついでに輪王寺に寄って伝えようぞ」

千芹は心を決めて、巻き紙の端を切り取って、輪王寺の僧宛に短い文を記した。「本日は少し気分がすぐれず、お休みいたしまする。明日は参れると存じます。よろしゅうに　千芹」巻き紙を畳んで仕舞おうとすると、美津が、

「もし、いただけるものなら、それを……」と巻き紙に手を差し延べた。

「われのお守りにいたしとうございます」

千芹はうれしさが込み上げてくるのを覚えた。われの拙い書き物が人の心の支えとなろうとは。千芹もまた、己の行く手にかすかな光が見えた気がした。

幸兵衛と美津は日光に詣でて今日は今市まで下り、翌日西街道に入るという。「なれば」と千芹はおこう宛に文を記して幸兵衛に託した。「万寿屋《ますや》と申すお宿です。女将さんはおこうさんと言うて、ほんに優しい方です。お連れになってくれる仲附さんを探してくださるやも知れません。冬の高原峠はお二人で越すには険しい難所じゃゆえ」

日光へ向けて出立する幸兵衛と美津を見送って、千芹は朝食とも昼食ともつかない食事をとると、耐え難い眠気が襲って来た。二階に戻ると、いつの間にかさっぱりと掃除され、布団が敷き直してあった。まだ巡礼装束にはなっていなかった千芹は、こま屋の浴衣に着替えたまでしか記憶になく、寝入ってしまった。

次に千芹が目覚めたのは、六つを知らせる鐘が鳴った時だった。部屋は闇に閉ざされている。障子を開けてみると月の光があって、表の方が明るかった。冷えた風が吹き込んできて、千芹は慌てて障子を閉めた。気配を察したか、おきわが手燭を持って階段を上ってきた。

「ようお寝みになられたかの。慣れん仕事でお疲れになったのでしょう。七つ時分、幸兵衛さんとお美津さんが立ち寄られましてな、器物と茶器を買うてくだされました。土産になさるというて。千芹さんにくれぐれもよろしゅうとのことでした。まだお寝みじゃと申しますと、ほんにお世話をかけたと仰って、いつかぜひ会津へおいでくだされと幾度も申されての。今夜は、温かい煮麺《にゅうめん》にしました。少し早いけれど、夕食にしましょう」

千芹のほか客はなく、三人は大鍋の煮麺をふうふう吹きながら食べた。食べ終えて黙って囲炉裏の火を見ていた千芹に、作造が居住まいを正して話し出した。

「千芹さん、折り入って頼みがあるが……」

「はい？」と千芹が顔を上げると、おきわも座り直して、千芹を見つめた。

「あんさんが眠っておられる間に、これとも話し合うたで。うむ、わしとこれと、ちかとこま造のことを書いてくれんじゃろか」

「ああ」と千芹はすぐその意味を悟った。

「書いてもようございますか？」

「はい。鶴屋さん父娘のご様子を見て、わしらも書き記してもらえんかと。わしらが亡うなってしまえば、ちかのこともこま造のことも、この世から消えてしまう。偉い方々と違うて、わしらのような民草の生涯など、決して残るもんではない、それはよう分かっておるが。この世を去ってあの世に行き申せば、ちかにもこま造にも逢えるかもしれん。じゃが、まことに逢えるかは分からぬ。書き記していただければ、しるしとして残る気がするが。われらが死する時は、死する時が近づいたら、お寺さんに納めて、どこぞに仕舞っておいてくだされと頼みまする。誰か、書き付けを読んだ人が、ちかとこま造という子供がいたということを知ってくれようで……」

おきわも頷いて言った。

「書き付けを見たお方が、おちか、こま造と名を呼んでくださるであろ」

ああ、書くということはそういうことなのかと千芹は思った。時の流れに消え去ってしまう大切なものを流れから掬い上げる細い糸を手繰るのが、われの役目なのやもしれぬ。

「夜ふかしをすると今朝のような面目なきことになり申すゆえ、一夜に一刻と限って書きまする。そうじゃ、巻き紙と墨、筆を明日買うて参ります。お店はどのあたり？」

上鉢石町の「松林堂」という店を教えてもらって、千芹はその夜は母の千鈴の筆跡を目に浮かべながら眠りについた。

「もう大事ないか。そなたがおらんとお札書きが進まんでなあ」と仕切り役の僧が迎えてくれて、千芹はほっとした。千芹が来るのを作業場の外に立って待っていたなほは、千芹の姿を見ると、パアッと笑顔になって走り寄って千芹の手を摑むと、「もう治ったか？　頭痛くねえか、腹は？」と矢継早に問いかけた。「大丈夫じゃ。心配かけたの」と言いつつはつの姿を探すと、はつは厨の方から手を拭き拭きやってくるところだった。千芹を見ると安堵したように笑ったので、千芹も笑い返して、「昨日はすみませなんだ」と頭を下げた。

大晦日が迫ってくるにつれ、お札作りや絵馬作りの作業は忙しさを増していった。手伝いの者も二人増えて、幣束作りなどの作業に追われている。「寝間はきゅうくつで」となほはベソかき顔になった。最も年少のなほは、部屋の隅で縮こまっているらしい。千芹は墨を磨るのが間に合わないほどのお札書きに追われ、なほが補助に付くことになった。墨を切らさぬように磨ることと、お札用の紙を千芹の机に置き、書き上がったお札を並べて乾かすのがなほの仕事になった。なほは千芹の傍に居られるのがうれしくて、いそいそと墨を磨り、千芹の呼吸を見計って紙を置いてくれた。賢い子じゃ、と千芹は思った。

正月を迎える準備もすべて整い、大晦日は歳末の儀式の用意が進められていた。とりわけ採灯大護摩供《さいとうおおごまく》という火の儀式は人気のある祭事のようだった。

「凄いんだよ、千芹姉ちゃん」いつの間にか千芹を「姉《ねえ》ちゃん」と呼ぶようになっていたなほは、頬を高潮させて言った。

「三仏堂の庭に火を焚いて、山伏さんが矢を放つんだ」

大晦日の夜、どこからこんなに大勢の人が集まって来たのかと驚くほどの人が三仏堂前の広場に集まっていた。広場には数日前から木材と杉の葉を組んだ護摩壇が設えられているのを、千芹はそれが何であるのかとも思わず、通りすがりに見ていたのだが、今や人々が取り囲む中、山伏の手にする松明が杉の葉に近づき、杉の葉がパチパチと音立てて燃え始めると、これを燃やし切るのか、と心戦いた。火は何と人の心を高ぶらせるものか、と千芹は思わず退きながら思った。なほはきつく千芹の袂を握っている。山伏が進み出てきて、火の四隅に立った。それぞれ弓矢を携えている。人々が息を飲んで見つめる中、山伏たちは弓を引き絞って天空めがけてヒョウと矢を放った。矢は弦の放つ力を受けて頂点に達すると、孤を描いて落ちてくる。ザザッと人波が動いて矢を避けるが、矢が地に落ちるや否や、今度は人波が押し寄せる。矢は、この上ない魔除けとして、人々の渇仰の的になるらしい。千芹となほは、矢の届かぬ場所で、放たれる矢の先に広がる天空を仰いだ。満天の星。父さま、母さま、澄直も、あの星となりて見下ろしているのだろうか、と千芹は思った。まるで千芹の思いを察したかのように、なほが、

「ばあちゃんと、父さんと母さんの星」と言った。

「あれは、はつさん?」はつの姿がちらりと目に入って、千芹はなほに問うた。はつは見知らぬ男二人と話をしていた。千芹の視線を追ったなほは、ぎくりと身を固くして千芹に寄り添った。はつと男たちは千芹となほの方を見ることもなく、人込みに紛れて姿を消した。除夜の鐘が響く中、千芹はこま屋に向かった。鉢石町通りは参拝者と参拝者目当ての物売りが行き来し、夜道も全く恐ろしくはなかった。家々には門松が立ち並び、注連縄が家々の軒をつないでいる。こま屋の戸を開けると同時に年が明けた。

「おめでとうございます」と千芹が頭を下げると、

「おめでとうございます」とおきわと作造が挨拶を返した。「ああ、よき年越しじゃった。このように心楽しい年越しは……何十年振りじゃろのう」と作造が潤んだ目をして言った。夜は一刻限りと決めて書き記してきた作造とおきわ、ちかとこま造の物語は一昨日に書き終えて、二人に渡してあった。巻き紙は二寸巾に折り畳んで、小間物屋で見つけた袱紗に包んで渡すと、二人は飛び躍ねんばかりに喜んだ。「腕によりをかけて、これを入れる文箱を作る。美しい彫り物をして、漆をかけようぞ」

正月は、日光の社寺はどこも初詣での参拝者が列をなした。朝は屠蘇と雑煮の祝い膳をいただき、昼頃から近隣の人々はまず氏神様を拝して、次に、日光山に詣でる習わしだった。元日だけは休みをもろうて千芹はおきわとともに近くの稲荷神社に詣で、さらに龍蔵寺に回った。龍蔵寺は大きな寺であるため、破魔矢も用意されていて、おきわは、赤い塗りの矢をもとめて、胸に抱くようにして歩いた。

二日からは千芹も僧の依頼で巫女《みこ》姿になってお札売りを手伝った。千芹はもしや知り人に会ったりはせぬかと案じ、直《じか》に客とやり取りをする前面には出ず、お札や絵馬、破魔矢などの補充や整理の役を受け持っていた。はつは大張り切りで、大声を上げて客の注文を受け、品物を渡していた。正月五日の昼すぎ、仕切り役の僧が手伝いの者を集めて挨拶をした。「今年も無事、新年を迎え、五日となり申した。皆よう仕事に励んでくだされて、み仏も微笑んでおられる。今日をもって手伝い人は仕事納めとなる。今年は参拝の方々が気前よう賽銭をお納めくだされたゆえ、賃金のほかにみ仏がご褒美をくだされる。どなたも帰りしなにもろうていってくだされや。都合ですぐには作業所を出られぬ者は、今夜のみは泊まっていってもよろしいぞ」

皆、笑顔で「ほうび」ののし袋を受け取りに向かい出すと、僧が近付いて来て頭を下げた。

「みごとな手跡、お礼を申す。そなたにみ仏の御加護があらんことを」

「いえ、われこそ、み仏のお慈悲により尊き業を賜わり、まことに果報にござります。ありがとうございました」

「御縁があらば、また来年、いや今年の末にもぜひに」と僧は言い、少しためらった後、「年若い娘御が一人旅のご様子。子細のあることと存ずるが、どうぞお気をつけなされて心願を果たされんことを」と、少し切迫した口調で続けた。お坊様はお分かりなのだ、と千芹はどきりとした。少し足踏みをしてしもうたが、さらに社寺を巡る旅を続けねばと思いつつ、千芹は黙って深々と頭を下げた。なほに別れを告げようとあたりを見回した千芹は、なほとはつが自分の方へ走り寄って来るのに気付いて微笑んだ。

「千芹さん、お疲れさんでしたなあ」とはつが立ち止まって頭を下げた。

「よき仕事に誘ってくだされて、ありがとうございました。楽しくも心を澄ますことのできた日々でした。なほちゃん、また会えるとよいのう。お二人ともお達者で」

「これからどちらへ?」はつが小首を傾げて訊いた。

「せっかく日光へ参りましたのに、東照宮も大猷院も詣でておらぬゆえ、これから参ろうと思います。今夜はもう一晩こま屋に泊めてもろうて、行き先を決めようかと。もう少し旅を続けませんと心願が果たせぬゆえ」

「われらの村へ来んかね？」とはつがカラリとした口調で言った。

「えっ？」

「われらは今日一日輪王寺の掃除を手伝うて、明日村へ戻るのじゃが……もし差し支えなくば、なほを送ってはもらえぬかのう？」

「なほちゃんを送るとは？　はつさんは一緒ではないのですか」

「輪王寺から村までは三日がかりになる。一晩目は小来川《おころがわ》に、二晩目は古峯《こぶ》神社に泊めてもろうて三日目の夕刻、粕尾《かすお》峠のふもとの村に着く。古峯神社まではわれもともに行けるが、われはその近くの古きなじみの家に数日逗留せねばならぬ。その家は訳あって子供は連れて行けんのよ。古峯神社から村までの道はなほも知っとるが、一人で歩かせるのは心配じゃ。なほに付き添ってもらえんかのう？」

となほと千芹の顔を交互に見ながらはつは言った。なほは何とも言えぬ奇妙な顔をしていた。なほの目に怯えが宿っているのを見て取って、千芹はずきんと胸が騒いだ。何だろう。はつは何をしようとしておるのか。だがわれが同行を断れば、なほが困ずるのではないか。千芹はとっさに心を決めた。なほを守ろう。

　翌朝五つに龍蔵寺の山門で会うことを約束して、千芹は東照宮へ向かった。陽明門のきらびやかさは衝撃的だった。こんな輝くような御門の奥に祀られている公坊様とはいかなるお人だったのであろう。職人たちはいかなる思いでこの門の造営に携わったのであろう。三猿の姿は、千芹の目には何か悲しく映った。小賢しくも思えた。眠り猫は思っていたより小さく、目を閉じてはいても眠っているようには見えなかった。少し斜め下から見ると、猫は肩をいからせて獲物を狙っているかのように見えた。何だかその様子がはつを思わせ、千芹は目を瞬《しばた》いた。大猷院の重厚で落ち着いたたたずまいが、波立った千芹の心を落ちつかせてくれた。夜叉門には、彩り鮮やかな白、緑、赤、青の夜叉が護りを固めていた。牡丹唐草の彫刻が施されている門は、「牡丹門」とも呼ばれている。千芹はなぜか、牡丹とは対照的な花の絵を思い浮かべた。父が描いた、生涯で一枚の花の絵は、芹の花を描いたものだった。芹沢を埋め尽くしていた小さな小さな芹の花。墨だけで描いたのに、白い花は光を宿し、川を渡る風にさやさやと、小波の如く揺れて見えた。

「明朝ははつさんとなほちゃんとともに出立いたしまする」と千芹は作造とおきわに告げた。「寂しゅうなりまする」とおきわは心の内を隠さなかった。

「まずはどちらへ向かうかね」と作造が問うた。

「途中から一人になるなほちゃんを送ってくれと頼まれましての。小来川から古峯ヶ原に抜けて粕尾峠のふもとの村までとか」

「それは山深いことじゃ。雪の深いところもあろう。草鞋の替えをたんと持って行かれるがよい。おう、おきわ、雪沓《ゆきぐつ》を調達できんか」と作造はおきわの方を向いた。

「よろづ屋で尋《き》いてみまする」と、おきわはすぐ立って行った。

「あったでよ」間もなく戻って来たおきわは弾んだ声とともに、大、小二足の藁沓《わらぐつ》を差し出した。「子供用もありましたで」大きい方の履き口には藍色の布が編み込んであり、小さい方には赤い布が編み込んであった。

「可愛らしいこと」と千芹は微笑んだ。「いかほどでしたろう」と言うと、おきわは手を振って「とんでもなきこと。これはわれらのお礼と思うてお受けくだされまし」と言った。作造も「書き物のお代もお受け取りいただけませんでしたゆえ、ほんのほんのお礼の一端《ひとはし》」と、おきわと顔を見合せて笑った。

「お荷物になりますが、きっとお役に立ちましょう
――ほんに楽しゅうございました」
「われも。ほんに楽しゅうございました。母さまと暮らした頃が思い出されて……」先が続かなくなった。気を取り直して「またきっと伺いまする」名残は尽きなかった。

翌朝早くに巡礼装束で降りて来た千芹を見て、おきわは少し思案げに言った。
「差し出がましきことなれど、冬枯れに巡礼姿は目立ちすぎますまいか。山道には物騒な者どもがいないとも限らぬ。何か目立たぬ着物はお持ちではありませぬか？」

千芹は素直に二階に引き返して、茶と藍の細い立て縞織りの袷に着替えた。作造が「花が咲いたよう」と褒めてくれた絹物のほかに、寒き折には重ね着もできるからと、照葉が入れてくれた一枚だった。照葉は藍の股引きのごときものと、脚半も藍色のを添えてくれていた。

「おお、見違えました。といいますか、冬の山道に入ったら、木々に紛れそうじゃ。雪の中では、互いに見失わずにすみましょう」

作造は、手持ちの木材で握りやすい杖を作ってくれていた。柄の部分は丸い握りがついていて、先端は少し尖らせてあった。

笠を被り、杖を手にして千芹は龍蔵寺に向かった。龍蔵寺山門にははつとなほが旅仕度で待っていた。二人とも巡礼姿ではなく、手織りらしい木綿の裾をからげ、綿入れの袖なしを羽織っていた。互いの姿を物珍しげに眺め合って、三人は笑い出した。
「巡礼装束は一人旅のものゆえ」と、千芹は何気ない風で言った。おきわさんの言われた通り、巡礼姿は目立ち過ぎる、と千芹は悟った。どこに居てもそれと知れてしまう。「大街道だけを行くのだよ」と言った照葉の言葉もよみがえった。大街道ではない道を行くのは覚悟のいること、と気付き、千芹はか

すかに戦いた。千芹の心の影に反して、天気は上々だった。睦月となって空は心なしか春めいていた。山峡の道は昼頃までは雪は無く芝草に覆われていたが、両側の岩には氷が張りつき、陽の当たる場所では水が滴っていた。昼すぎになると陽は陰り、空は厚い雲に覆われて、ちらほらと雪が舞ってきた。

「足が冷たい」となほがべそをかいた。

「我慢しな。足袋、履き替えてもすぐ濡れる。小来川には温泉があるで、あったまれるよ」とはつが宥めた。千芹も足や手がかじかんで辛かった。冬の旅とはかように厳しきものかと初めて知った気がした。小来川はほんとうに小さな湯治場だった。宿は一軒きりで、客が泊まれる部屋は二つしかなかった。それでも温泉は何よりのご馳走で、三人は救われた思いで湯につかった。辛うじて板で囲われている風呂場は隙間だらけで、雪が湯に舞い落ちては溶けた。夕食は宿の家族とともに囲炉裏端で、雑穀が入った雑炊を食べた。固くてなかなか噛み切れない肉が入っていた。「イノシシだ」と宿の主が言った。

「温《ぬく》もるで」

翌日は幸いにも天候は回復したが、曲がりくねる山道は心細かった。

「もう少し行くと鹿沼から古峯神社へ行く道に出会う。そっちの道は広くて歩きやすいで。もう少しの辛抱じゃ」とはつが二人に声を掛けた。はつの言った通り、街道につき当たり、右に折れると、にわかに歩きやすくなった。道の雪は払われ、ぬかるみには板が渡されている。古峯神社への参詣者もちらほら行き来し、錫杖を手に大股で歩く山伏も見受けられた。

古峯神社は、村の鎮守の社とは比べものにならない、大規模で荘厳な神社だった。大きな天狗面が正面から参拝者を見下ろしている。

「今夜はこの宿坊に泊まってくだされ。われは一里ほど先の知り合いの家に行かねばならんで、なほを頼みまする。明日はなほとともに粕尾峠を目ざしてくだされ。われも明後日《あさって》の夕には村へ着き申すゆえ、われの家にもお立ちよりくだされや」とはつは丁寧に言って頭を下げた。

三十人も横になれようかと見える大広間に案内され、千芹となほは並んで横になった。風呂はなく、皆昼の衣服のまま寝んでいる。薄い布団では寒さがしのげぬで、となほは囁いた。夕食は粥と沢庵に、雁もどきの煮物が付いた膳を板の間で供されていた。奥の方へ入ろうとする千芹をなほは引き止め、「廊下の近くがいい。何かあってもすぐ庭に出られる」と言った。ここは神社の宿坊、神官や雑仕の方も居るに、と思ったが、千芹はなほの言うままに廊下の際の布団に入った。布団は一人に一枚が与えられたが、固く冷たかった。なほは千芹の方に顔を向けて横向きになった。千芹がなほの背に手を回して軽く叩いてやると、なほは頭を擦り寄せるようにして目を閉じた。

「千芹姉ちゃん、起きて」耳元で囁くなほの声に、「ううん?」と千芹は応えた。「なに、どうした?」「しいっ」となほは自分の唇に人差し指を立てて千芹を制した。

「静かに。早う逃げんと」「逃げる?」「早う、早う、はつに擱まらんうちに」

ハッとした。はつが何か恐ろしい悪さを仕掛けようとしているのだと悟った。音を立てぬよう息を殺して廊下にしのび出た。「こっち」となほが千芹を導いた。厠へ通じる戸は内側から開けられるようになっている。戸を開けると、厠への通路から庭へ下りられた。草鞋の紐を締め、常夜燈の明かりを頼りに山門へ抜けようとしたが、山門の先は漆黒の闇だった。月も無く、星も見えない。

「千芹姉ちゃん、これ」なほが荷から提灯を取り出した。「輪王寺の物入れからもろうて来たんじゃ」と肩をすくめた。提灯は細長く、手持ちの柄がついている。「あ、蝋燭がついとらん」となほが慌てた。

「蝋燭なら持っとる」千芹は大急ぎで幸兵衛からも

らった絵蝋燭を出して常夜燈から火を点けた。

「急ごう。はつが人買いを連れてくる」なほは提灯で足元を照らしながら山門を通り抜け、本道から分岐する細い山道に入って行った。

「はつは、明日の夕刻、粕尾峠の近くで待ち伏せておる。こっちの道へ入ったとは気付かぬであろう。しばらくの間は。きっと、われらが本道を行かんかったことに気付いて、こっちの道に入ったと気付くじゃろが、それまでにできるだけ道を急いで、さやど神に行き着ければ――」「さやど神？」

「うん。われもよう知らんが、そこに逃げ込めれば人買いから逃げられるやも知れぬ。――それしか手立てはないと、ずっと考えておった」

山道は細く、雪が積もっていた。足はたちまちに濡れ、冷たくなった。

「なほちゃん、雪沓を履こう」千芹は荷からおきわが持たせてくれた雪沓を取り出した。草鞋を脱いで雪沓を履くと、ずっと歩きやすくなった。


「道は知っとるの？」

「うん。大丈夫じゃ。われは道を覚えるのは得意じゃから。一本道じゃし」

二刻ほどで二本の絵蝋燭は燃え尽きたが、雲が切れ、半月が顔を出した。何とか道は見える。千芹は提灯の根元に溶け落ちている絵蝋燭の欠片《かけら》を紙に包み、懐にしまった。人の縁《えにし》のありがたさが身に沁みた。月が傾けば夜明けの光が差してくる。冷気の中を二人はひたすら雪を踏み分けて先を急いだ。

「昼頃まではわれらが本道を辿っておらぬことは気付かんと思う。じゃが、いつまでもわれらの姿が見えねば、こっちの道を行ったと気が付くであろ。道は二本しかないで」

朝日が差し、道は格段に辿りやすくなった。歩きに歩いて足は疲れ果て、空腹が募ってきた。食べ物は持っていない。山の崖から吹き出す水を飲み、先を急いだ。狐の親子が二人をじっと見ていたり、頭上を鳥が飛び回ったりして、人の世ではなき地に足を踏み入れた気がした。不意に葉を落とした茂みがざわざわと音を立てた。

「熊?」

「熊は穴に入って眠っとる」となほは笑ったが、笑いはすぐ消え、なほは顔を強張らせて耳をすました。

「来たかもしれない。犬がいる」

千芹は背筋が凍った。犬って――。

「あと、どれくらいじゃろ」

「あと、半里。走ろう」

二人は夢中で走った。荷物は少しずつ薮に投げ入れたり、崖下に滑らせたりした。

「犬が迷ってくれるやもしれんから」となほは言った。

「あそこ、あそこの屋敷」となほが指さした。山道がもう少し広い道につき当たり、広い道に沿って深い谷があった。谷の向こうの斜面に柴垣をめぐらした茅葺きの家があった。ホッとして足を止めた時、背後から怒声が響いた。

「待てーっ、このあまども」

「なほー、裏切ったなーっ」

冬の樹木の間に、人の影がちらついている。「追え、逃《のが》すな」の命令で勢いづいた犬たちが獰猛《どうもう》な声をあげる。あと少し。転《まろ》ぶように走る千芹となほのすぐ後ろに犬の牙が迫った。犬の後からはつと男二人が追って来る。千芹となほの後ろ二間まで犬が近付いた時、谷川に掛かっている橋を黒い大きなものが駆けて来て、ひらりと二人の娘を飛び越し、二匹の犬を蹴散らした。ギャン!!と悲鳴をあげて犬が倒れる。

「早う橋を渡れーっ」と谷の向こうから男の声が降りかかった。千芹はなほの手を引いて無我夢中で橋を駆けた。先刻追って来た犬を蹴散らしたもの――大きな黒い犬――もワッシワッシと橋を渡ってくる。追手の男が橋に足を踏み入れようとした時、橋は岸から斜めに跳ね上がって、千芹となほは、斜めになった橋から柴垣の根元に転がり落ちた。が、二人を大きな犬の背が受け止め、二人はハアハアと息を吐きながら犬に寄りかかった。向う岸を見ると、男の一人は崖にぶら下がっている。ぶら下がった男の手を、もう一人の男が掴み、さらにその男の足をはつが目を吊り上げて押さえていた。谷に落ちそうになっていた男がどうにか崖の木に足を掛けて体勢を立て直すと、もう一人の男とはつが崖の上に身を横たえて荒い息をしているのが見て取れた。「あぁ」千芹はひとまず安堵した。邪悪な者どもであっても、目の前で谷に落ちていくのを見るのは辛かった。が、間もなく、林の中から山伏が数人現れて、たちまち二人を捕縛し、木に縋っていた男を引き上げて捕らえた。

「この、うつけ者ども‼　神聖なるお山で、人さらいなどしおって」山伏たちの頭《かしら》と思われる者が三人を怒鳴りつけた。

「数年前からここらあたりで娘が消えるという噂があってな、日光の代官所から探索を頼まれておった。なかなか証拠が掴めんでな。昨夜、古峯神社の宿坊を抜け出す娘二人に気付いて、ひそかに後をつけ申した。人さらいの現場を押さえるには、娘たちに気付かれてもまずいゆえ、かなり離れておった。この者たちがこちらの道に入ったのも分かっておったが、われらは気配を消して先に行かせた。恐ろしき思いをさせてすまなかった。やっと現場を押さえて捕えることができ申した。亀翁《かめおう》さま、鶴女《つるめ》さま、かたじけのうござった。リュウ、お手柄じゃ」

三人は山伏たちに引かれて、粕尾峠とは反対の方角へ山道を下って行った。鹿沼の役人が身柄を受け取りに向かっているのだという。

「さて、とんだ目に遭われたのう。さあ、家へ入ってお休みなされ」亀翁と呼ばれた男が、腰が抜けたように座り込んでいた二人を抱き起こした。

「さ、早う湯につかりなされや。おなかもお空きであろう」鶴女が二人に微笑みかけた。何と美しい方じゃ、千芹は目を見張った。四十ほどかと見えた嫗は、ほっそりとたおやかで、まるで鶴の精のようじゃ、と千芹は思った。茅葺きの家は広い土間と囲炉裏を切った板の間の向こうに上半分に縦桟が嵌め込まれた板戸があった。板戸の向こうは座敷なのだろう、板の間の端から廊下が延びていた。土間の隅に藁を敷いた囲いがあり、さきほどの黒い犬が腹這いになって娘たちを見ていた。「リュウ」なほが近付いていくと、リュウは起き上がって主《あるじ》を見やり、主が頷くと、なほの手を舐めた。「フフッ、くすぐったい」となほが笑う。リュウがぐいぐいと頭を押しつけてくると、なほはリュウの首を両手で抱いた。

「おお、リュウは若い娘が好きでな」と翁が笑う。

「さあ、泥を落として温まりなされ」嫗が案内してくれた湯殿は、簀子の上に大きな甕が置かれ、甕からは湯があふれていた。板格子の間から竹の樋が突き出ていて、絶え間なく湯が流れ落ちている。

「山から温泉を引いておりましてな」と嫗は楽しげに言った。湯甕は一人が入ると一杯になってしまうので、千芹となほは替わるがわる湯に体を沈め、簀子で体を洗った。湯が豊富なので、髪も洗った。鶴女が用意してくれた手拭いをきりっと絞って身を拭き、髪を包んだ。千芹は投げ捨てずに持っていた花模様の袷をまとい、なほは、鶴女が「これを着てみなされ」と出してくれた紺絣に赤い半巾帯を締めた。「華やかな着物でのうて、すまんのう。座敷童子《ざしきわらし》のようで、ほんに可愛いらしい」と鶴女は目を細めた。なほはプッと頬をふくらませて「童子ではないに」と言った。鶴女は千芹にもなほにも綿入れを着せかけ、足袋を履かせてくれた。紅いネルの足袋は痛む足を柔らかくくるんだ。

「われは極楽におるんだべか」となほは己の頬を抓った。脱いだ衣服は、鶴女が盥《たらい》に湯を張って浸けてくれた。

「さて、何もござりませぬが」と言いながら、鶴女は囲炉裏の端に二人を導いた。鉄鍋には芋や大根と、小さく切った餅を混ぜた雑炊がぐつぐつと煮え立っていた。火を少し片寄せた上に金網が掛かっていて、何かの肉が香ばしく焼けていた。

「鹿肉の味噌漬けじゃ」竹箸で肉を裏返しながら亀翁が言った。「罠にかかっておったのをリュウが見つけてな。罠は外してやったが、間もなく息絶えてしもうた。肉はわしらとリュウの冬中の食糧となり、皮も沓にしようと、鞣《なめ》してある。山のお恵み。ありがたきことじゃ」味噌味の肉は、疲れた身体に活力を与えてくれた。

八畳二間続きの、床の間のついた方の座敷で、千芹となほは床に就いた。布団は質素な縞柄で、綿も薄かったが、鶴女が陶製の湯たんぽを足元に入れてくれたため、足元から伝わる温もりが優しく体に広がっていった。——だが、その温もりは、いつからか熱に変わった。ひどく熱い。そして寒い。息が苦しい。水、水が飲みたい。唾を飲み込もうとすると、咽も焼けるように痛んだ。水をもらって来ようと起き上がろうとしたが、体に力が入らない。枕から頭を上げると、グラグラと天井が揺らいだ。「なほちゃん」千芹は掠れた声でなほを呼んだ。やっとの思いで横を向くと、なほはシンと眠っている。起こしてはならぬ、と思った。が、恐怖が込み上げてきて、千芹は「あ、あ、あ」と言葉にならない声を発した。

「どうなされた」と、隣の部屋の境の襖が開いて鶴女が畳を滑るように近付いてきた。鶴女は千芹の額に手を触れるや否や、「あっ」と声を上げて板の間の方へ行き、明かりを持って来た。亀翁も立って来て、素早くなほの布団を自分たちの寝ていた部屋に移し、千芹の枕元に座った。

「ひどい熱じゃ。雪を取って来よう。額と脇の下を冷やすのじゃ」

「風邪でありましょうか」

「うむ。それもあろうが、疲れ、それも心労であろうか」

「ああ。何か深い痛みを背負っておられるような……」

それから五日もの間、千芹は幽明の境をさ迷った。幼い頃からの父と母、弟との悲しみの日々が頭の中を駆けめぐり、言葉にならない叫びを上げ続けた。顔を何かが覆っている。両手で覆っているものを外そうとするが手には何も触れず、千芹は顔を掻きむしった。「後生じゃ、見んでくだされ、見んでくだされ」と叫ぶ千芹の手を鶴女が押さえて、手拭いでくるんだ。「荻の葉ならば音はしてまし」「夕さればさほの川原の」「風の音にぞおどろかれぬる」切れ切れに発する言葉を「和歌じゃな」と亀翁は聞き取って首を傾げた。「このように苦しみなされて、一体なにが……」と、鶴女は涙ぐんだ。時折、なほの「千芹姉ちゃん、千芹姉ちゃん」と呼ぶ声が聞こえ、リュウのワォーン、ワォーンと鳴く声が聞こえた。

亀翁と鶴女は手を尽くして看病してくれた。「蛇姫さま秘伝の薬も、これが最後じゃ」と鶴女の沈んだ声がした。「ああ、それではわれも彼方の世に参るのか。母さま、もうじき会えまする」と心の内で言った時、すっと体が軽くなった。――次に目覚めた時は朝だった。あたりはほの明るい。ここはどこだろう。しばらくぼんやりと霧の中をさ迷っているうちに、はっと思い出した。なほちゃん、亀翁さん、鶴女さん、リュウ。

「鶴女さん、千芹姉ちゃんが！」なほが叫んだ。「おう、気がつかれたか」まず亀翁が大股で枕元にやって来た。

「なほ、鶴女に、お湯を持って来るよう言うてくれ。桶に入れて、少し熱目の湯じゃ」

やせ細った腕、頬のふくらみも削げ落ちた顔を、鶴女は熱い湯を絞って力を加減しながら拭いた。鶴女の手が動くたびに、千芹は心の鬱積が軽くなっていく気がした。蜂蜜を湯で溶いた蜜湯が千芹の咽を通っていくと、鶴女は大きく安堵の吐息をついた。

「飲んだ、飲んだ、千芹姉ちゃんがミツユをのんだよーっ」

なほが小踊りして床の回りを回った。熱は嘘のように引き、鶴女となほに支えられて厠にも行き、千芹は己が生き延びたことを知った。夜には粥も食べた。

翌朝、亀翁はなほを使いに出した。

「粕尾の村長に書状を届けてくれぬか。一人で行けるな。リュウを付けてやる。一晩泊まって、二親とおばばさまの墓参りをしてくるがいい」

「千芹姉ちゃんは……」

「千芹さんのことは、もう案じなくていい。村長に蛇姫さま秘伝の薬を分けてもろうてきておくれ。うちではもう無うなってな。千芹さんにはもうしばらく、あの薬が要り用じゃ」

「あのう――はつと男たちはもうおらんか？」

「山伏から捕り方に引き渡されて、鹿沼の牢に押し込められておる。間もなく吟味にあって、罰せられるであろう。天は悪を許さぬでのう」

なほがリュウに守られて粕尾に出立すると、亀翁と鶴女は千芹の枕元に座った。千芹は戸惑って二人を見上げた。

「生き延びてしもうた……」

「生き延びとうはなかった、と？」

「いえ、あの……なほちゃんは？」

「一晩使いに出し申した。粕尾の村まで。リュウを付けてやったゆえ、案ずることはない。――話してみなさらぬか」

「えっ――」

「辛い思いをしてこられたのであろう。その苦しみはじっと抱えておればおるだけ、千芹さんの心を蝕んでいくのではないか。人に語らねば、解《ほど》けぬかもしれぬ。わしらに千芹さんの身の上を聞かせてもらう資格があるかどうかは分からぬが……」

二人の目には深いいたわりがあった。千芹は身を起こして布団の上に正座した。

「われは湯西川の三依澄清と申す者の娘にございます。母は千久と申す旅籠の生まれで千鈴、弟は澄直……」千芹は父の放蕩と母の苦しみ、弟の非運を迸るように語り始めた。姓も名も偽ろうとは全く思わなかった。父と会津西街道をさすらった日々、生きるため、いや父を生かすため、能面で顔を覆って身を売った日々。芹沢に流れ来て、照葉に救われ、父が三十六歌仙の絵を描く手助けをして、父を見送ったこと。芹沢に湧いていた目洗いの水のこと。己の罪を贖わんとして、百の社、百の寺に詣づることを心願として発ちましたのは——。

二人は黙って聞き入っていた。

「生きても甲斐なき身。旅の途次、一人命を落としても誰も惜しみはいたしませぬ。風のように雪のように消えたきのみ……」

むせび泣く千芹の背を、鶴女が何度も何度も撫でた。

「千芹さんはわれらの間柄を何と見まする?」

亀翁が突然問いかけた。

「えっ? 間柄と言われますと? もちろん、ご夫婦と思うておりますが……」

「はい。夫婦《めおと》でござります」と鶴女は微笑んだ。微笑んだ目で亀翁を見る。亀翁も鶴女を見つめた。お幸せなお二人、と千芹は胸が熱くなった。

「われらは元は兄妹でござった。いや今も兄妹であることは変わらぬ」

千芹は意味が飲み込めず、怪訝な顔で二人を交互に見た。

「両親を同じゅうする同胞《はらから》でござる。兄妹で夫婦になり申した」

亀翁の言っていることの意味が頭に沁み込んできて、千芹は驚愕した。

「お聞きいただけるかの。われらの運命《さだめ》の物語を」

亀翁は落ちついた口調で語り始めた。

「われら二人の故郷は南会津の奥の木地屋村でご

ざった。木地屋というものはご存知かな？」千芹はこっくりと頷いた。江戸から家族の元へ帰ろうとする六部の故郷、こま屋の作造、おきわ夫婦の生まれた村。千芹の知る三人にとって木地屋という生業《なりわい》は「辛さ」と結びついていた。

「木を刳って器物を拵えるのを生業とする村」

「さよう。われらの村は四十人ほどの村じゃった。木材を求めて山から山をさすらい、仮の住居を構えて周囲の木を切り尽くすまで木を刳って器を作る。短くて十年、長ければ二十年ほど一所《ひとところ》で暮らして、また別の山にさすらっていく。問屋に製品を卸しに行く者たちのほかは、生涯、ほとんど村内以外の人とは交わらぬ。婚姻も村内のみでなされる。いつか村中が血縁となっていく。われと鶴女は、そんな村に生まれ育ち申した。われの上には兄がいましてな、家の跡取りは決まっておりましたゆえ、われは刳り仕事さえしておれば特に縛られることもなく、のん気に暮らしており申した。年頃になれば嫁を取って分家するか、跡取りの無き家に婿に入るか、そんな日が来ることを、何の不思議も持たず受け入れておった。妹の鶴女も同じじゃった。いつかは村内の若者に嫁ぐのじゃと。――ところが、どうしたわけか、縁組みの話がまとまらぬのでござった。われも鶴女も。訳ははっきりせんじゃった。ただ、縁組の相手となった者は一様に、『美しすぎて恐ろしい。不吉なほど美しい』と申しました。お笑いめされるな。われと鶴女は『村の言い伝えを振り返っても、見たことのないほどの美しさ』と言われましての。いや、年若き頃のことでござる」

千芹は改めて亀翁と鶴女を見やった。年を重ねて、さすがに髪にも霜を置き、肌の色もややくすみが見て取れるものの、目鼻立ちのはっきりした品のある顔立ちだった。

「ほんに今も……」と千芹が呟くと、鶴女は恥じらうように目を伏せた。

「とうとう、われらは村を出ることになり申した」

「ええっ」

「村では、縁組みの相手が見つからぬゆえ、旅に出てよき縁を得よ、と評定がなされての、親も、村にいても余り者となるだけと思うて、われらを旅に出すことを受け入れた。世間は広い。山を下りて村や町に参れば、必ずや良き縁に出会うことであろう。かくも美しき兄妹じゃものとな。われらは親と兄だけに見送られて山を下り申した。他の家々は禍事《まがごと》に遭わぬようにとの思いか、戸を閉ざして神仏に祈っておるようじゃった。はじめは散在する木地屋村を訪ねて、器物を挽かせてもろうた。鶴女が紐を引きてろくろを回し、われが刃物を当てて木を刳る。鶴女は声も美しゅうて、鶴女が紐引き歌を歌うて紐を引くと、子供らをはじめ周りの者は、己の仕事を中断して見物に来るほどじゃった。『まるで、惟喬親王《これたかのみこ》さまの木地挽きを見るようじゃ』と口々に言うてな。おお、惟喬親王さまと申すは、われら木地屋のご先祖ともいえるお方じゃ。惟喬皇子さまは文徳天皇の第一皇子で、天皇即位時は七歳になられていた。大そう聡明で天皇も大切に思うておられ、皇太子は惟喬皇子さまと誰もが信じておったが、皇太子に立たれたのは第四皇子の惟仁親王じゃった。後、清和天皇になられた方じゃが、立太子の際はわずか生後八か月じゃった。惟喬親王さまの御生母は紀氏出身の御娘、惟仁親王さまの御生母は権門藤原氏出身の御娘であらせられたことが、親王さまの運命を決めたのであろうよ。不遇の惟喬親王さまの元には、在原業平をはじめ風流を愛でる方々が集まられて、親王さまは政治の外で静かにお暮らしであった。その親王さまがある時、近江の湖の東、愛知川の川上にある奥山に深くお入りになった。お供はわずか数名で、随身第一は、太政大臣藤原実秀じゃった。一行は愛知川を川上へとさかのぼり、岸本の城ヶ崎を経て小掠郷《おぐら》へと進まれた。そこで藤原実秀の姓を小掠と改めさせて、郷内の小松畑にお留りなされた。貞観十四年（八七二年）、親王さまはお髪を下ろして出家され、以後は御名を素覚法親王と申し上げる。読経をなされている時、法華経の経軸がくるくる回るのを見て思いつかれたのが、『ろくろ』という挽き物を作る工具であった。さっそくに付近の山民に使い方を教え、山民の生業とさせた。こうした伝えにより、惟喬親王さまは木地屋職の祖神、『ろくろ』の神と崇め申しておるのじゃ。木地屋根元の地、小掠谷には親王さまの御前で女官が紐を引き、随身が木を剣る姿の絵が伝わっておって、木地屋村に暮らす者にとって、惟喬親王さまを職祖と仰ぐは、この上なき心の頼みとなっております。木地屋の村長の家には、『親王さまがろくろを教え伝ふる図』の版木刷りが掲げられ、社には惟喬親王夫婦像や山神像が祀られており申す。われら兄妹が尊き親王さまに似るはずもないがのう」亀翁は苦々しい笑いを浮かべた。

「絵のように美しいと言われても、どんなに憧憬の眼で見られても、われらを仲間として受け入れてくれる村はなかった。どんなに汗にまみれ、指をささくれさせて器を挽いても、村の一員にはなれなんだ。どこでも客人でしかなく、客はしばらくの逗留ののち、必ず出て行く者、とされた。われが挽く器はみごとな出来栄えじゃったで、よう売れて代金も払うてもらえたが、ついにどの村でも村人にはなれなんだ。縁組みなど思案の外じゃった。われらはついに木地屋村を諦め、さらに平地に下りて行き申した。野良仕事は不慣れじゃったゆえ、町場で仕事を探した。鹿沼は木工が盛んで、下駄作りや建具作りの店が多く、職人も大勢雇っておった。われも木地屋村の出じゃと言うと、すぐ雇ってもらえた。鶴女は料理屋に仲居となって勤めることになり申した。ややや年は取りましたが、相変わらず見目よき者と、周囲からもて囃され申しての。われらは何の懸念も抱かず、裏店の一部屋を借りて住まい、人から素姓を聞かれれば、兄妹、と答えておりました。真実、その通りでありましたゆえ。――が、そのうちに、何の兄妹なんぞであるものか、あれ、あのように仲が良うて、夫婦に違いない、なにゆえ偽るぞ、と噂されておることを知り、全身の血が引く思いがしました。顔もよう似ておりましょう、と兄妹であることを申し述べましたるが、あまりに仲が良すぎる、亀治《かめじ》さんも鶴代《つるよ》さんも、そのように美しき形じゃのに浮いた話一つも聞こえんと言われ申した。われらは仕事仲間や親方、料理屋の女将さんにも縁組みの相手を探してもらえぬかとお頼み申した。氏素姓はよう分からぬが、気性が穏やかでよう働く、それに何と言うても、眩いばかりに美しい、と縁談が幾つも持ち込まれ申した。見合いのようなことをいたしますと、先方は必ずわれらを気に入ってくだされて、間もなく婚礼、となりますと、必ず破談になりまする。『よきお人じゃと思う。なれど、余りにも美しゅうて何か不吉』というのが、先方の断りの口上であった。われと鶴女は希望と落胆を繰り返し、ほとほと疲れ申した。

『山に帰りたい』ある日鶴女が涙を浮かべて申しました。『木々の風に吹かれたい、谷の水音が聞きたい』われもその思いはよう分かり申した。われらはこの世に生きてはならぬ者なのやもしれぬ。山に戻って——後は、その時の思いに任せよう。二人で、他の人の迷惑にならぬよう、故郷に戻ろうと、それぞれの仕事先に暇請いをして、われらはまず古峯神社を目ざした。故郷を出て十五年、わしは三十五、妹は三十二になっており申した。もう故郷に戻っても村は同じ場所にあるはずもなく、われらはただ山の風と水を求めて、人里の最後の名残りと、古峯神社に向かったのです。一夜参籠し、翌朝粕尾峠に通じる道を辿っていき申した。途中に左に折れる細道を見つけ、何かに呼ばれるようにそちらへ歩み入り申した。今なればその名を知る横根山と申す山のふもとに、道はわれらを導いてくれた。生まれ育った木地屋村とよう似て、木が茂り、木の匂いで満ちておった。秋の初めでござった。木々の葉は黄に移り、日の光を透かしておった。足元には秋の花が乱れ咲いており申した。竜胆、吾亦紅、沢桔梗、女郎花。薄の穂が光っておった。われらは山に抱かれて身を寄せ合うており申した。その時、二人とも自ずと分かったのでござる。われらは夫婦になる運命なのじゃと。どんなお人とも縁が結べなんだのは、われらが、どこかでわれら以外の者との縁を拒んでいたのであろうと。『兄さま』『鶴代』と呼び合うて、われらは最も愛しく想う者と夫婦になり申した」

千芹は言葉もなく二人を見つめた。「最も愛しき者」という言葉が鈴の音のように胸の内で鳴り響いた。

「人の世の掟はわれらを許さぬであろうが……、だが、人の世の掟とは何であろうか」亀翁は、幾度も考え抜き、思い抜いたことと感じ取れる、ゆったりとした口調で続けた。「最も愛しき人が兄であり、妹であるなら、愛しき想いを貫きてともに生きていこう。なれど、村や町の人にたち混って生きることは叶いますまい。二人のみの、閉ざされた世界で生きていこうと、口には出さずともお互いの思いはよう分かっておった。横根山から粕尾に通ずる道まで戻り、この地に辿りつき申した。深き谷が地を裂き、谷の向こうは緩やかな斜面の先に急な山が立ち上っておるこの地こそ、われらが住むことを許さるる地と、自ずと分かり申した。思川源流のこの地には、冬の間炭焼きに入る者以外は住みつく者とてなく、炭焼きの仮小屋のようなものが、木を切り払った地に建っておった。われらはその小屋に身を寄せ申した。炭焼き人が入ってきて、われらは断わりなしに小屋に入ったことを詫び、その人たちの力を借りて、谷に吊り橋を架け、土間と板の間だけの家を建ててもろうたのじゃ。鹿沼の町で働いておった時の蓄えがありましてな、冬の間野良仕事のない粕尾の村人の手助けを頼むことができましてなあ。――それから十年、家を建て増し、橋を揚げ橋に造り直し、人とは交わらずに暮らして参った。暮らしはの、木地仕事で立てて参った。木材は粕尾の村長を通して村の入会地に入ることを許してもろうた。ここらの山には朴や楓の美しい材がたくさんありましての、良き器が挽けますする。われは工夫を重ねて、皿や椀のみでなく、花瓶や壺も挽き、山の漆を採って漆塗りの製品を作り申した。盆には鹿沼で習い覚えた彫り物を施したのが喜ばれて、二人で食うていくに困らぬ値で売れ申した。入会地に入る代《しろ》として粕尾の村には科料を納めており申す。――なれど、人の世の恐ろしさはよう知っておりますゆえ、橋を揚げ橋にしたのをはじめ、厚い柴垣をめぐらし、弓矢も備えておりまするる」

「リュウも――」と千芹が言うと、「ほんに」と鶴女が微笑んだ。

「リュウは母犬が狼に襲われて命を落としたあと、木の洞《うろ》に震えていたのをわれが見つけ申した」と鶴女が話し始めた。

「まだ乳離れもせぬほどの子犬で、どう世話をしてやったらよいか途方に暮れ申した。ほとんどいつもわれの懐に抱いて温め、われが抱いてやれぬ時は、藁苞《わらづと》に湯たんぽを入れてやり申した。雑炊をさらに擦りつぶして木匙で与えると、食うてくれての、今ではあのように大きゅうなって、われらを守ってくれておりまする」

「他に子犬は――？」

「ええ」鶴女は悲し気に俯いた。「三匹が母犬とともに咬み殺され、リュウのみが狼の牙を逃れておった。母犬はリュウのようには大きくなく、毛色も茶であった。リュウは父犬に似たのやもしれぬ。山には、犬の群れを引き連れて狼と対立しておる、熊のごとき犬がおると噂されており申す。もしかすると、リュウはその熊犬の子かもしれませぬ。――成犬になるとリュウも相手を求める時節が来ましての、一月ばかり家を空けがちになることがありまする。止めても詮なきこと。好きにさせておりまする。

その間は揚げ橋も揚げ通す訳にはゆかぬゆえ、少々不用心になるのを恐れ、われらは常に弓矢を放つ用意をいたしておりまする。千芹さんを攫《さら》わんとしたならず者どもと犬にも、リュウが追い払えぬ時は、矢を放つつもりでありました」

「千芹さん」亀翁が口調を改めて問い掛けた。

「千芹さんは、われらのことをどう思いなさる？」

「ああ。たとえ人は許さずとも、神はお許しになると。想い合うている、ということのほかに、夫婦となるゆえんは無きものと……さような相手にめぐり合える者が、この世にどれほどおりますことか。羨ましきことと……」

「ありがたきお言葉。ほんにうれしい」鶴女が目元を押さえた。

「うむ。われらも千芹さんの来し方を、さよう受け止めており申す。神はお許しになると。お父上を救うためになされたこと。誰をも傷付けてはおりませぬ。傷付けたのはご自身の心。愛しく想い合う者の交わす愛のしるしを金をもろうてなすは、何よりもご自身に対する罪。なれど、人は衣食が無うては生きてゆけぬもの。もし、千芹さんがお父上を生かさなんだら、お父上は見る者の目と心を喜ばせる絵姿を描くことは叶わなんだ。お父上がこの世に存した証しを残すことができたのは、千芹さんの苦しみがあったゆえ。恐らく、一つのことには表と裏があるのだと思いまする。光と影が。影になりて光を支えたご自身を許してあげなされ」

「百の社、百の寺に詣でてわが身を浄めんと心願を立て、芹沢を出て二月余り、社は百を越え、寺も多くを数えましたるが、わが心の波は収まりませぬ……」

「神も仏もとうに千芹さんを許しておられる。千芹さんはもう己の来し方に心を捉われてはなりませぬ。これからのこと、これより先何をなせるかに心を向けなさらぬか」

「もしや、千芹さんはご自身とともに男《おのこ》を許せぬのではありませぬか」と鶴女がためらいがちに千芹に問いかけた。亀翁も頷いた。

「立ち入るようじゃが、千芹さんの心には男への恨みというか、どうにも割り切れぬ凝《しこ》りがおありなのではないか。——思うに、男《おのこ》と女《おなご》は異なるのじゃ。女は身と心が一つじゃが男は身と心が別なのじゃ。男は心が動かんでも女と身を接することができる。さような時、男にとって女は『物』なのじゃ。それゆえ、物として扱われた女はひどく傷つくのではないであろうか。身も心もなあ。それは理屈ではのうて、生き物としての差違かもしれぬ。女のように心と身を一つにして人を愛おしむのが人としてのありようと思う。男という生き物は、人になり切れぬところがあるように思えてならぬ。ほれ、わしと鶴女も亀と鶴、違うであろ?」

「何を言われるのやら」と鶴女が吹き出した。

「千芹さん、きっと千芹さんが身も心も一つにして向き合えるお方に巡り逢えましょう」

「振り向くことも必要じゃが、先に進むことはもっと大事じゃ。千芹さんばかりでなくなほものう」

「なほちゃん?」

「なほは千芹さんに出会うて、魔の手から救われ申した。おそらくなほは、昨年、一昨年、はつ一味の手引きをしたものと思われる。もちろん、はじめはそれと知らずに。だが次第に己がいかなる役割を果たしているかが分かってきて、千芹さんに心を寄せたなほは千芹さんだけは助けたいと思うたのであろう。はつに逆らうのはどれほど恐ろしかったことか。千芹さんを救うことで、なほもまた救われた。だが、なほははつに売られた女たちにはどれほど詫びても詫びきれぬと知っておる。なほはその悔いと罪を心に負って生きていかねばならぬ。——千芹さん、われらは、なほをわれらの子にしてともに暮らそうと思うております」

「えっ、子にして?」

「はい。われらはどんなに望んでも子ができませなんだ」鶴女は寂しげに俯いた。「兄妹ということは、ここでは隠しておりまする。隠すというより強いて明かすことはあるまいと。なほちゃんが嫌でなければ、われらの娘分としてともに暮らしてはくれぬかと……」

「ここは閉ざされた家であったが、なほがいてくれれば、自ずと外に開かれるであろう。なほに手技の才があれば、器作りや漆塗りも教えよう。鶴女が料理や裁縫も教えよう。いや、なほを縛りつけるつもりはござらぬ。なほに、なほを愛しく思う者がいると知ってもらえればよい。この世に先に生まれた者は、後に生まるる者を心いっぱいに愛しんでやるのが使命じゃと思うておる。なほが大人になりて、より幼き者を愛おしむ女子《おなご》になってくれれば、それがわれらには何よりの褒美じゃ。千芹さんは父さまにも母さまにも弟御にも、たくさんの愛しさを注いであげなされた。これからは千芹さんご自身を愛しんであげなされや」

「われを愛おしむ……」

「さよう。己を愛おしみて、己がこの世でなすべきことを見つけなされや。千芹さんは何をなされている時が心弾みなさるかの？」

千芹は己の心内に目を凝らした。百社百寺参りは、どこか急き立てられるかのような焦燥感があった。お参りをしている間は、ふっと心が静まるが、寺の山門や社の鳥居に背を向けると、次の社寺を求める心の渇きに苛まれる。此処《ここ》ではない何処《どこ》かを求めてわれはさすらってきた。どこまでさすらえばわが心は安らぐのであろうか。百社百寺を詣で終えたら、われは何を目当てに生きていけばいいのであろう。――われの心が弾む時……千芹の脳裏に細い灯の下で紙に筆を走らせている無我のひとときが浮かんできた。

「書いております時――」

「書く？」

千芹は、旅の途次に出会った人の身の上や心の内を書き記してきたことを語った。六部の物語、こま屋の夫婦の物語、会津の絵蝋燭屋の父娘、そして、身替わりの手紙のこと。

「さまざまな方が切実に生きておられる姿を記して参りますと、人というものが愛しゅう思われて参りまする。ああ、躓《つまず》いたり、転んだりしつつ人はひたすらに生きていると、胸が痛うなりまする」

「われらのことも書いてくださらぬか」と亀翁は微笑んだ。

「われらの如き数奇な運命《さだめ》を辿った者がいたことを書いていただけたら、人が知るか否かは別として、われらが生きたしるしになる気がいたす。のう鶴女」

「ほんに、われらのことを物語になしていただけまするのか。この世でも、おそらく後の世でも、もっとも愛しく想う者とともに生きたわれらの物語を」

夜通し語り合い、朝餉の後もさらに語り尽くして、三人はいつの間にか炉端でまどろんでいた。

——犬の声がする。あれはリュウだろうか。年若い娘の声がする。あっ、なほちゃんだ。千芹は眠りの底から浮かび上がるように目を覚ました。

「千芹さん、亀翁さん、鶴女さん、今帰ったよー」

なほが三人の名を呼びながら土間に走り込んで来た。「ワンワン、クーンクーン」リュウも後を追う。

「お帰り、早かったのう」

「はい。早くみんなの顔が見とうて。はい、これ村長さんからのお返事。あ、お薬ももらって来たで」

なほは書状を亀翁に渡し、包みを鶴女に渡した。

「おなか減った。な、リュウ。お昼食べてから帰れって言われたけど、早う戻りたくて、朝飯食べてすぐ出て来た」

「おお、われらも昼餉はまだじゃ。急いで仕度をしようぞ」

「もうこれで餅も食べ納め」と、鶴女が手早く作ってきた雑煮を、四人と一匹はフウフウ吹きながら食べた。リュウの餅は小さく千切ってある。「丸のまま飲み込んでは咽につかえるでの」となほがリュウを座らせて千切ってやったのである。涎《よだれ》を垂らしてクウクウと鳴いていたリュウは、「よし」の声に鉢に跳びついた。山女の焼き干しで出汁を採った汁は、濃い目の味噌仕立てで、具には里芋とねぎが入っていた。「水餅にしておいたのじゃ。甕に水を張って餅を沈め、甕を雪に埋めておくゆえ長保ちしまする。里芋は土に埋めて、葱は藁で雪除けをしての、春の菜が萌えるまでの工夫。これももう最後のとっておき」と鶴女は、トロトロに熟した蜂屋柿を盆に載せて持って来た。四人は手も口もベタベタになった顔を見合って、笑い合った。

「さて、では手を洗うてきて、書状を読むとしよう」と言って、亀翁は湯殿の湯で手を清めて書状を開いた。皆もそれぞれ手を清めて座った。

「揚げ橋の家におかれては、無事新年を迎えられたること、祝着至極に存じ候。先頃のはつ他ならず者二名の捕縛につきては、ご助力の段あり難く御礼申し上げ候。数年来人攫いのようなる悪事を重ねておることは掴んでおり候えども、悪業の現場を押さえること難く、歯噛みいたしておったところ、この度、なほ、リュウお手柄にて無事捕縛に至りしこと、幾重にも御礼申し上げ候。はつ、弥吉《やきち》、又助《またすけ》、鹿沼の評定所にて遠島と決まり、間もなく佐渡が島へ送られ候間、ご安心召されよ。さて、粕尾生まれのなほ儀、亀翁、鶴女殿の屋敷にて養育いたしたき旨のお申し出、父母の縁薄きなほもさぞかし喜ぶことと存じ候。なほ、揚げ橋屋敷にて預かりの願い出で、粕尾村村長粕尾正左衛門、しかと承知致し候。向後はなほの縁をもちまして、揚げ橋屋敷にても粕尾村と一層御厚誼の段、よろしくお願い申し上げ候」

亀翁が書状を読み上げると、なほはぱっと顔を高潮させて「あのう、なほは揚げ橋屋敷にて預かりとは——もしや、われはここに置いてもらえるのか？」と千芹を見た。千芹はにっこり笑って頷いた。

「もし、なほさえ承知ならじゃが」と亀翁はなほを問いかけるように見た。

「リュウ、リュウ、ここにおいてもらえると。一緒に暮らせると」なほはリュウに跳びついてリュウの頭を掻き抱いた。それからきちんと正座して深々と頭を下げ、

「亀翁さん、鶴女さん、なほは一生懸命に働きまする。うれしい。なほにも家ができた。ともに暮らす人ができた」と言って肩を震わせて泣きじゃくった。

「娘になってくれますかの」と鶴女が言うと、「娘と言うには、われらは年を取りすぎておるがのう。孫娘かの」と亀翁は悔しそうな顔をした。

千芹は目の前に繰り広げられている人と人の「物語」に魅入られたように見入っていた。今すぐにでも筆を執りたい。そんな千芹の思いを見抜いたかのように、亀翁は、「千芹さん、書くのは後、後」と笑った。

「千芹さんは？　千芹さんもここで暮らせるのか？」となほは勢い込んで訊いた。

「千芹さんは旅のお人。故郷でご家族がお待ちじゃ。なれど、きっとここにも再び訪ねてくださるであろう。われらも千芹さんの故郷をお訪ねする日も来るであろう。お父上の描かれた三十六歌仙の絵をぜひ拝見いたしたきもの……」

照葉さん、叔父さま……千芹の胸に懐かしい人たちの顔が浮かんだ。

「千芹さん、われは鹿沼まで所用がありましてな、千芹さんを一人旅立たせるのは心配じゃて、今市回りで行こうと思う。今市までお送り申しましょう。これまでは鶴女を一人残すが気掛かりで長旅はできなんだが、これからはなほがいてくれるで安心じゃ」

「ほんに心強きこと。ありがとうございまする」

「もう少しいてくだされ」となほがべそ掻き顔になった。

「今晩と」と千芹が言い掛けると、「あと一晩」と

なほが大声で言った。

「そうよの、明日は天気がよければ裏山へ登ってみようぞ。見ていただきたきものがある。山の上には温泉があってな、温泉に浸りながら、遠い山脈やふもとの村を見ることができるぞ」


翌日は逸早い春の気配だった。裏山に登る前に、亀翁は、屋敷の対岸の道沿いにある細長い土手に一行を導いた。雑木の枝が落とす影の中に、石造りの像が建っていた。男女の姿をした像が石に浮き彫りになっている。双つの像は互いに手をつなぎ合い、もう一方の手は肩に回しているのが見てとれた。すらりとした姿態の、たおやかな像だった。ほんのりと笑みを湛えた顔立ちはどことなく亀翁と鶴女を思わせた。

「いつ、誰が建てたとも知れぬが……美しき像であろう？　横根山からさすらって参りて、この像に出会うた。われらを祝福してくれているように思えてのう。この地に住まいを定めんと思うたのはこの像にめぐり会うたゆえじゃ。『双体道祖神』と申す石像じゃとは、書物を読んで知り申した。わしは学問などする家には生まれなんだが、鹿沼で木工の修業をしておった折、書物を読む喜びを知り申した。親方の持っておられる木工の技を記した書物や、寺子屋の師匠、寺のお坊さまに教えてもろうて、真名も読めるようになった。双体とは二体ということ、道祖神はどうそじん、さやのかみともいってな、旅の安全をお守りくださる神じゃ。道の分かれ目に建てられることが多くてな、その地を道祖土《さやど》と申す」

「あっ、それでさやど屋敷と呼ぶんじゃね」よく分かったという顔をして、なほが言った。千芹は美しい道祖神に両手を合わせて頭を垂れた。鶴女は「冬はお花が無うて」と呟きながら、檀《まゆみ》の紅い実を竹筒に挿した。

「さ、では登るとしよう」と亀翁が言い、四人と一匹は山頂を目ざした。亀翁と鶴女が一段一段木で土止めをした山道は雪はとうに消えて濡れた土の道になっていた。「滑るなよ」と亀翁が声を掛ける。道の片側に延々と竹を継いだものが設けられている。手を触れるとわずかに温かかった。

「温泉を引いておる」と亀翁が得意げに言った。

「えっー、こんなに長くう？　幾本あるのじゃろ」となほが呆れたように言う。「竹を伐って、節を抜いて、竹と竹の間に湯の通る穴を刳り抜いた丸太を嵌め込んでつないでいく。三年はかかったのう」

尾根に出た。眼下に広がる景色に、千芹は息を飲んだ。ところどころ春霞にかすみながらも、川の流れや村のありさまが見てとれた。

「あの色濃い森が古峯神社、すぐ下の川が思川、その向こうは大芦川。東に行けば鹿沼の町、鹿沼から北上すれば今市、日光じゃ。明日はまず古峯神社に向けて出立しようぞ」

尾根は平地になっていて、石を組んで造った「露天風呂」があった。岩の間から湧き出る湯はそれほど熱くはない。露天風呂のほとりには木の腰掛けが設けられていて、脱いだ着物を掛ける竿もあった。女たち三人がまず湯に浸った。三人入ると窮屈だったが、窮屈さが楽しかった。

千芹は目を閉じた。ああ、心地よい。身も心もとろけそうじゃ。明日は発つけれど、それは還るための出立じゃ。還るところがあるとは、何と心安らぐことであろ。これからも社寺に参って罪の許しを請おう。なれど、大切なるは自らが懸命に生きることじゃ。亀翁さん、鶴女さん、なほちゃんの物語を書いて、届けまする。父さま、母さま、千芹は芹沢の里に還りまする。照葉さん、叔父さま、もうじき、会えまするな。

〔注〕輪王寺においては、年末年始のお札・絵馬作りは僧や雑仕が当たり、外部から人を雇い入れることは、実際には行われていません。

※本書はフィクションであり、実在の人物、団体等とは一切関係ありません。

参考文献

〈蛇姫《じゃひ》〉

『毒草・薬草事典　命にかかわる毒草から和漢・西洋薬、園芸植物として使われているものまで』
船山信次著　ＳＢクリエイティブ　２０１２年

『知っておきたい身近な薬草と毒草』　海老原昭夫著　薬事日報社　２００３年

『薬になる野山の草・花・木』上・下巻
崔鎮圭著／フィールド出版編集部翻訳　フィールド出版　２００５年

〈鬼子母人形館《きしぼデコやかた》〉

『新版　あらすじで読む文楽50選』　高木秀樹著／青木信二写真　世界文化社　２０１５年

〈芹沢薄明《せりさわはくめい》〉

『栃木の街道』　奥田久 監修　栃木県文化協会編　１９７８年

『栃木県歴史の道調査報告書』　栃木県教育委員会事務局文化財課編
第一集　日光道中・日光道中壬生通り・関宿通り多功道　２００８年
第三集　会津西街道・会津中街道・大田原通会津街道・原街道（原方道）・足尾道　２０１５年

『とちぎ街道ストーリー』　大嶽浩良 監修　下野新聞社　２００７年

『栃木県神社誌　神乃森　人の道』　栃木県神社庁編　２００６年
『とちぎの社寺散歩　古社名刹の再発見』　塙静夫著　下野新聞社　２００３年
『しもつけの石仏探訪』　小林正芳著　２００２年
『道祖神は招く』　山崎省三著　新潮社　１９９５年
『安曇野道祖の神と石神様たち』　西川久寿男著　穂高神社社務所　１９８７年
『庶民の旅』　宮本常一著　八坂書房　２００６年
『山と日本人』　宮本常一著　八坂書房　２０１３年

〈木地師関連書〉
『深山秘録　伊那谷の木地師伝承』　松山義雄著　法政大学出版局　１９８５年
『ろくろ』　橋本鉄男著　法政大学出版局　１９７９年
『民衆史の遺産　第一巻　山の漂白民――サンカ・マタギ・木地屋』
　谷川健一／大和岩雄編　大和書房　２０１２年
『木地語り――会津田島のとびの足跡』
　奥会津地方歴史民俗資料館編　田島町教育委員会　２００１年
『異界歴程』　前田速夫著　晶文社　２００３年
『福島県の歴史』
　丸井佳寿子／工藤雅樹／伊藤喜良／吉村仁作著　山川出版社　２００９年

あとがき

「漂泊」や「さすらひ」の語は、いかにも魅惑的です。一所に常住せず、風の吹くままにさすらい歩く境涯は、行路に斃れて野ざらしとなる不穏を抱きつつも、束縛されない自由さと刻々の新鮮さで人を引きつけてやみません。私も「ここではないどこか」「いまではないいつか」を思い描くことの好きな子供で、ファンタジーを読むのは大きな楽しみでした。自分も何か荒唐無稽なファンタジーを書いてみたい、そんな思いにかられて書いたのが、「さすらひ」人たちの三つの物語です。

有名なヨーロッパのジプシー（ロマ）族ほど大規模ではなくとも、日本にも古くから漂泊の暮らしを受け継いできた人々がいました。さまざまな芸能集団（芝居の一座とか人形操りとか）や木地屋、薬売り、さらに山窩《さんか》と呼称された人たち。――そんな実在のさすらい人たちをイメージに生まれたのが、「蛇姫」の沙良、「鬼子母人形館《デコ》」の梢、「芹沢薄明」の千芹の三人の娘たちです。

以下、それぞれの物語について「言い訳風解説」を試みたいと思います。

〈蛇姫〉

人間は、動物の体、血液を用いて、さまざまな抗毒薬を作ってきました。それは人間を救う手段ではありますが、「利用」される動物たちにとっては、ひどく理不尽なことでしょう。もし、人間の血で蛇毒の抗毒血清を作ることができたら――この発想は、実は私のオリジナルではありません。三十年ぐらいも昔、『夢の蛇』（ヴォンダ・N・マッキンタイア著　ハヤカワ文庫SF）を読みました。己の血を抗毒化して、毒蛇に咬まれた人々を救っていく女の物語でした。舞台はアメリカの砂漠だったと思います。物語の筋も主人公の名も思い出せず、ただ己の血を抗毒血清化するという不思議が、頭に刻みつけられていました。もう一度読み返したいと、アマゾンで取り寄せましたが、結局読めませんでした。保存状態が劣悪で、茶色に変色した紙はとても素手では触《さわ》れず、手袋を着け、ゴーグルにマスクをして……と思いましたが、やはり無理。結局読まないまま、人の血を抗毒血清として用いるというアイディアを、日本の風土の中で、日本の娘の身の上として書くことにしました。校閲担当の井田さんが、「漫画『幽遊白書』に己の臓器に毒を溜め、抗毒化して人を救うという話がある」と指摘してくださり、「幽遊白書いのち」だった下の娘に聞いたら、「そうだよ。第18巻に出てくる」と立ち所に教えてくれました。私自身は『幽遊白書』は全く読んでいませんでしたが、人体を抗毒作用を持つ器官とするという発想は、思った以上に表現、発表されているのかもしれない、と考えます。

　薬屋敷や登場人物はすべて架空のものですが、主な地名は、会津や津川、大川、阿賀川、阿賀野川等、実在の名を使いました。さらに、薬草や毒草に関しては、参考文献に記載した書物に依っていますが、薬効の程は検証するべくもなく、どうぞ、素人判断で用いることはないようお願いします。

〈鬼子母人形《デコ》館〉

　どうしてこんな設定を思いついたのか、と呆《あき》れられるかもしれませんが、それは自分でも分かりません。「人形」は妖しい魅力を持っています。どんな民族にも、その民族特有の人形があり、どんな民族の子供も人形を抱いて遊びます。人と人形。人形は人をまねて作られますが、人はさらに作った人形に芝居をさせたり、人形をまねて踊ったりします。

　子供の頃、文楽を見た記憶があります。昭和三十年代の農村では、文楽を見る機会はまずありませんでした。真岡の久保講堂というところで文楽が上演されるのを、「子供に見せたい」と連れて行ってくれたのは父でした。豊かではない生活の中で、父はできる限り「文化的なものに触れさせたい」と本をたくさん与えてくれました。『銀の鈴』という子供向けの雑誌や『岩波少年美術館シリーズ』、中学生になると英語学習の月刊誌。文楽は「八百屋お七」でした。火の見櫓を登って半鐘を打ち鳴らすお七の乱れ髪、あざやかな水色と緋の着物は、今も目と心に焼きついています。私を「鬼子母人形《デコ》館」に導いてくれたのは父、と言えるかもしれません。

〈芹沢薄明〉

この物語を思いついたきっかけはごく単純で、ウォーキングの会で芹沢集落を訪ねたことにあります。集落の名の通り、沢の斜面を埋めて咲く芹の花、竹の樋からあふれる目洗いの水。講師の桑野正光先生が「薬師堂を見ていきましょう」と案内してくださった御堂の壁に掛けられていた三十六歌仙の額。こんな谷奥にこんなあざやかな絵が、と息を飲みました。――誰が、どんな理由《わけ》があってこんな美しい絵を奉納したのか。その謎解きを私なりの想像で書いたのが「芹沢薄明　〔一〕出立まで」でした。史実的には、藤原町文化財保護審議会編『藤原町の文化財』の中に、「最後の板材に『三十六歌仙画』『于時文政十三（一八三〇）年夏六月吉祥日　東都画師北川《きたがわ》子《し》直《ちょく》』とあり、落款もある」と記述されています。北川子直については不詳で、江戸の絵師の作がいかなる経緯で山深い芹沢の地の薬師堂に奉納されることになったかも分かりません。千芹が旅立つところで終わっていたこの物語は、数年間眠っていました。「蛇姫」「鬼子母人形《デコ》館」と書いてきて、もう一つと思った時、千芹の物語を思い出しました。旅立たせた千芹を帰還させてやらなければ――と書いたのが「〔二〕帰還まで」です。「芹沢薄明」は、三編の中では、最もリアル世界の物語といえるでしょう。会津西街道の田島、山王峠、横川、三依、高原《たかはら》高原、五十里等はいずれもウォーキングの会で歩いたところです。途次、幾体もの優しく美しい道祖神にも出会いました。

三人の娘たちは必死に、己がこの世に在る意味を求めて旅を続けます。読者の皆さまに娘たちの「さすらひの旅」に同道していただけたら幸甚に存じます。

最後になりましたが、この物語を出版するに際してお世話になった方々に厚く御礼申し上げます。的確かつ綿密な校閲、校正を施してくださった井田さん、のどかな雰囲気で励ましてくださった下野新聞社編集出版部の桑原さん、嶋田さん、今回も素敵な表紙を制作してくださった宇賀地洋子さん、本当にありがとうございました。

二〇一八年　初夏

神山奉子

＜著者略歴＞

神山奉子（かみやま　ともこ）

栃木県立真岡女子高等学校卒業。東北大学教育学部卒業。

県立高校に国語科教員として勤務。

2006年、第27回宇都宮市民芸術祭文芸部門創作の部で「のりうつぎ」が市民芸術祭賞を受賞。

同年、第60回栃木県芸術祭文芸部門創作の部において「梨花（リーホア）」が文芸賞を受賞。

〔著書〕
2007年　『のりうつぎ』
2008年　『花の名の物語』
　　　　第3回ふるさと自費出版大賞文芸部門で最優秀賞受賞
2011年　『金銀甘茶』
2014年　『国蝶の生れ立つ樹』
　　　　第18回日本自費出版文化賞特別賞受賞

住所　宇都宮市上戸祭町3078-2

＜表紙カバー＞

宇賀地洋子（うがち　ようこ）

栃木県生まれ。東京藝術大学・大学院彫刻科修了。

二科展にて「安田火災美術財団奨励賞」を受賞。

フランス国立芸術大学エコール・デ・ボザール留学。

木彫・ブロンズ・木版画等を制作し各地で個展を開催。

現在、埼玉県在住。

URL　http://www16.plala.or.jp/ugati/

さすらひ人《びと》綺譚《きたん》

2018年6月1日　初版第1刷発行

著　　　者　神山奉子

表紙カバー　宇賀地洋子

校　　　正　井田真峰子

発　行　所　下野新聞社

〒320-8686　栃木県宇都宮市昭和1-8-11

TEL 028-625-1135（編集出版部）

FAX 028-625-9619

印刷・製本　株式会社シナノパブリッシングプレス

ISBN978-4-88286-707-4